The Play

ELLE KENNEDY

BRIAR U

OS DESENCONTROS
DE DEMI E HUNTER

Tradução
JULIANA ROMEIRO

5ª reimpressão

paralela

Copyright © 2019 by Elle Kennedy

A Editora Paralela é uma divisão da Editora Schwarcz S.A.

Grafia atualizada segundo o Acordo Ortográfico da Língua Portuguesa de 1990, que entrou em vigor no Brasil em 2009.

TÍTULO ORIGINAL The Play: Briar U
CAPA E FOTO DE CAPA Paulo Cabral
PREPARAÇÃO Alexandre Boide
REVISÃO Renato Potenza Rodrigues e Jasceline Honorato

Dados Internacionais de Catalogação na Publicação (CIP)
(Câmara Brasileira do Livro, SP, Brasil)

Kennedy, Elle
   The Play / Elle Kennedy ; tradução Juliana Romeiro. —
1ª ed. — São Paulo : Paralela, 2020. — (Briar U ; v. 3)

   Título original: The Play : Briar U.
   ISBN 978-85-8439-161-5

   1. Ficção canadense (inglês) I. Título. II. Série.

20-32956   CDD-813

Índice para catálogo sistemático:
1. Ficção : Literatura canadense em inglês 813

Maria Alice Ferreira — Bibliotecária — CRB-8/7964

[2022]
Todos os direitos desta edição reservados à
EDITORA SCHWARCZ S.A.
Rua Bandeira Paulista, 702, cj. 32
04532-002 — São Paulo — SP
Telefone: (11) 3707-3500
editoraparalela.com.br
atendimentoaoleitor@editoraparalela.com.br
facebook.com/editoraparalela
instagram.com/editoraparalela
twitter.com/editoraparalela

Para Sarah J. Maas, pelo apoio e entusiasmo. E por me lembrar do motivo por que escrevo.

1

HUNTER

Que porcaria de festa.

Devia ter ficado em casa, mas hoje em dia minha "casa" é que nem morar no set de filmagem de um programa das irmãs Kardashian. Graças às minhas três colegas de república, o lugar é um festival de estrogênio.

Tudo bem que tem bastante estrogênio rolando aqui na casa da fraternidade Theta Beta Nu, mas é do tipo pelo qual posso sentir atração. Todas as minhas colegas de república têm namorado, então são território proibido.

Estas mulheres também são território proibido...

Verdade. Por causa de minha autoimposta abstinência, não posso chegar em ninguém, ponto-final.

O que levanta a pergunta: se uma árvore cai numa floresta e você não pode comer ninguém numa festa de fraternidade, dá pra continuar chamando isso de festa?

Pego o copo de plástico que meu amigo e colega de time Matt Anderson acabou de me trazer. "Valeu", murmuro.

Dou um gole e faço uma careta. A cerveja tem gosto de água, mas talvez isso seja uma coisa positiva. Um bom incentivo para não beber mais que uma. O treino amanhã só começa às dez, mas quero chegar no ginásio umas duas horas mais cedo, para treinar minha tacada.

Depois do desastre da temporada passada, jurei dar prioridade ao hóquei. Na segunda começa um novo semestre, na semana que vem tem o nosso primeiro jogo, e estou animado. A Briar não se classificou para o campeonato nacional no ano passado e a culpa foi minha. Esta temporada vai ser diferente.

"O que achou dela?" Matt aponta discretamente com a cabeça para uma menina bonita de shortinho e camisola rosa clara. Não está de sutiã, e o contorno dos mamilos é bem visível sob o material sedoso.

Minha boca chega a salivar.

Cheguei a falar que é uma festa do pijama? Pois é, faz cinco meses que não transo e estou abrindo o terceiro ano numa festa em que as mulheres presentes não estão vestindo quase nada. Nunca disse que era esperto.

"Gostosa", digo a Matt. "Vai lá tentar a sorte."

"Até iria, mas..." Ele deixa escapar um gemido. "Ela tá de olho em *você*."

"Bom, eu não estou disponível", respondo, dando de ombros. "Pode ir lá falar isso pra ela." Dou um cutucão de brincadeira em seu braço. "Tenho certeza de que ela vai te achar um bom prêmio de consolação."

"Rá! Nem vem. Não sou segunda opção de ninguém. Se ela não estiver a fim de mim, prefiro arrumar quem esteja. Não preciso competir por atenção de mulher."

É por isso que gosto de Matt — ele é competitivo no gelo, mas fora dele é um cara decente. Jogo hóquei minha vida inteira, e já tive colegas de time que nem titubeariam antes de roubar a mulher de outro, ou pior, ficariam com ela pelas costas. Já joguei com caras que tratam nossas torcedoras como se fossem descartáveis, que dividem mulheres com os amigos como se fossem balas. Homens que não têm o menor respeito e o mínimo bom senso.

Mas, na Briar, tenho sorte de jogar com gente de confiança. Claro que nenhum time está livre de um babaca ou outro, mas, no geral, a maioria de meus colegas são sujeitos legais.

"É, acho que não vai ser difícil", concordo. "A morena aqui à direita já está te pegando em pensamento."

Assim que encontram a garota curvilínea de camisola branca, seus olhos castanhos se arregalam, satisfeitos. Ela fica vermelha ao notar e então sorri, tímida, erguendo o copo num brinde à distância.

Matt me abandona sem olhar para trás. Não o culpo.

A sala da casa está lotada de meninas de lingerie e garotos com pijamas de Hugh Hefner. Eu não sabia que era uma festa temática, então estou de calça cargo e regata branca, e por mim tudo bem. A maior parte dos caras parece não ter noção do ridículo que é estar vestido assim.

"Gostando da festa?" A música está bem alta, mas não o suficiente para que eu não consiga escutar a garota. Aquela que Matt estava conferindo.

"É. Tem bastante gente." Dou de ombros. "O DJ é bom."

Ela se aproxima. "Meu nome é Gina."

"Hunter."

"Eu sei quem você é." E sua voz transborda de compaixão. "Eu estava na arena no jogo contra Harvard, quando aquele idiota quebrou o seu pulso. Não acredito que ele fez aquilo."

Eu acredito. Peguei a namorada dele.

Mas fico quieto. Não foi de propósito, afinal. Não tinha ideia de quem era a garota quando dormi com ela. Mas, pelo jeito, *ela* sabia quem eu era. Queria se vingar do namorado, mas eu não sabia disso até ele pular em cima de mim no meio do segundo jogo mais importante da temporada, o que determina quem vai para o Frozen Four, esse *sim* o principal da temporada universitária. O pulso quebrado foi o resultado de uma derrubada que me estatelou no gelo. O babaca de Harvard não tinha a intensão de me quebrar, mas aconteceu e, de uma hora para a outra, eu tava fora da partida. E o nosso capitão também, Nate Rhodes, que foi expulso por arrumar briga, tentando me defender.

Tento voltar ao presente. "Foi um péssimo jeito de terminar a temporada", comento.

Ela leva uma das mãos ao meu bíceps direito. Meus braços estão enormes, diga-se de passagem. Quando você não está pegando ninguém, malhar é fundamental para manter a sanidade.

"Sinto muito", murmura Gina. Seus dedos deslizam gentilmente por minha pele, enviando uma trilha de calor por meu braço.

Quase solto um gemido alto. Minha nossa, estou com tanto tesão que uma mulher acariciando o meu *braço* está quase me deixando de pau duro.

Eu sei que deveria afastar a mão dela, só que faz tempo demais desde que fui tocado de um jeito que não fosse platônico. Em casa, minhas colegas de república estão o tempo todo me agarrando, mas não tem nada de sexual nisso. Brenda gosta de dar um tapa ou um beliscão em minha bunda toda vez que passamos um pelo outro no corredor, mas não é porque esteja a fim de mim. Só gosta de encher o saco.

"Quer ir para algum lugar mais sossegado e conversar ou coisa do tipo?", sugere Gina.

Já vivi neste planeta por tempo suficiente para saber o que uma garota quer dizer com "conversar ou coisa do tipo":

1) Não vai ter muita conversa.
2) Vai ter muita "coisa do tipo".

Gina não poderia ter sido mais clara se estivesse carregando um cartaz que dissesse VEM ME PEGAR! Ela chega até a lamber os lábios ao fazer a pergunta.

Eu sei que deveria dizer não, mas a ideia de voltar para casa agora e bater uma no quarto enquanto minhas colegas de república fazem uma maratona de *The Hills* não é muito animadora. Então eu digo "Claro", e sigo Gina para fora da sala.

Acabamos numa sala menor que contém um sofá, duas estantes de livros e uma mesa sob a janela. Por incrível que pareça, não tem ninguém aqui. Os deuses das festas ficaram com pena do meu celibato e nos presentearam com o tipo de privacidade perigosa que na verdade eu deveria evitar. Em vez disso, estou no sofá, deixando Gina beijar meu pescoço.

Sua camisola de cetim roça o meu braço, e a sensação de quase ausência de fricção é quase pornográfica. Tudo me deixa excitado ultimamente. Outro dia, fiquei de pau duro vendo uma propaganda de tupperware no YouTube porque a tia gostosa da propaganda estava descascando uma banana. E então ela picou a banana e colocou num potinho de plástico, e nem esse simbolismo terrível me impediu de bater uma pra tia da banana. Mais uns meses e vou estar deflorando as tortas de maçã que minha colega de república Rupi faz todo domingo.

"Você tem um cheiro tão bom." Gina inspira fundo, então expira, e sua respiração quente faz cócegas em meu pescoço. Seus lábios se colam à minha pele de novo, quentes e úmidos contra o meu pescoço.

Ela está no meu colo, e a sensação é ótima. Suas coxas torneadas me envolvem, seu corpo quente e envolto em cetim é cheio de curvas. E eu tenho que parar agora.

Fiz uma promessa a mim mesmo e ao meu time, embora ninguém tenha me pedido isso e todos me achem louco por sequer tentar esse negócio de abstinência. Matt foi bem claro ao dizer que não acredita que reprimir meus impulsos sexuais vai ajudar em alguma coisa com os nossos jogos. Mas eu acho que vai e, pra mim, é uma questão de princípio. Os caras me escolheram como capitão. Levo a responsabilidade muito a sério, e sei por experiência própria que tenho uma tendência a deixar as mulheres perturbarem a minha cabeça. Sair pegando geral me fez quebrar o pulso no ano passado. Não estou interessado em repetir isso.

"Gina, eu..."

Ela me interrompe, apertando os lábios contra os meus, então estamos nos beijando, e minha mente começa a girar. Ela tem gosto de cerveja e chiclete. E o cabelo, que cai por cima de um dos ombros numa cortina de cachos vermelhos, tem cheiro de maçã. Humm, quero devorar essa menina.

Nossas línguas dançam, e os beijos começam a ficar mais intensos. Minha cabeça continua a girar, com o desejo e a infelicidade lutando dentro de mim. Perdi toda e qualquer habilidade de pensar direito. Estou tão duro que dói, e Gina só piora as coisas, se esfregando em cima de mim.

Só mais trinta segundos, digo a mim mesmo. Só mais trinta segundos, e eu vou parar.

"Eu te quero tanto." Seus lábios estão colados ao meu pescoço de novo, e então, *merda*, suas mãos descem por meu corpo. Ela segura o meu pau por cima da roupa, e quase choro de prazer. Faz tanto tempo que uma mão que não seja a minha me toca desse jeito. Parece um crime de tão bom.

"Gina, não", murmuro, com um gemido, e preciso de toda a força do mundo para afastar sua mão. Meu pau protesta, deixando escapar dentro da cueca as primeiras gotas de prazer.

Seu rosto está corado. Os olhos, enevoados. "Por que não?"

"Estou... dando um tempo com isso."

"Isso o quê?"

"Sexo."

"O que tem o sexo?"

"Decidi parar."

"Parar com o quê?" Ela parece tão confusa quanto estou arrasado.

"Parar com o sexo", explico, triste. "Tipo, decidi parar de transar por um tempo."

Ela franze a testa. "Mas... por quê?"

"É uma longa história." Faço uma pausa. "Na verdade, não tem nada de longa. Quero me concentrar no hóquei esse ano, e o sexo é uma distração grande demais. Só isso."

Ela fica em silêncio por ainda mais tempo. Então toca meu rosto e desliza o dedão por minha barba por fazer. Lambe os lábios, e quase gozo nas calças.

"Se está preocupado que vou querer algo mais, nem esquenta. Só estou a fim de um lance casual. Minha grade na faculdade está uma loucura este semestre, e também não tenho tempo para relacionamento sério."

"Não é uma questão de ter ou não um relacionamento", tento explicar. "É o sexo em geral mesmo. Se eu faço uma vez, quero ficar fazendo de novo e de novo. Isso me distrai e..."

Ela me interrompe de novo. "Tá legal, nada de sexo. Então vou só te chupar."

Quase engasgo com a língua. "Gina..."

"Não esquenta, eu gozo enquanto estiver fazendo. Fico louca de tesão."

Isto é tortura.

Pura tortura.

Vou dizer uma coisa, será que os militares estão precisando de ideias sobre como dobrar alguém? É só entregar a eles um universitário excitado, jogar uma gostosa no colo dele dizendo que só quer um lance casual e oferecer um boquete porque fica *louca de tesão* com isso.

"Desculpa", consigo murmurar. Então realizo o feito ainda mais difícil de tirá-la do meu colo e ficar de pé. "Não estou com a cabeça boa pra... nada disso."

Ela continua sentada, a cabeça reclinada para trás, para me encarar.

Seus olhos estão arregalados de incredulidade e um quê de... acho que é *compaixão*. Pelo amor de Deus. Agora sou digno de pena por causa do meu celibato.

"Desculpa", repito. "E, pra deixar tudo bem claro, sei que estou com a garota mais bonita da festa, e minha decisão não tem nada a ver com você. Fiz uma promessa pra mim mesmo em abril e quero manter."

Gina morde o lábio inferior. Então, para minha surpresa, sua expressão adquire ares de admiração. "Não vou mentir", ela diz, "mas tô meio impressionada. Poucos caras conseguiriam manter a palavra com alguém como eu."

"Poucos caras são tão burros quanto eu."

Sorrindo, ela fica de pé. "Bem, te vejo por aí, Hunter. Gostaria de dizer que vou esperar por você, mas as garotas têm suas necessidades. E tá na cara que as minhas não combinam com as suas."

Com uma risada, ela deixa a sala, e vejo seu quadril rebolando a cada passo.

Passo ambas as mãos pelos cabelos e então abafo um gemido contra a palma da mão. Não sei se devia me orgulhar de mim ou arrebentar minha própria cara por causa dessa opção ridícula que resolvi fazer.

Em geral, até que tem, *sim*, me ajudado a me concentrar no hóquei. Desconto toda a minha frustração sexual no gelo. Estou mais rápido e mais forte do que na temporada passada, e tem quase um desespero em cada tacada que mando pra rede. Acerto o alvo quase como se em tributo ao sofrimento do meu pau. Um reconhecimento que o sacrifício precisa ser honrado.

É só até o final da temporada, tento me acalmar. Só mais sete meses e, quando chegar ao final, vou ter completado um ano de celibato. E aí, vou me presentear com um verão inteiro de sexo. Um verão do sexo.

Um verão interminável de sexo selvagem...

Ai, meu Deus. Estou cansado da minha própria mão. Tudo bem que não me ajuda em nada fazer essas coisas idiotas, tipo me entregar à tentação com garotas gostosas de fraternidade.

Pela primeira vez em muito tempo, estou doido para as aulas começarem. Com sorte, vou estar tão ocupado neste semestre que vou me afogar nos estudos. Trabalhos da faculdade, tempo extra de gelo, treino e jogos — é só nisso que vou me concentrar. E nada de festas de fraternidade.

Evitar a tentação é o único jeito de manter o foco no hóquei e o pau dentro das calças.

2

DEMI

"Passa o trinco", digo ao meu namorado Nico quando ele encosta a porta do quarto atrás da gente. Só porque a festa de hoje é na minha fraternidade não significa que meu quarto esteja aberto ao público. Na última vez em que demos uma festa e esqueci de trancar a porta, voltei pra pegar um casaco e dei de cara com uma sessão de sexo a três. Um dos dois homens tinha até cometido a barbaridade de usar Fernando, meu panda de pelúcia de um olho só, como travesseiro embaixo da bunda da menina. Sabe como é, né, para facilitar a dupla penetração que estava prestes a começar.

Isso nunca mais vai acontecer, Fernando, prometo em silêncio a meu amigo de infância enquanto o coloco sobre a mesa de cabeceira para abrir espaço pro meu namorado.

Nico cai de costas na cama, cobre o rosto com o braço e solta um suspiro cansado. Ele perdeu a festa porque precisava trabalhar, mas fico feliz que tenha se dado o trabalho de vir pra cá depois do expediente, em vez de ir pro quarto e sala em que mora de aluguel em Hastings. A cidadezinha fica a dez minutos de carro do campus da Briar, então não é tão longe. Mas sei que teria sido mais fácil ir direto pra casa e dormir.

"Cansado?", pergunto baixinho, com pena dele.

"Morto", é sua resposta abafada. Ele está cobrindo os olhos com o antebraço, o que me dá a oportunidade de admirar seu corpo sem ouvir gracinhas por isso.

Nico tem o porte alto, magro e atlético típico de um jogador de basquete. Embora jogasse de armador no ensino médio, não conseguiu bolsa de atleta em nenhuma faculdade e nunca foi bom o suficiente para entrar na NBA. Acho que ele não liga. O basquete era só uma diversão com os amigos de colégio; o que ele ama de verdade são os carros. Mas, embora não pratique esporte hoje em dia, ainda está em ótima forma. Faz muito exercício levantando caixas e móveis na empresa de mudanças em que trabalha.

"Pobrezinho", murmuro. "Deixa eu cuidar disso."

Sorrindo, começo por seus pés e vou subindo. Tiro o tênis, abro o cinto e deslizo sua calça pelas pernas. Ele se senta para me ajudar com o moletom e depois desaba na cama de novo. Agora está de peito nu, só de cueca e meia, com o braço cobrindo o rosto de novo, para proteger os olhos da luminosidade.

Com pena, apago a luz do teto e acendo o abajur da mesinha de cabeceira, que é mais suave.

Então me ajeito do lado dele, vestindo a camisola de seda preta que coloquei para a festa.

"Demi", murmura ele, quando começo a beijar seu pescoço.

"O que foi?"

"Estou muito cansado para isso."

Minha boca viaja ao longo de sua mandíbula, e sua barba por fazer arranha meus lábios. Alcanço sua boca e dou um beijo suave. Ele me beija de volta, mas é só por um instante. Então solta outro gemido cansado.

"É sério, gata, estou sem energia. Trabalhei catorze horas seguidas."

"Pode deixar que eu faço todo o trabalho", sussurro, mas quando minha mão desliza para sua virilha, não tem nenhum sinal de vida lá embaixo. Está mole feito macarrão.

"Outra hora, *mami*", diz ele, sonolento. "Por que não assiste seu programa de terror ou faz outra coisa?"

Engulo a decepção. Tem mais de uma semana que a gente não transa. Nico trabalha todo fim de semana e várias noites, mas amanhã ele está de folga, então é um dos raros sábados em que a gente poderia ficar acordado até tarde, se divertindo, se quisesse.

Mas ele não moveu um músculo desde que deitou.

"Tudo bem", dou o braço a torcer e pego meu laptop. "O último episódio é 'Crianças que matam', mas não me lembro se fiz você ver o que passou antes desse, 'Palhaços que matam'...?"

Nico ronca baixinho.

Que ótimo. É sábado à noite, tem uma festa bombando no primeiro andar, e não são nem dez da noite. Meu namorado gostoso apagou na minha cama e estou prestes a assistir um programa sobre assassinos. Sozinha.

Que sonho essa vida de universitária! U-hu!

Para piorar as coisas, este vai ser o último fim de semana sem estresse que vamos ter em muito tempo. Segunda-feira começa o semestre de outono, e minha grade está lotada. Estou cursando o preparatório para medicina, então preciso ter mais do que notas excelentes nos últimos dois anos na Briar se quiser entrar numa boa faculdade de medicina. Quase não vou ter tempo para ficar com Nico.

Dou uma olhada rápida na pilha de músculos que ronca ao meu lado. Ele não parece incomodado com o nosso iminente afastamento. Mas talvez tenha um motivo pra isso. Estamos namorando desde o oitavo ano. Nosso relacionamento teve seus altos e baixos ao longo dos anos, chegamos a romper algumas vezes, mas sobrevivemos a todos os obstáculos e vamos sobreviver a isto também.

Entro debaixo das cobertas, um feito e tanto, com o corpo de Nico pesando do outro lado do lençol. Coloco o computador no colo e ligo o último episódio do meu programa favorito. Minha vontade é dizer que acompanho essa série só por causa do componente psicológico, mas... quem estou querendo enganar? É um troço doentio, e eu adoro.

A música sombria invade o meu quarto, seguida pela familiar voz monótona do apresentador britânico, dizendo que estou prestes a embarcar em sessenta minutos maravilhosos de crianças que matam.

O fim de semana passa voando. A manhã de segunda-feira chega trazendo a primeira aula do meu terceiro ano, e da disciplina que mais estou empolgada para cursar — Psicologia Anormal. E, o que é melhor, dois dos meus melhores amigos também estão na turma. Eles estão esperando por mim nos degraus de pedra do enorme edifício coberto de hera.

"Uau, tá gostosa hoje, hein!" Pax Ling me abraça, dá um beijo barulhento na minha bochecha e depois belisca minha bunda. Estou de short jeans e blusinha listrada de alcinha, porque a temperatura hoje é de um milhão de graus. Não que eu esteja reclamando que o verão tenha se estendido até setembro. Adoro calor. "Suas pernas estão *demais* nesse short, gata", Pax fala, em tom de aprovação.

Ao lado dele, TJ Bukowski revira os olhos. Quando apresentei os dois, TJ não gostou muito da personalidade extravagante de Pax. Mas acabou dando o braço a torcer, e agora os dois têm uma relação de amor e ódio muito engraçada.

"Você também está uma delícia", digo a Pax. "Gostei da camisa."

Ele levanta a gola da camisa polo verde. "É da Gucci, engole essa. Minha irmã e eu fomos a Boston no final de semana e torramos uma grana. Mas, ei, valeu a pena, né?" Ele dá uma voltinha rápida para exibir a camisa nova.

"Valeu", concordo.

TJ ajeita as alças da mochila. "Anda, gente, vamos entrar. Melhor não chegar atrasado na primeira aula. Ouvi dizer que Andrews é uma professora rigorosa."

Eu dou risada. "Faltam quinze minutos ainda. Não se preocupa."

"*Thomas Joseph* não se preocupar?", pergunta Pax. "Esse é o estado-padrão dele."

Verdade. TJ é uma massa de ansiedade ambulante.

TJ lança um olhar furioso pra gente. Não gosta que brinquem com ele, principalmente quando o assunto é a sua ansiedade, então aperto sua mão com força. "Não fica bravo, meu bem. Adoro esse seu jeito todo preocupado. Assim eu nunca me atraso pra nada."

Com um leve sorriso, ele aperta minha mão de volta. TJ e eu nos conhecemos no primeiro ano de faculdade, quando morávamos no mesmo alojamento. A pessoa com quem eu dividia o meu quarto era absolutamente insuportável, então o de TJ virou uma espécie de santuário para mim. Ele nem sempre é a pessoa mais fácil de se conviver, mas tem sido um bom amigo desde o primeiro dia.

"Espeeeeera!"

O grito feminino corta o ar da manhã. Viro a cabeça e vejo uma garota baixinha correndo pelo caminho arborizado. Está usando um vestido preto na altura dos joelhos, com uma fileira de grandes botões brancos no meio. Traz um dos braços apontando o céu, sacudindo o que parece um tupperware de comida.

Um cara de cabelos escuros para junto dos degraus. É alto e, mesmo com o casaco grosso e cinzento com o logo da universidade, posso ver que está em forma. Faz uma cara feia quando percebe que está sendo seguido.

A garota corre na sua direção. Não ouço o que ele diz, mas a resposta dela é alta e clara. Acho que é uma das pessoas mais escandalosas que já vi.

"Fiz seu almoço!" Com um sorriso enorme no rosto, ela apresenta o potinho de comida como se estivesse entregando a ele o Santo Graal.

Ele parece tão aborrecido que é como se na verdade estivesse recebendo um saco de merda de cachorro.

Sério? A namorada do cara faz o almoço dele e não ganha nem um abraço de agradecimento? Babaca.

"Odeio esse cara", murmura TJ.

"Você conhece?" Não consigo esconder a expressão de dúvida. TJ não costuma andar com atletas, e está na cara que o sujeito em questão é um. Os ombros largos não deixam a menor dúvida.

"É Hunter Davenport", diz Pax, e reconheço na hora o seu tom de voz. Traduzindo: *Ai, meu Deus, quero essa gostosura todinha pra mim.*

Sem dúvida, o brilho em seus olhos tem um quê de sonhador. "Quem é Hunter Davenport?", pergunto.

"É do time de hóquei."

Bingo. Sabia que era atleta. Com aquele corpo... "Nunca ouvi falar", comento, dando de ombros.

"Não está perdendo nada. É só mais um atleta rico e idiota", diz TJ.

Arqueio uma sobrancelha. "O que você tem contra o cara?" TJ em geral não fica falando mal de atletas. Nem de ninguém, pra falar a verdade, tirando uma ou outra alfinetada em Pax.

"Nada. Só acho que é um escroto. Peguei o cara transando com uma vagabunda na biblioteca no ano passado. Totalmente vestido, mas com as calças abaixadas e metade da bunda pra fora. Estava com a garota contra a parede numa das salas de estudo." TJ balança a cabeça de desgosto.

Também fico com nojo, mas principalmente do jeito grosseiro como meu amigo se referiu à menina. "Por favor, não use essa palavra", repreendo. "Você sabe que não gosto desse negócio de vagabunda."

TJ se arrepende na hora. "Desculpa, tem razão, não foi legal. De qualquer forma, o vagabundo era o Davenport, nesse contexto."

"Por que alguém tem que ser o vagabundo?"

"Eu topo ser o vagabundo dele", diz Pax, distraído. Ele permanece com os olhos grudados no jogador de hóquei de cabelos escuros, que ainda está brigando com a namorada.

A garota continua empurrando o tupperware na mão dele, que insiste em não aceitar. Acho que está dizendo que não vai ter tempo de comer, porque a resposta que ela grita é: "Sempre dá tempo de comer, Hunter! Mas quer saber? Tudo bem. Pode passar fome, se quiser. Desculpa por tentar te alimentar!"

Sorrindo, coloco minhas mãos em volta da boca e grito: "Pega logo o almoço, cara!".

Davenport vira a cabeça na minha direção. Em seguida faz cara feia.

A garota, por outro lado, sorri para mim. "*Obrigada!*" Ela enfia o potinho na mão dele uma última vez e se afasta. Seus saltos vão batendo com força contra os paralelepípedos que revestem o chão da maior parte do campus, um patrimônio histórico.

Furioso, o jogador de hóquei vem na nossa direção, nos encarando. "Você não tem ideia do que acabou de fazer", rosna para mim. Sua voz é mais grave do que eu esperava, com um tom rouco bem interessante. Ele me mostra o potinho. "Agora estabelecemos um precedente. Ela vai fazer almoço pra mim o semestre inteiro."

Reviro os olhos. "Uau, que maldade dela, *tentar te alimentar.*"

Ele começa a se afastar com um suspiro. Mas então detém o passo. "Ah, oi, tudo bem, cara?", diz para Pax.

Meu amigo abre a boca até o queixo bater nos tênis brancos. Parecem novos também, então acho que não foi só a camisa que ele comprou em Boston.

"Oi", Pax responde, obviamente confuso por ter sido notado.

"A gente foi da mesma turma de Mídia Alternativa no semestre passado. Seu nome é Jax, né?"

Para minha descrença, *Pax* faz que sim com a cabeça, feito um idiota.

"Também está na turma de Psicologia Anormal?"

"Tô", Pax murmura.

"Legal. Bom, te vejo lá dentro." Davenport dá um tapinha no ombro de Pax antes de subir as escadas em direção à entrada do prédio.

Olho fixamente para o meu amigo, mas ele está ocupado demais, admirando a bunda de Davenport.

"Ei, Jax", zombo. "Terra para Jax."

TJ ri.

Pax sai de seu transe. Então me olha, envergonhado. "Ele lembrou de mim, Demi. Não ia corrigir o cara logo depois de *lembrar* de mim."

"Ele lembrou de Jax!"

"Sou eu! Meu nome é Jax. Agora vivo a vida como Jax. Foi Hunter Davenport quem falou."

Solto um suspiro e olho para TJ. "Por que somos amigos dele mesmo?"

"Não tenho ideia", ele responde, com um sorriso. "Anda, Jax, vamos escolhar nossa dama para a aula."

Entro na sala ensanduichada entre eles, de braço dado com os dois. A maior parte de meus amigos é homem, fato que meu namorado aprendeu a aceitar. No colégio, não gostava muito da ideia, mas Nico nunca foi um namorado controlador, e acho que até gosta de como me dou bem com os amigos dele.

Não me levem a mal, também tenho amigas. Minhas colegas de fraternidade. Pippa e Corinne, com quem vou jantar hoje à noite. Só que tenho mais amigos homens que mulheres, não sei por quê.

Dentro da sala escura, os meninos e eu encontramos três lugares juntos perto do meio da sala. Vejo Hunter Davenport na fileira à nossa frente, perto do corredor, curvado sobre o telefone.

"Ai, ele é perfeito", suspira Pax. "Vocês não têm ideia de quantas vezes fantasiei em atraí-lo para o lado negro da força."

Dou um tapinha no braço do meu amigo. "Talvez um dia. Tenho fé em você."

A sala fica cheia, mas todos se calam quando a professora entra, às nove em ponto. É uma mulher alta e esbelta, com cabelos curtos, olhos castanhos astutos e óculos de moldura preta e quadrada. Ela nos cumprimenta calorosamente e então se apresenta, explicando quem é e o que vamos ter que aprender este ano.

Estou animada. Meu pai é cirurgião e minha mãe foi enfermeira pediátrica, por isso era inevitável que eu acabasse na área médica. Deve estar nos meus genes. Mas nunca me interessei por cirurgia nem enfermagem. Desde criança me interesso pela *mente*. Distúrbios de personalidade me fascinam. Padrões destrutivos de pensamento e como impactam um indivíduo quando ele interage com o mundo.

A professora Andrews enumera os tópicos específicos que vamos abordar. "Vamos ver como a psicologia anormal era tratada no passado e como as abordagens modernas evoluíram ao longo dos anos. As avaliações clínicas e o diagnóstico vão desempenhar um papel importante nos nossos estudos. Além disso, acredito em uma abordagem prática do ensino. Isso significa que não vou simplesmente ficar aqui na frente relatando fatos sobre distúrbios de estresse, transtornos de humor, problemas sexuais e por aí vai."

Eu me inclino para a frente. Já estou empolgada. Gostei desse jeito direto e da forma como ela tenta estabelecer contato visual com todos os alunos. Já vi muito professor que fica lendo de um laptop em tom monótono e nem parece notar que tem outras pessoas na sala.

Ela diz que vamos escrever resumos dos estudos de caso discutidos em sala de aula e fazer algumas provas de múltipla escolha. "As datas das provas estão todas no plano de estudos que vocês receberam por e-mail. Já o projeto de fim de curso vai ser em dupla, e vai ser uma parceria contínua. A data de entrega do trabalho e do estudo de caso será logo antes das férias de fim de ano. Agora, a parte divertida..."

Percebo vários olhares desconfortáveis sendo trocados por toda a sala. Acho que ninguém acredita muito quando um professor fala em "diversão". Mas não estou preocupada. Tudo o que ela descreveu até agora parece interessante.

"Lembram daquela brincadeira de criança, brincar de médico?" A professora Andrews sorri para a sala. "Esse vai ser o projeto de pesquisa de vocês. Uma pessoa da dupla vai ser o psicólogo; a outra, o paciente. O primeiro vai receber as ferramentas de diagnóstico para fazer uma avaliação e escrever um estudo de caso detalhado. O segundo vai receber um distúrbio psicológico para pesquisar e, por falta de palavra melhor, encenar para o médico."

"Adorei", diz Pax para mim. "Por favor, *por favor*, deixa eu ser o paciente."

"Por que você acha que vai fazer dupla com a Demi?", objeta TJ.

"Meninos, tem pra todo mundo."

Mas Andrews tem uma última pegadinha. "Eu vou escolher as duplas a partir da lista de chamada, em ordem alfabética." Ela ergue umas folhas de papel. "Quando ouvirem seus nomes, levantem as mãos, para saberem quem é sua dupla. Certo, vamos lá: Ames e Ardin."

Dois braços se erguem. Uma garota de cabelo roxo brilhante e outra com um boné dos Patriots.

"Axelrod e Bailey."

Deve ter uns cem alunos na turma, mas Andrews é eficiente. Ela passa depressa pelos nomes, e logo chegamos à letra D.

"Davenport e Davis."

Levanto a mão junto com Hunter. Ele me olha e curva os lábios num meio sorriso.

Ao meu lado, TJ solta um suspiro infeliz. Ele se inclina e sussurra: "Quer que eu mude legalmente meu sobrenome para Davidson para te salvar do idiota do hóquei?"

Sorrio para ele. "Não esquenta, vou sobreviver."

"Gray e Guthrie", anuncia Andrews.

"Tem certeza?", insiste TJ. "Aposto que você poderia trocar de dupla se dissesse alguma coisa."

"Killington e Ladde."

"Tá tudo bem, querido. Nem conheço o cara", digo. "Você é que não gosta dele."

"Mas eu amo", lamenta Pax. "Daria *tudo* pra brincar de médico com ele."

Mas então Andrews chama "Lawson e Ling", e Pax se anima quando sua dupla levanta a mão. É um cara de cabelos castanhos ondulados e um queixo maravilhoso.

"Ele serve", murmura Pax, e engulo uma risada.

"Esses envelopes", anuncia Andrews, apontando para uma pilha de envelopes de papel pardo em sua mesa, "contêm instruções detalhadas sobre o trabalho. Tem um para cada dupla, basta um de vocês pegar quando acabar a aula. Vocês decidem entre si quem assume qual papel."

Hunter se vira e faz uma arminha com a mão, apontando para mim. Acho que quer dizer que é pra eu pegar o envelope.

Reviro os olhos. Já entendi tudo, ele vai deixar o trabalho todo comigo.

Uma vez que as duplas estão formadas, Andrews dá início à aula, e faço tantas anotações que meu pulso começa a doer. Merda, preciso trazer o computador na aula que vem. Em geral, prefiro escrever à mão, mas a quantidade de informação é imensa, e ela cobre muita coisa em pouquíssimo tempo.

Depois que somos dispensados, vou até a mesa dela para pegar um envelope pardo. É pesado. Talvez algumas pessoas se assustem com isso, mas estou empolgada com o trabalho. Parece divertido e abrangente, ainda que minha dupla seja um atleta.

Por falar no atleta, ele caminha na minha direção, trazendo a mochila num dos ombros largos. "Davis", me cumprimenta.

"Davenport."

"Pode me chamar de Hunter." Ele me examina da cabeça aos pés, demorando-se um pouco mais que o necessário nas minhas longas pernas nuas, ainda bronzeadas do verão em Miami.

"Sou Demi." Noto TJ e Pax em pé perto da porta, esperando por mim.

"Demi...", ele repete, distraído. Ainda está checando minhas pernas, e engole em seco visivelmente antes de forçar os olhos de volta para os meus.

"Sim, esse é o meu nome." Por que ele está mudando de posição assim? Estreito os olhos na direção da virilha dele. Aquilo é uma *semiereção*?

"Demi", diz ele.

"Ã-ham. Rima com semi." Lanço um olhar mordaz para sua virilha.

Hunter olha para baixo. Então ri. "Pelo amor de Deus, não é o que você tá pensando. É só a minha calça."

"Ah, claro."

Ele leva a mão grande até o zíper e cobre a região com a palma, e o volume de fato diminui um pouco. "Jeans novo", resmunga. "Tá meio duro ainda."

"Duro, é?"

"É o tecido. Tá vendo? Toca aqui."

Deixo escapar uma risada. "Ai, meu Deus, não vou pôr a mão no seu pau."

"Não sabe o que está perdendo." Hunter sorri.

"Vou deixar passar." Levanto o envelope. "Então, quando a gente pode se encontrar pra dar uma olhada nisso aqui?"

"Não sei. Tá livre hoje à noite?"

Balanço negativamente a cabeça. "Não. Que tal amanhã?"

"Pode ser, vou estar na área. Quando e onde?"

"Oito horas na casa da Theta Beta Nu?"

"É sério? Não achei que você fosse de uma fraternidade."

Dou de ombros. "Bem, eu sou."

Verdade seja dita, só entrei para a fraternidade porque não queria morar no alojamento. Além do mais, minha mãe foi da Theta na faculdade, e cresci ouvindo sobre como seus dias de fraternidade foram os melhores de sua vida. Ela era a alegria da festa naquela época, e ainda é.

"Combinado. Te vejo amanhã à noite, Semi", diz ele, antes de sair.

3

HUNTER

"Ai. Que saudade desses peitos."

"Eles também estão com saudade..."

"Ah é? Saudade do quê?"

"Da sua língua, com certeza."

"Humm. Deixa eu ver, gostosa. Só uma olhadinha."

"E se um dos seus colegas entrar?"

"Ele vai morrer de inveja, porque estou namorando a mulher mais sexy do mundo."

"Tá bom, eu mostro. Mas só se você me mostrar o seu pau."

"Combinado. Você primeiro... ah, delícia... espera, melhor esconder essas lindezas... E se o Hunter entrar? Você disse que ele estava em casa."

"Ah, não esquenta. Hunter virou monge agora. Ver meus peitos não vai ter o menor impacto."

Na cozinha, finalmente solto o rosnado preso na garganta. *Achei* que fosse descer e jantar antes da reunião com Demi Davis. Em vez disso, passei os últimos cinco minutos ouvindo a sessão de Skype mais nauseante do mundo.

"Eu virei um monge", grito, da porta. "E não um eunuco, porra!"

Entro na sala sem dar tempo para Brenna se cobrir. Ela não merece essa consideração. Como recompensa por ter que aturar o sexo online de Brenna e Jake Connelly, mereço ver uns peitos que não sejam de vídeo pornô.

Mas Brenna já está vestindo a camiseta, então tenho que me contentar com um rápido vislumbre provocante de mamilos marrom-avermelhados.

"Chega pra lá, sua demônia." Sento no sofá ao seu lado e enfio uma garfada de arroz selvagem na boca. Dou uma olhada para o laptop na mesinha de centro. "Oi, Connelly. Belo pau."

O cara na tela do computador solta um palavrão. Ele volta os olhos para a mão direita, como se só então tivesse se dado conta de que estava segurando uma ereção bem impressionante. Depois de um borrão na imagem e do som de um zíper se fechando, Jake Connelly me encara com olhos verdes intensos.

"Espionando a gente, Davenport?"

Engulo minha comida. "É espionagem quando você tá pelado no Skype, na minha sala de estar?"

"*Nossa* sala de estar", Brenna diz com toda a doçura, estendendo a mão para me dar um tapinha no ombro.

Certo, como se eu pudesse esquecer. Outros caras talvez adorariam dividir uma casa com três garotas, mas não é o que considero um arranjo ideal para a vida. Gosto de Brenna, de Summer e de Rupi individualmente, mas, quando as três se juntam, o mundo vira um lugar... barulhento. Isso sem contar que elas vivem se unindo contra mim.

Tecnicamente, meus antigos colegas de república, Mike Hollis e Colin Fitzgerald, também moram aqui ainda, mas eles quase não param em casa.

Hollis só aparece nos fins de semana — passa os outros dias com os pais, em New Hampshire, por causa do trabalho.

Fitz é designer de games e tem pegado muito trabalho freelancer desde que se formou na Briar. Às vezes, isso significa viajar para a sede da desenvolvedora. Neste momento, está em Nova York, trabalhando num jogo de ficção científica, e enquanto isso está ficando na cobertura da família de Summer em Manhattan. Sortudo. A família Heyward-Di Laurentis é podre de rica, então ele está sentado no luxo.

"Connelly, vambora. O carro está esperando a gente lá embaixo", outra voz berra no alto-falante do laptop. "A foto para a caridade é hoje à noite."

Jake olha por cima do ombro. "Ah, merda, tinha esquecido disso."

"O que você está fazendo... ah, oi, Brenna!" Uma cara enorme aparece tão perto da tela que dá pra ver os pelinhos do nariz.

Quando o sujeito se afasta, experimento um raro momento de empolgação infantil, porque, minha nossa, é Theo Nilsson, um dos melhores jogadores do time de Edmonton. Não acredito que Nilsson acabou de dar um pulinho casual no quarto de hotel de Jake, e a pontada de inveja diante da ideia de que ele está mesmo por aí jogando hóquei com algumas lendas do esporte é irrefreável.

Quando era criança, eu sonhava em jogar profissionalmente, mas, à medida que fui envelhecendo, percebi que talvez não fosse o melhor caminho para mim. Esse estilo de vida me assusta, pra ser sincero. Então não me inscrevi no *draft* de propósito. Nem tinha planejado jogar na faculdade. Vim para a Briar pra me formar em administração de empresas e virar empreendedor. Mas um amigo e colega de time que se formou há uns dois anos me convenceu a abrir mão da aposentadoria autoimposta, e agora estou aqui.

"Tenho que ir, gata", Jake diz a Brenna.

"Divirta-se tirando foto com todas aquelas marias-patins sedentas", provoca ela.

Nilsson dá uma gargalhada. "É um evento de caridade numa organização de curling para idosos", revela o colega de time de Jake.

Ela não se dá por vencida. "Você já *viu* o Jake?", Brenna pergunta a Theo. "Aquelas coroas vão ficar doidas por ele. Marias-patins transcendem a idade."

Brenna desliga, e enfio um pedaço de frango grelhado na boca. "Não acredito que era Theo Nilsson", digo, mastigando.

"Pois é, ele é muito legal. Jantamos com ele na semana passada, quando jogaram com os Bruins."

"Não precisa humilhar, vai."

Brenna franze os lábios vermelhos — sua marca registrada — num sorriso gentil. Mesmo quando está sozinha em casa, se dá o trabalho de passar um batom do estilo "me coma". Ela é cruel. "Se você se comportar, da próxima vez eu te chamo."

"Eu sempre me comporto", protesto. "Pergunta pro meu pau... o coitado quer que eu saia da linha, mas não dou o braço a torcer."

Ela ri. "Acho que todo esse tesão reprimido não faz bem à saúde. E se as suas bolas explodirem e você morrer?"

Penso um pouco a respeito. "Talvez seja como mil orgasmos acumulados numa explosão, e quem iria querer continuar vivendo depois disso? Acho que, depois de uma explosão de mil orgasmos, todo o resto vai ser uma decepção."

"É um bom argumento." Os olhos escuros de Brenna me acompanham quando me levanto e vou para a cozinha lavar o prato.

"Tenho que ir", aviso a ela, da porta da cozinha. "Até mais."

"Vai aonde?"

"Estudar na casa Theta."

"Rá! Esse voto de celibato já era."

"Não. O voto continua intacto. É só um trabalho em dupla que tenho que fazer com uma garota de lá."

"Um trabalho em dupla", ela zomba.

"É, um trabalho. O mundo não gira em torno de sexo, Bee."

"Claro que gira." Ela lambe os lábios com lascívia, e minha boca formiga em resposta. O mesmo acontece com meu pênis.

Ela tem razão. Sexo é tudo e está em todo lugar. Uma mulher não pode nem lamber os lábios sem meu cérebro ser jogado na sarjeta sexual.

Até hoje, só encontrei uma solução para controlar a libido: maconha. E nem *isso* posso usar tanto quanto gostaria, a não ser por um baseado ou outro numa festinha. A maconha me acalma e reprime meus impulsos carnais, mas também me deixa cansado e lento nos treinos. E de jeito nenhum que vou desafiar os deuses dos exames antidoping da Associação Nacional. Então, como sexo, é só mais uma atividade divertida que evito. Minha vida é demais.

"Enfim, vou jogar sinuca com alguns dos caras no Malone's depois. Vou chegar tarde."

"Nem pra me chamar!" Ela faz um beicinho de zombaria.

"Não", respondo e não me sinto nem um pouco culpado por isso. Moro na terra do estrogênio, e às vezes preciso escapar, mesmo que só por uma noite. "Mulher não entra. Já tem mulher demais nesta casa."

"Ah, mas você adora. Todo dia, Rupi faz seu almoço, Summer prepara seu café da manhã, e eu estou sempre andando de calcinha pela casa. Comida e material para o seu banco de esperma, Davenport. Sua vida é um sonho."

29

"Um sonho seria se eu transasse com vocês todas as noites. Ao mesmo tempo."

"Rá! Vai sonhando mesmo. Divirta-se com o seu...", Brenna desenha aspas no ar, "trabalho em dupla."

Mostro o dedo do meio pra ela antes de sair e quinze minutos depois estou de volta ao campus, estacionando o Land Rover na rua arborizada das casas de fraternidade. É terça-feira à noite, e o lugar está surpreendentemente tranquilo. Em geral, sempre tem alguma festa ou evento noturno acontecendo na rua, mas esta noite só ouço o som fraco de música tocando em algumas das casas.

Subo o caminho florido que leva à porta da casa Theta. Quase todas as janelas do casarão de três andares estão acesas. Toco a campainha, e uma garota alta e magra de moletom aparece.

Ela arqueia uma sobrancelha. "Pois não?"

"Demi está?" Levanto o ombro em que estou carregando a mochila. "Combinamos de estudar."

A colega de Demi dá de ombros, vira a cabeça e grita: "Demi! Visita!"

Entro na casa, que passou por uma reforma drástica desde que estive aqui no fim de semana. O lugar está brilhando de limpo, cheirando a desinfetante de limão, e não vejo garotas seminuas, nem caras bêbados ou poças de cerveja no piso de madeira.

Ouço passos na escada de madeira, e a garota da aula de psicologia desce os degraus, com um pirulito no canto da boca. Na mesma hora, me concentro em seus lábios, que estão brilhando, tingidos com o vermelho do doce que ela está chupando. Seu cabelo escuro está preso num rabo de cavalo alto, e ela está de calça xadrez e uma blusa branca fina sobre um sutiã esportivo preto.

É muito bonita, e tenho que fazer força para parar de encará-la.

"Oi", Demi cumprimenta, me observando demoradamente.

"Mel, quem era na campainha?", alguém grita.

Há um burburinho e meia dúzia de garotas saem da cozinha e aparecem no corredor. Todas param abruptamente quando me notam. Uma delas me despe abertamente com os olhos; já as outras são um pouco mais discretas.

"Hunter Davenport", diz a mais atrevida. "Nossa, você é ainda mais bonito de perto."

Em geral, não sou tímido nem bobo com mulheres, mas estão todas ali me avaliando, e isso é desconcertante. "Que tal você me passar o seu telefone?", murmuro para Demi.

"E por que eu faria isso?"

"Pra eu poder mandar uma mensagem da próxima vez avisando que estou aqui, e você vir me buscar na surdina, e a gente poder evitar tudo... isso..." Faço um gesto para a nossa plateia.

"Qual é o problema? Fica intimidado com algumas garotas?" Revirando os olhos, Demi me leva em direção à escada.

"Não." Dou uma piscadinha. "Estou preocupado com você."

"Comigo?"

"É, pois é. Se eu continuar vindo te encontrar aqui, suas colegas vão ficar morrendo de inveja e, por causa do ressentimento, elas vão acabar te tratando mal, e você vai perder todas as suas amigas. É isso que você quer, Semi?"

Ela ri. "Ah não! Tem razão. A partir de agora, melhor você entrar pela janela. Igual Romeu." Ela desloca o pirulito para o outro canto da boca com a língua. "Só um *spoiler*: Romeu morre no final."

Demi me leva para um quarto no segundo andar e fecha a porta.

Examino o quarto. As paredes são amarelas, e a cama é uma daquelas com quatro colunas que parecem que deveriam ter um dossel ondulado, mas não têm. A colcha é roxa, e tem um panda de pelúcia num dos travesseiros.

A mesa está cheia de livros didáticos. Química, biologia e um de matemática com um título ilegível. Arqueio as sobrancelhas. Se ela está estudando tudo isso num semestre, tem uma carga horária intensa, e não a invejo por isso.

Mas meu olhar está mais interessado no grande quadro de cortiça sobre a mesa. Está praticamente transbordando de fotos, e me aproximo para dar uma olhada. Humm, tem um monte de homens nessas fotos. Algumas meninas também, mas as amizades de Demi parecem ser em sua maior parte do sexo masculino. Em várias fotos ela aparece com o mesmo cara de cabelo preto. Namorado?

"Então, como a gente vai fazer?", pergunto, largando a mochila na cadeira.

"Bem, Andrews disse pra gente tratar esses encontros como sessões de terapia de verdade."

"Certo." Levanto as sobrancelhas algumas vezes. "Pronta pra brincar de médico?"

"Eca. Tô fora de brincadeiras com você, menino do hóquei."

"*Homem* do hóquei, por favor."

"Tá legal, homem do hóquei." Demi vasculha sua bolsa e puxa o envelope pardo que recebemos ontem na aula. Ela senta na beirada da cama com os papéis no colo. "Certo, pensei que você podia ser o paciente, e eu, a médica. Assim você fica com a parte mais fácil da dissertação."

Franzo a testa. "E por que você acha que preciso ficar com a parte fácil?"

"Ah, desculpa, não quis insultar sua inteligência", diz ela, parecendo sincera. "Mas um amigo me disse que você tá cursando administração de empresas."

"E daí?"

"E daí que eu sou a aluna de psicologia da dupla, e acho que escrever o estudo de caso e fazer o diagnóstico seria mais útil pra mim do que pra você, já que quero trabalhar com isso. Mas se você não quiser mesmo fazer a pesquisa sobre a doença, a gente pode tirar no palitinho."

Penso por um momento. Demi tem razão sobre a questão da formação dela. E não me importo de fazer a pesquisa. "Tranquilo, por mim tanto faz. Posso ser o paciente."

"Perfeito. Combinado."

"Tá vendo como a gente trabalha bem junto?" Meu olhar se volta para o pequeno sofá debaixo da janela. "Legal, parece um consultório de psiquiatra de verdade." Caminho até o móvel e afundo nele meu corpo grande demais, estendendo as pernas por cima do descanso de braço. Então levo a mão até o zíper. "*Com* roupa ou sem?"

4

DEMI

Dou uma gargalhada diante da falta de cabimento da pergunta. "Com roupa, pelo amor de Deus."

"Tem certeza?", insiste Hunter, posicionando os dedos sobre o botão da calça jeans.

"Absoluta."

"Azar o seu." Ele dá uma piscadinha e leva as mãos atrás da cabeça.

Davenport é divertido, tenho de dar o braço a torcer. E muito mais atraente do que deveria. Minhas colegas de fraternidade deixaram poças de baba no chão quando ele passou por elas lá embaixo. A maioria delas é louca por atletas, então provavelmente vão invadir meu quarto, implorando por detalhes, assim que ele for embora.

Ele se espicha todo no meu sofazinho e tira os sapatos. Está usando um jeans rasgado no joelho, uma camiseta preta e um moletom cinza aberto. É musculoso, mas não chega a ser grandalhão, tem um ótimo corpo e um rosto de parar o coração. E, quando me lança um sorriso arrogante, fico horrorizada ao sentir um calor em minhas bochechas. Esse sorriso é perigoso. Não admira que Pax seja obcecado pelo cara.

Abro o envelope pardo e tiro um pacote grampeado com as instruções do trabalho e mais dois envelopes. Um deles tem a palavra "TERAPEUTA" anotada, e o outro, "PACIENTE".

"Aqui." Jogo o envelope do paciente no sofá. Hunter pega sem qualquer dificuldade.

Dentro do meu, encontro uma pilha de papéis e folheio. São folhas em branco que devo usar para minhas "anotações de sessão". Dou uma olhada nas instruções. Precisamos registrar no mínimo oito sessões, mas podemos fazer quantas quisermos. Aparentemente, minhas anotações serão incluídas no apêndice do estudo de caso que tenho de escrever. Meu envelope também inclui ferramentas de diagnóstico e folhas com dicas.

Do sofá, Hunter ri baixinho. Ergo os olhos para ele e o vejo folheando os papéis. Sua pilha não é tão grande quanto a minha, provavelmente porque sua parte do projeto envolve mais pesquisa.

"Acho que a gente devia ter dividido os papéis na aula", comento ao me dar conta disso. "Não sei se rola fazer uma sessão antes de você dar uma pesquisada no seu falso distúrbio."

Mas Hunter se limita a dar de ombros. Ele avalia os papéis mais uma vez, e um tom irônico permeia sua voz. "Tá tranquilo. Sei o suficiente pra improvisar, pelo menos nesta primeira conversa."

"Tem certeza?"

"Tenho." Ele coloca os papéis de volta no envelope e o guarda na mochila. Então se acomoda no sofá de novo. "Beleza, pode começar."

De acordo com as instruções de Andrews, não tenho permissão para gravar a sessão. Mas confio em minhas habilidades de anotação. Mastigo o finalzinho do pirulito, engulo o doce e jogo o palito na lixeira.

Uma vez que estamos os dois acomodados, começamos pelas formalidades. "Então, senhor...?" Espero que ele complete com seu nome falso.

"Sexy."

"Não. Você pode fazer melhor que isso."

"Big", ele tenta de novo.

Solto um suspiro. "Smith", digo, com firmeza. "Você é o sr. Smith. Primeiro nome, hã, Damien."

"Igual o garoto demônio do filme de terror? Não. É muito carma negativo."

"*Você* é um carma negativo", murmuro. Meu Deus, uma eternidade só pra decidir um nome falso. Neste ritmo, o trabalho não vai acabar nunca. "Tá legal, seu primeiro nome é Richard; apelido, Dick, o insuportável."

Ele dá uma risada.

"Prazer em conhecê-lo, Dick Smith", digo, educada. "Sou a dra. Davis. O que posso fazer por você?"

Eu meio que espero outra piada obscena, algo sobre esse Dick precisar de carinho. Mas ele me surpreende. "Minha mulher acha que preciso de terapia."

Arregalo os olhos. Humm, foi direto ao ponto. Gostei. "Ah é?... E por que ela acha isso?"

"Falando sério? Não sei. *Ela* é que precisa de terapia. Está sempre perdendo a cabeça por causa de alguma coisa."

Anoto a expressão que ele usou. "O que quer dizer com isso, perdendo a cabeça?"

"Ela pensa demais em tudo. Só sabe reclamar. Por exemplo, se eu chego em casa atrasado do trabalho, o cérebro dela logo conclui 'tá me traindo'." Hunter faz uma pausa, irritado. "Acho que, já que é pra falar tudo, então tenho que dizer que já traí minha mulher uma ou duas vezes e, sim, ela sabe disso."

Uau, parece coisa de novela. Já embarquei completamente.

"Certo... essa traição que você mencionou." Faço mais algumas anotações. "Há quanto tempo isso aconteceu? E foi só uma ou duas vezes mesmo?"

"O primeiro caso foi anos atrás, o mais recente, este ano. Estava sofrendo muito estresse no trabalho."

Percebo que ele ignorou minha pergunta sobre quantas vezes realmente traiu a esposa.

"Por que acha que fez isso? Tem alguma razão específica que se destaca?"

"É difícil se sentir conectado a alguém que só reclama e faz exigências. *Ela* que me levou a pular a cerca. Quer dizer, o que ela achava que ia acontecer, me tratando daquele jeito?"

Eca, que babaca. Ele considera a *esposa* responsável pela *sua* traição...

Interrompo o raciocínio, lembrando a mim mesma que não devo julgar. Minha função é tentar entender.

Se eu trabalhar com psicologia clínica, certamente vou acabar ouvindo milhares de histórias sórdidas de infidelidade. Talvez precise tratar alguém que abusa física ou emocionalmente do parceiro. É muito provável que encontre pacientes que desprezo ou que talvez não consiga ajudar.

Meu trabalho não é condená-los, e sim tentar ajudá-los a desenvolver seu autoconhecimento.

"Então, quando contou pra ela dos casos, você e sua esposa concordaram em começar de novo? Tentar mais uma vez?"

Hunter assente. "Ela aceitou a responsabilidade que teve no que aconteceu e concordou em me perdoar. Isso significa que ficou pra trás, é passado. Ficar suspeitando de mim o tempo todo não me faz querer ficar com ela. Vai por mim, não é fácil conviver com alguém assim."

"Imagino que não mesmo. Mas você tem alguma ideia do motivo por que ela pode estar se comportando assim? Tente se colocar na posição dela. Como acha que reagiria se sua esposa fosse infiel?"

"Ela nunca me trairia", diz ele, presunçoso. "Tirou a sorte grande comigo. Sou muita areia pro caminhãozinho dela."

Você é nojento, sinto vontade de falar. Em vez disso, digo: "Entendo".

E agora percebo por que os terapeutas parecem se apegar a essa palavra. É uma forma de dar vazão aos palavrões em sua cabeça.

Hunter e eu conversamos mais uns vinte minutos sobre sua esposa fictícia, a encheção de saco dela e a infidelidade dele, e começo a perceber uma tendência em suas respostas. Uma total incapacidade de se colocar no lugar da outra pessoa.

Falta de empatia, escrevo e envolvo as palavras com uma estrela.

Ele termina de contar mais uma longa história retratando a esposa como vilã e ele, uma vítima inocente, e fico impressionada com o fato de ter mesmo mergulhado de cabeça no trabalho. E está se saindo *tão* bem que chega a ser... ai, sensual pra burro, pra falar a verdade.

Estou prestes a fazer mais uma pergunta, mas Hunter se senta. "Melhor parar. Esgotei oficialmente todo o meu conhecimento sobre... meu distúrbio", ele diz, sendo vago. "Tenho que pesquisar mais antes de continuar conversando."

"Foi divertido", admito. "Não achou?"

"É, até que foi." Ele levanta do sofá e estica os braços musculosos acima da cabeça, se espreguiçando. Sua camiseta sobe com o movimento, revelando um abdome de aço.

Meu queixo cai. "Meu Deus. Isso é tão injusto."

"O quê?" Hunter franze a testa.

"Você já viu esse abdome? Quem tem músculos assim?"

A expressão de dúvida dá lugar a um sorriso presunçoso. "Sou jogador de hóquei. Cada centímetro do meu corpo é assim."

Mais uma vez minhas bochechas ficam quentes. Estou tentando não imaginar como é o resto do seu corpo sob suas roupas, mas tenho a sensação de que ele não está exagerando. É um físico de outro mundo.

Vejo a tela do meu telefone acender na mesa de cabeceira e levanto para conferir quem é. Deixei no mudo, e Nico mandou duas mensagens na última hora. Uma há trinta minutos e outra agora.

NICO: *Oi, gata, não vou poder dormir aí hj. O carro pifou depois do trabalho. Problema na bateria, acho. Vou rebocar até a oficina em Hastings e buscar de manhã antes da aula.*
NICO: *Tá brava? :(*

Digito uma resposta rápida.

EU: *Brava não, amor. Só um pouco decepcionada.*

"Tudo bem?", pergunta Hunter, fechando o zíper da blusa.

Dou de ombros. "Meu namorado me deu bolo. Ele vinha passar a noite aqui, mas a bateria do carro arriou. Acho que tem que trocar ou coisa do tipo."

"Que pena. Até chamaria você pra jogar sinuca com meus amigos esta noite, mas preciso dar um tempo nas garotas."

"Ah é, toda essa atenção feminina deve ser uma tortura." Penso na mocinha bonita de ontem, a que se esforçou para fazer o almoço dele e foi completamente rechaçada. "Vamos lá, vou te levar lá embaixo."

Mas, antes que eu chegue até a porta, Nico me liga. "Ai, vou ter que atender", digo, enquanto saímos do quarto.

Não tenho escolha, porque sempre que perco uma chamada ou uma mensagem de Nico, ele parece fazer questão de não me atender quando ligo de volta, mesmo que seja meio segundo depois. Não entendo. Um monte de gente faz isso. Como podem não estar disponíveis cinco segundos depois de entrarem em contato? É como se mandassem a mensagem e jogassem o celular no rio.

"Oi", digo, apressada. "Tudo bem?"

"Só queria ver como você tá", responde Nico. "Vou tomar banho daqui a pouco e provavelmente dormir cedo."

"Por quê? Ah é, pra buscar o carro amanhã."

"O carro?"

"Que você mandou rebocar até a oficina...", lembro. De canto de olho, noto Hunter ouvindo, curioso. Peço que ande mais rápido enquanto descemos as escadas.

"Ah, não, Steve me ajudou. Ele tinha uns cabos no caminhão."

"Espera, então você conseguiu dar partida no carro?" *Então por que não veio pra cá?*, quero perguntar, mas me forço a não falar nada.

"É, consegui. Mas não quero dirigir de novo hoje e correr o risco de ficar sem bateria de novo", explica Nico, como se estivesse lendo a minha mente. "Vou levar no mecânico de manhã. Mas te vejo amanhã à noite, tá bom?"

"Tá."

"Te amo, *mami*."

"Também te amo."

Estou franzindo a testa quando Hunter e eu chegamos à porta da frente. "O namorado?", pergunta ele.

Faço que sim com um aceno de leve. "Parece que ele ligou o carro usando cabo de bateria, mas ainda está arriada. Não sei direito. Não entendo muito de carro."

"Parece lorota", comenta Hunter. "Usar a velha desculpa de que o carro quebrou pra não ter que encontrar alguém."

"Ah, é?", questiono. "Você costuma mentir que o carro quebrou pra se livrar de um encontro?"

"Se eu costumo fazer isso? Não. Se já fiz? Já."

Olho feio para ele. "Bem, nem todo mundo é mentiroso que nem você."

Ele não se ofende. Apenas sorri. "Foi mal. Não queria tocar num ponto fraco."

"Não tocou."

"Ã-ham. Enfim, os meninos estão me esperando. Até mais tarde, Semi."

Praticamente o enxoto pela porta da frente. Se eu me livrar dele quanto antes, essa sementinha de dúvida que conseguiu plantar em mim não cria raízes.

5

HUNTER

Sou o primeiro a aparecer na reunião de quinta à tarde do time. Nunca fui de chegar cedo nessas coisas, mas, agora que sou o capitão, quero dar o exemplo, então aqui estou, sozinho na sala de mídia.

As instalações de hóquei da Briar são de primeira linha, o sistema de vídeo é animal. É uma sala grande, uma espécie de auditório, com três fileiras de mesas com poltronas acolchoadas imensas e um telão gigante para assistir os vídeos dos jogos. Passamos a semana toda estudando o time do Eastwood College. Eles são nossos rivais na liga universitária, e vamos enfrentá-los amanhã, no primeiro jogo oficial da temporada.

Não estou muito preocupado. O Eastwood não está com uma equipe particularmente forte este ano, mas nós estamos. Mesmo sem Fitzy, Hollis e Nate Rhodes, nosso time ainda tem uma formação sólida. Eu, Matty, um goleiro excelente e alguns calouros recrutados pelo treinador Jensen que estavam entre os melhores jogadores de ensino médio do país.

Depois que o time me escolheu para substituir Nate, o antigo capitão, liguei pedindo dicas sobre como manter o moral, como motivar os caras, enfim, sobre como ser um *líder*, mas ele não falou muita coisa. Disse que a dinâmica muda todo ano com a saída dos jogadores mais velhos e a entrada dos mais novos, e que eu ia aprender com o tempo. É mais uma questão de lidar com trinta egos e manter todo mundo animado e concentrado na missão: vencer.

Por falar em jogadores novos, nesta temporada temos um monte. No final de agosto, fizemos testes para alunos que jogam hóquei mas que não foram recrutados para jogar pela universidade, ou para qualquer um que simplesmente quisesse tentar uma vaga no time. Um dos meus novos companheiros de time preferidos veio dessa seleção: Conor Edwards, que entra na sala assim que me acomodo numa poltrona na primeira fila.

Con se acha o pegador, mas não é tão babaca quanto seria de se esperar. É na verdade um cara bem decente, com um senso de humor sarcástico que me agrada.

"E aí, capitão?", diz, antes de abrir um bocejo imenso. Ele passa a mão preguiçosa pelos cabelos louros desbotados de sol, chamando minha atenção para o chupão roxo no pescoço.

Ele me lembra Dean, o irmão mais velho de minha colega de república Summer e um grande amigo (e antigo mentor). Dean era descaradamente tarado quando estudava na Briar. Não ligava a mínima que todo mundo soubesse que ele pegava geral. E nem por isso ficou com a reputação manchada, porque toda garota que o conhecia queria ir pra cama com ele. Mas só Allie, sua namorada, conseguiu roubar seu coração. Faz dois anos que eles moram juntos em Nova York.

Conor senta ao meu lado. Uns jogadores do quarto ano entram e sentam na última fila. "E aí?", eles nos cumprimentam.

Respondemos com um aceno de cabeça.

Matt Anderson é quem entra em seguida. Com a saída de Fitz e Hollis, acho que Matty é meu melhor amigo no time agora. É o único negro do elenco, foi draftado para jogar em Los Angeles no ano passado. Espero que feche contrato com eles, porque é um bom time pra jogar.

"Oi", diz Matt.

A sala começa a encher. Temos uns vinte e poucos titulares, e os outros jogadores são banco e caras que ainda precisam treinar muito. E, apesar de Mike Hollis já ter se formado, todo time sempre tem o seu Hollis. O idiota de quem todo mundo gosta, como diz Brenna. Essa honra neste ano é de um aluno do segundo ano chamado Aaron, mas que todo mundo só chama de Bucky, porque ele parece o personagem dos filmes da Marvel.

Bucky odeia o apelido, mas o problema com esse negócio de apelido é que eles pegam — querendo ou não. Basta perguntar ao nosso ala esquerdo, aluno do último ano, Treeface, que às vezes a gente chama só de

Tree ou T, e que uma vez há quatro anos ficou bêbado e ficou se lamentando como é triste o fato de as árvores não terem cara e não poderem ver os passarinhos que fazem ninho nelas. Tenho quase certeza de que foi John Logan que botou o apelido nele.

Comendo um bolinho integral que provavelmente pegou na cozinha do time, Bucky se aproxima da primeira fila. "Falou com o treinador?", pergunta, enquanto mastiga com a boca aberta.

Me faço de bobo. "Falar o quê?"

"Do porco, cara."

"O porco", repete Jesse Wilkes, um aluno do terceiro ano. Ele estava no telefone, mas agora está prestando atenção na nossa conversa.

Merda. Estava torcendo para o assunto ser esquecido.

"Não, ainda não." *E não pretendo fazer isso*, quero acrescentar, mas ainda não encontrei uma maneira de me livrar dessa.

Os caras estão insistindo que precisamos de um mascote para o time, embora eu pessoalmente não veja motivo pra isso. Quer dizer, se a gente fosse capaz de amarrar um par de patins num urso-polar e botar o bicho pra dar umas piruetas no gelo entre um período e outro do jogo, então beleza. Manda ver.

Fora isso, quem se importa?

O treinador chega e me poupa de ter que dar atenção ao pedido dos meus colegas de time. Ele entra e bate palmas escandalosamente. "Não vamos perder tempo", ruge. "Olhos na tela."

Chad Jensen é do tipo durão — não mede palavras nem faz nossas vontades. Quando estamos na arena, temos que nos dedicar ao máximo ou cair fora.

"Prestem atenção em Kriska nesta primeira jogada", avisa nosso treinador assim que um vídeo em alta definição aparece no telão. Sentado à sua mesa, ele usa uma caneta eletrônica para circular o goleiro do Eastwood, Johan Kriska.

Parece que o tal calouro é um dos melhores goleiros do hóquei universitário na Costa Leste. Andei estudando os poucos jogos do time dele da época de colégio que passaram na televisão, e também todos os amistosos que o Eastwood jogou este ano. Preciso estar preparado para enfrentar o garoto. Não quero contar vantagem, não, mas sou o melhor atacante do time. E, sem dúvida, a julgar pelos números da última temporada, o que mais participou de jogadas que terminaram em gol. Nate e eu empatamos em número de gols, mas eu fiz várias assistências para o meu ex-capitão. Acho que esse é outro requisito para ser capitão: *não fique com toda a glória só pra você*.

Aos poucos, estou compilando uma lista de coisas que um capitão deve ou não deve fazer.

Apesar da reputação de astro do time, não estou muito preocupado com Kriska. Já identifiquei uma fraqueza. "Ele tem o braço lento", observo. "O garoto tem problema com tacadas altas. Deve pegar só uns trinta por cento, se é que chega a tanto."

"Exatamente", confirma o treinador. "Por isso estamos fazendo esses treinos de finalização esta semana. Mas tenho certeza de que eles estão se preparando com a mesma intensidade, e Kriska conhece as próprias fraquezas. Amanhã quero ver um monte de tiros rasteiros no gol. Ele vai querer compensar o braço lento, e estará tão concentrado nas tacadas altas que vai acabar engolindo algum frango entre as pernas."

"Boa."

Continuamos assistindo o vídeo. Kriska faz uma das melhores defesas que já vi, e alguém assobia.

"Vejam só isso", diz o treinador, pausando o jogo. "O garoto não demonstra o menor desespero no rosto. Voltou à posição pra rebater o disco com o taco depois de ser completamente massacrado por essas finalizações, mas na maior tranquilidade."

É impressionante mesmo. Goleiros não defendem com o taco, se tiverem opção. Sempre preferem usar as luvas, as caneleiras ou até o próprio corpo. Uma defesa com o taco costuma ser resultado de pura sorte, quando o goleiro se joga no gelo feito um louco. Mas para Kriska, parece fácil.

"A gente só precisa achar um jeito de atordoar o cara", diz Matt.

Concordo com um aceno de cabeça. Mas estou me sentindo confiante. Na última temporada, estávamos detonando todo mundo. Não foi por falta de capacidade que perdemos. Foi por uma lesão infeliz e pela expulsão de Nate por ter que defender minha honra.

Outra regra para o manual do capitão: *defenda seus jogadores*.

Neste ano, perdemos alguns bons jogadores que se formaram, mas ganhamos muitos outros. Temos tudo para chegar ao Frozen Four, a menos que o time inteiro sofra um monte de lesões ou faça alguma besteira muito grande para nos prejudicar.

O técnico bate palmas para encerrar a reunião, sinalizando que podemos sair. Na mesma hora, Bucky levanta um braço e pigarreia. Bem alto. Ele me lança um olhar cheio de significado.

Merda.

O treinador ergue o rosto do laptop. "O que foi?"

"O capitão tem algo a dizer", anuncia Bucky.

Jensen volta os olhos escuros e severos na minha direção. Eles se parecem tanto com os de Brenna, inclusive no eterno brilho de zombaria. Bom, o cara é o pai dela, né...

"Davenport?", pergunta ele.

"Hã..." Merda, merda, merda. Estou prestes a fazer papel de idiota. Mas me obrigo a levantar e dizer: "Alguns dos caras querem um porco".

O treinador arregala os olhos até as sobrancelhas tocarem a linha do cabelo. É raro pegá-lo desprevenido, mas ele agora parece perplexo. "O quê?"

Engulo um suspiro. "Um porco."

"Um miniporco", acrescenta Jesse Wilkes.

"O quê?", repete o treinador.

"O negócio é o seguinte", explico, resignado. "A irmã e o cunhado de Bucky acabaram de ganhar um porco de um criador de gado de Vermont. Não é um bichão enorme, é um desses em miniatura. Parece que são ótimos animais de estimação... São que nem cachorro, só que comem e cagam mais."

"O que está acontecendo aqui?" O treinador balança negativamente a cabeça. "O que você está me dizendo?"

Continuo minha explicação idiota. "Sabe esses times que têm um mascote? Os Darby College Rams têm aquela cabra que mora no clube atrás da arena. Os Coyotes, de Providence, têm um cachorro mestiço com lobo e revezam entre si quem leva o bicho pra casa..."

"Tabasco!", exclama um jogador de defesa do último ano.

"Adoro aquele cachorro", diz Tree, animado.

"Sabia que Tabasco tenta transar com qualquer coisa que você mandar?", comenta Bucky, parecendo impressionado.

"Grande coisa", retruca Conor. "Eu também."

Todos riem.

O treinador levanta a mão para pedir silêncio. "Vocês estão me perguntando se podem ter um bichinho de estimação?"

"É bem por aí." Lanço um olhar suplicante. "Como novo capitão, me pediram que eu apresentasse a solicitação formalmente."

"Um monte de homens adultos solicitando formalmente um animal de estimação?"

Faço que sim com a cabeça

"Vai ser ótimo para o moral", insiste Bucky. "Pensa só, treinador. A gente podia trazer o porco antes dos jogos, e a torcida ia ficar louca. Cara, isso ajuda a animar a galera."

"Como um porco anima a torcida? Cantando o hino nacional?", pergunta o treinador, sem perder a educação.

"Fala sério, treinador", zomba Con. "Porco não canta. Todo mundo sabe disso."

"Você sabe mesmo, Edwards?" O técnico parece cético. "Você é a favor do porco?"

Conor abre um sorriso animado. "Eu não tô nem aí pro porco."

"O time *inteiro* é a favor", insiste Bucky.

O técnico avalia cada um de nós com um olhar mordaz. "Deus do céu. Estão falando sério, seus idiotas? Acham mesmo que vocês trinta são capazes de manter um animal vivo?"

"Ei", protesta Matt. "Tenho dois cachorros em casa."

"E onde é sua casa?"

"Em Minneapolis."

"E onde você está agora?"

Matt cala a boca.

"Vocês são estudantes universitários em tempo integral, com uma agenda de treinamentos intensiva — pra não falar da vida social — e acham que conseguem cuidar de uma criatura viva? Duvido."

Era a última coisa que ele deveria ter feito. Um monte de jogadores de hóquei, competitivos ao extremo, ouvindo que não são capazes de fazer alguma coisa? De repente, até os caras que não estavam nem aí pro porco estão se defendendo.

"Eu sou capaz de cuidar de um animal de estimação", responde Joe Foster, atacante novo no time.

"Eu também."

"Idem aqui."

"Qual é, cara, dá uma chance pra gente."

O treinador comprime os lábios e contrai a mandíbula como se estivesse contendo um mar de palavrões. "Já volto", ele diz por fim, antes de sair da sala sem mais explicações.

"Puta merda, será que ele vai voltar com um porco?"

Eu me viro para o idiota que fez a pergunta. "Claro que não", exclamo para Bucky. "Onde ele ia encontrar um porco? No armário de equipamentos?" Balanço a cabeça, contrariado. "Você *tinha* que me fazer perguntar, né? Agora ele acha que o time é um bando de loucos."

"Não tem nada de louco em querer o amor de um porco."

Jesse dá um grito. "Gente, já sei o que escrever na lápide do Bucky."

"Não enche, Wilkes."

Meus colegas de time ainda estão discutindo entre si quando o treinador volta. Com passos decididos, ele vai até o centro da sala de mídia e apresenta um ovo, que provavelmente pegou na cozinha da arena.

"O que é isso?", pergunta Bucky, confuso.

Nosso líder destemido sorri. "Este é o seu porco."

"Técnico, acho que é um ovo", diz um dos calouros, hesitante.

Isso lhe garante um olhar de desdém. "Eu sei que é um ovo, Peters. Não sou burro. Mas até o fim da temporada regular este ovo vai ser o seu porco. Vocês querem um animal de estimação para o time, o que, aliás, envolve montes de burocracia com a universidade? Então provem para mim que conseguem manter uma coisa viva." Ele balança o ovo no ar. "Está cozido. Se rachar, vocês mataram seu precioso porquinho. Se trouxerem de volta para mim inteiro, depois a gente conversa sobre porcos."

O treinador pega um marcador na mesa e rabisca algo no ovo.

"O que você está fazendo?", pergunta Bucky, curioso.

"Assinando. E, confie em mim, sei muito bem quando minha assinatura é falsificada. Se vocês quebrarem, nem pensem em tentar trocar por outro. Se este não for o ovo que voltar para mim, nada de porco." O treinador coloca o ovo na mão de Bucky. "Parabéns, você tem um mascote."

Bucky olha para mim e me dá um sinal de positivo triunfante.

Se ser capitão é isto, não sei se quero mesmo esse posto.

6

HUNTER

Estamos destruindo o Eastwood College no gelo na sexta à noite, e isso não tem nada a ver com o braço lento de Kriska. Simplesmente estamos inspirados, e eles não. Kriska defende vários lances, mas cinco — vou repetir, cinco — estufam a rede. Queria dizer que contribuí com mais de um, mas os deuses do hóquei decidiram espalhar suas bênçãos. O primeiro gol foi meu, mas os quatro seguintes foram de outros colegas de time.

Não sei o que aconteceu com a defesa do Eastwood, mas parece que os jogadores não vieram para o gelo hoje. Kriska está sozinho na rede rebatendo discos igual ao Neo desviando de balas de revólver em *Matrix*. Toda vez que um jogador da Briar avança sozinho, o goleiro fica branco feito neve atrás da máscara, porque sabe que está encrencado. Os defensores do Eastwood ou estão tentando nos alcançar ou estão se enroscando nos cantos do rinque, oferecendo inúmeras oportunidades de rebote para a Briar.

A torcida grita, animada. O jogo é em casa, então as arquibancadas estão cobertas com as cores da nossa escola, preto e prata. Cara, como é bom estar de volta, respirar o ar gelado da arena. Aquele arrepio que desce pela nuca e só aumenta a adrenalina que corre no meu sangue.

Estou no banco. Faltam dois minutos para acabar o terceiro período, mas de jeito nenhum o Eastwood vai marcar cinco gols em dois minutos. Olho para o lado. Con está perto de mim. Neste ano, estamos jogando na mesma linha, junto com Matt, e nenhum dos três está para brincadeira. É essa linha que vai nos levar às finais.

"Rapaz, que falta foi aquela!", comento.

Estamos ambos sem fôlego. Em nossa última passagem pelo gelo estávamos com um homem a menos por causa de uma penalidade, e Conor acertou em cheio um jogador de ataque do Eastwood.

"Cara, meus ouvidos ainda estão zumbindo." O sorriso dele tem um quê de feroz, graças ao protetor bucal meio pendurado para fora da boca.

"Você fez falta na temporada passada", admito. "Não tínhamos nenhum cão de guarda." E nosso maior rival, Harvard, tinha o maior valentão de todos, Brooks Weston.

Mas Conor acabou de chegar de uma faculdade na Costa Oeste. Ele é da Califórnia, um cara com cabelo de surfista e jeitão descontraído. Mas não tem nada de descontraído quando está esmagando outros caras contra a proteção do rinque.

O relógio vai passando, e o treinador segura a gente no banco, deixando a terceira e a quarta linhas aproveitarem a ação. O jogo já está ganho, e ter um tempo extra no gelo ajuda os reservas a se desenvolver. Eles conseguem segurar Eastwood, e terminamos o nosso primeiro jogo sem levar nenhum gol.

Está todo mundo em clima de festa quando entramos no vestiário para tomar banho e trocar de roupa. Estamos combinando de ir ao Malone's, o bar de Hastings em que os torcedores de hóquei em geral se encontram.

"Você vai?", pergunto a Bucky.

"Vou. Só preciso de mais uns minutinhos. Tenho que dar a janta do Pablo."

Sou obrigado a segurar o riso.

Na prateleira superior do armário de Bucky, o mascote está guardado num protetor térmico rosa para latinhas de cerveja. Com todo o cuidado, Bucky pega Pablo Eggscobar.

Enrolado numa toalha, Jesse vê o ovo na mão de Bucky. "Que diabos, cara! Não tá vendo que o Pablo tá com fome?"

"*Comida*", cantarola Velky, um sueco que está fazendo intercâmbio com a gente, do outro lado do vestiário.

Faz um dia e meio que Pablo se juntou a nós, e as coisas tomaram um rumo inesperadamente ruim. Alguns dos caras decidiram dar uma de engraçadinhos e encher o saco de Bucky, mandando mensagens para ele em momentos aleatórios do dia e da noite, como se fossem o ovo. Em geral vem tudo em maiúsculas. Coisa do tipo: QUERO COMIDA! QUERO CARINHO! PRECISO FAZER COCÔ!

Mas Bucky é como meu amigo Mike Hollis, não está nem aí para o que ninguém fala ou faz. O filho da mãe decidiu que seguir um cronograma de cuidados realmente faz sentido. E discutiu isso com o treinador, e agora todos nós juramos por nossa honra que vamos tratar Pablo como se fosse um porco de verdade. A justificativa é que, se não fizéssemos isso, sempre que ele estivesse sob nosso cuidado, jogaríamos o ovo numa gaveta e esqueceríamos dele.

Bucky é o único a levar a questão a sério. O resto de nós só está usando isso de pretexto pra encher o saco do outro.

"Aqui, Pablo, seu jantar", Bucky diz ao ovo.

O ovo não responde, porque é só uma merda de um ovo.

"Parece que voltei pro maternal", comenta Matt. Ele balança negativamente a cabeça. "Não vou ficar satisfazendo as vontades de um ovo, cara."

"Ah, azar o seu", responde Bucky, presunçoso. "Porque hoje é seu dia de ficar com ele."

"Não é, não. É a vez do Conor", protesta Matty.

"Nada disso. Olha aí a tabela." Bucky fez um sorteio hoje de manhã para determinar quem fica com o ovo e quando. Meu turno é na semana que vem.

"Vocês estão todos doidos." Matt pega o copinho com o ovo da mão de Bucky. "Juro por Deus, vou encher a cara hoje e comer essa merda."

Saio do vestiário rindo, com Matt e Bucky atrás de mim. Conor e os outros já foram. Encontramos com eles de novo no Malone's, meu lugar preferido na cidade. Principalmente por causa das mesas largas, da cerveja barata e da decoração com temas esportivos nas paredes, que no momento estão tremendo por causa do rock antigo no último volume nas caixas de som.

Matt diz alguma coisa, mas a conversa alta e a música estridente encobrem sua voz. Ele passa a se comunicar por sinais, apontando o balcão e fazendo um gesto de beber, explicando que vai pedir uma cerveja.

Dou uma olhada rápida no salão, mas não vejo ninguém conhecido. Abro caminho entre a multidão em direção à porta em arco que leva à sala ao lado, onde ficam as mesas de sinuca, além de mais algumas mesas perto da parede. Vejo uma loura e então uma morena. Betty e Veronica, da Universidade Briar.

"Brenna e Summer estão na mesa do meio." Tenho que gritar para Bucky me ouvir.

Seus olhos castanhos brilham. "Caaaara. Ela é tão gostosa."

"Quem? Brenna? Ou Summer?"

"Bem, as duas. Mas estava falando de Summer. Aquela camiseta que ela está usando... caaara", ele repete.

Pois é, a frente-única amarela está uma delícia, tenho de dar o braço a torcer. Mas fico feliz que a visão de Summer Di Laurentis não provoque mais uma resposta sexual em mim. Mesmo celibatário, não quero dormir com ela.

Até fui a fim dela por um tempo, logo que Summer entrou na Briar, mas infelizmente ela estava na do Fitz. E, embora ainda ache que meu amigo não jogou limpo comigo na época, já esqueci essa história toda. Ela e Fitzy estão felizes juntos, e quanto mais tempo passamos morando na mesma casa, mais percebo que ela não faz o meu tipo.

Summer é fácil demais, mas não no sentido mais comum e negativo do termo. A questão é que ela não é um desafio. É fácil de agradar, fácil de entender. No começo, essa transparência era o motivo de eu gostar dela, mas não posso negar que é mais divertido quando uma mulher proporciona um pouco mais de mistério.

Não que eu esteja disposto a resolver algum mistério feminino tão cedo. Não transar significa limitar minha exposição a mulheres, porque eu me conheço. Quanto mais tempo passo com uma garota, mais quero transar com ela. A única exceção são minhas colegas de república. E, desde segunda-feira, Demi Davis. É divertido conversar com minha nova colega de turma, mas a melhor coisa para nós é que ela tem namorado.

Brenna levanta assim que me vê. "Hunter! Gente, que jogo!"

"Demais, não foi?"

"Você arrasou." Ela me abraça, de um jeito muito mais carinhoso do que o seu normal. Mas então vejo os dois copos na mesa. Ah. Ela e Summer já entraram na vodca. "Sério, fiquei de pé o tempo todo, berrando feito uma louca", continua Brenna, e sei que não é só papo de bêbado. Brenna Jensen é provavelmente a maior torcedora de hóquei (e especialista no assunto) do bar. Ela definitivamente puxou ao pai, e já conseguiu um estágio na ESPN. Trabalha lá nos finais de semana e nas tardes em que não tem aula.

"A goleada do século", concorda Summer. "Queria que Fitzy tivesse visto, mas eu estava tuitando ao vivo o tempo todo, então depois ele pode ler como foi."

Sento do lado de Brenna. Bucky fica perto de Summer. Um minuto depois, Matt aparece com uma jarra de cerveja e uma pilha de copos de plástico. O Malone's está com uma promoção nova às sextas à noite — jarras pela metade do preço. Não pretendo exagerar hoje à noite, porque temos outro jogo amanhã. Mas umas cervejinhas não vão fazer mal a ninguém.

"Cadê a maluquinha?", pergunta Matt para as meninas.

"Quem? Rupi?" Brenna ri. "Está em casa, vendo reprises de *Glee*."

"Por que ela não veio?"

"Não tem identidade falsa", explica. "E se recusa a arrumar uma."

Summer imita a voz aguda de Rupi tão perfeitamente que é quase como se ela estivesse ali conosco: "Não posso *desrespeitar* a *lei*! Vou esperar até a *maioridade*, muito obrigada!".

Brenna deixa escapar um suspiro triste. "Sinceramente, não sei como Hollis aguenta. E vice-versa."

"Pois é", concorda Summer. "Eles só sabem gritar um com o outro o tempo todo."

"Ou se pegar", contraponho.

"Verdade. Ou estão brigando ou se pegando." Summer balança a cabeça. "Não tem meio-termo."

"Ele ainda volta nos fins de semana?", pergunta Matt, levando a cerveja aos lábios e dando um gole. "Faz anos que não vejo o cara."

"Vem todos os fins de semana", confirmo. "Mas passa a maior parte do tempo com Rupi. Hollis apaixonado é uma coisa assustadora de se ver, cara. Você precisa passar lá em casa um dia e ver com seus próprios olhos."

Bucky coloca Pablo em cima da mesa para encher um copo de cerveja. Quando Summer estende o braço para pegar o ovo, ele dá um tapa na mão dela. "Pablo não é de brinquedo", repreende.

"É só um ovo."

"*Só* um ovo?", exclama Conor, aproximando-se da mesa em tempo de ouvir a resposta estupefata de Summer. "Porra, esse é o nosso mascote, Di Laurentis. Tenha respeito."

"Ah, desculpa! Não queria magoar seu *ovo*."

Ele sorri, e nem Summer consegue se conter. Suas bochechas coram, e o sorriso de Connor só aumenta. O cara sabe o que seu sorriso faz com as mulheres. No mínimo se aproveita do poder que tem desde criança, como um dos X-Men.

Mas embora Summer não fique totalmente imune, continua bem indisponível. "Para de sorrir pra mim assim ou vou contar pro Fitz." Ela bota a língua pra fora. "E ele vai aparecer no meio do treino e quebrar a sua cara."

"Não tenho permissão pra sorrir pra você? Tudo bem, então. Que tal dançar? A gente pode dançar?"

Summer pensa por um instante. "Claro, isso pode. Mas só porque gosto dessa música." É uma da Taylor Swift que não conheço direito.

Ela se levanta e arrasta Conor em direção ao grupo de pessoas reunidas perto do pequeno palco, que quase nunca é usado. Acho que nunca vi uma banda ao vivo dar o ar da graça no Malone's, mas o espaço à frente do palco é a coisa mais parecida com uma pista de dança aqui no bar.

Brenna acompanha com os olhos o caminhar descontraído de Conor. E a bunda dele. "Nossa, que garoto bonito."

"Você não tem namorado?", Matt lembra.

"E daí? Não posso reconhecer que alguém é bonito? Qual é. *Olha só pra ele.*"

Matt, Bucky e eu nos viramos para examinar nosso colega de time. Está com uma das mãos na cintura fina de Summer, e a outra segurando sua cerveja enquanto os dois dançam. Quando ele se inclina para sussurrar algo no ouvido dela, seus olhos cinzentos brilham, diabólicos.

Quer dizer, não vou mentir. Edwards é bonito. Todo mundo sabe disso.

"Droga. Agora estou me sentindo abandonada", reclama Brenna e, quando me dou conta, ela está me puxando do banco e me colocando de pé. "Vamos lá, gostosura, dança comigo."

Num piscar de olhos, estamos do outro lado do salão, e Brenna está colada em mim. E o corpo dela é tão quente que esqueço como respirar. O jeans apertado está grudado nas pernas longas e bem torneadas, o cabelo escuro é grosso e brilhante e a blusa é ainda mais indecente que a de Summer. Tão apertada que parece que seus peitos estão tentando escapar.

Não quero encostar nela. Meu medo é que, se fizer isso, quando minhas mãos tocarem um centímetro de pele nua ou a menor curva feminina, eu acabe passando vergonha.

"Qual é o problema?", pergunta Brenna. "Esqueceu como mexer esse corpo?"

Abro um sorriso autodepreciativo. "Vai por mim, você não vai querer que eu me mexa."

"E por quê...?" De repente, a ficha cai. "Ahhh. Porque você está fechado para balanço." Ela franze os lábios. "Está com medo de ficar excitado se nossos corpos se tocarem?"

"Já estou excitado", resmungo. "*Tudo* me deixa excitado, Bee. A sensação do vento no meu rosto me deixa excitado. Esbarrar numa mesa me deixa excitado."

Ela joga a cabeça para trás e ri. "Ah, que situação, hein?"

Solto um gemido. "A pior possível."

"Pobrezinho." Ela pega minhas mãos e as planta em sua cintura, depois passa os braços em volta do meu pescoço.

E, pois é, meu pau não consegue distinguir entre uma garota que tem namorado de uma que não tem, e prontamente engrossa atrás do meu zíper.

"Porra, Jensen, não vamos fazer isso. Por favor."

"Ah, qual é. O que é um tesão entre amigos?" Ela começa a se mexer com o som animadinho da Taylor Swift, mas, três segundos depois, a música acaba e entra uma do T.I. — "Whatever You Like". É basicamente sobre sexo e tem uma batida sensual perigosa demais para minhas doloridas regiões baixas.

"Meu tesão não entende que você é território proibido", murmuro.

"Posso te contar um segredo?", pergunta Brenna, e quase desmaio quando ela leva os lábios vermelhos ao meu ouvido e sussurra, sedutoramente. "Jake e eu temos um relacionamento aberto."

Minha garganta fecha na mesma hora. "O... o quê?", gaguejo, rouco.

"Só estou dizendo..." Ela balança os quadris. "Se quiser quebrar seu voto..."

Um raio de calor sobe por minha coluna. "Como assim?"

"Você sabe exatamente o que estou falando."

Ela desenha pequenos círculos na minha nuca com as unhas. Enquanto isso, T.I. está cantando sobre coisas molhadas, quentes e apertadas, e estou com um problemão.

"Por que não vamos pra casa?", sugere ela, apertando os braços em volta do meu pescoço. Nossos corpos estão quase colados agora. Sua voz sensual continua fazendo cócegas no meu ouvido. "A gente fica quietinho, bem quietinho. A Rupi nem vai ouvir."

Minha boca está seca. De canto de olho, vejo Summer nos lançando um olhar estranho. Desisti de dançar porque meu pau está duro demais. "Tá falando sério?", pergunto. Porque não acredito nela.

E ainda bem que não acredito.

"Ai, meu Deus, Hunter. *Claro* que não." A malícia brilha em seus olhos.

"Então você e Connelly não têm um relacionamento aberto?"

"Não!"

Dou uma encarada nela. "E se eu tivesse dito sim? E se tivesse te beijado?"

"Então Jake ia pegar o primeiro avião saindo de Edmonton e seu corpo provavelmente nunca ia ser encontrado."

"Isso foi muita crueldade", suspiro.

"Desculpa." Brenna ainda está rindo, mas tem a decência de parecer ligeiramente arrependida. "Não consegui me conter. Esse negócio de celibato é fascinante. Mas... cara, se você tá tão na seca que estava pensando em ficar *comigo*, então não sei como vai sobreviver a isso."

Eu também não.

"Seja como for, vem cá", resmungo, puxando-a contra mim. "Vamos dançar."

"Tem certeza?"

Faço que sim com a cabeça, arrasado. "Tenho, por que não? O que é um tesão entre amigos, certo?"

7

DEMI

Entro atrás de Nico no bar movimentado. Vamos encontrar uns amigos no Malone's, que é o único bar de Hastings.

Nico e eu não costumamos vir aqui; quando estamos na cidade, em geral chamamos as pessoas para o apartamento de Nico e ficamos por lá. Mas meu namorado queria sair hoje à noite, e eu não vou reclamar. O Malone's tem os *melhores* nachos da cidade. E as melhores asinhas de frango. Os melhores hambúrgueres. O melhor — tudo bem, o cardápio inteiro é maravilhoso.

"Tá vendo a Pippa?" Fico na ponta dos pés e olho ao redor. "Ela mandou uma mensagem dizendo que tá numa mesa perto do... ah, tá ali."

Nico segue meu olhar. "Quem está com ela?"

"Parecem Corinne e Darius e... nossa, TJ veio." Eu o tinha convidado, mas não achei que apareceria, porque TJ não é muito de sair. Quando almoçamos ou vamos ao cinema, em geral somos só nós dois. Ele não é muito fã de multidões ou grupos grandes.

Nico faz uma careta ao ouvir o nome de TJ.

"Se comporte", eu repreendo.

"Ele é um *pendejo*, Demi." Meu namorado sempre recorre ao espanhol quando está falando mal de alguém.

"Não é. Ele é meu amigo."

"Amigo? Fala sério, amor, ele está apaixonado por você."

Não é a primeira vez que Nico diz isso, mas não acredito que seja verdade. "Ele não está apaixonado por mim."

"Ah, não? Então, por que está sempre encarando você com aqueles olhos vidrados?"

"Você tá vendo coisas." Dou de ombros. "E mesmo que *esteja* apaixonado por mim — e daí? Nós dois sabemos por quem *eu* estou apaixonada."

"Ah, disso eu não tenho dúvida." Nico leva a mão à minha nuca e me puxa para um beijo.

Para minha surpresa, ele enfia um pouco a língua e, quando me dou conta, estamos envolvidos numa breve sessão de amassos no meio do bar. Isso atrai gritos de um grupo de homens em camisas de hóquei e, quando me afasto dele, estou vermelha.

"Por que isso agora?" Sorrio para o meu namorado.

"Por você ser assim." Nico pega minha mão e a leva aos lábios. Como o galã latino que é, dá um beijo nos meus dedos.

Nico está supercarinhoso hoje à noite e, pra ser sincera, estou adorando. Ele recusou meus avanços sexuais no final de semana passado porque estava cansado demais, depois me deu bolo durante a semana por causa do carro. Eu mereço um pouquinho de atenção.

"Vai lá falar com eles. Vou pegar nossas bebidas", oferece Nico, antes de seguir para a fila ridiculamente longa do bar.

Enquanto caminho até a mesa dos meus amigos, vislumbro um rosto familiar pela porta que separa o salão principal do menor.

Hunter Davenport está dançando com uma morena deslumbrante numa camiseta apertada e de batom vermelho-sangue. Está sussurrando algo no ouvido dela. Quando levanta a cabeça para encará-la, não deixo de notar o rubor em seu rosto e os olhos pesados. Ã-ham. Alguém vai transar hoje.

Me pergunto o que a garota que fez o almoço dele acha disso...

A ideia de sair com várias pessoas ao mesmo tempo me parece um pesadelo. Mas pior que isso é ser a garota que *namora* o cara que pega um monte de gente. Sou muito possessiva e ciumenta. Meu homem não tem permissão para se envolver com outras quando está comigo. E, se um dia eu tiver que começar tudo de novo, deixaria isso bem claro logo no início e conversaria sobre exclusividade antes que o cara pudesse segurar a minha mão.

Como minha mãe sempre diz, saiba o seu valor. Eles que corram atrás.

Mas cada um na sua. Hunter claramente tem muita sorte com as mulheres. A garota com quem está dançando ri do que acabou de ouvir e, enquanto balança a cabeça, com cara de quem está se divertindo, me vê na porta. Então faz um leve aceno para me cumprimentar.

Mando um beijo para ele. Hunter sorri e volta a se concentrar na menina, enquanto eu me junto aos meus amigos.

"Demi!", grita Pippa, ficando de pé para me abraçar.

"Oi, *chica*." Pippa é minha melhor amiga na Briar. A gente se conheceu na semana dos calouros, descobrimos que nós duas crescemos na Flórida e, desde então, somos inseparáveis.

"Oi", nossa amiga Corinne me cumprimenta. "*Amo essa saia.*"

"Obrigada, está tão velhinha." Aliso a frente de minha saia jeans surrada. Já estamos no outono e ainda estou usando saia curta e camiseta. Não sei se odeio ou se amo o aquecimento global.

Inclino-me sobre a mesa para dar um beijo na bochecha de TJ. "Não acredito que você tá aqui", digo a ele. "Que bom que você veio."

Ele cora um pouco e toma um longo gole de cerveja. Ao lado dele está Darius Johnson, um grande amigo meu e de Nico.

"Oi, D", digo a ele.

"Oi, D", ele me imita, e nós dois sorrimos. Quando nos conhecemos, houve alguma rivalidade sobre quem ia ficar com o apelido, mas no final decidimos que os dois iriam usar.

"E os seus amigos?", pergunto. Onde quer que Darius esteja, em geral há pelo menos três outros jogadores de basquete não muito longe. Mas hoje não vejo ninguém.

"Briar ganhou o jogo de hóquei", explica Darius. "Eles não queriam encarar um bando de torcedores. Esse pessoal é louco."

Como que para comprovar o argumento, um trio de homens escolhe este momento para passar tropegamente por nossa mesa, gritando: "Bri--ar! Bri-ar!". Um deles está girando a camisa preto e prata no ar, o que significa que está andando seminu pelo bar. Muito elegante.

Nico volta com um daiquiri rosa para mim e uma garrafa de cerveja para ele. É uma marca cubana que raramente se encontra nos Estados Unidos, mas que, de alguma forma, o Malone's tem. Isso me faz sorrir, porque tenho certeza de que foi minha mãe que apresentou a cerveja pra ele. Lembro que ela o deixou provar a dela na minha festa de quinze anos. Desde então, ele só bebe isso.

"O que tem feito esta semana?", pergunto a Corinne, enquanto me acomodo no banco, na frente dela. "Você não respondeu minha mensagem sobre a mudança. Ainda precisa de ajuda?"

"Eu sei, desculpa. Os móveis foram uma dor de cabeça. Odeio mudança", reclama ela.

Corinne acabou de se mudar para um quarto e sala em Hastings, a poucos quarteirões do Malone's, inclusive. É raro encontrar lugares vagos na cidade, mas Corinne conhecia o inquilino anterior, um aluno de economia da Briar que desistiu da faculdade de uma hora pra outra. Corinne fez uma proposta ao proprietário do prédio antes que as pessoas soubessem que o apartamento estava disponível.

"Mudar não é *tão* ruim assim", Nico brinca com ela. "Quer dizer, principalmente quando você tem três caras fortões pra te ajudar." Ele balança as sobrancelhas.

Solto uma gargalhada. Nico e dois de seus colegas na empresa de mudanças ajudaram Corinne no domingo passado, e carregaram todas as caixas e móveis da casa que ela costumava dividir com outras cinco meninas.

"Os caras fortões tiraram a camisa e mostraram os músculos pra você?", pergunto a Corinne, que está corando.

Ela começa a rir. "Quem me dera. Tudo o que fizeram foi beber minha cerveja e sujar meu tapete novo com aquelas botas."

"Mentira!", exclama Nico, bem-humorado. "A gente cobriu os sapatos com um protetor."

"E, para responder à sua pergunta", ela me diz, passando a mão pelo cabelo escuro e cacheado, "sim, vou precisar de muita ajuda para arrumar tudo. Talvez uma noite na próxima semana, pode ser?"

"Claro. Só dizer quando." Conheci Corinne através de Pippa e, embora nunca tenhamos sido muito próximas, gosto de sair com ela. É um pouco calada, mas quando fica à vontade pode ser muito engraçada.

Nico dá um gole na cerveja antes de pousar a garrafa e passar o braço em volta de mim. Ele está cheio de mãos-bobas nesta noite. Em seguida se aproxima e deixa beijos suaves em meu pescoço, até Pippa soltar um gemido alto.

"Qual é, gente, vamos parar com a pegação. Vocês *acabaram* de chegar. Nesse ritmo, vão estar trepando na mesa antes do final da noite."

"Gostei da ideia", diz Nico, piscando para mim.

Nossa, como ele é bonito. Nico nasceu em Cuba, mas se mudou com a família para Miami quando tinha oito anos. Eram meus vizinhos do lado, e bastou olhar para aqueles olhos amorosos e aquelas covinhas grandes para que a Demi de oito anos ficasse apaixonada. Felizmente, ele sentiu o mesmo por mim.

Conversamos um pouco sobre as aulas, mas eu não falo muita coisa. Verdade seja dita, odeio todas as minhas matérias deste semestre, com exceção da psicologia. Hoje, em química orgânica, discutimos compostos organometálicos com tantos detalhes que meu cérebro quase derreteu. As aulas de ciências no colégio não me incomodavam tanto, mas, desde que entrei para a faculdade, estou pouco a pouco começando a odiar.

Enquanto tomo minha bebida, escuto distraidamente Nico e Darius conversando sobre o time de basquete. D está tentando convencer Nico a ser o novo roupeiro, porque o atual acabou de sair, mas Nico está muito ocupado com o trabalho e as aulas. TJ permanece quieto durante a maior parte da conversa, só fala quando pergunto alguma coisa.

Não ligo para o que Nico diz. TJ é um amor. É um ótimo ouvinte e costuma dar conselhos muito bons. Queria que encontrasse uma namorada, mas ele é muito tímido e tem dificuldade para se abrir. Tentei apresentá-lo para uma das minhas colegas de fraternidade uma vez, e ela disse que TJ mal abriu a boca durante todo o encontro.

"Eu posso ser a roupeira", Pippa diz a D. "Mas só se puder ver vocês tomando banho. Acho que não é pedir muito para... ai, meu Deus." Ela para no meio da frase, encarando boquiaberta o sujeito alto que passa por nossa mesa. "Deixa pra lá. Quero ver *aquele ali* tomando banho."

Só consigo vê-lo de relance. Cabelo loiro na altura dos ombros, camiseta vermelha. Viro, mas não consigo ver seu rosto. O corpo, porém, é um espetáculo.

"Tira o olho", Nico me repreende.

Sorrio. "Ah, qual é. Olha só aquela bunda. É de outro mundo."

Meu namorado dá uma olhada bem na hora em que o cara some no corredor que leva aos banheiros. "Nada mal", ele admite. "Mas isso não significa que você possa ficar olhando."

"O que você vai fazer, me bater?"

Seus olhos castanhos chocolate se estreitam, sedutores. "Não me provoque, *mami*."

Corinne dá uma tossidinha de leve, enquanto Pippa e Darius suspiram dramaticamente.

"Desculpa", digo a todos. "Vamos nos comportar, juro."

"Eu não quero me comportar", anuncia Pippa. "Quero fazer tudo de errado com aquela lindeza. Quem era?"

TJ responde: "Jogador de hóquei, acho. Pelo menos, veio da mesa dos jogadores de hóquei."

"Mesa dos jogadores de hóquei?", repete ela.

Ele aponta com a cabeça em direção à outra sala, onde Hunter Davenport e seus amigos estão amontoados em duas mesas enormes. Tudo o que vejo são meninas bonitas, atletas enormes e muita comida.

Por falar em comida...

"Quem quer nachos?", pergunto enquanto pego o cardápio que estava na frente de Darius. "Vou pedir uma porção, mas também pensei em... humm, agora tem um aperitivo novo aqui. Croquete de espinafre com queijo. Ai, claro. Tô dentro. Vou pedir uma porção, e depois os nachos, e quem sabe... asinha desossada?"

"Com quem ela está falando?", Pippa pergunta ao meu namorado.

Ele suspira. "Deixa rolar, Pips. Você sabe como funciona."

Levanto os olhos do cardápio. "Vocês estão me julgando?"

"Estamos", diz Pippa.

"Totalmente", concorda Darius.

"Como você pode comer tanto e não engordar?", pergunta Corinne.

"Eu nunca julgaria você", TJ me garante, sorrindo com malícia.

"*Obrigada*, Thomas Joseph. E vocês aí, adivinhem? Não vão poder provar os croquetes de espinafre. Podem ficar aí morrendo de inveja, enquanto..."

"Ele tá voltando", sussurra Pippa.

E lá está o jogador de hóquei de camisa vermelha. Desta vez, vejo seu rosto e entendo na mesma hora por que Pippa está babando em cima da mesa. Ele tem olhos cinzentos muito vívidos, e abre um sorriso bonito quando percebe o olhar de Pippa. Mas continua andando.

"Ai, meu Deus", murmuro, e Nico me cutuca nas costelas.

"Jogador de hóquei, sem dúvida", TJ confirma com um aceno de cabeça. "Mas não consigo lembrar o nome dele."

"Espera, vou descobrir." Pego meu celular na bolsa.

"Como assim, você vai descobrir?", exclama Pippa.

Procuro o nome de Hunter na lista de contatos. Trocamos nossos telefones na minha casa, na segunda à noite.

EU: *Ei, homem do hóquei. Quem é o cara de camiseta vermelha, rostinho bonito e bunda mais bonita ainda?*

Mesmo espichando o pescoço em direção ao outro salão, não consigo identificar Hunter em meio ao mar de atletas. Mas os três pontinhos na tela do meu telefone me dizem que ele está digitando uma resposta.

"Para quem você está mandando mensagem?", pergunta Nico.

"Hunter Davenport."

TJ fecha a cara para mim. "Você está mandando mensagem para Davenport?"

"Tô, a gente tá trabalhando junto naquele projeto, lembra? Tenho o telefone dele."

"Quem é Hunter Davenport?", pergunta Corinne.

"Só um jogador de hóquei que acha que é um presente de Deus para o mundo", diz TJ, sorrindo ironicamente.

"Você nem conhece o cara", provoco.

"Esbarrei com ele no ano passado, lembra? Quando tratou a biblioteca como se fosse seu motel particular?"

Não respondo, porque a mensagem de Hunter acabou de chegar.

HUNTER: *Conor Edwards. Ala direito, camisa 62. Por quê? Quer o número dele?? Vai pular a cerca??? Tsc, tsc.*

Ninguém vai pular cerca nenhuma, digito de volta, e quando percebo Nico lendo por cima do meu ombro, faço questão de acrescentar: *Amo meu namorado muito muito MUITO.*

Nico relaxa e me dá um beijo na cabeça.

EU: *Uma amiga tá interessada. É solteiro?*
HUNTER: *É, mas acho que ele já escolheu com quem vai terminar a noite. Se quiser, dou um pulo aí e apresento vocês, tá a fim?*

Olho para Pippa. "Quer que ele te apresente?"
Ela fica de queixo caído. "O quê? *Não*. Ele é gato demais."
"Tem certeza?" Aceno meu telefone sedutoramente para ela. "É só eu pedir."
"Se eu tenho *certeza*? Estou com uma espinha na testa e não lavo o cabelo há quatro dias, porque não estava planejando conhecer *Adônis* hoje à noite. Fala sério, Demi, qual o seu problema?"
Eu dou risada e escrevo para Hunter.

EU: *Talvez outra noite.*

Ele responde com um *Beleza*, e os pontinhos desaparecem da tela.
"Covarde", provoco Pippa.
"Isso não se faz. Jogar uma bomba dessas no meu colo no último segundo. Não estou mentalmente preparada para ficar com ninguém esta noite."
Não sabia que precisava de preparo mental para ficar com alguém, mas acho que não sei bem como funciona essa coisa de se envolver com uma pessoa diferente a cada noite. E, por mim, tudo bem. Olha só à minha volta — Hunter fazendo malabarismos com um monte de mulher, Pippa se contorcendo de nervoso com a ideia de ser apresentada a um cara bonito. Ficar parece estressante demais.
Já os relacionamentos sérios são agradáveis e seguros. Esse é o meu mundo.
Entrelaço meus dedos com os de Nico e agradeço às minhas estrelas da sorte por não fazer parte desse outro mundo aterrorizante.

8

DEMI

Na segunda de manhã, Nico me leva para a aula. Ele passou a noite na minha casa, e parece que estamos nos eixos de novo, caminhando de mãos dadas por um dos muitos caminhos que atravessam a Briar. Embora o tempo ainda não tenha esfriado, as cores do campus estão começando a mudar pouco a pouco. Adoro as árvores enormes que ladeiam as passagens e pontilham os gramados, e fico boba de ver como tudo é tão bonito e especial. Às vezes parece surreal. Morei em Miami até os quinze anos, por isso estou acostumada com palmeiras e casas de praia coloridas, e não carvalhos imponentes e edifícios antigos.

Lembro que, quando descobri que minha família ia se mudar para Massachusetts, dei um chilique. Meu pai tinha recebido uma proposta de trabalho num hospital de prestígio em Boston. Neurocirurgião-chefe. Um cargo e *tanto*. Mas eu era uma adolescente malcriada e arrogante, e portanto não queria saber de me mudar.

Mas papai não é do tipo que tolera birras. Ou melhor, ele me deixa espernear pelo tempo que eu quiser... e então abre um sorriso irônico e pergunta, sem se alterar: *Já acabou?* Porque todo mundo sabe que a palavra final é a dele. É a mesma coisa com a minha mãe. Mamãe é a personificação completa do estereótipo da latina mal-humorada, daquelas que têm uma receita de molho picante há gerações na mesma família e um temperamento ainda mais explosivo que o meu. Mas nem ela leva a melhor sobre meu pai.

Depois que minha família se mudou para Boston, Nico e eu aguentamos três anos de relacionamento à distância, só nos vendo no verão e nos feriados. Depois da formatura, entrei na Briar e pedi aos céus que Nico viesse para cá também. Fiquei bem preocupada por um tempo, em segredo. Ele não é burro, mas a Briar é uma universidade altamente competitiva da Ivy League, e Nico não tinha bolsa de basquete nem alguma atividade extracurricular que causasse boa impressão para ajudar na admissão. Tirava boas notas, mas não era o primeiro da turma.

No final, acho que foi a carta de apresentação que conquistou a banca avaliadora. Ele escreveu sobre a viagem árdua de Cuba para os Estados Unidos. O pai de Nico, Joaquín, foi para Miami primeiro, antes da mulher e do filho, para trabalhar e se instalar. Joaquín não podia pagar passagens de avião para a família, então Nico e a mãe acabaram vindo por mar. Que afundou. Sem brincadeira. Eles ficaram à deriva num bote salva-vidas por dois dias até um navio de pesca os encontrar e levar para terra firme. Com o tempo, eles acabaram se tornando cidadãos, e a irmã de Nico, Alicia, nasceu na Flórida.

O orgulho que ele sente do país ficou bastante evidente na carta. Eu li, antes de ele enviar. E quando ele recebeu a confirmação de que tinha sido aceito na Briar, soltei um suspiro de alívio.

Quando nos aproximamos do prédio da Faculdade de Ciências, vejo uma figura familiar — Hunter, e ele está com uma loura deslumbrante.

Hoje, com a temperatura beirando os trinta graus, a companheira de Hunter está com uma camiseta curtinha e uma saia branca fina, e o cabelo dourado preso num coque alto. É tão bonita quanto a morena com quem ele estava dançando na outra noite, ou a garota que fez o almoço para ele, talvez mais. Minha nossa. O sr. Popular ganha mais popularidade a cada dia.

Não tenho ideia de como ele dá conta de tanta mulher — três diferentes numa semana? Quer dizer, que bom para ele, mas, nossa, como deve ser cansativo.

Aceno de longe. Hunter retribui o cumprimento antes de dizer alguma coisa para a loura.

"É o cara do hóquei", digo a Nico. "Hunter."

Nico segue meu olhar. "Parece um atleta bem típico."

Sinto o bolso vibrar e pego meu telefone para ler a mensagem.

TJ: *Já entrei. Até daqui a pouco.*

"Vamos almoçar juntos?", pergunta Nico.

"Claro. Pode ser no refeitório do prédio de artes cênicas? Pippa disse que eles começaram a servir tacos."

Ele suspira.

"Você escutou, meu bem? Tacos!" Não entendo por que só eu me empolgo com isso.

Depois de finalizarmos nossos planos de almoço, Hunter se aproxima. "Bom dia", diz, animado.

"Bom dia", respondo, antes de me voltar para Nico. "Esse é meu namorado Nico. Nico, Hunter."

"Oi, cara, como vai?" Hunter oferece a mão.

Nico dá um aperto caloroso, suas covinhas abrindo dois sulcos nas bochechas à medida que ele sorri com gentileza. "Tudo certo. Ouvi dizer que você está trabalhando num projeto com a figura aqui..." Ele aponta um polegar para mim. "Boa sorte, cara."

"Ai, não. Preciso me preocupar?"

"Um passo em falso, e o sermão que você vai ouvir...", zomba Nico, e Hunter dá uma gargalhada.

"Quer dizer que ela é um pesadelo, então?"

"É sério isso?", pergunto. "Vocês dois vão ficar aí falando mal de mim? Sem chance."

Eles me ignoram.

"Alguma dica sobre como lidar com ela?", Hunter pergunta em tom solene.

Nico pensa por um instante. "Se ela estiver de mau humor, é só oferecer um pirulito. Fora isso, é só dar comida ou ligar uma televisão com um programa de assassinato."

Hunter assente com a cabeça. "Entendido. Obrigado."

"Vocês dois podem ir à merda", digo, alegremente.

Sorrindo, Nico me dá um selinho nos lábios. "Tá, tenho que ir. Te vejo mais tarde, *mami*."

"Tchau, amor."

"*Mami* não significa *mãe*?", pergunta Hunter depois que Nico vai embora. Ele franze a testa.

"Bem, literalmente, sim, mas é também um termo carinhoso. *Mami, papi*... igual 'meu bem', ou 'querido'."

"Humm. Então tá." Hunter faz uma pausa. "Pode me chamar de Paizão, então."

"Eca. Nunca."

Ele ri, e entramos no prédio. TJ está me esperando na porta da sala de aula e fica desconcertado quando me vê com Hunter.

"Oi. E o Pax?", pergunto, olhando ao redor.

"Não faço ideia." TJ me dá um abraço rápido e um beijo na bochecha.

"Vamos entrar", digo.

Dentro da sala, TJ senta ao meu lado, e Hunter se acomoda do outro. TJ levanta uma sobrancelha por causa da intrusão. Em geral, não sentamos com outras pessoas. Apenas dou de ombros e sorrio para ele. Acho Hunter divertido.

A sala fica cheia, e a professora Andrews chega. Pax ainda não apareceu.

"Pax mandou alguma mensagem?", pergunto a TJ.

"Não."

"Quem é esse Pax?" Hunter se intromete na conversa.

"Um amigo nosso", respondo. "Você falou com ele na semana passada — aquele que chamou de Jax?"

"Ah, sei. Jax. O cara é muito engraçado."

"O nome dele é Pax", corrijo, irritada.

"Pax", confirma TJ.

Hunter morde o lábio inferior por um momento. "Tem certeza?"

"Claro!" Não consigo controlar a gargalhada. "O nome dele é Pax Ling."

"Não, tenho certeza que ele me disse que era Jax. Devem ser pessoas diferentes."

Esse cara não existe.

TJ dá uma risadinha. Aparentemente, não é imune ao estranho apelo de Hunter.

Andrews começa a aula da manhã, que é um resumo geral dos transtornos de personalidade. Excelente. Que bom que vamos começar com isso. Ainda estou tentando diagnosticar meu paciente fictício e, com base nas anotações que fiz na nossa primeira sessão, suspeito que esteja lidando com um problema de personalidade.

Ele pode ser um sociopata, mas não tinha a apatia característica. Ainda não descartei personalidade antissocial nem narcisismo, ou pode ser transtorno borderline também, embora Hunter não tenha descrito nenhuma mudança de humor ou comportamento impulsivo, a menos que você considere o adultério como tal. Mas seus casos fictícios me pareceram incrivelmente calculados, nada impulsivos. Espero que ele me proporcione mais elementos na próxima sessão.

No meio da aula, meu telefone vibra.

PAX: *Bebi demais ontem à noite e perdi a hora. Anota tudo pra mim!*

Meu vizinho intrometido espia por cima do ombro. "É o Jax?"
"Não, é o Pax."
"Sou obrigado a discordar."

Contenho o sorriso e volto minha atenção para a professora Andrews. Ela está discutindo o caso de um paciente seu que tinha transtorno de personalidade antissocial, contando como ela chegou ao diagnóstico. Estou fascinada por esta matéria.

Depois da aula, TJ passa o braço pelo meu e diz: "Quer tomar um cafezinho?".

"Na verdade", olho para Hunter, "que tal a gente trabalhar um pouco no projeto? Só vou encontrar Nico à uma e meia."

Ele dá de ombros. "Beleza. Estou com o dia livre hoje."

"Depois a gente toma um café, tudo bem?", digo a TJ, apertando seu braço.

"Tranquilo. Me manda uma mensagem mais tarde."

Depois que TJ sai, Hunter olha para ele e balança negativamente a cabeça, meio triste. "Coitado."

"Como assim, coitado?"

"Exatamente isso, coitado. Ele está caidinho por você, mas está tão perdido na zona da amizade que ia precisar da mesma equipe de resgate que salvou aqueles mineiros chilenos pra sair de lá. E, mesmo assim, acho que nem eles iam conseguir."

"Ele não está caidinho por mim", insisto. O que todo mundo está vendo que eu não estou? "Já tinha namorado quando conheci TJ."

"E daí? Já gostei de muitas garotas com namorado. Meu pau não discrimina ninguém."

"É, eu notei", digo, secamente.

"Como assim, notou?", ele me imita.

"Faz uma semana que te conheço, e já vi você com três mulheres diferentes. Parabéns, seu pênis deve estar extremamente satisfeito."

"Ah, vai por mim, meu pênis não está nem um pouco satisfeito." Ele passa a mão pelos cabelos escuros. "Quer ir pra sua casa?"

"Por que não procuramos algum lugar legal pelo campus?", sugiro. "O dia está tão bonito."

"Você que manda, Semi."

Seguimos o amplo caminho de pedra em direção a um dos muitos gramados bem cuidados do campus da Briar. Não somos os únicos a aproveitar o clima quente. Várias pessoas estão fazendo piquenique, alguém está chutando uma bola de futebol e tem um jogo de Frisbee rolando à distância.

Paramos debaixo de uma árvore imponente, com galhos compridos num dos lados, como se fosse uma cachoeira. Sua copa fornece um pouco de sombra, interrompida aqui e ali pelos raios de sol que passam entre as folhas. Normalmente, eu deitaria na grama, mas minha saia curta é de um tom de bege que não disfarçaria possíveis manchas de grama.

Olho para o chão. Humm, que dilema.

"Um instante, mocinha." Para minha surpresa, o sr. Fortão do Hóquei tira a camisa de manga comprida e fica só de regata apertada. Ele estende o tecido fino da camisa na grama. "Senhorita", diz, graciosamente.

"Ah, obrigada. É uma gentileza bem surpreendente da sua parte." Depois de sentar, me reclino nos cotovelos e deito a cabeça para olhar o dossel verde acima de mim.

"Por quê?", pergunta Hunter.

"Você não me parece do tipo cavalheiresco."

"Então você achou que eu fosse um babaca? Além do mais, por que acha que estou saindo com três garotas?" Ele parece genuinamente confuso.

"Ah, para, não se faça de bobo." Começo a contar nos dedos. "A garota que trouxe seu almoço na semana passada e praticamente implorou pelo seu amor. A que estava dançando com você no Malone's. A loura de hoje, com cara de supermodelo...?"

Hunter começa a rir. É um som profundo e rouco que faz cócegas nos meus ouvidos. "Não estou saindo com nenhuma delas. São minhas colegas de república."

"Suas colegas de república?", repito, sem acreditar.

"É. A que fala alto namora um amigo meu, a loura namora outro amigo meu, e a morena do bar também tem namorado. E as três moram na minha casa."

"Você mora com três mulheres?"

"No começo, éramos eu, Hollis e Fitz, mas os dois se formaram e, por algum motivo, ficou decidido que Summer, Rupi e Brenna iam morar na casa. Nenhuma reunião, nenhuma discussão, nada. Ninguém nem pediu minha opinião. Não que eu esteja reclamando."

"*Você está* reclamando."

Hunter resmunga, irritado. "Tudo bem, estou reclamando. As meninas são ótimas, mas preferia que outros colegas de time tivessem ido pra lá. Mas assim é mais conveniente para Hollis e Fitz. Hollis passa os finais de semana na casa, e Fitz tecnicamente ainda mora lá, mas viaja muito a trabalho. De qualquer forma, a moral da história é que meu pau não passou perto de nenhuma delas."

"Bom, de um jeito ou de outro, tenho certeza que ele se diverte muito por aí."

"Não."

"Até parece." Olho para ele. "Você já se olhou no *espelho*?"

Ele abre um sorriso arrogante. "Isso foi um elogio?"

"É a constatação de um fato — você é bonito. Eu sei disso, você sabe disso, todo mundo neste gramado sabe disso." Aponto com o queixo para um grupo de garotas sentadas não muito longe de nós. Quase a cada segundo, uma delas lança um olhar invejoso na nossa direção.

"E daí, gente bonita *necessariamente* transa o tempo todo?", contesta Hunter.

Eu dou risada. "Você joga hóquei e é bonitão. Por favor, não me diga que não está transando. Não sou burra."

"Não estou transando."

Ele parece muito sério, e, por um instante, fico na dúvida. Então a ficha cai. "*Ah*. Já começamos a sessão. Por que não me falou? Eu tinha que estar anotando!"

Hunter deixa escapar uma gargalhada. "Não começamos a sessão. Estou falando sério. Fiz um compromisso de celibato."

"Celibato?"

"A prática da abstinência", explica ele.

"Eu sei o que é celibato, Hunter. Só não acredito em você."

"É verdade."

"Mentira."

"Juro por Deus."

"Prove."

"*Como?*" Hunter recosta nos cotovelos, com o corpo musculoso tremendo de tanto rir.

Estou prestes a olhar feio para ele por rir de mim, mas percebo que fiz um pedido impossível. Ele não tem como provar nada, além de colocar o pau para fora e transar com uma daquelas garotas ali perto no gramado.

"Tá legal", murmuro. "Vamos supor que seja verdade. Por que o celibato?"

"Porque preciso me concentrar na temporada de hóquei."

"Você não pode se concentrar no hóquei e gozar ao mesmo tempo?"

"Aparentemente não."

"Agora estou curiosa."

Ele dá de ombros. "Fui meio idiota no ano passado. Andei meio a fim da Summer..."

"E daí?", interrompi.

"Summer é a loura que você viu hoje mais cedo."

"A que namora o seu amigo."

"Isso. Mas antes de ficar com Fitz, a gente se beijou na noite de Ano-

-Novo, e, bem, é uma história comprida e sem graça. Resumindo, Fitz disse que não estava a fim e depois ficou com ela pelas minhas costas. Não lidei bem com isso."

"Não é pra menos", digo, horrorizada. "Isso não se faz."

"Também acho."

"E você ainda mora com eles?"

"Pois é, moro. Fitz é um cara legal. Só foi meio burro e não percebeu que gostava dela. Depois, eu segui na minha, tentando esquecer Summer. Basicamente enchendo a cara e pegando geral. Mas acabei dormindo com a namorada de um adversário. Eu não sabia na época", acrescenta ele, na defensiva. "Jogamos contra o time dele na final da conferência, e foi aí que todo mundo ficou sabendo. O cara enlouqueceu e quebrou meu pulso."

"Meu Deus."

"Perdemos o jogo, e o outro time foi para o campeonato nacional e ganhou." Hunter fecha a cara, determinado. "Não vou deixar isso acontecer de novo."

Solto uma risadinha. "Acho que 'não transar' pode ser uma solução extrema para um problema simples. Que tal uma alternativa: não durma com meninas que têm namorado."

"Não é só isso", admite ele. "Sou o capitão este ano. Quero ser um bom líder. Quero compensar o que aconteceu no ano passado. Acho que é muito melhor me concentrar no hóquei e não em garotas ou em festas." Ele enfia a mão no bolso e pega o telefone. "Então, vamos começar? Tenho uma hora, depois preciso ir embora."

"Aonde vai?"

"Passar na casa de um colega do time."

Eu me animo. "O bonitão?"

"*Eu* sou o bonitão, Demi." Então ele pisca. "Está falando do Conor? Sim, é na casa dele, então ele provavelmente vai estar lá. E você não tem um namorado que conheci há literalmente cinco segundos?"

"Isso não significa que seu amigo não seja bonitão. Minha amiga Pippa gostou dele."

"Então, um aviso: ele é a máquina de fazer sexo que eu era no ano passado, então, acho melhor manter distância."

"Quanto tempo faz que você...?" Não consigo conter a pergunta, a curiosidade é mais forte.

"Que eu não transo com ninguém?"

"Não, que você escalou o Everest."

"Abril. Então... tem o quê... cinco meses?"

"Pobre monge! É uma eternidade!", provoco.

"Eu sei." Ele deita na grama, usando a mochila de travesseiro. "É horrível, Semi. Me faz muita falta."

"Eu transei ontem à noite."

"Que coisa cruel de se dizer."

"Mas é a verdade", protesto.

"Acabei de falar que estou com as bolas doendo, e você aí se gabando?" Ele solta um suspiro dramático. "Como foi?"

"O sexo? Muito bom."

"Vamos começar do início", ordena Hunter. "Ele tirou a sua roupa ou você fez um strip-tease pra ele? Ele..."

Assobio alto. "Está querendo viver sua vida sexual através de mim?"

"Estou", diz ele, com um gemido. "Não pego ninguém. Não posso ver vídeos pornô, porque alguém sempre entra no meu quarto ou bate na porta se *ouso* trancar... juro que aquelas meninas não têm a menor noção. Tudo que me resta é bater uma no chuveiro." Ele faz uma pausa. "E se eu comprasse um desses telefones à prova d'água e levasse pro chuveiro? Assim, posso ver uns filmes e me masturbar com garotas de verdade."

"*Aquilo* não é garota de verdade", argumento. "A pornografia é responsável por criar as expectativas mais irreais das mulheres. Ninguém é daquele jeito, e o sexo de verdade nunca é assim."

"Como é o sexo de verdade, então?", desafia ele.

"Sexo de verdade não tem roteiro. As pessoas se atrapalham, batem cabeça e tem todas aquelas posições estranhas, em que o seu braço ou a sua perna fica preso. A gente ri, xinga, tem orgasmos múltiplos ou talvez nenhum. Quer dizer, é divertido, mas também é confuso, e está longe de ser perfeito."

Ele faz uma cara feia para mim. "Você é má. Agora estou pensando em todo o sexo que não posso ter."

"Foi *você* quem levantou o assunto."

"Eu? Sinceramente, não lembro mais. Não sei onde termina o sexo e eu começo."

Eu dou risada. Que cara engraçado. Ele é muito mais legal do que eu pensava, definitivamente não é o idiota arrogante que achava que fosse.

Não vou mentir — Hunter Davenport está me conquistando.

9

HUNTER

Entro no Land Rover e na mesma hora ligo o ar-condicionado. Caramba, já estamos no meio de setembro, como ainda pode estar tão quente lá fora? Não me levem a mal, espero que fique assim pra sempre, mas estou suando depois de passar a última hora na grama com Demi.

Saio do estacionamento dos alunos e volto para Hastings, então sigo para uma rua a dois quarteirões da minha casa.

Não estava brincando quando disse a Demi que queria que alguém tivesse me perguntado o que achava de as meninas se mudarem para lá. Não tenho nada contra elas, mas estou na faculdade, droga. Quero me divertir com meus amigos. Não estou disponível para namorar este ano, e não tenho o menor motivo para saber tanto sobre máscaras faciais de eucalipto e que tipo de absorvente as habitantes da minha casa usam. Além do mais, de alguma forma, Rupi e Brenna sincronizaram os ciclos e agora ficam menstruadas na mesma época. E as duas ficam muito ranzinzas quando isso acontece.

Paro o carro na frente da casa, atrás do Jeep surrado que Matt divide com Conor. Eles moram no mesmo lugar, junto com nosso colega de time Foster e dois alunos do último ano chamados Gavin e Alec.

Matty abre a porta, e reconheço satisfeito o burburinho de amigos se insultando e de controles de video game em uso, e o aroma de pizza e cerveja velha, sendo que acabou de dar meio-dia. Isso é que é faculdade.

"Oi", cumprimento as pessoas na sala de estar.

Foster está esparramado na poltrona, equilibrando uma lata de cerveja no joelho. Gavin e Alec estão disputando um jogo de tiro. A única ausência notável é Conor, que provavelmente está em aula.

Não sei de quem é a vez de cuidar de Pablo Eggscobar, mas ele está na mesa de centro, no protetor térmico de latinha que Bucky fez para ele, e de visual novo. Alguém desenhou dois olhos e um focinho com canetinha preta logo acima do rabisco do nosso treinador, e pronto — agora Pablo tem cara de porco, com a assinatura de Jensen fazendo as vezes de boca.

Sinceramente, me surpreende que ainda esteja inteiro. Universitários bêbados não são exatamente capacitados a cuidar de ovos.

"E aí, Pablo?", cumprimento o ovo. Ele não responde, porque não é de verdade, mas, ei, pelo menos estou tentando me esforçar.

Regra número mil do manual do capitão: *se não pode vencê-los, junte-se a eles*.

"Quem está de mãe do ovo hoje?", pergunto.

"Con. Mas ele acabou de subir com uma garota, então estamos esperando a hora certa." Matt se ajeita no sofá.

Sento ao lado dele. "A hora certa pra quê?"

Matt e Foster abrem dois sorrisos malignos. "Pra dar comida pra ele. Pablo está ficando com uma fome desgraçada."

Gavin ri sem desviar o olhar da televisão.

Tenho que me segurar para não bufar. Segundo minhas fontes, as coisas pioraram desde a semana passada. Jesse Wilkes me mandou uma mensagem ontem, reclamando que os outros caras não paravam de ligar para ele quando estava com Katie. Encher o saco do responsável pelo ovo o máximo possível virou brincadeira oficial.

"Faz quanto tempo?", pergunta Alec, movendo os dedos na velocidade de um raio no controle.

"Uns dez minutos, só", responde Foster. "Ainda devem estar nas preliminares."

"Pra ela", chuta Gavin.

"Ou ele tá ganhando um boquete", sugere Matt.

Todos ficam quietos por um momento.

"Não...", Foster diz por fim, levando a cerveja aos lábios. "Ele chupa primeiro, depois ela, aí eles transam. Essa é a ordem do sexo."

Começo a rir. "Sério? É isso que o manual diz?"

Matt dá uma risadinha.

"É assim que eu faço", comenta Alec. "Por quê? Como é que *você* faz?"

"Sei lá, porra. Não fico catalogando meus encontros sexuais como se estivesse explorando ilhas desconhecidas nas Maldivas." Reviro os olhos. "Não tem ordem definida. É só deixar rolar."

"É sempre igual", insiste Alec.

"Verdade", concorda Foster. "Geralmente é assim comigo também."

"Humm. Que estranho." Quando penso em minhas transas passadas, juro que são sempre diferentes.

Às vezes, mal entramos no meu quarto, ela está de joelhos com o meu pau na boca. Uma vez, fiquei com uma garota que quis me beijar só por uns três segundos e depois virou de costas e me ofereceu a bunda. As sessões mais longas começaram comigo beijando cada centímetro do corpo delas, ou vice-versa. Às vezes, até começamos com sexo e terminamos com as preliminares.

"Não sei o que vocês estão fazendo, mas não consigo encontrar um padrão", admito.

"Talvez seja coisa de namorada", sugere Foster. "Namorei a mesma garota no ensino médio inteiro e ela ainda é meu ponto de referência."

"Estou há três anos com Sasha", complementa Alec, com um aceno de cabeça, referindo-se à sua atual namorada.

"Ah, com certeza é coisa de namorada", confirma Matt. "Jesse, por exemplo. Ele e Katie têm a vida sexual mais previsível do mundo. Quando a gente morava no mesmo alojamento, no ano passado, toda vez que colocavam aquela meia idiota na porta, eu sabia que iam precisar exatamente de quarenta e sete minutos pra transar. Acho que dava até pra adivinhar a hora exata do orgasmo."

"Parece meio chato." Embora talvez fazer sexo com alguém por quem você seja muito apaixonado pareça diferente de alguma forma? Não faço ideia. Tive algumas namoradas no colégio, mas nenhuma delas foi muito especial.

"Certo. Já faz vinte e um minutos", anuncia Foster. "Ou ele está dentro dela, ou ela está com a boca cheia. Seja como for, o pau está na jogada. Vou repetir, o pau está sempre na jogada."

"Vocês são péssimos. Como capitão, eu deveria impedir isso", aviso.

Todos param, esperando o que vou dizer.

Abro um sorriso lento. Por outro lado, Conor pega tanta gente que um coito interrompido provavelmente faria bem ao ego dele. "Mas não vou impedir. Vão em frente. Podem ir."

Foster e Alec disparam pelas escadas estreitas. Um instante depois, ouço seus passos pesados no segundo andar. Eles esmurram a porta de Conor, e as batidas ecoam pela casa inteira. Parece uma equipe da SWAT invadindo um esconderijo.

"Pablo está com fome!", grita Foster.

"*Comida*", berra Alec.

Na outra ponta do sofá, Matt treme de rir.

Uma comoção ainda mais alta se segue. Xingamentos raivosos, seguidos pelos passos frenéticos de dois jogadores de hóquei enormes que descem as escadas correndo. Conor vem logo atrás, de peito nu, os pés descalços, uma cueca boxer xadrez quase caindo de um dos lados do quadril. O cabelo louro está bagunçado, e os lábios, um pouco inchados.

"Seus idiotas", ele rosna.

"O que foi?", pergunta Foster, piscando os olhos, com ar de inocência. Ele aponta para a mesa de centro. "Nosso porco precisa almoçar. Temos um animal de estimação, cara. Animais de estimação primeiro, mulheres depois."

"Animais de estimação primeiro, mulheres depois", repete Matt.

Gavin desvia os olhos do video game e assente, muito sério. "Já dizia Thomas Jefferson."

"Eu dei comida hoje de manhã", protesta Conor.

Foster faz uma cara feia. "Ele come três vezes por dia, seu egoísta. Olha pra ele, tá morrendo de fome."

Olho para o ovo e para sua cara idiota, então enterro meu rosto nas mãos e estremeço numa risada silenciosa.

"Davenport!", ruge Conor. "Você é o capitão. Quero registrar uma queixa formal contra eles."

Levanto a cabeça, com os lábios ainda tremendo. "Qual é a queixa?"

Ele ergue o indicador. "Eu estava transando."

"Isso não é uma queixa. É uma constatação de um fato."

Foster cruza os braços sobre o peito musculoso. "E não se esqueça — ele precisa de cinco minutos para comer tudo."

Con pega Pablo da mesa, com uma veia latejando na testa. Parece prestes a arremessar o ovo contra a parede, mas, no último segundo, xinga baixinho e dá meia-volta. Em seguida, ouço-o resmungando da cozinha.

Olho para Matt. "Ele não vai fazer comida de verdade, vai?"

"Não... não tem isso nas regras."

"E quais *são* as regras, exatamente?"

"É o que a gente quiser", responde Foster, com um sorriso. "Mas, basicamente, que você precisa dedicar cinco minutos sempre que precisar cuidar do Pablo."

"Mas você não pode abusar do sistema", diz Matt.

"Que sistema?", questiono. "Vocês estão loucos."

"Ele come três vezes ao dia, caga duas vezes ao dia e precisa de atenção sempre que um de nós está entediado e quer encher o saco de quem está com o ovo."

"Mas você não pode ficar pedindo atenção o tempo todo", acrescenta Foster. "Dito isso, é altamente recomendável mandar mensagem entre uma e cinco da manhã."

"É tudo bem razoável", me diz Alec. "O que você não está entendendo?"

"Vocês vão fazer isso comigo quando for a minha vez?" Chego a estremecer. Minha vez é na sexta-feira.

"Não... nunca faríamos isso com você", garante Foster.

Os outros concordam.

"Nunca."

"Claro que não."

"Nunca faríamos isso com o nosso capitão."

Malditos mentirosos.

Na quinta-feira à noite, Demi e eu conseguimos encaixar uma segunda sessão de estudo na semana. Mais uma vez, nos reunimos no quarto dela, na casa Theta. Ela está sentada de pernas cruzadas sobre a colcha roxa, chupando um pirulito de uva. Estou esparramado no seu pequeno sofá, regalando-a com mais uma suculenta história na sórdida vida de Dick Smith.

"Então ela prometeu pegar um cheesecake de morango junto com a torta de abóbora de sempre. Enquanto isso, estava indo tudo certinho. O bufê era de alto nível. A mesa estava posta com as taças de cristal que meus avós deram pra gente de casamento. Tinha gente da família vindo de Palm Springs e de Manhattan. Ação de Graças nos Hamptons é sempre um evento importante."

Demi me observa com atenção. Sei que está tentando descobrir onde vou chegar com isso.

"Mas a *pièce de résistance* era o cheesecake de morango", continuo. "Foi a primeira torta que meus pais venderam quando abriram sua primeira pequena padaria na Burton Street, que acabaram transformando num imenso império das sobremesas. Estava tudo perfeito — mamãe ia ficar tão emocionada de eu ter me lembrado, de ter feito tudo aquilo para agradá-la. Todo mundo sabe que meu irmão Geoffrey não está nem aí para a felicidade dela."

O pirulito de Demi cutuca o interior de sua bochecha. "Isso é comum para você, se esforçar muito para alcançar a aprovação da sua mãe?"

"Não tinha nada a ver com aprovação. Acabei de falar que queria fazer mamãe feliz."

"Entendo."

Bufo, aborrecido. "Enfim, o jantar foi espetacular, e então chegou a hora da sobremesa, e sabe o que aconteceu? Os garçons saíram só com a torta de abóbora e mais nada. Nada de cheesecake. Tive que estampar um sorriso no rosto, mas por dentro estava fervendo. Depois do jantar, Kathryn disse que sentia muito e insistiu que todas as padarias da região estavam fechadas ou não tinham mais cheesecake, mas essa desculpa não me servia de nada na hora. Ela me fez passar vergonha na frente da família toda, e depois o desgraçado do Geoff ainda fez uma piada sobre torta de abóbora e que escolha original tinha sido, e minha vontade era dar um soco na cara dele. Feliz Dia de Ação de Graças!"

Faço uma leve pausa. Ergo os olhos e vejo Demi me avaliando intensamente.

"Uau", diz ela, devagar. "Tem muita coisa pra gente destrinchar aqui. Acho que minha primeira pergunta é: se todas as padarias estavam fechadas por causa do feriado, você acha justo culpar sua esposa por não ter conseguido um cheesecake?"

"Ela poderia ter comprado no dia anterior", digo, friamente. "Não tinha desculpa."

Ela balança a cabeça algumas vezes, como se estivesse saindo do papel. "Caramba. Você é bom nisso", comenta.

Dou de ombros, desajeitado. "Não sou?! Acha que deveria largar o hóquei e começar a atuar?" É uma piada fraca.

A verdade é que não é uma piada. A história que acabei de contar é a mais pura verdade. A única parte que deixei de fora foi que o filho do imbecil passou semanas e mais semanas antes do Dia de Ação de Graças aturando o pai se vangloriar sobre aquele cheesecake de morango idiota, e depois anos de amargura por causa da torta de abóbora.

Sim, esse é o meu pai, um cara que não dá a mínima para ninguém além de si mesmo. Queria ficar bem na fita e superar o irmão, e todas as padarias fechadas e minha horrível mãe egoísta que fossem à merda por privá-lo de suas necessidades. A coitada da minha mãe passou meses pisando em ovos depois disso. É impossível agradar o homem.

Quando abri meu envelope de "PACIENTE" na semana passada e vi o distúrbio que precisaria representar, quase gargalhei. Praticamente não preciso pesquisar, pois tenho muita familiaridade com os sintomas e como se manifestam. Convivi com isso a minha vida inteira.

"Por que era tão importante para você se sair bem na frente da sua família?", pergunta a dra. Demi.

"Como assim?"

Ela reformula. "O que era para ser uma reunião de família feliz se transformou numa competição entre você e o seu irmão. Só estou querendo saber por que você embarcou na competição."

"*Eu* não transformo tudo em competição, *ele* sim. Tem ciúme de mim porque sou mais velho e mais bem-sucedido. E eu vou fazer quê? Me humilhar enquanto ele tenta me derrubar? De jeito nenhum. Eu revido."

"Entendo." Uma pausa. "Você acha que tem expectativas excessivamente altas das pessoas em sua vida ou um nível médio de expectativa?"

Eu me pergunto a que conclusões ela está chegando. Está na cara que Demi é muito inteligente. Essa é apenas uma das muitas razões pelas quais gosto de passar o tempo com ela. A principal razão é que a conversa flui bem entre nós, e não existe a menor pressão para a coisa evoluir para além de uma relação platônica. Ela obviamente ama o namorado, portanto eu não sou uma tentação. É uma gostosa, claro, e tem o hábito de usar blusas apertadas que envolvem seus peitos empinados e deixam a barriga de fora, mas sou capaz de admirá-la sem fantasiar em arrancar suas roupas.

Demi faz mais algumas anotações e então diz: "Certo, melhor parar por aqui. Vou jantar com Nico. Mas acho que estou começando a formar uma ideia do seu diagnóstico".

"Isso é mesmo muito divertido", admito. Não deixo de notar a ironia de estar me divertindo ao descrever — em detalhes — o funcionamento do cérebro do meu pai.

Meu pai não é a minha pessoa favorita, mas em geral não reclamo dele com ninguém. A vida toda só corroborei a mentira da família perfeita. Do contrário, ia me sentir como se estivesse reclamando de barriga cheia. Afinal, sou um cara rico de Greenwich que frequentou escolas particulares de elite. Tem gente que está muito pior que eu. Pessoas que sofrem abuso físico de verdade, o que é bem mais grave do que simplesmente ser incapaz de atender os padrões irreais de um egomaníaco.

Mesmo assim, é fascinante descrever esses eventos da minha infância do ponto de vista do meu pai. Não sei se estou fazendo direito, mas, uma pesquisa sobre o assunto provavelmente não me ajudaria em nada em termos de padrões específicos de pensamento.

"A gente se vê na semana que vem", digo a Demi. "Mas acho que não estou disponível na segunda."

"Que tal no meio da semana?"

"Devo estar por aqui na quarta à noite. Mas não posso no fim de semana, vamos jogar três partidas."

"Tá legal, talvez na quarta à noite então", responde ela, "mas em geral é o meu dia de academia."

"Você faz academia?"

"Claro. Como acha que eu mantenho a forma?"

Na mesma hora, meu olhar é arrastado para o seu corpo pequeno e com tudo no lugar. Ela não pode ter mais que um metro e sessenta, mas, cara, suas pernas parecem infinitas. Compridas, bronzeadas e nuas nesse short jeans minúsculo. Aposto que a bunda dela é firme e caberia perfeitamente na minha mão.

Ah, merda.

Aconteceu.

Estou fantasiando com ela.

Abortar, cara, abortar!

"Enfim." Desvio o olhar, mas não antes de ela perceber.

"Ai, meu Deus, para já com isso. Você não tem permissão para me olhar assim", ordena Demi. "Você é um monge, lembra?"

"Eu não estava te olhando de jeito nenhum", minto.

"Mentira. Você estava me olhando de um jeito devasso."

"Não estava. Vai por mim, olhares intensos não são a minha arma secreta." Abro um sorriso. "Se eu estivesse mesmo usando minha cantada infalível, não estaria me pedindo para parar."

"Você tem uma *cantada*?" Um sorriso animado acende o rosto bonito de Demi. A pele dela é incrível. Brilhante e impecável, e não acho que esteja de maquiagem. "Me mostra!"

"Não."

"Por favor?"

"Não", rosno. "Você não tem permissão para ver a minha cantada."

"Por que não?", reclama ela.

"Dois motivos: você tem namorado, e eu sou um monge."

"Tá bom. Mas, só pra constar, aposto que a sua cantada está abaixo de péssima." Sorrindo, ela abre a primeira gaveta de sua mesa. Depois de vasculhar um pouco, pega outro pirulito. Cereja, desta vez. Ou talvez morango.

"Acho que você é viciada em açúcar", informo.

"Não... só gosto de ter alguma coisa na boca."

"Não, eu não preciso dessa informação."

Ela me olha feio. "Chama fixação oral, Hunter. É muito comum."

"Ã-ham. Você que tá dizendo."

E, apesar de meus melhores esforços para esquecer a conversa, Demi e sua fixação oral invadem meus pensamentos durante todo o caminho para casa e consomem meu cérebro sedento por sexo. E, quando me dou conta, estou trancando a porta do banheiro e entrando no chuveiro, com um punho fechado em torno de uma ereção firme o suficiente para cortar uma pedra de mármore ao meio.

Está acontecendo de novo.

Estou fantasiando com Demi Davis, e desta vez não vou parar.

Imagino seus lábios grossos envolvendo aquele pirulito vermelho, só que, em poucos segundos, o pirulito é substituído pela cabeça do meu pau. Estou esfregando naqueles lábios sensuais, e ela põe a língua para fora para sentir meu gosto, porque está sedenta por isso.

"*Humm*", eu a imagino murmurando. "*Parece bala.*" E eu me imagino dizendo que sua boceta é provavelmente ainda mais doce, o que a faz gemer, e o som gutural percorre toda a extensão do meu membro e aperta minhas bolas.

"Droga." Minha voz rouca ecoa no chuveiro. Apoio o antebraço na parede de azulejos, enquanto faço movimentos rápidos e desesperados com a outra mão. Meu pau está tão duro que chega a doer. O vapor no banheiro dificulta a respiração. Estou fodendo meu próprio punho, com a testa enterrada no braço, inspirando lufadas de ar quente.

Cara, isso é bom. Minha fantasia cafona se dissolveu no ar quente. Agora estou acariciando o pau com imagens aleatórias que passam por minha mente — Demi me chupando, os seios de Demi pulando daquelas camisetas apertadas que ela usa, as pernas bronzeadas... se abrindo pra mim. Ah, merda, fico me perguntando que barulho ela faz quando goza...

Disparo feito um foguete. *Minha* nossa. Meus quadris ficam imóveis, e uma onda de prazer quente atravessa meu corpo. Gozo na própria mão, arfando, com pontos pretos piscando em meu campo de visão, e meu pau lateja loucamente.

Me sinto um pouco culpado por ter fantasiado com Demi. E acho que ela me perdoaria se eu contasse. Quer dizer, ia acabar acontecendo. Estou em apuros, cinco meses infinitos sem sexo. Antes do final do mês, bato uma fantasiando com Mike Hollis.

Estou começando a ficar genuinamente preocupado com a minha sanidade.

Alguém bate com força na porta.

Assustado, quase desmaio na banheira.

"*Hunter!*", grita Rupi. "Saia daí já. Você vai acabar com a água quente e quero tomar banho antes de dormir!"

Um gemido se aloja em minha garganta, que está seca e dolorida por causa desse arfar todo. Ainda estou segurando o pau, mas está amolecendo rapidamente, porque é esse o efeito que a voz de Rupi exerce sobre os pênis.

"Vai embora", rosno para a porta, mas não dá para negociar com terroristas. Se não obedecer, ela no mínimo vai encontrar um vídeo no YouTube sobre como destrancar portas, entrar aqui e me obrigar a sair do chuveiro.

Odeio minhas colegas de república.

10

DEMI

Não tenho aula às quartas-feiras, então passo a manhã estudando para uma prova de biologia e terminando um trabalho de matemática. A carga de trabalho deste semestre é quase o dobro do anterior, então agora tenho acordado uma hora mais cedo todo dia na esperança de que isso me ajude a continuar em dia com as aulas.

E, como se já não fosse estresse o suficiente, meu pai decidiu que eu deveria começar a estudar para a prova de admissão em medicina. Ontem à noite, mandou uma mensagem se oferecendo para pagar um professor particular. Respondi que ia pensar.

Mas na verdade só preciso pensar num jeito diplomático de dizer: *Por favor, pelo amor de Deus, não me faça estudar para a faculdade de medicina agora, ou não vou sobreviver ao terceiro ano.*

À tarde, encontro Corinne no apartamento novo dela, em Hastings, e a ajudo a arrumar seu armário. Na minha casa em Boston, tenho um closet maravilhoso, arrumado por cor e estilo. Meus níveis de ansiedade diminuem drasticamente quando está tudo limpo e organizado.

"Muito obrigada por fazer isso", diz Corinne, um pouco tímida.

Penduro um suéter pesado de tricô num cabide. "Imagina. Você sabe como adoro esse tipo de coisa. Além do mais, somos amigas. Amigas não deixam suas amigas limparem seus armários sozinhas."

Seu sorriso de resposta é pleno de gratidão.

Corinne às vezes é osso duro de roer. É muito bonita, e tem um monte de caras correndo atrás dela, mas é seletiva com quem namora. É antissocial, quieta às vezes, mas seu sarcasmo é de primeira e, quando baixa a guarda, é muito divertida.

"O apartamento é uma graça", digo a ela. "O quarto é enorme." É quase tão grande quanto o meu quarto na fraternidade, isso porque tive sorte no sorteio e peguei a suíte principal.

Meu telefone vibra na cama de casal de Corinne. Vejo que Hunter mandou uma mensagem.

HUNTER: *Viu o jogo dos Bruins ontem à noite???*

Numa de nossas conversas por mensagem, ele ficou comentando empolgado um jogo que estava passando na televisão, e eu falei que com certeza ia começar a ver hóquei. Acho que ele não pescou o sarcasmo.

EU: *Claro! Foi INTENSO! Nem acredito que aquele cara marcou dezenove gols!!!*
ELE: *Você não viu, né?*
EU: *Não. Desculpa. Já disse que não gosto de hóquei.*
ELE: *Esperava mais da minha terapeuta. Tchau.*

Há uma longa pausa.

HUNTER: *Não, espera, te escrevi por um motivo. A gente vai na academia hoje?*
EU: *Vamos. Depois do jantar. Lá pelas 8? Ah, vê se bota uma roupa bem agarradinha pra eu te objetificar.*
ELE: *Pode deixar.*

Sorrio para o celular.

"O jogador de hóquei de novo?", pergunta Corinne.

"É." Aos risos, balanço a cabeça, divertida. "É tão metido. Mas muito gostoso. Eu te apresentaria, mas ele não faz sexo."

"Espera, como é que é?"

"Está praticando abstinência por um tempo." Espero que não seja segredo, mas, por via das dúvidas, não ofereço mais detalhes. "Ei, qual é a sua senha de wi-fi? Estou tentando me conectar."

"Ah, ainda não configurei. Sexta-feira vem alguém resolver isso."

Estou prestes a guardar o telefone quando recebo outra mensagem.

TJ: *O jantar ainda tá de pé?*
EU: *Claro. Hoje é dia de sushi, bebê!!!*

Acrescento três emojis de peixe. TJ devolve com dois camarões, e então ficamos trocando emojis aleatórios de animais marinhos que me fazem rir.

EU: *Como assim não tem emoji de lagosta?!!!*

TJ não responde, então guardo o telefone e começo a dobrar a pilha de camisetas na cama de Corinne. "Acho que tudo isso devia ir para uma gaveta", sugiro. "Pendurar camisetas é um desperdício de cabide."

"Concordo. Vamos pendurar coisas que amarrotam, depois vestidos, saias..."

Meu telefone vibra de novo. TJ acabou de mandar uma foto de uma lagosta de desenho animado com corações nos olhos e um balão que diz: "QUERO ENFIAR MINHAS GARRAS EM VOCÊ!".

Caio na gargalhada. "Desculpa", digo a Corinne. "TJ está mandando memes."

"Você tem um zilhão de amigos homens. E eu não sou capaz de lidar com um." Ela balança negativamente a cabeça. "Não sei como você faz. Aqueles egos frágeis... São como garotinhos que precisam de atenção." Ela inspira, animada, como se tivesse acabado de se dar conta de algo. "Sabe quem você é? Você é a Wendy, com todos os Garotos Perdidos!"

"Não deixa de ser verdade", admito. "Mas amo meus Garotos Perdidos. Eles são uma fonte constante de entretenimento." Dobro outra camiseta. "TJ e eu vamos jantar na cidade hoje. Vamos conhecer o japonês novo que abriu na frente do teatro. Quer vir?"

"Não posso. Tenho um grupo de estudo aqui mais tarde. É só você e TJ? Nico não vai?"

"Nico vai jogar basquete com Darius e depois encontrar uns amigos do trabalho para beber. Você deve ter conhecido quando eles ajudaram com a mudança."

"Conheci dois." Ela pensa um pouco. "Um era bem bonitinho, e o outro era careca."

Eu dou risada. "O careca é Steve, e o bonitinho devia ser... Roddy, talvez? Apelido de Rodrigo. Mas acho que ele tem namorada."

"Que pena."

"Até parece. Você nem quer um namorado."

"Verdade."

Carrego a pilha de camisetas dobradas até a cômoda de madeira de segunda mão. "Anda, vamos guardar todas essas coisas aleatórias e depois voltar pro armário. O armário é a parte divertida."

"Coisas que me trazem alegria..." Ela suspira. "Você é tão estranha, Demi."

Passo mais algumas horas com Corinne, então caminho a curta distância até o centro da cidade. TJ me encontra no restaurante de sushi, que se revela fenomenal, então é claro que preciso mandar uma mensagem para o meu namorado contando do jantar, enquanto volto para casa de Uber, porque fico empolgada com comida boa e, quando isso acontece, preciso dividir com Nico.

> NICO: *Acho que vc tá desvalorizando o preço de mercado do orgasmo toda vez que diz que uma comida é "orgásmica".*
> EU: *Bem, acho que você subestima comida boa. E isso é praticamente um crime, pq você é cubano, e comida tá no seu sangue.*
> ELE: *Bobagem.*
> EU: *Vou contar pra sua mãe que você disse isso.*
> ELE: *Nem ouse.*
> EU: *Vou pra academia daqui a pouco. Chego em casa lá pelas 9. Quer vir pra cá, depois que terminar com os seus amigos?*
> ELE: *Acho que não, amor. Acho que vamos pra casa do Steve fazer uma maratona de* Fortnite.

Fico só um pouco decepcionada. Não tínhamos combinado nada, então não posso culpá-lo por querer ficar um pouco mais com os amigos, as pessoas que ele originalmente tinha combinado de encontrar.

eu: *Tudo bem. Divirta-se! Te amo.*

nico: *Também te amo <3 <3 <3 <3*

"Sinto falta dos boquetes", declara Hunter, na academia, uma hora depois.

A frase solta provoca uma explosão de riso de minha parte, e quase tropeço na esteira. Faz uma semana que nos vimos, e obviamente seu status de monge continua intacto.

"Sinto muito por isso", respondo.

"Não precisa ficar com dó de mim, tenha pena do meu pau."

Contendo o riso, olho para baixo. Não vou mentir — o material dele parece impressionante sob a calça preta. Faço um gesto magnânimo para sua virilha. "Sinto imensamente por seus problemas recentes, pau do Hunter."

O dono do pau do Hunter assente com seriedade. "Ele agradece a compreensão."

Esse cara. Ele é o melhor ou o pior. Ainda não decidi.

Fora isso, ele é definitivamente o pior colega de academia. Passamos os últimos quarenta minutos lado a lado em nossas respectivas esteiras, mantendo o ritmo acelerado. Mas estou quase morrendo. Admito minha derrota e reduzo a inclinação da máquina, para facilitar o treino.

O sr. Astro do Hóquei mal suou. Tem só um leve brilho cobrindo sua testa. Enquanto isso, estou pingando em bicas. Graças a Deus não estou romanticamente interessada nele, caso contrário estaria morrendo de vergonha por transpirar tanto assim. Não deixo nem Nico me ver quando estou muito suada.

"Ahh, tem alguém precisando descansar um pouco?", zomba Hunter.

"Não, só de um caminho mais plano."

"Fracote."

"Monge."

"Você tem que parar de usar isso como insulto. Tem gente que considera o meu celibato *admirável*."

"Diz o cara que tá reclamando que sente falta dos boquetes."

"Ah, como se você não fosse sentir falta se o seu namorado parasse de te chupar."

"Na verdade, não", digo, antes que consiga me conter. E me arrependo na hora. Não gosto desse tipo de conversa, principalmente envolvendo meu namorado. E daí que Nico não é um gênio do sexo oral? Isso não significa que não possua outras qualidades excepcionais.

Infelizmente, Hunter me ouviu em alto e bom som. Mesmo com a cabeça voltada na minha direção, o resto de seu corpo não perde a passada, suas pernas compridas devoram a esteira. "Ah, não. Meu amigo Nico não está comparecendo no departamento oral?"

"Não, está sim."

"Mesmo? Não foi o que pareceu."

"Seja como for, nem todo mundo é bom em oral", resmungo. "A prática leva à perfeição, não é o que dizem?"

Hunter parece estar tentando não rir. "Vocês não estão juntos há uns dez anos?"

"Oito", respondo, de má vontade. "Começamos a namorar oficialmente aos treze."

"E ele ainda não dominou a arte de chupar uma boceta?" A incredulidade transparece em seu tom.

"Não seja grosseiro."

"Tudo bem, quer que eu chame de cunilíngua?"

Eca, a palavra é mesmo horrorosa. Quem foi que inventou o termo? "Olha, não estou dizendo que ele é horrível. Pra ser sincera, acho que o problema sou eu. Não ligo muito."

"Já recebeu de alguma outra pessoa?"

"Não."

"Então como sabe que o problema é você?", desafia Hunter. "Aposto cem dólares que ele é péssimo. Quanto tempo ele passa lá embaixo?"

Minhas bochechas estão pegando fogo. "Não muito." Então corro em defesa de Nico. "Acho que ele fica muito impaciente pra entrar em mim."

"Mas a expectativa é metade da diversão", protesta Hunter.

Dou de ombros. "Não importa. Mesmo que o problema *seja* ele, Nico faz coisas incríveis quando está dentro de mim, o que faz com os dedos é maravilhoso. Nem todo mundo é bom em tudo, né?"

"Eu sou", diz Hunter, presunçoso.

"Ã-ham, tenho certeza que você é fenomenal na cama. Homens que se gabam de suas proezas sexuais sempre são."

"Eu sou. Pena que você nunca vai descobrir."

"Nem eu, nem mais ninguém, monge."

Ele revira os olhos. E continua em ritmo acelerado. Como consegue levar uma conversa inteira sem perder o fôlego? Estou lutando para falar e correr ao mesmo tempo. Malditos atletas.

"De qualquer forma, apesar das falhas muito graves, Nico parece um cara legal", Hunter dá o braço a torcer. "Ele é engraçado."

"Ele é hilário. E, sim, é um cara legal."

"Tirando, claro, as habilidades orais, que estão abaixo da média."

"Não estão abaixo da média. Estão na média."

"Nossa, que elogio!"

"Ah, cala a boca."

"Cala você." Hunter abre aquele sorriso diabólico dele. "Não esquenta, não vou contar que você falou isso. Acabaria com o ego dele."

"Tudo o que você e eu falamos está protegido pelo sigilo entre médico e paciente", digo, com firmeza.

"Pode deixar, doutora."

Uma mulher de roupa de ginástica apertada passa por nós e começa a fazer agachamentos bem na nossa linha de visão. Daria até para imaginar que foi uma coincidência, não fosse pelo fato de que mantém os olhos sedentos colados em Hunter pelo espelho do outro lado da sala.

Ele percebe a admiradora e me dá uma piscadela. Não é a primeira mulher a tentar chamar sua atenção hoje, e tenho certeza de que não será a última. É irônico que Hunter seja celibatário, porque qualquer garota da academia ficaria muito feliz de fazer sexo com ele. Ali mesmo. Na frente de todo mundo.

"Não acredito que Nico é a única pessoa com quem você já dormiu", comenta Hunter.

"Qual o problema?"

"Problema? Nenhum. É só surpreendente."

"Estamos juntos desde sempre — quando ia ter a oportunidade de transar por aí?"

"Você nunca traiu? Nunca?"

"Nunca. A gente chegou a terminar algumas vezes, mas nunca dormi com mais ninguém."

Ele arqueia uma sobrancelha, com ar de desafio. "Está dizendo que não pegou ninguém nesses intervalos?"

"Beijei uns caras", admito, dando de ombros.

"Você fala como se essa não fosse a resposta mais *vaga* que já ouvi."

"Meu Deus, que enxerido. Tá legal. Beijei outros três caras, e pode ter havido alguma pegação num desses encontros."

"Leve ou pesada?"

"Leve. Não passou da segunda base. Ele queria mais, mas era como se eu estivesse traindo Nico."

"Sério? Pois devia ter ido mais longe. Porque, sinto muito em dizer isso, mas *garanto* que Nico passou da segunda base."

"Eu sei que passou. A gente joga limpo um com o outro. Além do mais, numa das vezes em que a gente terminou, eu o vi beijando uma garota numa festa. Foi por isso que fiquei com o cara da pegação leve." Fico um pouco hesitante. "E eu sei que Nico dormiu com outra pessoa, pelo menos uma vez."

"Pelo menos?" Hunter aumenta a velocidade, e seus tênis batem com força contra a esteira. Ai. Ele está correndo mais rápido agora! E continua respirando sem dificuldade. É inacreditável.

A esta altura, estou me arrastando a passos de cágado, e não estou nem fazendo o desaquecimento. "Sei de uma, com certeza, porque ele me contou. Mas... acho que ele me traiu uma vez", confesso, e então me roo de raiva por dentro.

Uma coisa é criticar as habilidades orais do seu namorado, mas abrir o armário e deixar os esqueletos todos à mostra? Isso é passar dos limites.

"Não diga pra *ninguém* que eu falei isso."

Hunter é esperto o suficiente para perceber que estou falando sério. "Acha mesmo que ele te traiu?"

Faço que sim com a cabeça. Não é um assunto que eu goste muito de comentar. "Nas férias de verão antes do último ano de colégio, fui visitar Nico em Miami, e fomos acampar com um grupo de amigos em

Everglades. Quer dizer, não foi bem um camping. Foi mais glamoroso, o que eles chamam de *glamping*."

"Buuuuu!", exclama Hunter na mesma hora, apontando dois polegares para baixo.

A mulher rebolando na nossa frente olha por cima do ombro para ver qual é a comoção, mas Hunter nem dá atenção.

"Não, não, não", diz ele. "Você não pode ser uma dessas garotas, Semi."

"Não acredito nesse negócio de banheiro externo, tá legal? Prefiro acampar num lugar com parede, banheiro, wi-fi e..."

"Isso não é acampar!"

"Exatamente. É *glamping*, como eu falei."

"Buuuuu!"

"Quer fazer o *favor* de parar de me vaiar?"

"Quando eu estava começando a gostar de você, descubro que é uma pirralha mimada de Miami que se recusa a dormir numa barraca."

"Quer ouvir o resto da história ou não?"

Ele parece ansioso. "Ah, quero muito. Mas só se você quiser me contar."

Por alguma razão inexplicável, *quero* contar para ele. Só falei disso com mais uma pessoa: Amber, minha melhor amiga em Miami. E ela me disse que eu estava sendo paranoica.

"Um amigo nosso levou sua prima Rashida na viagem e, sem brincadeira, a garota não parava de dar em cima do Nico. Isso estava começando a me irritar, então eu..." Me interrompo abruptamente.

"Você o quê?", pergunta Hunter.

Faço um barulho de irritação. "Eu posso ou não ter dito a ela que, se não parasse de dar em cima do meu homem, ia afogá-la no lago e deixar seu corpo para os jacarés."

Pela primeira vez em sessenta e dois minutos, Hunter erra o passo. Ele segura o corrimão da esteira para se equilibrar, mas o riso que sacode seu corpo não diminui. "Porra. Você é uma psicopata, Davis. Sabia?"

"Não, copiei o método de assassinato de um episódio de *Cheerleaders que matam*. Não sou criativa o suficiente para planejar uma morte sangrenta. Enfim, a tal Rashida era tão sem-vergonha que precisava de um lembrete que ele tinha namorada. Mas ele mesmo não fez muita questão de enfatizar isso. Parecia que estava incentivando o flerte, o que me irritou ainda mais. Começamos a discutir, e Nico ficou com raiva, disse que ia dar uma volta e sumiu por algumas horas."

"Algumas *horas*?" Hunter estreita os olhos. "Deixa eu adivinhar, Rashida sumiu mais ou menos durante o mesmo período?"

"Bom palpite. Disse que pegou o carro e foi até a cidade comprar umas guloseimas, e a despensa da casa realmente ficou mais cheia depois disso, então pode ser que seja verdade. Mas, ainda assim, achei suspeito."

"E como."

"Fui tirar satisfação com Nico, e ele garantiu que estava sozinho na floresta e que fazia horas que não via nem falava com Rashida. Ele me disse que eu estava sendo ridícula, que estava exagerando, e ficou tão indignado que me senti culpada por ter feito a acusação e acabei pedindo desculpas um ano inteiro depois." Franzo a testa profundamente. "Quero acreditar que ele não fez nada, mas..."

"Mas você não acredita", termina Hunter.

"Não. E me sinto uma idiota por isso."

"Pois não deveria. Sempre confie no seu instinto, Demi. Se as pessoas agem de forma suspeita, em geral é porque fizeram algo suspeito. E o fato de ele ter perdido a cabeça e gritado com você não é pouca coisa. Pessoas culpadas atacam. Pessoas inocentes não."

"Talvez, mas... tanto faz, isso foi anos atrás. A gente era criança." Dou de ombros. "Temos mais de vinte anos agora, e isso ficou no passado."

"Uma coisa assim fica mesmo no passado?" A voz de Hunter fica rouca. "Acho que um incidente desses ia ficar para sempre no fundo da minha mente. Por exemplo, e se Summer tivesse mudado de ideia e decidido que gostava de mim e não de Fitz, no final das contas? Isso ia ficar me perturbando o relacionamento inteiro — *será que ela me quer mesmo, será que tá pensando nele agora*, esse tipo de coisa. Acho que é melhor..." Ele faz um gesto de tesoura com os dedos. "Cortar pela raiz. Começar de novo. Se um poço seca ou estraga, você cava um novo, né? Não fica bebendo água envenenada."

Eu dou risada. "E o que você sabe sobre poços, menino de Connecticut?"

"Você não precisa ter tido experiência em primeira mão com uma coisa para usá-la como metáfora." Hunter parece pensativo. "Mas, olha, Nico parece um cara decente, e obviamente é apaixonado por você, se isso te faz se sentir melhor."

"Faz, sim." Sempre aprecio as observações imparciais de terceiros. Significam mais do que as falsas garantias e banalidades que você tende a receber de gente que te ama.

Outra garota passa. Diminui o passo visivelmente quando repara em Hunter. Ele enfim está suando, com a camisa úmida agarrada ao peito mais impressionante que já vi. Seus peitorais são definidos com perfeição, e os braços são espetaculares. Não culpo nenhuma dessas mulheres por enlouquecerem por ele.

Hunter lança um olhar para sua admiradora, depois olha para mim com seriedade. "Você não tem ideia de como é bom estar com alguém que não quer trepar comigo."

"Ai, meu Deus, essa é a coisa mais presunçosa que já ouvi."

"É verdade." Ele acena com a mão ao redor. "Olha só pra elas, Semi, olha só pra todas elas! São todas gostosas e todas me querem. Enquanto isso, você é essa linda criatura neutra, sem a menor vontade de me pegar. É uma maravilha."

"Elas são *todas* gostosas? Parece um exagero."

"Já sabemos que meu pau não discrimina. Nem você está imune."

Olho para ele. "Que diabos significa isso?"

"Ah. Nada." Está na cara que ele está escondendo alguma coisa quando aperta o botão de desaquecimento da esteira. Quando me olha de novo, sua expressão é tímida. "Tenho uma confissão a fazer, mas você tem que prometer que não vai ficar brava."

"Nunca vou prometer uma coisa assim. Nunca."

"De verdade?"

"De verdade. Se quiser contar, é por sua própria conta e risco."

"Bem. Na outra noite, eu me masturbei..."

"Parabéns. Seu pênis ficou formigando quando você gozou?"

"Eu não terminei."

"Então você não gozou?"

"Não terminei de falar", ele rosna. "Na outra noite, eu me masturbei... pensando em você."

Meu queixo cai.

Hã. O quê?

"Ai. Meu. Deus." Eu o encaro, sem conseguir acreditar. "Por que me contou isso?"

"Porque me senti culpado. Como se eu precisasse ir à igreja me confessar."

Sinto meu rosto corar e suspeito que estou mais vermelha que um tomate. Sim, tenho muitos amigos homens, mas é a primeira vez que um deles confessa ter fantasiado *comigo*. Quer dizer... é uma forma de elogio, não? Se TJ ou Darius ou...

Estremeço só de pensar.

Certo. Reação interessante. A ideia de meus outros amigos se masturbando ao pensar em mim é extremamente desagradável. Mas a ideia de Hunter acariciando o pau e fantasiando comigo é...

Minhas coxas chegam a se contrair diante da imagem suja.

Ai, meu Deus.

Não.

Nada disso.

I-na-de-qua-do.

Hunter solta um grande suspiro. "Me sinto muito melhor agora que tirei isso do peito."

"Bem, *eu* não!" Não consigo tirar a imagem da cabeça agora, e isso é muito, muito errado.

Seus olhos escuros brilham para mim. "Tome isso como um elogio."

"Não, obrigada."

Ele usa a barra da camisa para limpar o suor da testa, o que significa que literalmente acabou de mostrar o peito nu para mim e para a academia inteira. Seu abdome está brilhando.

"De qualquer forma, tirando essa pequena exceção em que bati uma pensando em você, gosto muito dessa coisa entre a gente." Ele gesticula de mim para ele. "Me prometa que isso nunca vai mudar."

"Prometer que o que não vai mudar?"

"Que você nunca vai querer dormir comigo", diz ele, todo dramático.

Quanta arrogância... Solto um suspiro e estendo a mão para dar um tapinha em seu braço estupidamente musculoso. "Prometo que nunca vou querer dormir com você, Hunter."

11

HUNTER

Desde a sessão de tortura com lingerie na Theta Beta Nu, tenho evitado festas em casas de fraternidade, mas, depois do jogo de sábado os caras do time insistem em ir a uma. Jogamos em Suffolk, então o ônibus só nos deixa de volta no campus depois das onze. Temos que dirigir até Hastings, porque todos moramos fora do campus, e os caras querem trocar de roupa. Ou, no caso de Foster, dar uns pegas em seu baseado.

Ninguém do time enfia muito o pé na jaca durante a temporada de hóquei, mas uma bebida ou baseado ocasional não é coisa inédita. Conheço um monte de jogador de hóquei que usa cocaína, mas o treinador Jensen faz questão de um programa limpo na Briar. De vez em quando alguém vai a um show e toma uma bala, mas não é uma ocorrência frequente. Estamos todos cientes do rigoroso (e aleatório) sistema de controle antidoping da Associação.

Em vez de escolher um motorista da vez, pegamos um Uber de volta para o campus, porque estão todos planejando comemorar a vitória nos jogos do final de semana com uma bebida. Mas nossa tabela tem sido suave até agora. Na semana que vem, vamos pegar uns adversários difíceis, entre eles a Universidade de Boston, até agora invicta. Mas a temporada está só começando.

Conor está ao meu lado no banco de trás, com Foster do outro. Con está olhando para o celular. Provavelmente repassando a lista de contatos femininos.

Esta noite, sou o responsável por Pablo, então botei uma camisa com colarinho e bolso, pra ter onde enfiar o ovo.

"Olha esse pegador", digo a Pablo. "Já viu coisa mais nojenta?"

Conor ergue a cabeça para mim. "Ah, nem vem. Ouvi os boatos que rolam ao seu respeito, sr. Peguei Todas as Mulheres da Faculdade Ano Passado."

Ele não está errado. "Com quem você está falando?", pergunto, curioso.

"Uma garota aí, Michelle. Vai encontrar com a gente na festa."

Ele volta para as suas mensagens, então sigo seu exemplo, porque Foster também está no telefone, e estou cansado de ser ignorado. Mando uma mensagem para Hollis, que está passando o fim de semana em casa e queria sair com a gente hoje. Ele e Rupi estavam discutindo sobre isso quando saí. Ele queria vir, ela queria ficar em casa. Namoradas, né?

EU: *Cara, carrega essa mulher nos ombros e sai logo de casa. Você sabe que quer...*
HOLLIS: *E como. Faz muuuito tempo que não vou a uma festa :(((É isso que é namorar? Só ficar em casa abraçadinho?*

Estou digitando uma resposta, quando aparece outra mensagem.

HOLLIS: *Não quis dizer isso. Ter uma namorada é a experiência mais gratificante na vida de um jovem. Namoradas devem ser valorizadas.*
EU: *Rupi, você roubou o telefone do Mike?*

NÃO, é a resposta, e começo a rir, porque é óbvio que roubou. Sem contar as palavras melosas, Hollis nunca escreveu uma frase completa na vida.

EU: *Dá uma folga pro cara, Rupes. Ele quer ir a uma festa, não a um festival de música eletrônica de uma semana. Basicamente, vocês vão tomar uma ou duas cervejas e se esfregar ao som de alguma música ruim. Seja legal com ele, pra variar.*

Nenhuma resposta. Meu telefone permanece em silêncio por todo o caminho até o campus, e só acende quando estamos saindo do Uber.

HOLLIS: *Vc é o cara, Davenport! TE VEJO NA FESTA!!!!!!!!*

Bem. Fiz minha boa ação do dia.

Uma multidão se reúne do lado de fora da casa Alpha Delta. O tempo continua bom e, embora seja quase meia-noite, a temperatura está agradável, e as pessoas estão de short e camiseta. A fraternidade até montou uma máquina de sorvete no gramado da frente. Amo a faculdade.

Conor dá um tapa no meu braço. "Michelle disse que está lá nos fundos." Ele pisca para mim. "Na banheira de hidromassagem."

Foster empalidece. "Ai, não, nem *pense* em entrar naquela banheira de hidromassagem. Você vai pegar sífilis de perna."

"Do que você tá falando?"

"Lembra daquela erupção cutânea na perna do Jesse? Na pré-temporada? Pois ele pegou entrando na banheira de hidromassagem da Alpha Delta, também conhecida como Central da Bactéria."

"É verdade, pegou sim", confirma Bucky. "Acho que ninguém nunca verifica o nível do pH ou sei lá o que que deveriam fazer." Ele balança o indicador na minha direção. "Não deixe Pablo chegar nem perto daquela banheira."

"Ah é, vai acabar cozinhando o filho da mãe", gargalha Foster.

"Ele já é cozido", argumento. "Não pode ficar *mais* cozido."

"E daí?"

"E daí que eu podia abrir o ovo aqui, agora, e ia ser uma delícia."

"Cara, não faça isso", diz Conor. "Esse ovo passou em tanta mão nas últimas duas semanas que provavelmente *ele* é que tem sífilis."

Dou uma gargalhada e um tapinha no bolso em meu peito. "Parabéns. Você vai viver mais um dia, sr. Eggscobar."

Caminhamos os quatro pela lateral da casa e entramos pelo portão dos fundos. O quintal é enorme, com uma piscina em curva, um gramado grande e a infame banheira de hidromassagem. Por sorte, a banheira está cheia; portanto, mesmo que quiséssemos entrar, não haveria espaço. As meninas têm que sentar no colo dos rapazes ou das amigas.

Várias pessoas comemoram a nossa chegada. "Hóquei da Briar!", grita alguém, levantando um copo vermelho.

"Hóquei da Briar!", a multidão grita de volta.

Não vou mentir — é demais ser uma celebridade no campus. O time de futebol americano não vai bem há quase uma década, mas o programa de hóquei sempre foi excelente. Destruímos nossos adversários com frequência, e não nos faltam fãs.

Os caras vêm dar um tapinha no meu ombro. As garotas nos cercam, e uma delas vai direto na direção de Conor.

O bom de Conor é que ele é do tipo que só pega "uma de cada vez". Quando escolhe uma menina, tende a ficar com ela. Tudo bem que isso não dura mais que uma ou duas semanas. Quando se trata de mulher, Con coloca até Dean Di Laurentis no chinelo. Mas, por enquanto, seu interesse está inteiramente na loura bonita que tenta abrir caminho em meio à multidão.

Conor passa um braço em volta do ombro dela. "Oi, gata."

"Oi!" Seus lábios estão manchados de vermelho do sorvete de cereja em sua mão. Ela leva a casquinha até a boca de Con e diz num tom melodioso: "Quer um pouco?".

"Ah, se quero." E ele rosna e come o topo do sorvete feito um selvagem.

Michelle ri, e as outras garotas se dispersam, chateadas, quando percebem que o maior prêmio da noite está fora de seu alcance.

Conor me apresenta a Michelle e conversamos um pouco, enquanto Bucky e Foster saem para pegar nossas bebidas. Michelle pergunta por que estou com um volume no bolso da camisa, o que nos obriga a explicar a história de Pablo. Seria de imaginar que ela ficaria horrorizada com a nossa imaturidade, mas ela ri, animada, e diz a Conor que ele é uma graça. Ele a encara com intensidade e, não muito depois, os dois estão entrando na casa, provavelmente atrás de um pouco de privacidade.

"Oi, cara do hóquei!", exclama uma voz alta, e me viro para ver Nico se aproximando.

Pisco algumas vezes, surpreso. "Oi", cumprimento o namorado de Demi. "Que bom te ver por aqui."

Trocamos um cumprimento másculo, batendo nossos punhos fechados. "Tá todo mundo aqui comemorando a chegada de vocês, então devem ter acabado de ganhar um jogo?", pergunta ele, com um sorriso.

"Pois é, ganhamos, sim."

"Legal. Acho que a Briar está imbatível esta noite... o time de basquete também ganhou. *Destruiu* Yale. Acabamos de chegar de lá."

"Demi está com você?" Espio por sobre o ombro dele.

"Não... está em casa. É minha noite com os caras." Ele gesticula para um pequeno grupo a alguns metros de distância, e noto que o grupo é composto não só de caras. Várias mulheres com pouca roupa estão penduradas nos amigos de Nico.

De repente, relembro a confissão de Demi na esteira na outra noite. Ela secretamente acredita, mesmo anos depois, que Nico a traiu quando estavam no colégio.

E agora, ao me deparar com ele numa festa de fraternidade com um monte de garotas a reboque, um alarme dentro de mim dispara.

Mas talvez eu esteja sendo um idiota. Só porque ele está falando com algumas garotas não significa que está traindo Demi.

"Enfim, vi você aqui e queria dizer oi", diz Nico, erguendo o copo num brinde. Só que ele faz isso de forma tão abrupta que derrama o conteúdo, e o forte cheiro de vodca chega às minhas narinas. Suas mãos desajeitadas e os olhos vidrados me dizem que está bem bêbado. "Te vejo depois, tá legal?"

"Tranquilo. Saúde." Levanto meu copo também.

Nico volta até seus amigos. Fico aliviado quando percebo que ele não se aproximou de nenhuma das garotas, mas logo se envolveu numa conversa com um cara baixo e careca, de camiseta preta. Não me importo se Nico me pegar olhando para ele — só estou cuidando da Demi. Ela é uma boa amiga.

"Que nem você", digo a Pablo, batendo no bolso.

"GALERA. CHEGUEI!"

O grito majestoso é um oferecimento de Mike Hollis, que surge no quintal pela porta dos fundos da casa, com os dois braços levantados em pose de vitória. Rupi vem correndo atrás, feito um gatinho irritado.

Apesar de ser incrivelmente desagradável, Hollis era bastante popular quando estudava na Briar. Antigos colegas de time e uma multidão de fãs chegam junto para dizer oi, e ele recebe as boas-vindas e os elogios como se fosse Meghan Markle cumprimentando os plebeus.

Rupi me vê e se aproxima. Está vestida com suas roupas de sempre: uma saia de cintura alta que vai até o joelho e uma camisa básica, abotoada até o pescoço.

"Queria *muito* ver *Riverdale* hoje, Hunter", reclama ela, bufando.

Passo um braço em volta de seus ombros pequenos. "Desculpa, Rupes. Mas às vezes precisamos fazer sacrifícios por aqueles que amamos."

Um sorriso enorme praticamente divide seu rosto em dois. "Ai, meu Deus, essa foi a coisa mais fofa que você já falou. Eu *sabia* que no fundo você tem o coração mole."

"Não conte pra ninguém. Quer uma bebida?"

"Não posso. Estou dirigindo."

"Achei que você não tivesse carteira."

"Não, não tenho carteira *falsa*. Ai, Hunter, você não me conhece *nem um pouco*."

Suponho que não, e tenho que admitir — por mim, tudo bem. Rupi é cansativa mesmo nos seus melhores dias.

"É o Pablo?" Seus olhos brilham. "Não sabia que ele estava com a gente este final de semana", acrescenta ela, como se estivesse discutindo a guarda de uma criança humana. "Deixa eu segurar!"

Tiro o potinho rosa do bolso e passo para Rupi. "Fique à vontade", digo a ela.

Ficamos por ali por uma hora, mais ou menos, conversando com outras pessoas. Foster me passa um baseado, e dou uma tragada profunda antes de devolver. Me sinto bem. Solto, relaxado. Feliz por estar com meus amigos e dançar com Rupi uma música pop ruim que toca nas caixas de som colocadas do lado de fora. Pela primeira vez em muito tempo, não penso em sexo. Algumas mulheres tentam chamar minha atenção. Várias dão em cima de mim. Mas não estou no clima. Não estou com a menor libido esta noite. É o efeito da maconha.

"Pablooooo!", exclama Hollis. Ele estava conversando com uns caras do time de lacrosse, mas agora se juntou a nós, perto da ponta funda da piscina. "Passa ele pra cá, gata."

"Deixa o Pablo em paz", grita Rupi, protegendo o ovo junto ao peito. "Você está bêbado demais para segurar ele."

"Tô nada! Anda, passa pra cá."

"Não."

"Tudo bem, então eu vou... TOMAR ELE DE VOCÊ!" Feito um ninja, Hollis toma o ovo da mão da namorada. Só que ela tinha razão — ele está bêbado demais para lidar com objetos pequenos. Sua mão desajeitada se atrapalha com Pablo, que escapa dos dedos de Hollis e mergulha.

Na piscina.

Bucky grita de horror. Merda, até eu fico atordoado por um instante. Todos olhamos para o pequeno embrulho balançando na água, que parece azul, graças aos azulejos iluminados da piscina. Ninguém se mexe.

"A gente matou o Pablo?", pergunta Foster.

"Porcos sabem nadar?", pergunta Rupi, ansiosa.

"Não faço ideia", admito. Pablo ainda está boiando na piscina.

"Depressa, alguém procura no Google se porcos sabem nadar", ordena Bucky.

Rupi já está com o celular na mão. "Ai, meu Deus", anuncia um momento depois, a voz fraquejando de alívio. "Eles sabem! Aqui diz que alguns porcos gostam de água, como cachorros. Outros odeiam se molhar. E dá pra ensinar a nadar." Ela examina nosso ovo aquático. "Se fosse um porco de verdade, não acho que seria capaz de sair da piscina sozinho. Não tem degrau na parte rasa."

"Pois é, ele não vai subir aquela escada", concorda Foster.

Todos os olhos se voltam para mim.

"O que foi?", pergunto.

"Você é o responsável por ele hoje. Tem que tirar ele de lá."

"Como é que é?" Olho para a piscina vazia, que há uma hora estava cheia de gente. Agora são quase duas da manhã, e não tem mais ninguém nadando. "Não vou entrar na piscina, seus filhos da puta."

"A gente não ensinou o Pablo a nadar", argumenta Bucky. "Por enquanto, ele está tentando boiar. Daqui a pouco vai estar morto."

"Isso foi longe demais", digo, com firmeza.

Só que, para o meu assombro, todo mundo se mantém firme, até Foster. Bucky cruza os braços com força.

"Pelo amor de Deus", reclamo. "Vocês vão mesmo me fazer entrar?"

Xingo a torto e a direito enquanto tiro a camisa. Então tiro os sapatos e a bermuda, porque não vou sentar todo molhado num Uber, a caminho de casa.

Dou um passo em direção à beirada da piscina. "Vocês idiotas não merecem um capitão como eu", murmuro, e então mergulho de cueca.

Por sorte, a água está boa e, enquanto nado até Pablo, forço-me a pensar coisas boas sobre o time.

Regra número um milhão do manual do capitão: *Paciência. Sempre tenha paciência.*

Com Pablo na mão, subo a escada, pingando água por todo o piso de concreto. "Aqui", murmuro para Foster, empurrando o ovo na mão dele. "Vou subir pra me secar e colocar a roupa."

Rupi volta os olhos infelizes para a minha cueca. "Hunter, tá dando pra ver o contorno do seu pênis."

Claro, porque estou de cueca branca, e está encharcada e grudada em mim. Faço uma careta para Rupi antes de juntar as roupas que tirei e entrar na casa.

Está tarde, e a festa está começando a esfriar, então não tem fila para usar o banheiro do primeiro andar. Mas a porta está trancada e, quando bato, uma voz agoniada grita: "Vai embora, tá ocupado".

Então subo as escadas e tento o do corredor. A porta está fechada, mas giro a maçaneta e vejo que está destrancada. Abro em tempo de ouvir um gemido rouco e ver Conor Edwards com ambas as mãos enterradas num emaranhado de cabelos louros.

"Ahhh, porra, vou gozar", ele grita, os quadris se movendo. E, de joelhos, Michelle engole cada gota.

Meu Deus!

Bato a porta depressa, sem me importar se eles ouviram ou não. Já peguei meus amigos transando antes, mas nunca tive a honra de encarar seus olhos de pálpebras pesadas e embaçados de felicidade quando chegavam ao clímax.

Maldito Conor. Nunca ouviu falar em trinco, não?

Meu olhar se volta para um quarto no final do corredor. Conheço o cara que mora ali — Ben, ou algo assim. E ele tem uma suíte. Estou pingando no carpete. Preciso de uma toalha e uma cesta de lixo para jogar a cueca fora. Vai ser o banheiro do Ben.

Mal dou um passo no corredor, porém, a porta do quarto de Ben se abre, e testemunho mais uma cena que não deveria.

Só que desta vez é pior do que Conor gozando na boca de uma garota.

Muito, muito pior.

12

HUNTER

Na segunda, acordo às seis da manhã. O treino começa às sete, e preciso comer, porque sempre tomo café da manhã antes do treino. E depois outro café da manhã na cozinha da arena. Feito um hobbit.

Hollis já está acordado. Precisa voltar hoje para New Hampshire. Às vezes, ele volta no domingo à noite, mas às vezes simplesmente não consegue sacrificar um único segundo com sua bela donzela Rupi e viaja cedo na segunda. Acho que este foi um desses fins de semana. Mas ele vai pegar um trânsito dos infernos a esta hora.

"Oi", digo quando ele cambaleia até a cozinha.

Ele resmunga uma resposta.

Vou até a máquina de café. Preciso de uma dose de cafeína para impulsionar meu cérebro. "Quer um pouco?", ofereço.

Ele responde com outro grunhido.

Decido tratar o barulho como um sim. Alguns minutos depois, estamos bebendo nosso café, enquanto confiro no telefone o plano de refeições da semana. Karly, nossa nutricionista, mantém o time numa dieta rigorosa. Tudo bem que a gente sai da dieta o tempo todo, mas, como Karly alerta sempre, ignorar os planos dela só nos prejudica.

Examino as opções da lista e resolvo comer uma omelete de clara de ovo cheia de legumes. "Quer alguma coisa?", pergunto a Hollis. "Omelete?"

Ele faz que sim. "É, comer antes de pegar a estrada seria bom. Quer dizer, melhor fazer duas."

"Você quer duas omeletes."

"Estou com fome."

"Vou fazer uma primeiro, depois a gente vê se ainda dá tempo. O treinador vai me matar se eu chegar atrasado." Coloco uma tábua e uma faca na bancada. "Vai picando isso aqui."

Hollis corta cogumelos e pimentões verdes, e eu preparo os ovos. Enquanto cozinhamos, o restante da casa permanece estranhamente em silêncio; pela janela da cozinha, o céu ainda está escuro. A escuridão faz parecer que ainda é noite, e meu cérebro é transportado sem querer de volta à noite de sábado.

Merda.

Tenho certeza absoluta de que o Nico transou com aquela garota com quem o vi saindo do quarto.

Ou, pelo menos, tirou a calça junto com ela.

E quando você tem uma namorada séria, nunca deve tirar a calça na frente de outra mulher.

O problema é que... na verdade, não peguei um flagrante. Só uma possível pós-traição. E não vou criar confusão no relacionamento de alguém que mal conheço. Demi ainda não confia em mim o suficiente para aceitar a minha palavra. Se eu fosse até um amigo, como Dean, por exemplo, e dissesse: "Ei, a Allie está te traindo", ele acreditaria em mim. Porque Dean sabe que não tenho motivos para mentir ou fazer joguinhos. Mas Demi não. Ela questionaria minhas motivações, talvez até suspeitasse que estou tentando sabotar Nico para ficar com ela, o que não é o caso.

"Ei, Mike", digo, enquanto coloco a primeira mistura de omelete na panela quente.

"Humm?" Ele está cortando um pimentão vermelho agora.

"Tenho uma pergunta hipotética para você."

"Manda ver. Hipotetize."

"O quê?"

"Tipo, *pergunte*, só que com... ah, deixa pra lá. Fala logo."

"Tá. Digamos que você conheça uma pessoa que está num relacionamento sério há muito tempo e que você pegou o namorado ou a namorada dessa pessoa traindo. Quer dizer, você *acha* que podia estar rolando uma traição. Não tem cem por cento de certeza, mas as circunstâncias eram muito suspeitas e..." Coloco a espátula no balcão. "Quer saber?

Dane-se. Tenho *cem por cento* de certeza. Eu sei quando um cara ganhou um boquete. Vi Conor gozando literalmente três segundos antes disso."

"Davenport", diz Hollis, com uma voz tão ameaçadora que quase tenho medo de olhar para ele.

"O quê?"

"Está tentando me dizer que viu Rupi chupando o pau de Conor Edwards?" A voz de Hollis é rouca feito a de um urso bravo, e o seu rosto está mais vermelho que o pimentão na tábua. "*Quando* foi que isso aconteceu? Foi na festa? Foi quando ela foi arrumar o cabelo..."

"Relaxa", eu o interrompo. "Não estou falando da Rupi. Tá maluco? Aquela garota nunca te trairia. Ela é louca por você, Hollis. Ela perseguia você. Você está namorando a sua própria stalker."

"Essa é a coisa mais legal que alguém já me disse."

"Estou falando de uma amiga lá da faculdade, tá legal? Tenho certeza de que o namorado dela traiu a garota. A pergunta é: conto pra ela?"

"Não." Hollis nem sequer hesita.

"Por que não?" Uso a espátula para transferir a primeira omelete da frigideira para o prato de Mike, depois começo a fazer o meu próprio café da manhã.

"Porque você não quer meter o nariz na vida dos outros. Vai por mim."

"Mas ele está traindo a menina."

"E daí? Isso é problema dele, não seu."

"É um problema dela também", contraponho.

"Não pode ser problema dela se ela não sabe", rebate Hollis.

Eu paro. "Então você é a favor do 'longe dos olhos, longe do coração'? Sério mesmo?"

"Só estou dizendo: vale a pena se meter em uma briga de casal por causa de uma garota aleatória da sua turma? Vê se cresce, por favor."

"Sem essa de *vê se cresce, por favor*."

Ele me ignora, dando uma enorme mordida na omelete. "Olha, se fosse um de nós", argumenta, de boca cheia, "então eu diria que sim, você tem o dever de contar. Mas essa garota é tão sua amiga assim?"

"Nem tanto. Acabamos de nos conhecer."

Hollis finalmente engole a comida. "Então pronto. Mesmo que você conte, ela não vai acreditar. Se alguém que 'acabei de conhecer'", ele desenha aspas no ar, "acusar Rupi de me trair, eu ia dizer: *vê se cresce, por favor...*"

"Eu imploro, para de falar isso."

"... e ainda ia ficar achando que a pessoa tem segundas intenções."

Mike Hollis, logo ele, está confirmando minhas próprias dúvidas com argumentos racionais. Mas e se os homens forem naturalmente cínicos? Tenho certeza de que, se perguntasse para qualquer uma das mulheres que moram nesta casa se elas gostariam de saber, a resposta seria sim! Sem titubear.

"É melhor não se envolver", adverte Hollis. "Confie em mim, cara. Fique o mais longe possível dessa situação."

O treino da manhã é puxado. Patinando em alta velocidade em direção ao gol, estou suando em bicas e ofegando feito um cachorro. Estamos fazendo dois contra um, um treino em que os jogadores de defesa tentam impedir um contra-ataque. Mas sou muito mais rápido que Kelvin e Peters. A manhã inteira consegui não só ultrapassá-los, mas também marcar gol em todas as jogadas.

Até agora. Dou minha tacada e disparo o disco, só que o goleiro pega com a luva. É Trenton, nosso goleiro reserva.

Ele levanta a máscara e abre um sorriso cheio de dentes. "Gostou, capitão?"

Assobio, admirado. "Tá mandando bem com a luva, hein? Se fosse um pouco mais rápido com as pernas, estaria dando um calor no Boris pela vaga de titular."

Em vez de derrotados, os olhos de Trenton brilham, destemidos. "Então vou ser mais rápido", promete ele.

Ah, sim, ele tem essa gana. Em pouco tempo vai deixar de ser reserva.

Patino em direção ao banco. O treinador apita, sinalizando o fim do treino. Nosso coordenador defensivo O'Shea pede a alguns jogadores da defesa que fiquem um pouco mais, para fazer mais uma jogada ensaiada, porém os demais estão liberados. Ainda bem, porque meu estômago está roncando. Hora do segundo café da manhã. Mas primeiro preciso lavar todo esse suor.

Nossos chuveiros são de alto nível. Cada um tem sua própria cabine individual, separada por divisórias até a cintura, então dá para ver a cabeça um do outro, mas não as partes baixas, o que é o ideal. Na cabine ao meu lado, Con está enfiando a cabeça na ducha, afastando os cabelos compridos da testa. Ele tem uma marca de mordida no ombro esquerdo. O cara é incorrigível.

"Oi, sobre o fim de semana...", começo, decidido a perguntar a outras pessoas sobre o meu dilema.

Mas Conor entende errado. Rindo baixinho, ele se vira e sorri para mim. "Foi mal. Esqueci de trancar a porta." Então levanta uma sobrancelha. "Você deveria ter se juntado a nós."

Meu pau se contorce, independente da minha vontade. Já é ruim não transar com a penca de mulheres que se jogam em mim nas festas — agora sou convidado para sexo a três? O universo tem um péssimo senso de humor.

"Não, não estava falando disso. Queria..."

"*Comida!*" Um grito angustiado ecoa pela área dos chuveiros, fazendo Con e eu darmos um pulo.

"Pelo amor de Deus", diz Conor, virando-se para a porta.

Na frente da cabine de Jesse Wilkes, vejo Matt e Treeface, o último segurando Pablo no alto. Não fico com medo de que o ovo caia num dos chuveiros, porque já sabemos que porcos sabem nadar.

Jesse permanece imperturbável, apesar da intrusão. Simplesmente coloca xampu na palma da mão e lava os cabelos. "Você consegue esperar cinco minutos, Pablo", ele fala, animado.

Matt olha feio. "Você ia mesmo fazer isso se ele fosse de verdade? Se o seu porco de estimação estivesse parado na porta implorando por comida?"

"Pode apostar que sim. Tenho três golden retrievers em casa. Eles comem quando eu digo para comerem."

O riso ecoa na acústica do recinto. Ele está certo. Tive um jack russell quando criança, e ele comia duas vezes por dia, feito um reloginho. Meu pai, um maníaco controlador, não admitia nada diferente disso.

Cara, sinto falta daquele cachorro. Eu tinha dez anos quando ele morreu, e lembro que me acabei de chorar no meu quarto, até meu pai entrar e me dizer que homens de verdade não choram. Boa conversa.

"Mas ele tá *morrendo* de fome", acusa Tree.

Jesse apenas mostra o dedo médio pra eles e continua a lavar o cabelo. Está até assobiando.

Só que... ele esfrega o cabelo meio rápido demais... Na verdade, mal tenho tempo de piscar, e o sujeito já fechou a água e saiu correndo pela porta.

Conor sorri para as costas de Jesse. "Cara. Acho que estão começando a acreditar que aquilo é um porco de verdade."

"Não é?" Mas não posso negar que Pablo acabou desenvolvendo uma vida própria. Nem eu sei dizer ao certo se ele ainda é um ovo. Acho que pode ser um garoto de verdade. "Enfim", digo, tirando o sabão do corpo. "Preciso de um conselho."

"Manda ver", responde Conor, porque é assim que qualquer pessoa normal responde. Não entendo por que Hollis... não adianta tentar entender Hollis. É como tentar compreender o vento.

Descrevo a situação resumidamente, enquanto me enxugo. Ao contrário de Hollis, Con *hesita* em responder. Ele pensa um bom tempo antes de falar alguma coisa.

"Eu contaria pra ela."

"Contaria, é? Mesmo correndo o risco de levar um soco na cara?"

"Pois é, verdade, o mensageiro sempre corre o risco de levar um tiro, mas por causa disso você vai deixar a garota no escuro? E se você encontrar com ela e o namorado? Vai fazer o quê, fingir que tá tudo bem e que você não sabe que ele é um babaca completo?"

"Concordo com Con", diz Foster, do meu outro lado. Ele ouviu tudo. "Você precisa contar pra ela, cara. E se descobrir que você estava errado? Você diz *foi mal, estava tentando ser um bom amigo e cuidar de você, e pisei na bola.*"

É exatamente o que estou tentando fazer — ser um bom amigo. Odeio a ideia de que Demi esteja sendo enganada. Nico parecia um cara legal quando o conheci, mas ele estava transmitindo uma vibração péssima naquela festa. Por outro lado, não sei nada sobre o cara. Talvez ele seja só meio escorregadio. O que não faz dele um traidor.

Pergunto a alguns outros colegas no vestiário, e o consenso parece ser que devo dizer a verdade a Demi. Mas só depois que Jesse escreve para a namorada fico totalmente convencido a ficar do lado da moralidade. Katie manda uma resposta retumbante, toda em maiúsculas:

CONTA PRA ELA AGORA, SEU MONSTRO SEM CORAÇÃO!!!!!!

Acho que está aí a minha resposta.

13

DEMI

Quando saio da aula de biologia no final da tarde, vejo que Hunter mandou uma mensagem. Ele ia passar lá em casa hoje à noite para mais uma sessão de terapia falsa, mas pelo jeito está desmarcando.

HUNTER: *Preciso cancelar esta noite. Coisa de última hora em Boston.*
EU: *A gente não ACABOU de se encontrar e confirmar?*
ELE: *É, mas eu ACABEI de receber uma mensagem de um amigo e agora tenho que cancelar.*
EU: *Preciso saber por quê.*
ELE: *Jogo dos Bruins.*
EU: *Tem algum jogo mesmo ou você tá mentindo só pra não ter que estudar? Pq você estava superestranho hoje de manhã. Até o TJ percebeu.*
ELE: *Eu não tava estranho e tem mesmo um jogo. Procura no Google.*
EU: *Prefiro acreditar em você. Como você vai pra Boston?*
ELE: *Teletransporte, claro.*
EU: *Bobo. Vai de carro?*
ELE: *Vou. Por quê?*
EU: *Que horas cê vai? Posso pegar uma carona?*

Fico aguardando sua resposta, cheia de esperança. Se conseguir uma carona para Boston, vou poder visitar meus pais, que não vejo desde o Dia do Trabalho, que é na primeira segunda-feira de setembro. Já estamos em meados de outubro, mas não tive tempo de ir à cidade. Não tenho carro, um Uber seria muito caro, e o ônibus demora muito.

Em vez de escrever, Hunter me liga. "Por que você precisa ir para Boston?"

"Meus pais moram lá. Nossa casa fica perto de Beacon Hill."

"Chique."

"Olha só quem fala, menino rico. Então, posso pegar uma carona com você?"

"Claro. Vou sair lá pelas seis, mas, se quiser voltar comigo, vai ter que ser depois das onze."

"Tudo bem. Me pega aqui?"

"Isso, isso."

"Por favor, não diga *isso, isso*. Não gosto."

"Tô nem aí. Te vejo daqui a uma hora."

Ele desliga, e sorrio para o telefone. Hunter é divertido. É um bom acréscimo à minha lista de amigos homens. Os Garotos Perdidos, como diria Corinne.

Tomo um banho rápido e coloco um vestido verde e os brincos de argola de ouro que meus pais me deram no meu aniversário, em agosto.

Odeio esses brincos com todas as forças. São imensos e, se dependesse de mim, argolas grandes seriam proibidas neste país. Mas coloco assim mesmo, porque quero que meus pais pensem que uso sempre. Eles ficam todos magoados se não demonstro que amei seus presentes.

Hunter manda uma mensagem quando chega à minha casa, e não me surpreendo ao encontrar um Land Rover preto e lustroso parado junto à calçada. Sento no banco do carona e me acomodo no elegante banco de couro.

"Oi", diz ele. Está de camisa de malha preta e amarela, e os cabelos escuros penteados para trás.

"Você passou gel no cabelo?"

"Você está usando argolas gigantes?"

"Perguntei primeiro."

"Passei gel, sim."

"Sua cabeça está *brilhando*."

"Tá, mas pelo menos o cabelo fica no lugar. Sempre que vejo hóquei ao vivo, fico agitado e enfio a mão no cabelo até bagunçar tudo... achei que o gel ia ajudar. Sua vez."

"Minha vez de quê?"

"As argolas, Semi. Acho que dá pra passar minha cabeça cheia de gel por dentro desses monstros." Ele dá uma risadinha fraca. "Quer dizer que a garota pode sair de Miami, mas Miami não sai da garota?"

"Errado. Odeio esses brincos. São mais o estilo da minha mãe", admito. "Ela ama brincos grandes de argola, e acha que todo mundo devia se vestir e se arrumar exatamente como ela. Prefiro brincos pequenos, sabe como é, nada que possa ficar preso em alguma coisa e arrancar minha orelha fora, deixando um buraco ensanguentado na lateral da minha cabeça."

"Você tem uma opinião forte sobre esse assunto."

"Argolas são um risco à saúde. E tenho dito."

"Então você finge que gosta só para agradar seus pais?" Ele está zombando de mim.

Fico logo na defensiva, mas não muito, porque não deixa de ser verdade. Principalmente quando se trata do meu pai. Ele é um cara durão. O tipo de homem que é tão impressionante que você se sente na obrigação de impressioná-lo também.

"Por que Nico não levou você hoje?", pergunta Hunter, de repente, e sua voz soa meio estranha.

Estava falando do mesmo jeito hoje de manhã. Toda vez que eu sussurrava alguma coisa na aula da professora Andrews, ele respondia naquele tom estranho e depois evitava os meus olhos.

Olho para ele, mas Hunter está concentrado na estrada, e seu rosto não demonstra qualquer emoção. "Nico tá trabalhando hoje."

"As pessoas fazem mudança à noite?"

"Tem gente que faz. Na verdade, ele ganha mais no turno da noite."

"*Turno da noite* parece nome de filme pornô."

"Acho que é nome de música", digo, tentando lembrar. "Mas posso estar errada. De qualquer forma, ele ganha hora extra em todo trabalho feito depois das seis, então, sempre que aparece alguma coisa, acaba aceitando."

"Faz sentido." Hunter assente. E então se seguem alguns segundos de silêncio constrangedor. É a primeira vez que isso aconteceu com a gente. Tudo bem que mal nos conhecemos, então mais cedo ou mais tarde tinha que rolar um momento de silêncio constrangedor.

"Deixa eu ligar meu celular no Bluetooth do seu carro", digo, tocando a tela no painel. "Vou procurar uma playlist boa para dirigir."

Ele afasta a minha mão na mesma hora. "De jeito nenhum", retruca. "Mulher nenhuma tem tanto controle sobre mim."

Eu dou risada. "Que controle? É Bluetooth. Não é nada de mais."

"Não. Hoje pode não ser nada de mais. Mas de repente amanhã você já está controlando o meu carro remotamente."

"Como?"

"Invadindo o sistema e jogando meu Rover de um penhasco." Ele parece gostar da própria resposta.

"Minha vontade era te jogar de um penhasco *agora*", ameaço. "Deixa eu sincronizar o celular, caramba." E então, como sou uma idiota, emparelho meu telefone com o carro dele. Assobiando o tempo todo.

Quando termino, pergunto graciosamente: "Quer ouvir o quê?".

Ele olha para mim, furioso. "Não acredito que você fez isso."

"Se não escolher alguma coisa, vou colocar trilhas sonoras da Disney."

Hunter dá o braço a torcer. "Tem alguma lista de hip-hop das antigas?"

Faço que sim com a cabeça. "Deixa comigo." Escolho uma playlist popular e passamos o restante da viagem numa disputa pra ver quem consegue cantar Cypress Hill e Run-DMC. Quando chegamos à cidade, estou rouca, e Hunter está vermelho feito uma lagosta de tanto rir.

"Você inventou umas rimas muito loucas, Semi!", ele comenta, animado. "A gente precisa fazer um vídeo pro YouTube."

"Ai, nem pensar. Não tenho o menor interesse em ser o centro das atenções. Ao contrário de você."

"Eu?"

"Você gosta dos holofotes, não? Não vai virar jogador profissional quando terminar a faculdade?"

Hunter me surpreende ao negar com a cabeça. "Não, não me inscrevi no *draft* e não pretendo fechar contrato com ninguém depois de me formar. Tem time atrás de mim desde a época do colégio, mas sempre digo que não estou interessado."

"E por que não?"

"Porque não estou. Não quero esse tipo de atenção nacional."

Franzo a testa. "Mas você não é supertalentoso? As meninas da casa disseram que é o melhor jogador do time."

"Sou razoável."

Aprecio a modéstia. Mas tudo que isso me diz é que Hunter deve ser muito mais do que *razoável*.

"Não estou interessado em virar profissional, Demi. Nem todo mundo quer ser famoso."

É uma resposta peculiar, e não sei se acredito, mas a moça de sotaque britânico no GPS de Hunter diz que o nosso destino está logo à frente, à direita.

Sorrio quando passamos pela rua que chamei de casa desde os quinze anos. Mesmo depois de seis anos na Costa Leste, minha mãe ainda não se encantou por Boston. Já eu gostei de cara, assim que nos mudamos para cá.

Miami é barulhenta, colorida e inegavelmente divertida, mas só porque sou metade latina não significa que quero que as coisas sejam escandalosas o tempo todo. Morávamos em Little Havana, uma comunidade predominantemente cubana, cheia de galerias de arte, cafeterias e lojas de charutos em todas as esquinas. É uma área movimentada, quase a antítese do conservador bairro de Beacon Hill, em Boston.

Embora minha nova cidade não seja tão intensa quanto Miami, tem sua identidade própria, com as casas de pedra e as ruas arborizadas, o Boston Common e a Newbury Street. Além do mais, apesar do que dizem por aí, acho o sotaque uma graça.

"Chegamos. Divirta-se com seus pais", diz Hunter.

"Divirta-se no seu jogo."

Fico satisfeita por perceber que ele espera até eu chegar na varanda da frente antes de sair com o carro. É difícil encontrar cavalheiros de verdade hoje em dia.

Minha mãe dá um grito animado quando me vê na porta. É a pessoa mais escandalosa do planeta. Meus amigos insistem que é um clone da Sofia Vergara, de *Modern Family*, e acho que não é exagero. Embora minha mãe não seja colombiana como a personagem, é linda de morrer e tem uma voz capaz de quebrar todos os pratos de uma loja de porcelana.

Balbuciando em espanhol, ela me abraça forte o suficiente para interromper minha respiração, depois me arrasta pelo corredor em direção à cozinha. "Cadê meu pai?", pergunto.

"Vindo pra casa, do hospital. Acabou de terminar uma cirurgia, então vai estar rabugento."

Estou acostumada com sua versão rabugenta. Alguns médicos ficam eufóricos depois de operar, mas meu pai sempre fica exausto depois de uma cirurgia muito longa, e ele é do tipo que fica irritado quando está cansado. Igual criança. Mas ele merece uma folga, porque — alô! — acabou de salvar a vida de uma pessoa. Por mim, neurocirurgiões têm o direito de ser ranzinzas de vez em quando.

"Tá com fome?", diz minha mãe, então ela mesma responde à pergunta. "Claro que está! Deixa eu preparar alguma coisa pra você, *mami*. E a faculdade, como está?"

"Tudo bem." Falo das aulas e do projeto com Hunter, enquanto ela vai tirando potinhos de comida da geladeira.

Se eu não tivesse decidido vir de última hora, com certeza ela teria me preparado um banquete. Em vez disso, fico com as sobras do que ela fez para o meu pai ontem. E está uma *delícia*. Num instante, a bancada de madeira está repleta de pratos, a maioria cubanos, e mais algumas das comidas americanas preferidas do meu pai.

Fico com água na boca a cada novo item que sai do micro-ondas. Tem carne desfiada num tempero maravilhoso, com legumes, azeitona e arroz integral. Ensopado de frango cubano com passas, para dar um toque adocicado. Pimentão recheado. Feijão frito. A batata assada e a cenoura no alho que papai gosta.

"Ai, meu Deus, mãe", digo, ao cheirar os pratos. "Que *saudade* da sua comida." E o arroz pula da minha boca quando falo.

"Demi", ela me repreende.

"Humm?", murmuro, com a boca cheia de carne apimentada.

Ela joga o cabelo castanho e sedoso por cima do ombro. "De todas as características que você podia ter herdado do seu pai, tinha que ser esses péssimos modos à mesa?"

"O quê? Você deveria achar legal que nós dois gostamos tanto da sua comida."

"Talvez você pudesse apreciar com a boca fechada", sugere ela. "E deixe umas cenouras para o seu pai." Ela dá um tapa na minha mão quando tento levar o garfo ao recipiente de cenoura.

Por falar no meu pai, ele aparece na porta, de repente. Não o tinha ouvido chegar. Deve ser porque estou mastigando alto demais.

"Oi, querida", diz ele, feliz. Seus braços enormes me envolvem pelas costas, e sinto um beijo no topo da minha cabeça

"Oi, pai." Engulo mais um pouco de arroz.

Ele cumprimenta minha mãe, o que é sempre divertido de ver. Papai é um negro careca com um metro e noventa e cinco, braços que mais parecem troncos de árvore e mãos de luva de cozinha, com dedos compridos, mas surpreendentemente delicados. Talvez não seja bem uma surpresa, considerando como é importante ter dedos habilidosos quando seu trabalho é mexer no crânio de outras pessoas. E a mamãe, do alto de seu um metro e cinquenta, tem peitos enormes, cabelos sedosos e o temperamento latino que herdei. São o casal mais fofo do mundo, e adoro minha pequena família. Ser filha única significa que não preciso dividir nada com um irmão, nem a atenção de meus pais.

Papai senta comigo na bancada e começa a atacar as sobras. Mamãe, que não consegue parar quieta, acaba sentando também e fica comendo azeitonas, enquanto meu pai conta da cirurgia. O paciente era um operário que teve o crânio quase esmagado por uma viga de aço que caiu numa obra. Não estava de capacete na hora e pode sofrer danos permanentes no cérebro. É de partir o coração. Um dos motivos pelos quais nunca quis ser cirurgiã — isso e o fato de que não tenho mão para a coisa. Meus dedos tremem quando fico nervosa, e não consigo imaginar uma situação que cause mais ansiedade do que espiar o crânio de um ser humano.

A conversa volta para as minhas aulas, e enumero as disciplinas que estou cursando para o meu pai. "Química orgânica, biologia, matemática e psicologia anormal."

"Sempre gostei muito de química orgânica", comenta papai, bebendo um copo de água que mamãe pega para ele.

"É a que menos gosto", confesso. "Minha preferida está sendo psicologia. É tão fascinante."

"Vai cursar física no semestre que vem?"

Faço uma careta. "Infelizmente."

Papai ri. "Você vai gostar", ele promete. "E depois espera só a faculdade de medicina! Tudo que você aprender vai ser fascinante. Já pensou no professor particular? Conheço um muito bom... é só você falar que topa."

Engulo a comida, mas isso não ajuda a aliviar a pressão em minha garganta. "Quem sabe no semestre que vem?", proponho. "Fico com medo de minhas notas caírem se eu tiver que estudar mais uma coisa."

"É só algumas vezes por semana."

Algumas vezes por semana? Ai, meu Deus, achei que só ia ter que ver esse professor particular uma, *no máximo* duas vezes por semana.

"Deixa eu ver como vou nas primeiras provas e depois a gente conversa?" Prendo a respiração, rezando para que ele aceite a contraproposta.

Felizmente, ele aceita. "Tá bom. Mas acho que se antecipar um pouco vai ajudar muito. O processo de seleção de medicina é meio estressante."

"Pra ser sincera..." Reúno um pouco de coragem e então continuo: "Às vezes, parece meio sufocante, quando penso no assunto. Quer dizer, a faculdade de medicina".

"Não vou negar que envolve muito trabalho e muitas noites sem dormir. Mas assim é muito mais gratificante quando você se forma e começa a ser chamado de doutor."

Hesito de novo. "Sabe, eu ainda poderia me chamar de doutora se fizesse doutorado em psicologia, em vez de medicina."

Seus ombros se enrijecem na mesma hora. "Está considerando essa possibilidade?" Sua voz tem uma pontada de irritação, reprovação e surpresa.

Estou, quase digo. Porque é a possibilidade mais atraente aos meus olhos. Qual a graça de estudar biologia ou anatomia? Prefiro fazer cursos como teoria psicológica, terapia cognitiva e comportamental, métodos de pesquisa, desenvolvimento da personalidade. Também conhecidas como áreas de estudo muito mais interessantes.

Mas não sou capaz de dizer nada disso em voz alta. A aprovação do meu pai é importante para mim. Talvez até demais, mas é assim que sempre foi.

Então retiro o que disse o mais rápido que posso. "Não, foi só uma piada. Todo mundo sabe que pessoas com doutorado não são doutores *de verdade*. Fala sério."

Papai ri de novo. "É isso aí."

Então enfio um monte de comida na boca para não ter que continuar falando. O que não é um bom sinal. Com a chegada do último ano, tenho pensado cada vez mais no que quero fazer depois da formatura. O plano original era estudar medicina, mas fazer uma pós também parece interessante. A verdade é que acho psiquiatria tão... clínico. Tem um foco tão grande na administração de medicamentos, e a ideia de ficar prescrevendo remédios e monitorando doses não me empolga. Imagino que poderia me especializar em algo mais interessante, como neuropsiquiatria, e tratar pacientes com Alzheimer e esclerose múltipla. Ou quem sabe trabalhar na unidade psiquiátrica de um hospital.

Mas quero me concentrar no tratamento do comportamento dos pacientes, não só nos sintomas. Quero conversar com as pessoas, *ouvi-las*. Meu pai, porém, jamais entenderia isso. O que só comprova o meu argumento. Quer dizer, acabei de enfiar a pontinha do dedo na água e um jacaré arrancou o meu pé inteiro fora. Isso não me deixa muito animada para abordar o assunto de novo.

14

HUNTER

"Cara! Quanto tempo!" Dean parece extremamente feliz em me ver.

Quando entrei na faculdade, ele já estava no último ano e me colocou debaixo de sua asa; e acho que ainda me vê um pouco como seu protegido. Para ser sincero, foi ele quem me ensinou os maus hábitos que me causaram tanto problema na temporada passada. "Como pegar mulher", de Dean Heyward-Di Laurentis, deveria ser matéria obrigatória para todo universitário excitado. O cara sabe o que faz.

É claro que fica muito mais fácil quando você tem pinta de modelo, cabelo louro e olhos verde-claros. Summer é uma espécie de versão feminina de Dean, o que é meio esquisito, considerando que já bati várias pensando nela.

"Bom te ver", digo ao meu velho amigo. "Tudo bem?"

"Tudo ótimo. Meu time tá *sinistro* este ano." Dean é treinador do time de hóquei feminino numa escola particular em Manhattan. Ia estudar direito em Harvard, mas na última hora aceitou uma oferta de emprego para ser professor. Acho que dá pra dizer que ele é um professor de educação física do ensino médio, mas também dá aulas de hóquei e de vôlei, e essa é a sua verdadeira paixão.

"Legal. Qualquer dia tento assistir um jogo seu, se não coincidir com os meus. Vocês jogam fora de casa? Algum time em Boston?"

"Na verdade, vai ter um torneio aqui no mês que vem. Depois eu te passo as datas. Ia ser bom mesmo se você viesse. Allie apareceu no último jogo, e as meninas ficaram loucas. Adoram o programa dela." A namorada de Dean, Allie Hayes, é atriz numa série famosa da HBO. O programa ganhou um monte de Emmys há pouco tempo. Allie não foi indicada por seu papel, mas a série ganhou o prêmio de Melhor Drama, o que é bem impressionante.

"Allie veio?", pergunto, procurando por sua cabeça loira.

Dean faz que sim com a cabeça. "Tá lá no camarote com a Grace, conversando feito duas matracas. A falação ficou demais para mim, então eu disse que ia te esperar aqui fora." Ele gesticula para a entrada principal da enorme arena atrás de nós.

A ansiedade no ar chega a ser palpável esta noite, como sempre acontece em dia de jogo em casa. À nossa volta, as pessoas circulam de camiseta preta e amarela, com uma ou outra de vermelho e branco, as cores do Detroit, o adversário de hoje.

É absolutamente surreal imaginar que sou amigo não de um, mas de dois jogadores no gelo esta noite. Garrett Graham é o astro do time, o artilheiro da liga e, sem dúvida, um dos maiores jogadores de hóquei de todos os tempos. Não consigo acreditar que joguei um ano com ele na faculdade.

O outro é John Logan, outra lenda do hóquei universitário. Logan está estreando no time nesta temporada. Antes disso, jogava na equipe de base dos Bruins, então é como se tivesse ganhado uma grande promoção. Até agora, ele se saiu bem nos primeiros jogos da temporada, e estou empolgado por ver Garrett e ele jogando ao vivo de novo. Hoje em dia assisto os jogos deles na televisão, mas não é a mesma coisa.

"Fitz ainda está com vocês em Manhattan?", pergunto a Dean, assim que entramos.

"Não na minha casa. Está na cobertura dos meus pais, trabalhando para aquele estúdio de video game no Brooklyn. Está sozinho desta vez, o que acho que é um grande alívio para ele."

"Nem me fala. Ele contou que seu pai estava lá, no mês passado."

Dean dá uma risadinha. "Pois é, os dois curtindo uma vida de solteiro, enquanto Summer estava em Boston, e a mamãe em Greenwich. Minha nossa. Não consigo nem imaginar ter que conviver com o pai de Allie. Ele provavelmente me mataria durante o sono e enterraria meu corpo num bloco de cimento do piso da casa. Ia levar anos para alguém resolver reformar a casa, quebrar a fundação e acabar me encontrando."

"Ué, achei que você e o pai de Allie se davam bem."

"Em geral, sim. Mas ele ainda me chama de *playboy* e sempre me pergunta que estilista estou usando." Dean suspira, meio triste. "Então agora só uso roupa velha quando vou lá, pra não ficar ouvindo gracinha."

Engulo uma risada. As histórias sobre o pai de Allie são sempre engraçadas. Não o conheço, mas o cara parece hilário. "Seu pai gosta de Fitzy?", pergunto, curioso.

"Tá brincando comigo, né? Papai ama qualquer um que Summer traz para casa. Ela é a princesinha dele, e não faz nada de errado. Podia levar um assassino pra casa e o meu pai ia sentar e pedir para ver fotos das vítimas." Dean imita a voz do pai. "Ah, você usou uma serra para cortar a cabeça? Que boa ideia! Pode me mostrar como se faz?"

Desta vez, não consigo conter o riso. "Agora você tá exagerando."

"Nem um pouco. Lembra daquele cara na escola? Você conheceu, era do mesmo ano que você. Rickie? Ronnie? O da tatuagem na cara?"

"Lawrence", digo, soltando um gemido.

"Nossa, errei *feio*."

"O cara era um zero à esquerda. Summer saiu com ele?"

"Saiu, na época de rebeldia dela. Minha mãe falou que ela não podia fazer alguma coisa, não lembro o quê, então Summer ficou furiosa e, naquele final de semana, levou o tatuado para um piquenique da família. Minha mãe quase morreu. Enquanto isso, meu pai ficou perguntando qual era a inspiração por trás da tatuagem *na cara*."

"Eram... estrelas?", pergunto, tentando me lembrar da tatuagem de Lawrence.

"Passarinhos", corrige Dean, bufando. "Dando a volta no pescoço e subindo pela bochecha até a testa."

"Muito sensual."

Aos risos, pegamos a escada rolante até o camarote VIP. Mostro a credencial de convidado que Dean me entregou lá embaixo, e os seguranças nos deixam entrar. Estamos no camarote das esposas e namoradas. Adoro isso. Estamos aqui de "namorada", mas a única presente é Grace Ivers, uma aluna de último ano da Briar. Ela e Logan moram juntos num apartamento a meio caminho entre Hastings e Boston.

Não conheço Grace muito bem. Na verdade, acho que nunca nem conversamos. Mas ela me cumprimenta calorosamente e me dá um abraço rápido.

Allie eu conheço muito melhor, por causa de Dean, e seu abraço é mais longo e apertado. "Hunter! Você está tão bem! Parece que ganhou uns vinte quilos de músculos."

"Não chega a tanto." Sorrio. "Você também está ótima. Gostei do cabelo curto."

Ela passa a mão no cabelo loiro. "Sério? Dean acha que me faz parecer uma duende."

"E daí? Duendes podem ser gostosas. Vieram de Nova York de trem?"

"Viemos. Estávamos os dois de bobeira esta noite e pensamos: *por que não?* Não custa nada dar uma força para os meninos."

"Boa ideia." Vou até a janela enorme com vista para o rinque. Os jogadores estão se aquecendo. Procuro no gelo os números da camisa de Garrett e Logan. Encontro Logan primeiro. Grace aparece ao meu lado, com os olhos também colados nele.

"Como ele está indo na temporada?", pergunto. "Não olhei as estatísticas direito."

"Está indo bem. Não tanto quanto ele gostaria, mas fez duas assistências no jogo contra Filadélfia. Boston já tem alguns bons jogadores na defesa, então John não está conseguindo tanto tempo de gelo quanto gostaria." Grace parece infeliz. Não sei dizer ao certo se por causa de Logan ou se tem mais alguma coisa acontecendo.

"Ai, não, ele tá descontando em você?", pergunta Allie. Está na cara que também percebeu o lampejo de desânimo nos olhos de Grace.

"Não, de jeito nenhum. Mas está um pouco nervoso. E tenho andado muito ocupada na rádio, então nossos horários nem sempre batem." Ela dá de ombros e oferece um sorriso desanimado. "Todo relacionamento tem seus altos e baixos. Vai dar tudo certo."

"Verdade", concorda Allie. "Mas, se precisar de uma ajudinha com ele, me avise. Eu mando meu namorado dar uma surra nele."

"Espera", interrompe Dean, dando uma de Mike Hollis. "O seu namorado sou *eu*."

Caio na risada.

Dean fecha a cara. "Eu nunca bateria em Logan por você, Allie-Cat. É o meu melhor amigo."

"Achei que Garrett fosse o seu melhor amigo", provoca ela.

"Achei que *eu* fosse o seu melhor amigo", choramingo.

Ele solta um suspiro. "Ai, meu Deus do céu, vocês são todos os meus melhores amigos, tá legal?"

"Ei, cadê a Hannah?", pergunto, referindo-me à namorada de Garrett, Hannah Wells. Na última vez em que estive no camarote das namoradas, ela também estava aqui.

"Cara, não ficou sabendo da Wellsy?", exclama Dean.

"O que tem ela?"

"Você sabe que ela está trabalhando com aquele produtor famoso, né? O que também trabalhou com a Rihanna e a Beyoncé e um monte de gente importante?"

"Sei, mas pensei que ela não cantasse as próprias músicas. Ela não é compositora agora?"

"É", confirma Allie. "E uma das músicas dela vai ser gravada, adivinha por quem... Delilah Sparks! Elas estão *agora* no estúdio, gravando a faixa. Hannah disse que talvez a música seja o single do disco novo da Delilah."

"Uau. Isso é impressionante." É muito legal ver o que as pessoas estão fazendo depois da faculdade. Dean dando aula e treinando um time. Allie na televisão. Hannah gravando com uma superstar.

Mas... e talvez seja só a criança em mim falando... mas, para mim, ver Garrett e Logan jogando num TD Garden lotado, representando a nossa cidade, supera os grandes feitos de todos os outros.

Tudo o que eu sempre quis foi jogar hóquei profissional. Era o meu sonho de infância. Quando contei do meu sonho para os meus pais pela primeira vez, acho que papai ficou chateado, porque, na cabeça dele, estava me preparando desde o berço para trabalhar na empresa da família até o dia em que estivesse pronto para assumir o controle. Mas, quando eles viram que eu era mesmo muito bom e tinha uma chance mais do que realista de ganhar muito dinheiro no hóquei profissional, de repente, papai gostou da ideia e começou a incentivar minha carreira promissora.

Então, sim, eu queria. Muito. Até que... mudei de ideia. Percebi que o estilo de vida da NHL não é para mim. É muito esbanjamento, um mundo muito destrutivo se você não tomar cuidado, e não sei se confio em mim mesmo para fazer parte disso.

Ainda assim, saber que um dia não vou mais patinar naquele gelo não diminui a emoção de ver meus amigos nele. Todo mundo no camarote está eufórico, e uma onda de gritos sacode o recinto quando Garrett pega um rebote e lança o disco no taco de Logan, que faz o disparo e marca seu primeiro gol na temporada. Grace está de pé, gritando até ficar rouca, o rosto brilhando de orgulho.

Será que algum dia vou encontrar uma mulher que me olhe desse jeito? Uma que, quando topar com os "altos e baixos" do nosso relacionamento, vai tentar resolver nossos problemas, em vez de simplesmente ir embora? Eu talvez não queira uma namorada neste exato momento, mas não posso negar que espero um dia encontrar algo — ou melhor, alguém de verdade.

Por outro lado, tem uns relacionamentos que são uma merda completa. Quer dizer, a Demi por exemplo. É louca pelo namorado, e ele sai por aí colocando o pau para fora em festas de fraternidade.

E *ainda* não contei a verdade para ela. Tive o dia todo para fazer isso, pelo amor de Deus. Sentei do lado dela na aula de Psicologia Anormal hoje. Passamos uma hora juntos no carro no caminho até aqui. Mas, toda vez que eu abria a boca para falar, não encontrava as palavras.

Vou falar alguma coisa no caminho de volta. Tenho que falar.

Vou respirar fundo, contar tudo e ver o que acontece.

Feito um covarde, espero até o último segundo possível para abordar o assunto com Demi. Depois de buscá-la na casa dos pais, deixo que ela conduza a conversa no caminho todo até em casa, assentindo e sorrindo, enquanto por dentro estou criando coragem. Na última vez em que me vi numa situação dessas, a bomba explodiu na minha cara feito uma granada. Tudo dentro de mim quer que eu fique de boca fechada, mas gosto dessa garota e acho que ela merece saber.

Acho que não sou um ator muito bom, porque, quando entro na rua principal em direção ao campus, Demi enfim chama minha atenção.

"Já chega, qual é o *seu* problema?"

"Nada", minto.

"Se eu não tivesse *certeza* de que não sou uma pessoa chata, ia pensar que estou entediando você. Mas sou muito boa de papo e acabei de contar uma história sobre quando encontrei Gigi Hadid em South Beach, ou seja, o encontro mais fofo do século."

Abro um sorriso. "Você não tem nada de chata", concordo.

"Então por que você está tão estranho?" Demi parece irritada.

"Eu..." Inspira. Expira. Lá vai. "Preciso te contar uma coisa, e passei o dia me perguntando se devo ou não fazer isso."

"O que foi?"

"Hã..."

Silêncio.

"Beleza. Legal. Adorei o papo, cara!"

Na mesma hora, mudo de ideia. "Quer saber? Não é importante." *Não é da minha conta*, digo a mim mesmo. O que quer que Nico esteja fazendo, é da conta dele.

"Tô brincando", insiste ela. "Fala pra mim o que está acontecendo."

"Hã..."

Silêncio de novo.

"Anda, monge, vou ter que bater em você?"

"Gostaria de ver você tentar."

"Sou muito mais forte do que pareço." Ela franze a testa. "Não vai mesmo me dizer?"

"Nico", deixo escapar.

E na mesma hora quero me dar um soco na cara, porque Demi parece um tubarão que acabou de sentir cheiro de sangue.

"O que tem ele?", ela exige saber.

"Nada." Droga, por que fui trazer isso à tona? E por que estamos demorando tanto para chegar na rua das fraternidades? Preciso de um plano de fuga, e logo.

"*Hunter*", diz ela, num tom bem sério.

"Tá bom. Só... não desconte no mensageiro, tá legal?" Solto uma respiração rápida. "Encontrei com ele numa festa no final de semana, na casa Alpha Delta. Sábado à noite, sabe?"

Demi brinca com um dos brincos de argola enquanto pensa no que falei. "Ele saiu com os amigos do trabalho no sábado à noite. Achei que tinham ficado em Hastings, mas acho que podem ter ido a essa festa."

"Eles foram. Não sei se foi com amigos do trabalho ou não, mas Nico estava lá. Ele e eu até conversamos."

"Certo. Então ele foi a uma festa. Grande coisa."

"Não foi só isso que ele fez."

Suas feições se enrijecem de novo. "Como assim?"

"Eu vi Nico no segundo andar da casa com uma garota."

Mais uma vez, o silêncio toma conta do carro. Merda. Não devia ter tocado no assunto.

"Tudo bem", diz ela, lentamente. "Você viu Nico com uma garota. O que eles estavam fazendo?"

"Saindo de um quarto."

"Estavam pelados?"

"Bem, não, os dois estavam completamente vestidos. Mas..." Não quero dizer isso, mas me forço a botar pra fora. "Ele tava fechando o zíper da calça."

"Ah."

"Obviamente, isso não significa que eles estavam fazendo alguma coisa", acrescento, depressa. "Talvez os dois tenham precisado ir ao banheiro, e ele esqueceu de fechar o zíper depois de fazer xixi. Mas, falando como um cara..."

"Como um tarado, você quer dizer."

"Uau." Fico surpreso com o ataque verbal. Ela deve estar me odiando agora. "Preciso lembrar que faz meses que não sou sexualmente ativo?"

"Preciso lembrar o quão sexualmente ativo você foi no ano passado? Você mesmo falou, lembra? Então talvez esteja só associando o seu próprio comportamento ao que acha que viu Nico fazendo." Ela comprime os lábios. "Talvez eles estivessem usando o banheiro. Talvez só conversando ou coisa do tipo. Você não tem certeza de que aconteceu alguma coisa."

"É exatamente isso que estou dizendo para você", resmungo. "Não sei se aconteceu alguma coisa."

Chegamos à bifurcação que leva à rua das fraternidades, e ligo a seta, ansioso. Nunca fiquei tão feliz de ver uma casa de fraternidade, e nem estou transando com ninguém nela.

"Olha, desculpa", murmuro. "Não deveria ter dito nada."

Demi não responde. Seu perfil parece tão tenso quanto o estado atual dos meus ombros.

Paro em frente à casa Theta. Coloco o Rover em ponto morto e evito os olhos dela. "Mas achei que precisava contar. Sabe como é, só por precaução."

"Me contar o quê? Que meu namorado estava conversando com uma garota?"

"Não, que ele foi até o segundo andar da casa com ela, que os dois estavam sozinhos num quarto, e que ele saiu fechando a calça. Acorda, Demi. Homens que namoram não fazem esse tipo de merda."

Na mesma hora, me arrependo do tom severo. Mas, em vez de se calar ou se aquietar, os olhos de Demi ficam furiosos. "Você não sabe nada sobre o meu relacionamento, Hunter."

"Sei que você já desconfiou que ele te traiu uma vez."

"Já, quando a gente era criança. Ele amadureceu depois disso."

Amadureceu, é?, sinto vontade de perguntar. Fico em silêncio, mas a pergunta não dita paira no ar, e Demi sibila em resposta.

"Amadureceu, *sim*", insiste. "E sabe de uma coisa? Não gosto desse negócio de você ficar tirando conclusões precipitadas e de ficar semeando o medo!"

"Semeando o medo?" Não consigo deixar de rir. "Minha nossa. Só estou dizendo que vi o cara fechando a calça. Faça o que quiser com a informação."

15

DEMI

Ele estava fechando o zíper da calça.
Entro em casa com as palavras de Hunter zumbindo em meu cérebro. Apesar de ser tarde, várias meninas ainda estão acordadas, vendo um filme de terror. A sala está escura, e entrevejo tigelas de pipoca e ouço muitos gritos na tela. Mas não me junto a elas. Não estou no clima.

Em vez disso, vou até a cozinha e enfio a cabeça na geladeira. Preciso de um lanche. Pra agora. Quando estou agitada, eu como. É um hábito que provavelmente preciso cortar pela raiz, porque bom metabolismo é um negócio que não dura para sempre, mas minha mãe tem quarenta e poucos anos e ainda pode comer o que quer, por isso tenho esperança no futuro. Pego um pedaço de queijo cheddar e, com raiva, começo a cortar em cubinhos.

Não importa o que Hunter disse. Nico não pode ter me traído. Sim, ele saiu com os amigos no sábado. E, tudo bem, talvez os caras tenham acabado numa festa de fraternidade. Mas isso não significa que ele fez algo de errado. Hunter não tem como saber, mas vai ver Nico estava com Pippa. Aposto que Pippa também foi a essa festa.

Largo a faca, pego meu telefone e mando uma mensagem para minha amiga.

EU: *Oi, você foi na festa da Alpha Delt sáb?*

Enquanto espero Pippa responder, empilho os cubos de queijo num prato e depois vasculho a despensa em busca de uma caixa de biscoitos. Coloco um monte deles no prato também.

Quando meu telefone vibra, vou correndo na direção do aparelho.

PIPPA: *Fui. Por quê?*
EU: *Viu o Nico por lá?*
ELA: *Não. Ele tava lá?*
EU: *Talvez. Disseram que sim.*
ELA: *Humm. Então, eu saí meio cedo, lá pelas 11. Sabe que horas ele chegou?*
EU: *Nem imagino. Mas, só pra esclarecer, você não viu o Nico quando estava lá?*
ELA: *Não.*

Mordo o lábio. Tudo bem. Então ele não estava com Pippa. Isso não quer dizer nada.

PIPPA: *O que está acontecendo, D?*
EU: *Me liga?*

Ela liga em menos de cinco segundos. Levo o prato com os biscoito e o queijo para o meu quarto, equilibrando o telefone no ombro. "Acha que Nico pode estar me traindo?", pergunto, em vez de dizer "alô".

"Traindo você? Tá de brincadeira?"

"Não. Ele foi visto numa situação comprometedora com outra garota na festa."

Pippa ri. "Besteira."

Uma frestinha de esperança penetra em mim. "Acha mesmo?"

"Tenho certeza. É sério, amiga. O garoto é *obcecado* por você."

"Isso não significa que não esteja pulando a cerca."

"Vai por mim, ele não faria nada para prejudicar seu relacionamento. Ele não para de falar que vocês vão se casar um dia. Não consigo vê-lo jogando tudo fora por uma peguete."

Também não. E ela tem razão. Nico tem o hábito de se gabar do futuro incrível que vamos ter. Por que estaria planejando um futuro comigo se está pegando outras mulheres?

"Quem te contou isso?", pergunta Pippa.

"Hunter", confesso.

"O jogador de hóquei?"

"É. Ele estava na festa e viu Nico saindo de um dos quartos no andar de cima com uma garota. Aparentemente, estava fechando o zíper da calça."

Um breve silêncio se estabelece do outro lado da linha. Então Pippa diz: "Ainda não consigo acreditar".

"Não?" A esperança cresce em meu peito, acompanhada de uma onda de alívio. "Então acha que Hunter está mentindo?"

"Provavelmente."

"Por que ele faria isso?"

"Aposto que quer te levar pra cama."

"Somos só amigos", digo. E não consigo deixar de pensar na expressão torturada em seu rosto quando me contou o que viu. É óbvio que ele não queria falar sobre isso.

Ou... vai ver ele estava fazendo tipo, fingindo que estava *muito* chateado de me contar, mas na verdade era tudo uma conspiração para, como Pippa disse, me levar pra cama. Quer dizer, Hunter admitiu plenamente que já fantasiou comigo uma vez. *E é um ex-pegador confesso.* Por que devo confiar no que ele tem a dizer sobre mulheres e relacionamentos?

Por outro lado, conheço Nico desde os oito anos de idade. Ele é meu melhor amigo.

"Nico te ama", diz Pippa, como se estivesse lendo minha mente. "Acho que Hunter está mentindo, ou então interpretou mal o que viu."

"Então acha que estou sendo paranoica?"

"Acho que está sendo paranoica."

"Obrigada, *chica*." Solto um suspiro. "Acha que eu devia falar com Nico?"

"Não sei, amiga. Pode acabar em briga, mas, se você sentir que precisa falar com ele para ter paz de espírito, então, sim, melhor falar. Mas não transforme a coisa toda em acusação", aconselha ela. "Quem sabe se você tratar como se fosse uma piada? Tipo, *ai, meu Deus, amor, dá pra acreditar numa história dessas?*"

"É uma boa tática."

Desligamos alguns minutos depois, e fico sentada na minha cama, com um prato de biscoito com queijo no colo.

Olho para a montanha de comida, mas perdi a fome.

*

NICO: *Bom dia, amor. Quer tomar café da manhã comigo?*

Olho a mensagem do meu namorado por uns bons cinco minutos antes de criar coragem para responder.

EU: *Claro. Mas acabei de acordar, preciso de um tempo pra me arrumar. Me pega em 45 min?*
ELE: *Por mim, tá ótimo :) Escrevo quando chegar no campus.*

Estou nervosa enquanto me arrumo. Decidi que definitivamente vou confrontar Nico sobre o que Hunter me contou. Não tenho escolha, porque se não falar nada, isso vai me corroer como um câncer lento, até que não vou conseguir mais nem olhar para ele sem me perguntar se me traiu.

Mas Hunter só pode estar errado. Como Pippa falou, ou ele está mentindo descaradamente ou interpretou mal a situação. Espero que seja a segunda opção, porque gosto da nossa amizade e não gosto da ideia de que ele esteja fazendo artimanhas para me levar para a cama. O que seria mesmo uma merda.

Nico me escreve assim que chega à minha casa. Saio pela varanda da frente e sou recebida por seu rosto bonito e seu lindo sorriso com covinhas. E percebo que estou relaxando. Adoro esse sorriso, e adoro essa cara. Ele é... bem, é o meu primeiro amor. Sempre que olhar para ele vou ter essa reação infantil. E só porque tive minhas dúvidas sobre o nosso namoro, algumas suspeitas ao longo do caminho, não significa que não sejamos um bom casal.

"Oi, *mami*." Ele me puxa para um abraço, seguido por um longo beijo de língua.

Quero dizer que é paixão demais logo cedo, mas Nico é sempre assim passional. É o jeito cubano dele. Atitudes ousadas e gestos românticos.

"Você tá tão gostosa que dá vontade de comer." Ele lambe os lábios, e eu dou risada.

"Você também. Mas acho que quero comida de verdade primeiro."

"Você sempre quer comida de verdade."

"Sempre."

Ele ri. "Como foi em Boston ontem?", pergunta, quando saímos da varanda.

"Foi bom. Meus pais ficaram chateados que você não foi."

"Eu também. Mas tinha que trabalhar." Ele pega a minha mão. "Quem sabe a gente não vai lá antes do feriado de Ação de Graças?"

"Acho que não vai dar. Vou estar no meio das provas e, no começo de novembro, a fraternidade vai organizar um evento de arrecadação de verba para o abrigo de animais."

Seus dedos se entrelaçam de leve com os meus enquanto caminhamos em direção ao meio-fio.

"Legal, você veio com a caminhonete do trabalho", digo. É uma das picapes brancas da empresa de mudanças, com o logo preto e vermelho estampado na lateral.

"Eu sei que são só dez minutos a pé, mas você se importa se a gente for de carro até o Carver? Só tenho uma hora."

"Sua primeira aula é só às duas", eu lembro a ele.

"Eu sei, mas vou ter que trabalhar algumas horas. Disse pro Frank que ia fazer um serviço rapidinho antes da aula." Ele abre a porta do carona para mim e depois se apressa para dar a volta no carro.

"Você falou com o Frank da sexta-feira que vem, né?"

Nico liga o motor. "Sexta-feira que vem, daqui a duas semanas?"

"Sim, é a festa de inauguração da casa da Corinne. Você tem que pedir pro Frank para não trabalhar nessa noite."

"Ah, lembrei." Nico assente, e uma mecha de cabelo preto cai em sua testa. Estendo a mão para afastá-la. "Desculpa, esqueci, porque ainda tá muito longe. Mas, sim, já falei com ele. Ele prometeu que vou poder sair às sete."

"Ótimo." Afivelo o cinto. "O apartamento novo dela é muito fofo, né?"

"Pra ser sincero? Nem me lembro como é", diz ele com um sorriso. "Carrego caixa para tanto lugar que todos se misturam na minha cabeça. Ah, trouxe uma coisa para você."

Isso desperta meu interesse. "Trouxe, é?"

"D e eu fomos comer um hambúrguer na cidade, no outro dia, e o lugar tinha uma daquelas máquinas de chiclete, mas com brinquedinhos e bugigangas. Custou um dólar, mas", Nico abre um sorriso enorme, "eu *tinha* que trazer isso para você."

Ele abre o pequeno compartimento no painel do carro e vasculha lá dentro, por entre chaves e outras coisas.

Enfim, sua mão emerge com um ovo plástico amarelo. "Aqui."

Extremamente curiosa, abro as duas metades de plástico e cai um saquinho no meu colo. Sorrio. O saquinho contém um par de brincos baratos de plástico — duas argolas enormes, vermelhas de bolinha preta.

"Porque sei o quanto você *ama* argolas grandes", brinca Nico.

"Ah, você é o pior." Mas não consigo parar de sorrir, porque o presente significa que Nico estava pensando em mim quando estava com os amigos, o suficiente para colocar uma nota de um dólar numa máquina feita para criancinhas para me dar esses brincos bobos.

"Adorei", digo, e então o envolvo dramaticamente em meus braços e beijo sua bochecha.

"Sem contar que são de plástico", acrescenta ele, prestativo. "Então, se ficarem presos em alguma coisa, provavelmente vão quebrar antes da sua orelha ser arrancada."

Esse garoto me conhece bem.

Ele começa a dirigir, e levamos literalmente um minuto para chegar ao estacionamento do Carver Hall, a três quadras dali. Como moro no campus, tenho vale refeição de estudante, mas Nico não, então precisa pagar pelo café da manhã. Ele pega uma rabanada, e eu encho o prato com bacon, ovos e torradas do bufê. Então encontramos uma mesinha discreta nos fundos do refeitório em estilo de chalé. O teto do salão é inacreditavelmente alto, as paredes são forradas com painéis de carvalho, e as mesas redondas têm tampo de mogno.

Dez minutos depois, finalmente levanto o assunto. "Ei, queria te perguntar uma coisa."

"Humm?" Ele dá uma mordida na rabanada.

"É só que... e, sério mesmo, *não estou* acusando você de nada, então, por favor, não leve a mal."

Isso chama a atenção de Nico. Ele larga o garfo na bandeja. "Me acusando? O que está acontecendo?"

"Hã, bem. Me contaram uma coisa, e queria discutir isso com você."

"Discutir o quê?"

Merda, o que estou fazendo? Quero mesmo discutir isso em público? E se der tudo errado?

Mas, agora que já comecei, tenho que ir até o final. "Uma pessoa que eu conheço te viu na festa da Alpha Delta, no fim de semana passado. Com uma menina."

"Alguém me viu com uma menina... Dá pra ser um pouco mais específica?"

"Essa pessoa te viu saindo com ela de um quarto no andar de cima, e você podia ou não estar fechando o zíper da calça."

Seus olhos escuros brilham de raiva. "Quem foi que falou isso?"

"Não importa."

"Claro que importa. Quero saber quem está espalhando mentira sobre mim."

Estudo sua expressão. Parece genuinamente chateado, e sua negação não me soou falsa. No entanto, por algum motivo, não quero jogar Hunter na fogueira, então minto sobre minha fonte. "Uma garota aleatória que estava na festa contou para uma das minhas colegas de fraternidade, que falou para mim. Como descobri, não importa. Só queria ter certeza... quer dizer que você não fez nada?"

"Claro que não."

Não ouço nada além de sinceridade em sua voz. "Mas você estava na festa?"

"Estava, fui com Steve e Rodrigo e mais uns caras do trabalho. Eu disse que ia sair com eles naquela noite."

"Sim, mas não contou que ia pra uma festa de fraternidade na minha rua."

"Eu falei que ia sair com os caras, e nós saímos. Fomos a vários lugares diferentes", diz Nico, irritado. "Acabamos chegando na festa, mas já era tarde e não vi sentido em ligar para você. Bebi um pouco, zoei com os caras, e a única garota com quem passei algum tempo foi a irmã de Roddy, Carla — deve ter sido ela que viram comigo. Eu a acompanhei até o banheiro. A fila no primeiro andar estava ridícula, então subimos sem ninguém ver."

Tudo isso parece plausível. Já estive na casa Alpha Delta antes e sei que, como só tem um banheiro no primeiro andar, ele vive lotado.

"Carla fez o que tinha que fazer, eu também, e a gente saiu do quarto. Não me lembro de fechar o zíper da calça do lado de fora." Ele tensiona a mandíbula. "Mas, se fiz isso, é só porque esqueci de fechar depois de mijar."

Nico não parece na defensiva. Sim, ele está se defendendo, mas não é como se estivesse tentando me convencer de alguma coisa.

"Quem te falou essa besteira obviamente entendeu errado."

"Foi o que imaginei. Só comentei porque..." Dou de ombros. "Bem, porque é bom a gente ser sempre aberto e honesto um com o outro."

"Concordo." Ele pega o garfo e volta a comer, mas sua linguagem corporal ainda é um pouco rígida. "Mas não gosto da ideia de que estão falando mal de mim pelas minhas costas."

"Não teve nada de falar pelas costas", garanto. "Foi só uma amiga tomando conta da outra."

"Parece mais uma amiga tentando criar confusão. Quem te disse isso?"

"Já falei, não conheço a garota da festa."

"Mas quem da Theta falou isso?"

"Não importa. Ela comentou porque a gente se preocupa uma com a outra, mas, se você quer saber, ela também não achou que tivesse nada de mais na história", minto.

Nico parece satisfeito. "Ótimo. E ainda bem que você também não acredita nessa palhaçada." Ele estende a mão sobre a mesa e pega a minha, entrelaçando nossos dedos. "Você sabe que eu nunca faria isso."

16

DEMI

Na segunda seguinte, fico tentada a cancelar minha sessão com Hunter. Não nos falamos desde Boston, na semana passada. O único contato que tivemos foi quando ele mandou uma mensagem para perguntar se o compromisso de hoje ainda estava de pé. Acho que ele estava torcendo para eu cancelar. Mas essa aula é importante para mim, e quero me sair bem no nosso projeto. O que significa respirar fundo e continuar encontrando com ele uma vez por semana.

Talvez Hunter estivesse mesmo se preocupando comigo quando jogou Nico na fogueira, mas, durante toda essa semana, todo mundo com quem conversei me garantiu que o que quer que tenha acontecido foi uma coisa completamente inocente. Algumas noites atrás, quando fomos a um dos bares do campus, Darius me puxou para um canto e disse: "Escuta, eu nem estava lá naquela noite e sei que não foi nada".

Gostei de ouvir isso de Darius. Os colegas de trabalho de Nico também o defenderam, mas não os conheço tão bem quanto D. E... nunca diria isso em voz alta, mas acho Steve, Roddy e os outros um bando de idiotas. Acho que teriam protegido Nico fosse culpado ou não, só para defender um dos caras. Darius, no entanto, é um bom amigo nosso, então sei que não mentiria para mim.

Enquanto isso, desde que o confrontei, Nico tem sido muito atencioso. Tanto que beira perigosamente o puxa-saquismo. Estou tentando muito não ver a coisa toda com cinismo e fazendo de tudo para esquecer esse episódio. Ele me disse que não aconteceu nada, e respondi que eu acreditava. Isso significa deixar a negatividade de lado e não desconfiar dele ou questionar seus motivos.

Tensa, devoro um saquinho de batata frita enquanto espero Hunter chegar.

HUNTER: *Josie abriu a porta pra mim. Estou chegando.*

Um instante depois, ele bate à porta do meu quarto. Mastigando, grito: "Pode entrar".

Hunter aparece, com os polegares enfiados no bolso do jeans rasgado. Não chega a ser uma calça skinny, mas o tecido abraça suas pernas compridas, e a camiseta preta da Under Armour se estica em torno do peito esculpido. Está com os cabelos escuros despenteados e as bochechas vermelhas.

"Está ventando lá fora", murmura ele, passando a mão pelo cabelo.

"Tem uma previsão de tempestade pra hoje."

"Ainda bem. Já estamos no meio de outubro — como ainda pode estar tão quente lá fora?"

"Aquecimento global", respondo.

"Pois é, um problema sério."

Minha nossa. Isso não vai ser divertido. Estamos falando sobre o tempo. E ele não está olhando para mim, mas para suas botas Timberland. A descontração e o bom humor que em geral fluem entre nós sumiram de vista.

Quando Hunter toma seu assento de sempre no sofá, não deita como costuma fazer. Seu corpo grande e musculoso permanece sentado — e tenso. "Enfim, vamos começar."

Cerro os dentes. "Você poderia mostrar um pouco mais de entusiasmo."

"Você também", retruca ele.

Enfio o pacotinho de batata frita na minha mesa de cabeceira. Ótimo. Então é assim que vai ser. Abro o fichário que estou usando para o projeto na primeira página em branco.

Depois de algumas sessões, estou quase certa de que se trata de Transtorno de Personalidade Narcisista. "Dick Smith" se encaixa em todos os critérios de diagnóstico do DSM-5, o manual da Associação Americana de Psiquiatria. Mas o problema do diagnóstico de narcisismo é que em geral eles não *sabem* que são narcisistas, o que significa que o resultado da análise tem como base a informação que o terapeuta recebe. E o fato de os narcisistas terem uma tendência de reescrever os eventos na própria cabeça torna o processo todo ainda mais desafiador.

Isso significa que o terapeuta precisa fazer as perguntas certas. Eliminar detalhes importantes e procurar padrões, como quando o paciente descreve uma interação que não corresponde à sua reação a respeito. E isso sem falar no tratamento. Quer dizer, se um narcisista não se reconhece como tal, como tratar seu narcisismo?

Ai. Não estou muito empolgada com isso. Seria algo mais direto, como um transtorno de ansiedade. Pelo menos os ansiosos costumam saber que têm um problema.

"Então, por que acha que está fazendo terapia?", pergunto ao meu falso paciente.

"Já falei, minha esposa quis que eu fizesse."

"Então você não acha que precisa de terapia."

"Não." Hunter cruza os tornozelos e olha para o teto. "Não tem nada de errado comigo."

"Não precisa haver algo errado com você, ou com ninguém, para se beneficiar da terapia."

"Quem precisa de psicólogo é fraco. A única razão por que estou fazendo isso é pra manter meu casamento de pé."

"E por que você quer isso?"

Ele solta um risinho de deboche. "Porque ninguém na minha família se divorcia. Divórcio é outro sinal de fraqueza. Um sinal da sua incapacidade de trabalhar duro o suficiente para atingir uma meta."

"E a meta aqui é salvar seu casamento."

"É."

"Porque se você se divorciar, vai ficar mal perante sua família e seus colegas?"

"Não, porque amo minha esposa. Quero que as coisas funcionem por ela e por meu filho."

"Seu *filho*?"

Ai, meu Deus. Que reviravolta! Estou há semanas esperando uma dessas.

Na mesma hora, minha caneta voa para o papel, pronta para fazer um monte de anotações. "É a primeira vez que você menciona um filho."

"Não tinha motivos para isso. Os problemas do meu casamento não têm nada a ver com ele."

"Certo, mas mesmo assim teria sido importante para mim ter uma noção melhor da sua unidade familiar", ressalto. "Preciso conhecer todos os fatos."

Hunter me observa com olhos semicerrados. "Sei. Então, saber todos os fatos *é* importante?"

A alfinetada me deixa tensa, está na cara que foi dirigida a mim, Demi, e não à falsa dra. Davis. "Quando os fatos são verdadeiros ou relevantes para a discussão, sim. Quando alguém está causando problemas sem motivo, então não."

"*Sem motivo?*" Os músculos em sua mandíbula se enrijecem. "Certo. Tudo bem. Quer saber do meu filho? Vou contar do meu filho. Ele é um idiota."

Fico surpresa com a veemência em seu tom. "Por que diz isso?"

"O garoto é um dedo-duro. Se não fosse por ele, minha mulher não teria ficado sabendo da merda do caso com a secretária. Foi ele que contou pra ela."

"Entendo."

"Ele apareceu no meu escritório um dia, nas férias do colégio. Veio só pra dizer oi e me pegou comendo a secretária na mesa." O desgosto contorce as feições de Hunter. "E ele tentou conversar comigo? Perguntou o que a mãe dele fez pra me levar a uma atitude tão extrema? Claro que não. Em vez disso, foi embora, correu pra casa e contou pra mãe o que viu."

Tem algo assustadoramente... realista nessa história.

O ressentimento nítido de Hunter me diz que isso é mais do que encenação. "Quantos anos ele tinha?"

"Catorze. Um moleque de catorze anos que achava que era homem, o grande herói que ia resgatar a mãe. Quebrou a cara. Kathryn nem ouviu. Claro que ela não ia me deixar. Olha só para mim: rico, bonito. Ela nunca ia arrumar coisa melhor. Meu filho achou que estava fazendo a coisa certa, mas acontece que todo mundo cagou para a opinião dele."

Hunter balança a cabeça, com raiva.

"E isso assustou o garoto, porque acontece que a mãe dele já *sabia* daquele caso e dos anteriores também, e implorou para deixar aquela história para lá, porque o pai dele era um homem *tão* bom, um bom pai e bom provedor. Quando ele tentou argumentar, foi chamado de fuxiqueiro e ficou se sentindo como se tivesse feito algo de errado dizendo a verdade. E, anos depois, quando viu algo que sabia que podia magoar outra mulher, ele queria ficar de boca fechada." Hunter está me encarando agora. "E demorou uma eternidade pra contar. Perguntou aos amigos o que fazer, se eles iam querer saber, e lá no fundo tinha uma vozinha dizendo *não se mete, isso só vai explodir na sua cara de novo*, e olha só o que aconteceu — explodiu."

Um silêncio domina o quarto. Hunter está visivelmente furioso. Não sei se é comigo, consigo mesmo ou com o mundo. Ele passa os dedos pelos cabelos de novo, com o rosto impassível.

"Hunter", começo com cuidado. "Você... você contou pra sua mãe que pegou seu pai traindo? E... espere... todas essas coisas que você descreveu durante as sessões, elas aconteceram mesmo com você? É o seu pai é que..."

Eu me interrompo, confusa, enquanto meu cérebro repassa nossas sessões, tentando destrinchar que histórias eram verdadeiras e quais ele fabricou para se adequar à tarefa. É óbvio que seu pai foi a inspiração para o narcisista que ele estava fingindo ser, mas quanto disso foi inventado?

"Tanto faz", murmura Hunter, levantando-se. "Estava tentando ser um bom amigo, mas quer saber, que se dane. Chega por hoje. Até semana que vem."

Ele sai do quarto, e sou incapaz de fazer o que quer que seja. Quero ir atrás dele, mas minha mente ainda está confusa. São muitos os fatos se misturando no meu cérebro. Folheio minhas anotações, releio a história do Dia de Ação de Graças, todos os casos extraconjugais, a covardia da esposa e a crueldade com que meu paciente desdenhava dela como se fosse inferior. Essa é a família do Hunter? Quanto disso foi exagerado?

Mas uma coisa eu sei que não foi encenada — a agonia em sua voz quando ele descreveu o momento em que contou para a mãe o que viu e ela lhe disse que estava sendo um fuxiqueiro por tentar protegê-la.

E eu falei a mesma coisa, o acusei de criar problemas.

Merda. Suspirando, esfrego as palmas da mão na cara, enquanto a culpa embrulha meu estômago. Talvez a motivação de Hunter tenha sido cem por cento pura, afinal.

Mas... ainda assim, ele está errado, caramba.

Na sexta-feira, vamos à inauguração da casa de Corinne. Ela é tranquila e reservada, então não queria fazer festa, mas Pippa e eu conseguimos convencê-la, com a condição de que seria algo discreto.

Nico busca Darius, Pippa e eu no campus. Como namorada dele, tenho lugar cativo no banco do carona, o que significa que Darius e seu corpanzil de dois metros de altura ficam relegados ao banco de trás.

"Qual é, D", reclama ele. "Meu corpo merece ir no banco da frente, e você sabe disso."

"Se você se comportar, pode vir na frente na volta." Pego meu telefone para mandar uma mensagem para Corinne e vejo que ele morreu. Merda. Esqueci de carregar a bateria antes de sair.

Viro para Pippa. "Pode escrever pra Corinne que estamos a caminho?"

Coloco meu iPhone de volta na bolsa. Nico dirige com uma das mãos no volante e a outra plantada na minha coxa. Em alguns momentos durante o trajeto, seu polegar esfrega sedutoramente meu joelho nu e, quando paramos num sinal vermelho, ele chega a deslizar os dedos sob a barra da minha saia. Olho para ele como quem diz: *Você é incorrigível*, e ele dá uma piscadinha em resposta.

Já tem várias pessoas na casa de Corinne quando chegamos. É um grupo interessante: alguns jogadores de basquete, uma garota da aula de ioga de Corinne na cidade e uns caras da sua turma de matemática. Ela está cursando economia e é uma CDF em matemática, assim como seus três colegas de turma. Um deles está de terno e gravata, o que me faz sorrir.

"Você sabe que isto é uma festa, né?", provoco quando somos apresentados. Seu nome é Kyler, e ele está no último ano.

"A gravata é um pouco demais?", pergunta ele, irônico.

"Só um pouco."

Enquanto Kyler e eu conversamos, Nico aparece ao meu lado e pega minha mão. Às vezes ele faz isso, uma demonstração física quando estou com outro cara, como se dissesse *ela é minha*. Eu achava fofo. Às vezes, ainda acho. Outras vezes, como hoje, quando estou tentando andar pela sala e conversar com as pessoas e ele está colado no meu quadril, é um fardo.

E francamente irritante.

Corinne arrumou uma mesa com bebidas na pequena sala de estar/jantar. Cada um trouxe sua própria bebida, mas ela também comprou vários sucos e refrigerantes e algumas garrafas de tequila. Estou planejando beber hoje e não perco tempo organizando a primeira rodada de shots.

"Vamos lá, pessoal", eu chamo.

Nico topa na hora. Em geral prefere rum, mas serve a tequila satisfeito na fileira de copinhos que arrumei. Distribuo os onze copos, e então cada um levanta a sua. "Para Corinne, e seu apartamento fofo!", brindo.

"À vida adulta!", acrescenta Pippa.

"À vida adulta!"

A tequila queima em minha garganta, e fico quente por dentro na mesma hora. Alguém aumenta o volume da música, e Nico e eu vamos até o sofá.

Pippa está sentada no colo de Darius, que enrosca os longos dedos nos cabelos dela. Eles não são um casal, mas flertam descaradamente quando estão juntos. Tentei fazer os dois saírem uma vez, há muito tempo, mas não deu certo por algum motivo. Acho que não querem um relacionamento sério, então a amizade colorida funciona para os dois.

Corinne está por perto, conversando com Kyler, e os outros estão do lado da mesa de bebidas. Quando percebe o que está passando na televisão, Darius pega o controle remoto na mesa de centro com tampo de vidro.

Ele aumenta o volume depressa. "Cara, adoro esse filme!"

"Você sabe que é de mulherzinha, né?", avisa Nico.

"Se é de mulherzinha, então por que é com a Scarlett Johansson?", argumenta D. "Porque duvido que alguma mulherzinha se masturbe pra ela tanto quanto eu."

Todo mundo ri. Kyler, o cara da matemática, fica vermelho. Ele até que é bem fofo. Me pergunto se está rolando alguma coisa entre ele e Corinne. O cara não sai de perto dela.

"De onde conheço esse ator?", pergunta Pippa, quando um cara bonito aparece na tela. "Ele estava naquele filme sobre um telefone celular, não é?"

"Essa é a informação mais vaga que já ouvi", diz Darius, cutucando-a nas costelas.

"Você sabe de que filme eu estou falando, né, Demi?"

Olho para a tela. "É o Chris Evans?"

Pippa assente. "E, juro por Deus, ele estava no filme do celular. É um filme mais velho com... aquele inglês, e aquela mulher, e..."

Darius gargalha alto. "Puta que pariu, P, seja mais específica."

"Espera, acho que sei de que filme você tá falando", digo a Pippa. "Merda. Também não lembro o nome. Amor, posso usar seu telefone para procurar?"

Nico enfia a mão no bolso e me entrega seu iPhone. O aparelho não precisa de senha para desbloquear, mais um motivo para eu não acreditar nas acusações de Hunter. Por que Nico me entregaria tranquilamente o telefone se estivesse escondendo alguma coisa?

O plano de dados dele é uma porcaria, então, em vez de sair usando a internet, entro nas configurações primeiro. "Ei, qual é a sua rede wi-fi?", pergunto a Corinne.

"Cwiley22", responde ela. "A senha é A minúsculo, F maiúsculo..."

"Que estranho", interrompo, "conectou sozinho."

Olho para Nico, e uma sensação desagradável se aloja em minha barriga.

"Humm." Um vinco surge em sua testa. "Meu telefone deve ter decorado a sua rede quando vim com o pessoal do trabalho, pra fazer a mudança", ele diz a Corinne.

"Ah, deve ser isso", responde ela.

Faço que sim com a cabeça lentamente e abro o Google para procurar — o que estou procurando mesmo? Ah, lembrei. Chris Evans. Mas, enquanto repasso sua filmografia, meus dedos estão tremendo.

Tem alguma coisa me incomodando e não sei o que é. Quer dizer, eu já sabia que Nico e os amigos dele do trabalho trouxeram todas as caixas de Corinne do alojamento e mais os móveis que ela comprou. Ele nunca escondeu isso, e nem ela. E é claro que ela teria dado a senha da internet para Nico se ele tivesse pedido. E é bem a cara dele pedir, porque tem um plano de dados péssimo e, se passou algumas horas aqui e quis usar o celular, definitivamente...

Então entendo por que meu estômago está revirando, embrulhado.

Quase uma semana depois de se mudar, Corinne ainda não tinha wi-fi. Quando vim ajudar com o armário dela, ainda não estava instalado.

Então não podia estar funcionando quando Nico esteve aqui, muitos dias antes disso.

De repente, o meu corpo fica inteiro enregelado.

"Demi. Achou o filme?", pergunta Pippa, impaciente.

Olho para a tela do telefone, respirando com dificuldade. "O nome é *Cellular*", murmuro.

"Rá! Tem razão, era mesmo sobre um celular", diz Darius, rindo, para Pippa.

"Não falei?!"

As pessoas retomam suas conversas, e largo o telefone no colo de Nico. Seus profundos olhos castanhos me analisam com cuidado. "Amor?"

Estou com dificuldade para encontrar minha voz. Não sei o que dizer. Corinne ainda está conversando com Kyler, mas, por alguma razão, *sei* que está prestando atenção em mim e em Nico.

Respiro fundo. Por que o telefone dele se conectou automaticamente no wi-fi dela? Só pode ser porque ele esteve aqui depois da mudança, mas o que ele veio fazer aqui? Ela é minha amiga, e não dele. Posso imaginar Nico saindo sozinho com Pippa, mas não com Corinne.

A tequila borbulha em meu estômago. Merda. Vou vomitar?

"Demi, qual o problema?", pergunta Nico.

Olho para ele, me sentindo fraca. "Corinne só configurou o wi-fi uma semana depois de se mudar."

Por um rápido segundo, o pânico toma conta de sua expressão. Mas tão depressa que fico na dúvida se vi mesmo alguma coisa.

"Ué, isso é estranho, então", diz ele, apertando os lábios. "Por que o telefone ia se conectar assim do nada?"

"É o que eu queria saber", digo, com firmeza.

Nossa conversa em sussurros chama a atenção de Pippa. "O que está acontecendo?", pergunta ela.

"Nada", diz Nico, prontamente.

Mas Pippa me conhece bem. Basta olhar para a minha cara, e ela já saiu do colo de Darius.

"O que está acontecendo?", ela repete, com o olhar aguçado se alternando entre mim e Nico.

Abro a boca, mas não sai nada. Bem devagar, viro a cabeça na direção de Corinne. Ela está olhando para mim, e a sombra de culpa em seus olhos é tudo o que preciso para ficar de pé.

A sala gira por um momento. Com três doses de tequila nadando no estômago, agora estou de fato correndo o risco de vomitar.

Engulo a bile que reveste minha garganta. "Você só pode estar *brincando* com a minha cara", exclamo. "Há quanto tempo?"

Corinne dá um passo na minha direção. "Não é o que você tá pensando..."

"Há quanto tempo você está transando com o meu namorado, Corinne?" Minha cabeça gira na direção de Nico. "Há quanto tempo você está transando com ela?"

A sala inteira fica completamente muda. Na tela da televisão, ScarJo está brigando com Chris Evans e, de repente, o filme não é mais tão fofinho e engraçado. Parece um tapa na cara, esse monte de gente idiota se apaixonando, quando acabo de levar uma rasteira do meu namorado de oito anos.

"Ai, merda", murmura Darius. Sua voz é baixa, e ele parece tão atordoado quanto eu. Acho que não sabia disso. Talvez ninguém soubesse, a não ser Hunter.

Hunter tentou me avisar. Ele teve a coragem de me dizer o que viu na festa e...

Olho para Corinne de novo, de repente. "Foi você, na festa da fraternidade?", pergunto.

Ela pisca. "O quê?"

"Duas semanas atrás, a festa na casa Alpha Delta, no sábado à noite... você estava lá com o Nico?"

Ela nega depressa com a cabeça. "Não, juro que não. Estou num grupo de estudo com Kyler e Ahmed, e estava com eles no sábado à noite."

Ela aponta para os dois amigos, que confirmam o álibi depressa. "Estávamos todos juntos", diz Kyler, sem jeito.

"Então, há quanto tempo isso está acontecendo?" Minha voz é fria.

"Foi só uma vez", ela deixa escapar. "Só uma vez, juro."

Meu estômago revira. Não quero mais ouvir. Já chega.

Engolindo em seco, viro de costas e disparo em direção à porta. Nico vem atrás, com a voz suplicante ecoando pelo pequeno apartamento.

"Demi, por favor, para! Deixa eu explicar."

"Explicar o quê?", grito, me virando para ele. "Você me traiu com a minha amiga! E depois de novo com outra garota na festa! Quem foi? Com quantas mulheres você tá transando?"

"Eu não te traí. Ela tá mentindo..."

"Ei!" Corinne corre até nós. "Eu *não* estou mentindo!"

Olho para ela por um instante e vislumbro um lampejo de indignação. É direcionado ao meu namorado.

"Não estou mentindo, Demi", diz Corinne, calmamente. "Aconteceu."

E eu acredito nela.

"Pippa", digo, com uma voz vacilante. "Chama um Uber pra mim. Agora." Estou lutando contra as lágrimas, porque meu telefone está morto e estou presa aqui nesta merda de apartamento com minha amiga traidora e meu namorado traidor, e tudo o que quero é entrar num buraco e morrer.

"É pra já", Pippa me diz.

"Demi." Nico tenta agarrar meu braço.

Por instinto, giro o outro braço e dou um soco na sua cara. Ele recua a cabeça, praguejando.

Meu punho acertou sua bochecha esquerda. Com uma expressão magoada, ele leva a mão ao rosto. "Você me bateu."

"Bati mesmo, e você merecia muito mais, seu idiota."

"O Uber está a dois minutos daqui", anuncia Pippa.

Enfio o indicador no centro do peito de Nico. "*Não* me siga", aviso, e saio correndo porta afora.

17

HUNTER

É sexta à noite, e meus colegas de casa e eu estamos jogando um jogo de tabuleiro maluco chamado Zombies!®. Com ponto de exclamação e tudo.

Hollis veio passar o fim de semana em casa, o que significa que podemos ouvir Rupi e ele brigando por causa da última jogada. Hollis acabou de tirar uma carta de Sacrifício — o que significa que precisa matar alguém do grupo para salvar o resto. O único problema é que a melhor escolha seria se livrar de Rupi. Se ela morrer, não perdemos muita coisa. Todos os outros jogadores são valiosos demais para o grupo. Eu tenho duas balestras no meu arsenal, pelo amor de Deus. E o que Rupi tem? Nada.

"Droga, Mike, acaba logo com ela", explode Summer, e ver alguém de aparência tão angelical quanto ela defendendo a morte falsa de um de nossos amigos me faz cair na gargalhada.

"Summer!", exclama Rupi, diante da traição.

"O quê?", retruca ela, na defensiva. "O objetivo é levar o máximo de gente até a estação de pesquisa. Só tem uma carta de Sacrifício no baralho. Só uma pessoa do grupo vai morrer, e tem que ser você."

"Tem que ser você", concorda Brenna, dando um gole no chocolate quente que uma Rupi prestes a morrer preparou para nós.

"Mike", avisa Rupi. "Se você me matar, juro por Deus..."

"Amor", diz ele.

"Mike."

"Amor."

"Mike."

"Amor." Ele suspira, e então coloca a carta do Sacrifício na frente dela.

Rupi grita alto o suficiente para fazer a mesinha de centro tremer. "Não acredito que você fez isso!"

"Eu não tinha escolha", protesta ele. "Era o melhor para o grupo."

"E o melhor para *mim*?"

"Você tá sendo muito egoísta agora, amor."

"Por quê? Porque quero que meu namorado me proteja? Não acredito! Depois que o jogo acabar, eu vou..."

"Pra *você*, o jogo acabou", interrompe Brenna, secamente. "Ele te matou."

Bufando, Rupi se levanta do seu jeito espalhafatoso de sempre. É uma rainha do drama.

Por sorte, encontrou sua alma gêmea num rei do drama. Hollis se levanta e ergue os braços cansados no ar. "Tá vendo o que vocês me obrigaram a fazer?", ele acusa. "Por isso que não gosto desses jogos de tabuleiro!"

Então corre atrás de Rupi.

"Só sobramos nós três", diz Brenna, indiferente, folheando as cartas de seu arsenal.

"Não dá pra continuar sem ele", aviso a ela. "Só Mike tem o antídoto para a segunda mutação. Ah, e é o único que sabe esfolar um coelho."

"Vamos redistribuir todos os ativos", sugere Summer.

"Não, acho que o jogo acabou." Largo minhas cartas no tabuleiro e me recosto nas almofadas do sofá.

"A gente tem que parar de jogar com eles", comenta Brenna, pegando sua caneca.

"Pois é", concorda Summer. "Eles são os piores."

Pego meu chocolate quente e tomo tudo de uma vez. Não estava com a cabeça no jogo mesmo.

Nos últimos cinco dias, só consigo pensar em Demi Davis. Me sinto péssimo por ter perdido a paciência com ela, mas, como se não bastasse o climão, fui além e despejei sobre a garota um monte de informação sobre o relacionamento sombrio que tenho com meu pai. Dava praticamente para ver as engrenagens do cérebro dela processando todas as coisas que eu disse desde o início do semestre, tentando identificar o que era verdade.

Infelizmente, a maior parte era. Tudo bem que forcei a mão em alguns detalhes. Meu pai não costuma ser cruel com a minha mãe, nem fala com ela com o mesmo desdém que usei nas falsas sessões de terapia. Estava tentando exagerar certas tendências narcisistas para facilitar as coisas para Demi.

Mas todos os eventos que descrevi aconteceram na vida real. Peguei, sim, meu pai comendo a secretária quando tinha catorze anos de idade. Contei para a minha mãe, e ela me disse para não interferir no casamento deles. *Seja um bom garoto e fique quietinho, porque o papai cuida de tudo, e que tipo de vida a gente ia ter sem ele?*

Foi nesse dia que percebi que minha mãe não tem autoestima, coisa que meu pai tem de sobra.

Ainda assim, uma lembrança ruim não era desculpa para eu me voltar contra Demi. Eu sabia que tinha uma chance de ela não acreditar em mim quando contasse sobre Nico. Não devia ter falado para ela "acordar", nem insinuado que era uma tonta.

Ela te chamou de tarado.

Argh, verdade. Ela foi tão grossa comigo quanto eu com ela. Somos dois idiotas.

Merda. Acho que eu deveria tentar melhorar o clima entre a gente. Olho para o meu telefone na mesinha de canto. Mas não. Mensagem de texto não serve. Seria muito impessoal.

"Sabe de uma coisa." Pulo do sofá. "Tenho que sair."

Summer dá uma olhada. "Tem certeza? A gente pode começar outra partida."

"Não, acho que os zumbis ganharam. Volto mais tarde."

"Aonde você vai?", pergunta Brenna.

"Ver uma amiga."

"Rá!" Elas riem, zombando de mim. "Sabia que o celibato não ia durar."

"Não é para transar", explico. "É a garota com quem estou fazendo um trabalho em dupla. A gente discutiu outro dia, e queria esclarecer as coisas."

"Você pode mandar uma mensagem para ela", diz Summer, prestativa.

"Você pode cuidar da própria vida."

"Tudo bem, então."

Como não estava bebendo, pego o carro e em dez minutos chego ao campus e à rua das fraternidades. Não consigo vaga na frente da casa Theta, mas tem uma logo adiante. Estaciono o Rover, e então ouço os gritos.

Ah, merda.

Corro depressa pela rua, parando de repente feito um personagem de desenho animado quando vejo Nico na frente da casa Theta, gritando para a janela do segundo andar.

"Anda, Demi! Por favor!"

O cara parece estar um caco. Se não soubesse exatamente o que está acontecendo, provavelmente teria pena dele. Nico traiu Demi na festa. Não tem nenhum outro motivo para estar do lado de fora da casa dela, implorando para entrar.

"Por favor, *mami*, amo você! Eu pisei na bola, sei disso!"

Espreito por entre a cerca viva da casa vizinha.

"Vai embora!", grita uma voz estridente.

Não é a voz de Demi. Olho para cima e vejo duas meninas na janela, suas silhuetas iluminadas por trás pelas luzes do quarto de Demi.

"Ela não quer falar com você. Vai embora", uma delas grita.

"A gente vai chamar a polícia se você não for", avisa a outra. "Isso é perturbação de sossego. Tem gente tentando dormir."

"São nove horas de uma sexta-feira, na rua das fraternidades!", rosna Nico. "Não tem ninguém dormindo, Josie! Fala pra ela descer."

"Ela não quer te ver, seu idiota."

Sim. Fui eu que gritei isso.

"Demi", ele lamenta. Sua voz chega a falhar, e desta vez sinto mesmo pena do cara.

Conheço bem os narcisistas — morei com um a vida inteira —, e eles não costumam sentir remorso. Se demonstram algum arrependimento, provavelmente é fingido. Sim, Nico pode muito bem estar fazendo tipo, mas meu instinto diz que não. O cara parece mesmo inconsolável.

Ele cavou a própria cova, diz uma voz na minha cabeça.

"Demi! Vou ficar aqui a noite toda, até você me deixar entrar! *Por favor*. A gente tá junto desde sempre! Você me deve pelo menos uma conversa. Uma chance de explicar..."

Um grito de proporções épicas corta o ar da noite. É estridente o suficiente para deixar Rupi Miller no chinelo.

Demi aparece na janela, empurrando as amigas para o lado. "Eu te devo alguma coisa?", troveja ela. "EU TE DEVO ALGUMA COISA?"

Nico reconhece o erro na hora. "Não, não foi isso o que eu quis dizer..."

Ela o interrompe. "Você me traiu com uma amiga minha! E depois me traiu de novo com uma garota aleatória numa festa!"

Ah, Nico, seu imbecil.

Qualquer vestígio de empatia que eu sentia por ele acabou aqui. Estou do lado de Demi. Quer dizer, sempre estive, mas agora não me importo se o cara estiver arrasado. Ele merece.

"Acabou", grita Demi, pela janela. "Você ouviu, Nicolás? *Acabou*."

"Amor, não fala isso."

"Você tem razão... a gente se conhece desde sempre. Sempre fui fiel a você. Mas você é incapaz de retribuir essa lealdade. Então, por favor, vai embora."

"A gente pode contornar isso", implora ele. "Por favor, me dá outra chance. Deixa eu ganhar sua confiança de volta."

"*Cara!*", grita uma voz aleatória em uma das casas vizinhas. "Deixa de ser patético! A mina quer que você vá embora!"

Demi ignora a interrupção. "Não tem mais como recuperar a minha confiança", ela grita para Nico. "Acabou. Não quero mais saber de você. Não quero mais ficar com um mentiroso e um traidor. Mereço mais que isso."

Ela tem razão. E pode me chamar de pervertido, mas a visão dela agora está me deixando excitado. Suas bochechas estão coradas, e os olhos escuros ardendo em brasa. Está com uma das mãos no quadril, olhando para Nico. Feroz e confiante. Desprezada, mas não derrotada.

"Não acabou", diz Nico.

"Acabou", repete ela.

"*Acabou, cara*", alguém grita, e outras vozes das casas vizinhas também se fazem ouvir.

"*Vai pra casa, idiota!*"

"*Você tá cortando a minha brisa!*"

Nico só tem olhos e ouvidos para Demi. "Você não está falando sério", ele insiste.

Que idiota. Os homens realmente precisam parar de querer decidir quando as mulheres estão falando sério ou não. Uma lição que aprendi na vida é que uma mulher não gosta quando você coloca palavras na boca dela — ou o seu pau na boca de outra.

"Ah, pode acreditar, estou falando sério, sim." De repente, Demi desaparece da janela.

Por um momento, acho que acabou. Mas então ela volta, com os braços cheios de roupas.

"Deixa eu te ajudar a limpar sua gaveta antes de você ir", Demi grita, com raiva.

As roupas dele começam a voar da janela do segundo andar, e eu seguro o riso. Um moletom do Celtics. Algumas camisetas. Uma cueca boxer.

"Você não merece uma gaveta na minha casa! Não merece mais nada. Já chega. Pega todas as suas coisas e sai da minha vida."

Mais uma vez, acho que acabou.

Só que então Nico — ah, que *inocente* — resolve falar a coisa mais idiota que poderia dizer. "Não ouse jogar meu PlayStation pela janela, Demi!"

Se isso não é um desafio, não sei o que é.

Ela se afasta de novo, e desta vez não volta.

Hã. Certo. Talvez tenha decidido poupar o PlayStation. É o que Nico parece pensar, pois seu corpo relaxa. Ele caminha, cabisbaixo, e começa a pegar as roupas na grama.

Ainda não me viu aqui, e não vou revelar minha presença. Seria como me aproximar de um leão com um espinho na pata.

Assim que concluo que está tudo bem — a noite está silenciosa, e Nico já catou seus pertences —, a porta da frente da casa se abre e Demi aparece. Segurando um emaranhado de cabos, controles e um PlayStation fino e preto.

Nico ergue a cabeça. "Obrigado!" Parecendo aliviado, ele estende as mãos como se realmente acreditasse que vai recuperar o video game ileso.

"Obrigado? Não, *eu* que agradeço", rebate Demi. Ela está cuspindo fogo de novo. "Obrigada por desperdiçar oito anos da minha vida." E joga um controle na grama. "Obrigada por mentir na minha cara." O segundo controle se estatela no piso de concreto da calçada. "Obrigada por me desrespeitar."

Quando ela chega ao meio-fio, o único item que resta em suas mãos é o PlayStation.

Prendo a respiração. Os outros componentes podem ser facilmente substituídos. O console em si, não.

"Nunca mais quero te ver. Você estragou tudo. Estragou a nossa amizade, estragou o nosso relacionamento, estragou *tudo*."

Crash!

O PlayStation se arrebenta na calçada, em vários pedaços.

Nico tem a coragem de dizer: "Não acredito que você fez isso!". O que leva Demi a dar um soco nele, e é aí que saio detrás da cerca viva.

Ela consegue acertar um golpe forte, antes de eu a puxar para longe, tentando domá-la feito um cavalo selvagem.

Demi pode não jogar hóquei comigo, mas acho que a situação também se enquadra no parágrafo quatro, linha oito do manual do capitão: *Não deixe seus colegas de time cometerem assassinato.*

"Ei, ei, para", eu peço.

"Hunter? O que você tá fazendo aqui?" Ela pisca algumas vezes, e seus olhos se tornam ferozes de novo. "Me solta. Ele merece um sova!"

"É, merece", concordo, e Nico faz cara feia para mim. "Mas deixa por conta do carma, vai por mim."

"Hunter, me solta!" Agora ela está grunhindo, rangendo os dentes, tentando se soltar. Então a jogo por cima do ombro, como um bombeiro carregaria uma pessoa desmaiada. "Hunter!", grita, indignada. "Me bota no chão!"

"Não. Não vou deixar você ser presa por agressão hoje à noite, tá legal?" Afasto um pedaço do PlayStation de Nico, tentando conter Demi, que está esperneando. "Você já praticou até vandalismo."

"Não tô nem aí!", diz ela, teimosa. "Agora quero causar lesões corporais."

"Eu sei, Semi, mas, confie em mim, não vale a pena."

Só que a mulher irritada em meus braços ainda está se sacudindo como um pássaro preso que tenta se libertar. Lanço um último olhar sombrio para Nico e marcho em direção ao meu Land Rover. Só quando chego ao carro é que coloco Demi no chão. No instante em que seus pés envolvidos pelas meias tocam a calçada, sua armadura de aço parece desmoronar. De repente, ela se transforma numa garota vulnerável, com lágrimas nos olhos.

"Ele me humilhou", sussurra ela.

"Eu sei. Vem cá." Abro os braços, mas ela abaixa a cabeça, envergonhada.

"Não. Não quero um abraço", murmura.

"Tudo bem, então entra no carro."

"Por quê?"

"A gente vai lá pra minha casa encher a cara. Você tá precisando de uma distração."

Demi hesita. Ela olha na direção da casa Theta, onde Nico está caminhando lentamente até a sua caminhonete. Então desvia o olhar e abre a porta do carona do Rover.

Alguns segundos depois, estamos em movimento. Demi não diz uma única palavra. Mantém os olhos fixos à frente.

"Sinto muito", digo, meio rouco.

Ela enfim diz alguma coisa, com a voz tremendo a cada palavra. "Não, eu é que sinto muito. Você estava certo... sobre tudo. E fui grossa com você, te chamei de tarado." Ela funga. "Me sinto péssima por isso. Por favor, diz que você vai me desculpar."

"Claro que vou. Está tudo bem entre a gente, Demi. Prometo."

Ela ainda se recusa a olhar para mim. "O tarado era *ele*. E me traiu. Mais de uma vez, com mais de uma pessoa."

"Sim, deu pra entender."

Pego a estrada principal que vai até a cidade. São exatamente dez minutos de carro, e então estou estacionando atrás do Audi prateado de Summer. As luzes ainda estão acesas na sala de estar.

"Vamos, acho que você está precisando de uma bebida."

Lágrimas escorrem pelo canto de seus olhos. Ela pisca depressa para contê-las. "Tá bom."

Entramos na casa. Demi se abaixa como se fosse tirar os sapatos, e então percebe que não está calçada. Somente as meias listradas rosa e cinza cobrem seus pés pequenos. Ela olha para eles por um momento, como se estivesse se perguntando se são mesmo dela.

"Ei, Hunter? É você?", grita Hollis, da sala de estar.

"Sou eu", grito de volta.

"Chegou na hora certa... vamos começar outra partida."

Acho que ele e Rupi acabaram se entendendo. "Trouxe uma amiga", respondo, enquanto tiro as botas.

"Uhhh", provoca Brenna. "É uma amiga sexy?"

Dou uma olhada em Demi. Tudo o que vejo são lábios trêmulos, rímel manchado escorrendo dos olhos vermelhos e uma expressão de assombro.

"Vai à merda", diz ela, amargurada.

Eu dou risada. "Foi mal, mas você não está exatamente sexy agora."

Quando entramos na sala, as meninas olham para minha convidada e se levantam. "Tá tudo bem?", exclama Summer.

Brenna olha para mim, depois se vira para Demi. "O que ele fez com você?"

"Ah, vai se ferrar, Bee."

Demi ri por entre as lágrimas. "Não briga com ele. Ele só me impediu de agredir fisicamente o meu namo... ex-namorado traidor", ela se corrige.

"Eca! Traidores são a pior raça da terra", declara Summer.

"A pior", concorda Hollis.

"Pobrezinha", Rupi se compadece, puxando Demi para o sofá.

Num piscar de olhos, ela está cercada pelas meninas, que imediatamente começam a pedir mais detalhes.

"Se vocês não se importarem, prefiro não falar sobre isso hoje", admite Demi. Ela engole em seco algumas vezes, depois abre um sorriso tímido e aponta para o jogo de tabuleiro na mesa de centro. "O que a gente vai jogar?"

18

DEMI

"Mal te vi nas últimas duas semanas." Os olhos de TJ se alternam entre a decepção e a compaixão, mas, depois de um instante, ele estende o braço sobre a mesa e aperta a minha mão, demonstrando que a compaixão venceu. O que é um alívio, porque simplesmente não estou preparada para consolá-lo agora. Minha saúde mental vem em primeiro lugar, e andei sumida por motivos que não têm nada a ver com ele nem com a nossa amizade.

"Você não perdeu nada. Não tenho sido uma boa companhia." Pego uma pontinha do meu bolo de banana.

"Você é sempre boa companhia", diz TJ, com um sorriso.

"Muito gentil da sua parte dizer isso."

"É a verdade. Como estão as coisas?"

"Melhores. Quer dizer, meu namorado me traiu, então não estou com um humor muito festivo no momento, mas também não me sinto tentada a cometer atos de violência, nem explodir o apartamento dele." O que, considerando meu comportamento depois da festa na casa de Corinne, com certeza é um avanço.

Sinceramente, acho que tive um surto naquela noite. Lembro de tudo que fiz, mas as memórias parecem distantes e envoltas por um filtro vermelho. Eu jogando as roupas de Nico pela janela, quebrando o PlayStation, dando um soco na cara dele. As lembranças mais claras são as que envolvem Hunter e seus amigos. O jogo de tabuleiro bobo que jogamos conseguiu me acalmar e, portanto, sou eternamente grata a Zombies!®.

"Você falou com ele?", pergunta TJ. "Ou ainda está com o número dele bloqueado?"

"Continua bloqueado." Não tive escolha. Nico ficou ligando e mandando tantas mensagens que a situação ficou intolerável. "Mas ele apareceu lá em casa na semana passada", admito.

TJ franze a testa profundamente. "Você não me disse isso."

"Não tinha nada pra contar. Ele bateu na porta, e Josie e as outras ameaçaram castrá-lo se ele aparecesse de novo."

"Boa. E não se esqueça que a minha oferta ainda está de pé: dou uma surra nele por você, se quiser."

Ofereço um sorriso irônico. "Ele não vale a pena. Além do mais, não quero que você se machuque." TJ não é fraco, mas é magrinho e tem um metro e setenta. Nico o mataria numa briga.

Ele aperta minha mão.

"Não quis dizer que você é um fracote", tento me corrigir. "Sei que não é. É só que ele não vale o esforço. Além do mais, você ia ter que entrar na fila. Pax já tá malhando mais o braço na academia, pra ficar mais forte e, segundo ele, 'foder com ele, e não do jeito bom'." Nós dois rimos. "E Darius não está falando com ele."

"Uau. Sério?"

"Sério. Pode dizer o que for dele, mas você sabe como o D é quando o assunto é monogamia." Darius também é muito religioso, então não tolera nada que seja imoral. "Ah, isso sem falar no Hunter. Ele adoraria dar uma surra em Nico."

E, por falar em Hunter, meu telefone vibra um minuto depois, com uma mensagem dele. Abro e vejo uma foto de um ovo numa pequena rede. Uma segunda mensagem diz apenas: @PabloEggscobar.

Ai, meu Deus.

Pablo tem uma conta no Instagram agora.

TJ se inclina, curioso. "Que foto é essa?"

"Eles têm um ovo de estimação." Baixo o telefone, balançando negativamente a cabeça.

"O quê? Quem?" TJ parece confuso.

"O time de hóquei. O mascote deles é um ovo cozido, e os jogadores se revezam cuidando dele. Acho que é algum tipo de exercício de equipe... Hunter não me explicou direito."

"Não vai apodrecer e começar a cheirar mal?"

"Já começou. Hoje em dia, tá embrulhado em celofane e passa a noite na geladeira, mas o plástico não tirou completamente o cheiro. Hunter estava com o ovo na semana passada, e toda hora eu sentia cheiro de enxofre."

"Isso é tão estranho. Nunca vou entender esses atletas."

"Pra ser sincera, acho que não é uma coisa dos atletas em geral. Deve ser uma coisa do hóquei da Briar. Eles são todos loucos, Hunter incluído."

"Então por que você continua trocando mensagens com ele?", pergunta TJ, num tom descontraído.

"Porque somos amigos." Encolho os ombros. "Meus amigos podem ser loucos."

E Hunter, com todos os seus hábitos estranhos, tem sido um amigo incrível para mim desde que meu relacionamento foi pelos ares. Além do mais, suas colegas de república são minhas novas pessoas favoritas. Brenna é muito inteligente, e a adoro. Summer e eu não temos muito em comum, mas ela me faz rir. E Rupi é... Rupi. O relacionamento dela com Hollis, amigo de Hunter, me fascina. De verdade não sei dizer se os dois estão loucamente apaixonados ou se odeiam. Talvez uma mistura das duas coisas? De qualquer forma, eles são muito divertidos.

Estou aprendendo que me manter ocupada é o melhor remédio para uma separação traumática. Isso significa me concentrar nos trabalhos, nas provas de matemática, no laboratório de química, em estudar psicologia, qualquer coisa que ocupe meu cérebro. E, quando meu cérebro se cansa, me distraio com os amigos. Saio para beber com Pippa, vou ao cinema com as meninas da fraternidade, passo na casa de Hunter. Até agora, está ajudando.

"Que horas seu ônibus sai hoje?", pergunta TJ por cima da xícara, com uma cordinha de saquinho de chá pendurada na beirada. Ele não bebe café, só chá de ervas.

"Sete e meia." Solto um gemido. "Ai, não estou ansiosa pelo Dia de Ação de Graças, não. Meus pais vão ter um ataque cardíaco quando eu contar do Nico."

"Espera, ainda não contou pra eles que vocês terminaram?"

"Não. Vai ser uma surpresa de Ação de Graças."

"Que droga. Eles gostam muito dele, né?"

"Gostam? É que nem dizer que garotos de fraternidade *gostam* de cerveja. Eles são obcecados por ele, veem Nico como um genro. Vão ficar arrasa..." Paro no meio da frase, pois uma pessoa conhecida entra no Coffee Hut.

Corinne.

Minha coluna fica reta, imóvel. Corinne tentou ligar várias vezes depois da festa. Como não atendi, mandou uma mensagem perguntando se a gente podia conversar. Respondi dizendo que, quando estivesse pronta para falar, entraria em contato.

Bem, já tem duas semanas, e não estou nem perto de me sentir pronta.

Ela para feito um cervo quando vê os faróis de um carro na estrada ao me ver. Então recupera a compostura e — ai, não — caminha na nossa direção.

"Me esconde", imploro a TJ, mas é tarde demais. Corinne chega à nossa mesa, com um sorriso nervoso no rosto.

"Oi", diz num tom suave.

"Oi." Minha voz é contida.

"Sei que você disse que a gente ia conversar quando você estivesse pronta, mas... bem, as férias estão chegando, e quando a gente voltar vão começar as provas, e depois tem as férias de primavera..." Ela dá de ombros, sarcástica. "Será que não era melhor resolver logo isso?" Ela deixa o pedido pairando no ar desconfortável entre nós.

TJ me lança um olhar interrogativo, como se dissesse: *quer que eu faça alguma coisa?*.

Respondo com um leve aceno de cabeça. "Tudo bem", digo a Corinne. Para TJ, pergunto: "Pra você tudo bem? Você vai encontrar o seu amigo daqui a pouco, não vai?"

Ele faz que sim com a cabeça. "Claro, tudo bem." Então fita Corinne com cautela, ao se levantar.

Ela pega um café, com seus cachos pretos descendo pelas costas. Está com um casaco de inverno azul-marinho bonito, que tira quando entra na fila.

"Não estou com a menor vontade de fazer isso", digo a TJ.

"Eu sei, mas você dá conta."

"Não tenho tanta certeza."

"Você dá conta de qualquer coisa", garante TJ. "É corajosa. Mas se quiser fugir, me mande um sinal de sos, que eu deixo Ryan pra lá e volto na mesma hora."

"Você é demais."

Ele toca meu ombro, e sua palma se demora um pouco em mim. Um momento depois, a campainha da porta toca, e ele deixa a cafeteria.

Quando Corinne volta, outro silêncio constrangedor se instala. Eu a encaro, porque não vou ser a primeira a falar.

"Desculpa", começa ela.

Que original. "É, você já me falou isso."

"Eu sei, e vou continuar dizendo até você talvez acreditar em mim."

"Ah, eu acredito em você. Mas pedir desculpa é fácil. O que *não deveria* ter sido fácil era dormir com o namorado da sua amiga."

A vergonha tinge suas bochechas. Ela engole e faz um gesto rápido com a mão. "Eu sei. Cometi um erro. E, se quiser me perguntar alguma coisa, prometo que tudo que disser vai ser a mais pura verdade."

"Tá legal." Meu tom é mais frio do que pretendo, mas não consigo me controlar. "Quantas vezes você dormiu com ele?"

"Uma", diz ela, na mesma hora. "Pouco depois da mudança. Ele foi lá em casa uma noite para me ajudar a instalar uma prateleira."

Esforço-me para lembrar quando isso poderia ter sido. Provavelmente uma das noites em que Nico ficou trabalhando até tarde. Fico me perguntando quantas vezes ele mentiu para mim ao longo dos anos. Deus. Toda essa conversa é tão embaraçosa.

"Tomamos uma cerveja, e você sabe que não lido muito bem com álcool... não que isso seja desculpa", continua ela. "Não estou culpando o álcool, mas eu *fiquei* meio tonta. E ele... você sabe como é... Ele é charmoso."

"Sim, é mesmo", digo, lacônica. São as covinhas. Aquelas covinhas sempre desarmam as mulheres.

Corinne olha para as mãos, segurando a xícara de café. "Ele me beijou, e eu sabia que retribuir o beijo era uma má ideia, mas não estava pensando direito, e então ele disse..." Ela se interrompe.

"Ele disse o quê?"

"Ele me falou que vocês estavam com problemas, mas que não queria que ninguém soubesse."

Fico boquiaberta.

"E ele disse..." Ela fica ruborizada. "Ele disse que a vida sexual de vocês era inexistente."

"Inexistente?" Estou fervilhando de novo. "A gente estava fazendo sexo regularmente." Eu só não sabia que ele também estava fazendo o mesmo com meio mundo.

"Sinto muito, de verdade. Eu queria muito ter uma desculpa que não fosse o fato de ter sido uma idiota, mas foi isso. Fui burra e insegura, e faz tanto tempo que não tenho namorado, e de repente esse cara charmoso e lindo estava me dando atenção, flertando comigo, me dizendo todas aquelas coisas terríveis sobre você."

"E você acreditou nele?" Fico magoada com a ideia.

"Não", admite Corinne. "Eu *quis* acreditar nele, porque era um pretexto para não me sentir mal. Mas me senti péssima. Me senti horrível... antes de acontecer, durante e depois. E então ele tentou me ver de novo, em segredo. Fiquei com nojo e respondi que de jeito nenhum. Eu queria contar pra você, mas ele falou que se eu fizesse isso, ia negar e dizer que sou uma vagabunda que tentei dar em cima dele."

Nem sei mais no que acreditar. Nas primeiras mensagens logo depois da briga, na minha casa, Nico encheu meu telefone com explicações e desculpas. E foi exatamente isso que ele me disse — que Corinne o procurou, e que ele estava bêbado demais para dizer não aos avanços perversos dela.

"Não sei se isso ajuda ou não, mas..." Corinne tira o telefone da bolsa. "Aqui estão todas as mensagens que troquei com ele."

Ela desliza o telefone sobre a mesa, e eu pego, com relutância. A primeira coisa que faço é abrir o contato de Nico, para ver se o nome dele está atribuído ao número certo. Tem muita gente mentirosa por aí, e hoje em dia a tecnologia é manipulada com muita facilidade e frequência. Mas é o número certo.

Não quero fazer isso, mas me forço a ler a sequência de mensagens. E lá está, preto no branco. Ou melhor, em cinza e azul. Meu namorado querido perguntando para a minha amiga quando eles iam transar de novo. Corinne não está mentindo. A conversa toda é nojenta.

> NICO: *Ainda tô pensando em vc. quando a gente vai repetir a dose?;)*
> CORINNE: *Nunca. Nunca mais quero fazer isso de novo, Nico.*
> ELE: *Sério? Vai dar uma de difícil agora?*
> ELA: *Não. Estou me sentindo péssima. Quero contar pra Demi o que aconteceu.*
> ELE: *Tá louca? Tá brincando comigo?*
> ELA: *Não, não tô. Não consigo dormir, não consigo comer. Estou me sentindo a pior pessoa do mundo. Ela é uma das minhas melhores amigas. Não tenho muitos amigos. O que fizemos foi muito idiota e estou morrendo de vergonha de mim mesma. Estou vomitando todas as noites. Tenho que contar pra ela.*
> ELE: *De jeito nenhum, Corinne. Ela vai pensar q vc é uma mentirosa.*
> ELA: *Não vai, não.*
> ELE: *Vai sim, pq eu vou dizer q é mentira.*

A coisa continua por mais um tempo, e Corinne está certa. Ela insiste esclarecer as coisas, e Nico avisa o que vai fazer se ela me contar.

Coloco o telefone na mesa. Meus olhos estão ardendo, mas me recuso a chorar.

"Sinto muito", sussurra ela. "E sei que nossa amizade mudou pra sempre. Tudo o que estou pedindo é perdão e talvez outra chance. Quando você estiver pronta, claro."

Lentamente, faço que sim com a cabeça. "Aceito seu pedido de desculpas e vou trabalhar na parte do perdão, mas... não consigo fazer isso agora. Preciso de mais tempo." Seu remorso genuíno depois de ter dormido com meu namorado não altera o fato de ela ter feito isso.

"Eu entendo."

"Mas foi bom a gente finalmente ter conversado", respondo, e é verdade. Não sou daquelas que culpam a "outra". Sim, Corinne agiu mal e demonstrou total desrespeito à nossa amizade, mas não era ela que dormia comigo, que dizia me amar, que me falava que a gente ia se casar. Corinne foi uma péssima amiga, mas a traição de Nico é muito mais grave.

"Enfim, tenho que ir." Arrasto minha cadeira para trás. "Preciso fazer as malas para o feriado."

"Vai para Boston?"

"Vou. Viajo esta noite e volto no domingo. Vai visitar sua família em Vermont?"

"Não, vamos juntar uns amigos em Hastings." Ela hesita. "Pippa vai também. Espero que você não se incomode."

Engulo um suspiro. Pippa tem pisado em ovos nos últimos dias, tentando não falar de Corinne para mim. Maldito Nico, complicando tudo.

Homens não prestam.

Meus pais estão muito animados de me receber em casa, mesmo que seja só por alguns dias. Quando chego, já tem um bufê completo na mesa, e esta noite somos só nós três. Amanhã chega um monte de parentes lá de Miami. Papai é filho único como eu, mas a família da minha mãe é enorme. Imagino que vá ser um dia bem barulhento. Duas das três irmãs da minha mãe vêm com os filhos, e todos os meus primos são mais novos que eu, então vai ter uma pequena gangue de crianças entre oito e dez anos correndo por aí. O único irmão da minha mãe, Luis, e sua esposa Liana acabaram de ter um bebê, e mal posso esperar para conhecê-lo. Amo bebês.

Esta noite é só a calmaria antes da tempestade.

"Ai, meu Deus!" Fico com água na boca quando vislumbro o banquete que mamãe preparou. Acho que vou deixar um rastro de baba no caminho até a mesa. "Mãe, você é o maior tesouro do mundo."

"Obrigada, *mami*." Ela me dá um beijo na testa e depois puxa uma cadeira para mim. "Agora, coma! Você está tão magra, Demi. O que está acontecendo? Algum problema?"

Franzo a testa de leve. Desde que terminei o namoro meu apetite sumiu, só agora que está voltando, mas não tinha reparado que havia perdido peso. Todas as minhas roupas ainda me servem.

Como é impossível mentir para minha mãe, respondo: "Vamos esperar o papai. Vou contar para vocês dois ao mesmo tempo".

"*Dios mío!* Eu sabia. *Tem* alguma coisa de errado. O que foi!? *Marcus!*", ela grita da porta, e meus tímpanos se rompem na hora. Fico surpresa que os quadros da sala de jantar não tenham caído da parede.

Meu pai demora a descer as escadas. Ele aprendeu a diferenciar os vários gritos da minha mãe e os níveis de volume, e claramente deduziu que não é uma emergência. Quando enfim entra na sala, me cumprimenta com um abraço e um beijo. "Oi, amor."

"Oi, pai." Espeto um bolinho frito de caranguejo com o garfo e o coloco no meu prato.

"O que está acontecendo?" Ele olha para minha mãe ao sentar em sua cadeira de sempre, na cabeceira da mesa.

"Demi tem algo a dizer."

Seu olhar volta-se para mim. "Ah é? O que foi?"

"Posso terminar este delicioso bolinho de caranguejo primeiro?" Mastigo bem devagar, saboreando a comida, depois pego uns camarões à cubana de um dos pratos. Levo um camarão depressa na boca. "Humm. Você fritou isso no abacaxi? Com alho? Tá uma delícia."

Estou ganhando tempo, e mamãe sabe disso. "Bota o camarão no prato, Demi."

Ai. "Tá bom." Pouso o garfo no prato, engulo e limpo a boca com um guardanapo. "Mãe, acho melhor se sentar também."

Ambos estão assustados. "*Dios mío!*", exclama ela de novo. "Você tá grávida! Marcus, ela tá grávida!"

Arregalo os olhos, assustada. "O quê? Não! Não estou grávida. Deus do céu. Senta logo aí." E acrescento depressa: "Por favor".

Engolindo a reprimenda, mamãe se senta na cadeira ao lado do meu pai.

Entrelaço os dedos das mãos sobre a toalha da mesa e limpo a garganta, como se estivesse prestes a dar uma aula muito deprimente. "Bom, em primeiro lugar, pra deixar bem claro, *não* estou grávida." Lanço um olhar de advertência para os dois. "Mas tem a ver com o Nico, e preciso que vocês fiquem calmos..."

"Ele está bem?", pergunta minha mãe, horrorizada. "Está no hospital?"

"Não, ele não está no hospital, e acabei de pedir para você ficar calma. Você pode, por favor, prometer que vai me deixar terminar de falar antes de fazer algum comentário?"

Papai acena com a mão grande. "Continue."

"Prometam", ordeno.

Ambos murmuram uma promessa de que vão ficar quietos.

Solto um suspiro. "Nico e eu terminamos há algumas semanas."

Quando mamãe faz menção de falar, corto o ar com a mão num golpe de caratê. Ela fecha a boca.

"Sei que vocês não querem ouvir isso", continuo, "e acredite em mim quando digo que não esperava que isso fosse acontecer. Até onde eu sabia, estávamos felizes juntos e nosso relacionamento estava indo no caminho certo."

Papai rosna. "O que ele fez?"

Deixo essa interrupção passar. "Ele me traiu."

Silêncio.

"Foi... foi numa bebedeira, numa festa?" Minha mãe tem o desplante de parecer esperançosa.

"Mesmo que tivesse sido, ainda é imperdoável", digo, com firmeza.

"Bem, é muito mais perdoável do que se ele..."

"Três meninas diferentes", interrompo, e sua boca se fecha de novo. "Uma delas era minha amiga, a outra era a irmã do seu colega de trabalho e a terceira foi uma garota aleatória que ele conheceu num bar, quando estava com os amigos." Ele confessou a terceira indiscrição numa de suas diatribes por mensagem. "Quatro, se você contar com aquela com quem ele me traiu na época da escola..." Outra adorável confissão que recebi por mensagem, embora essa tenha sido mais uma confirmação. "Então, não, não tem esperança, nem perdão. Terminei oficialmente com ele. Talvez um dia possa ser amiga dele de novo, e a única razão por que eu consideraria isso é por causa das nossas famílias, e não por mim."

"Ah, Demi", diz mamãe, entristecida.

"Claro que nunca pediria a vocês que parassem de falar com Dora e Joaquín, mas...", hesito, contorcendo minhas mãos. "Sei que combinamos de passar o Natal com os Delgado, mas... e estou implorando a vocês... será que não dá para cancelar...?"

Papai, que reagiu protetoramente quando revelei a infidelidade de Nico, agora parece desconfortável. "Mas já está tudo planejado, querida." Conheço bem meu pai — ele não quer ficar mal com os amigos.

"Eu sei, mas estou pedindo, como sua única filha, que, por favor, coloque meu bem-estar em primeiro lugar neste caso. Não posso passar o Natal com Nico e a família dele. Simplesmente *não dá*. A separação é ainda muito recente, e ia ser embaraçoso demais. Isso... ia me magoar", digo baixinho, e depois desvio os olhos, porque odeio exibir alguma vulnerabilidade na frente do meu pai. Ele é tão forte que fraquejar na frente dele parece um fracasso esmagador.

Mas as palavras têm o efeito desejado. Com lágrimas nos cílios, mamãe se levanta e vem me abraçar. "Ah, *mami*. Eu sinto muitíssimo."

Enquanto a abraço de volta, observo meu pai, que ainda está tentando justificar as ações de Nico. "Você não acha mesmo que pode dar outra chance a ele?"

"Não", respondo, com os dentes cerrados. "Não posso."

A expressão de meu pai é de infelicidade. "Conheço esse garoto desde os oito anos de idade. Ele sempre teve a cabeça no lugar."

"Também achei."

"Deve ter mais coisa nessa história. Talvez Nico..."

"Ele me traiu, papai."

"E não estou querendo arrumar desculpas", ele se apressa em dizer. "Juro que não estou. Só estou dizendo que talvez tenha mais alguma coisa na história. Talvez Nico esteja passando por algum problema emocional que a gente não saiba, ou dependência química, ou..."

"Ou talvez ele seja só um filho da puta", retruco.

Papai estreita os olhos. "Olha a boca!"

"Não, eu vou falar como bem entender, e não vou ficar quieta enquanto você tenta me convencer que meu ex-namorado que me traiu um monte de vezes merece outra chance. De jeito nenhum, pai. Não vou voltar com ele e não vou perdoar esse tipo de comportamento. A gente terminou."

"Talvez no futuro..."

Um grito de desespero salta de minha garganta. "Ai, meu Deus, não! Acabou. E, por favor, *por favor*, não convide a família dele para o Natal." Meu estômago revira só de me imaginar tendo que passar as férias com a família do Nico. Sempre achei que meu pai me apoiava, mas, neste momento, parece que ele está mesmo dividido entre mim e Nico. E eu sou a *filha* dele.

Sem mais uma palavra, saio da cozinha e corro para o meu quarto. Em menos de dez segundos, minha mãe aparece na porta.

"Demi, meu amor." Ela vê meus olhos molhados e abre os braços. Feito uma criancinha, me jogo neles.

"Por que ele está sendo tão burro?", murmuro, contra seus peitos enormes.

"Porque ele é homem."

Minha risada em resposta soa abafada.

"Quer falar mais sobre isso?", minha mãe oferece, acariciando minhas costas.

"Não, não tem mais nada pra dizer. Mas queria muito que você fosse lá embaixo e dissesse para o papai parar com aquilo. Diz pra ele que, se quiser Nico de volta, pode virar o namorado dele."

Ela ri baixinho. "Vou dar o recado. E quero que você saiba que, sim, estamos tendo dificuldade em acreditar que Nicolás possa ter feito algo assim, mas a dor nos seus olhos me diz que aquele garoto te machucou muito, e qualquer um que machuca a minha menina..." Ela deixa a frase no ar, ameaçadoramente, comprimindo os olhos castanhos em fendas mortais. "Tem certeza de que não podemos convidar os Delgado para o Natal, para eu envenenar a comida deles?"

"Não", digo, amargurada. "Gosto demais da família dele." Deixo escapar um suspiro. "E também não o quero morto. Acho que ele provavelmente se sente péssimo com o que fez. Mas isso não significa que vou aceitá-lo de volta. Você sabe a humilhação que é saber que ele estava dormindo com outras mulheres? Enquanto isso, ficava mentindo para mim, comprando presentes idiotas e me fazendo me sentir uma..." Minha voz falha, e paro de falar, porque não faz sentido continuar.

Está tudo acabado entre mim e Nico. E realmente não o quero de volta. Aliás, desde que bloqueei o número dele, é quase como se tivesse tirado um peso do peito.

"Ai. Mãe, só quero ficar um pouco sozinha", admito. "Você pode fazer um prato para mim, para eu comer mais tarde?"

"Claro, *mami*. Se precisar de mim, é só gritar, tá bom?"

Depois que ela sai, deito na cama e olho para o teto. O quarto foi limpo e arrumado para a minha chegada, está com cheiro de amaciante e lençóis frescos. Mamãe sabe criar um ambiente aconchegante.

Rolo de lado e brinco com a ponta de um travesseiro. Que problemão. Odeio que a minha família e a de Nico sejam tão próximas. Sempre vou ter esse lembrete constante dele, quando tudo que quero fazer é deixá-lo no passado. Verdade seja dita, estou pronta para seguir em frente. Ou, pelo menos, estou intrigada com a ideia de sair com alguém novo.

Suspirando, abro o Instagram e vejo meu feed, sem prestar muita atenção. Comecei a seguir Pablo Eggscobar, que ainda tem só uma foto. Será que a rede de barbante foi feita em casa? Não consigo imaginar onde eles podem ter comprado uma. Hastings não é exatamente repleta de boutiques de roupas e acessórios em miniatura para ovos.

Hunter manda uma mensagem, uma distração bem-vinda das redes sociais.

HUNTER: *Chegou à cidade direitinho?*
EU: *Cheguei. Tô aqui agora. Mas foi a pior viagem de ônibus do MUNDO. O cara do meu lado ficava me mostrando foto dos seus furões.*
ELE: *Furões???*
EU: *Furões.*
ELE: *Semi, acho que você sentou do lado de um psicopata. Da próxima vez, me mande uma foto do seu vizinho de assento para eu ter o que mostrar pra polícia.*

Rio comigo mesma e digito: *Você tá em Greenwich?* Sei que ele ia de carro até lá depois do treino da manhã.

ELE: *Tô. Vim com Summer e Fitzy. Ele vai passar o feriado com a família dela.*
EU: *E você, está só com os seus pais? Não tem nenhum tio/ tia/ primos/ avós?*
ELE: *Não. Só nós três. Quanta alegria.*
EU: *Isso é ruim?*
ELE: *Meu pai gritou com a mulher do bufê por ter colocado só uma molheira na mesa, em vez de potinhos individuais para cada um. Eu a ouvi chorando na cozinha depois.*

Minha nossa, que horror. E não acredito que a família dele contrata um *bufê* para o dia de Ação de Graças. Minha mãe literalmente ia preferir ser fuzilada a confiar em alguém para preparar um jantar tão importante.

EU: *Isso = doente. Mas, se serve de consolo, meu pai também está insuportável agora. Acabei de contar sobre o Nico, e ele tentou me convencer a dar outra chance pro cara!!*
ELE: *Sério?*
EU: *Pois é. Ele é obcecado por ele.*
ELE: *Você *quer* dar outra chance?*
EU: *100% não. Na verdade, tava pensando logo antes de você escrever que talvez eu esteja pronta para... rufem os tambores... transar pra esquecer.*
ELE: *Uhhh, interessante. Isso é divertido.*
EU: *Tá se oferecendo para o trabalho?*

Espera aí. O quê?
O que foi que acabei de digitar? E, para piorar o meu estado repentino de agitação, Hunter responde com um *kkkkkk*.

EU: *Que diabo é isso?*
ELE: *É uma risada.*
EU: *Eu sei o que é kkkk! Mas por que você tá rindo de mim?*
ELE: *Porque você tava brincando...?*
EU: *O quê, transar comigo é motivo de riso? Não me acha bonitinha?*
ELE: *Você é mais que bonitinha.*

Sinto meu rosto corando. Toda essa conversa é ridícula. Claro que Hunter não estava se oferecendo para nada, e agora estou só tentando ganhar um elogio, porque estou insegura, já que meu ex-namorado não conseguia manter a braguilha da calça fechada. Literal e figurativamente.

ELE: *A gente pode falar sério agora? Você tá mesmo me pedindo isso?*

Meu polegar paira sobre a letra *s*. Eu poderia simplesmente apertar a letra, e depois apertar o *i*, e por último o *m*. Só que isso significa abrir a porta para uma coisa que pode explodir na minha cara mais tarde. Hunter e eu somos amigos. Eu o acho atraente, mas é a primeira vez que considero que podemos ser mais que amigos.

Não tenho tempo de digitar essas três letras, porque Hunter manda uma segunda mensagem.

ELE: *Porque você sabe que eu precisaria dizer não, Semi. Estou indisponível.*

Nem tento entender a decepção que me invade. Minhas emoções andam completamente fora de controle nos últimos tempos.

EU: *Eu sei. Tava meio que brincando.*
ELE: *Meio que?*
EU: *60/40 brincando.*
ELE: *Então 40% de você quer?*
EU: *Quer o quê?*
ELE: *Ficar comigo. Provar dessa gostosura toda aqui.*

Um riso escapa da minha boca. De repente, não me sinto mais tão decepcionada.

EU: *Pode achar o que você quiser. Enfim, discussão inútil. Como você disse, tá indisponível.*

Baixo o telefone e sento na cama. Interagir com Hunter nunca deixa de me animar. Ainda estou sorrindo, e meu apetite inegavelmente voltou. Ainda bem que tem um banquete no andar de baixo esperando por mim.

É só muito mais tarde, quase à meia-noite, que recebo notícias de Hunter de novo. Estou indo para a cama, e uma mensagem dele faz a tela do meu telefone acender.

HUNTER: *Se não estivesse, estaria me jogando em você, Demi.*

19

DEMI

Estou surpreendentemente revigorada depois do final de semana de Ação de Graças. Foi bom rever meus primos e minha família louca, e papai acabou se acalmando com a situação de Nico. Ele me pediu desculpas não ter levado em conta os meus sentimentos, e aceitei. Em seguida passou quase uma hora tentando me convencer a contratar um professor particular para o semestre que vem, até eu finalmente dizer que não estou interessada nem em *pensar* na prova de admissão para medicina antes do último ano. Ele não gostou nem um pouco da ideia. Então o apaziguei dizendo que ia fazer mais uma disciplina de ciências no verão, para liberar a programação do ano que vem para ir me preparando para a faculdade de medicina. Essa ideia, ele *amou*.

Eu entendo, de verdade. Meu pai teve uma infância difícil. É de Atlanta, de uma família pobre, e penou muito para sair da miséria. Por ser uma espécie de gênio, destacou-se no ensino médio, formou-se cedo e conseguiu uma bolsa de estudos em Yale. Foi quando conheceu e se casou com minha mãe, que era de Miami. Ela queria voltar depois da formatura, então papai foi com ela e trabalhou no hospital Miami General por quase duas décadas, antes de nos mudarmos para Massachusetts.

Foi a sua motivação extraordinária e a sua incomparável ética de trabalho que o levaram até onde está agora, e ele incutiu em mim o valor do trabalho árduo desde o dia em que nasci. Quando eu era adolescente, insistia que eu fizesse trabalho voluntário e prestasse serviços à comunidade para que pudesse ver quantas pessoas vivem sem os mesmos privilégios que temos. Queria me mostrar o quanto sou abençoada. E entendo, de verdade.

Mas a pressão de satisfazer os altos padrões de meu pai é extenuante.

E, embora papai não tenha trazido à tona o assunto Nico de novo durante o fim de semana, isso não o impediu de fazer vários comentários sutis sobre as pessoas terem defeitos e cometerem erros. Nunca era especificamente a respeito de Nico, mas eu sabia muito bem o que ele estava tentando sugerir.

Bem, que pena. Ele vai ter que superar isso. O tesão dele por meu ex-namorado vai acabar se esvaindo e, com sorte, vai ser redirecionado para meu próximo namorado — e, se essa não é a analogia mais grosseira que já usei, não sei qual seria. Não quero pensar em meu pai sentindo tesão por ninguém. Não quero nem pensar na vida sexual do meu pai, e ponto-final.

Quanto à ideia de arrumar um relacionamento para esquecer o anterior, que comentei com Hunter por mensagem, estou cada vez mais aberta à possibilidade. Na verdade, enquanto caminho para a aula de segunda de manhã, estou até meio empolgada a esse respeito.

Hoje, vim de parca com capuz forrado de pele, uma pasta tiracolo grande, botas também forradas de pele, e estou segurando um copo de café fumegante na mão.

Conhece o ditado "vista-se para o emprego que você quer"? Pois bem, eu me visto para a *estação* que eu quero. Estamos no final de novembro e ainda não nevou, e estou ficando cansada desse período intermediário estranho em que não há folhas nas árvores, mas ainda não tem neve no chão. É fantasmagórico, e eu odeio.

Pax, TJ e eu conversamos sobre o feriado até a professora Andrews chegar. Hunter mandou uma mensagem no começo da manhã, dizendo que não poderia vir à aula hoje. Ao que parece, tem que fazer um exame físico com o médico do time.

Mas de noite nos encontramos na minha casa, para a nossa — *snif* — última sessão de terapia. Meu bloquinho está cheio de anotações. Hunter já terminou sua pesquisa. Agora é só ele se encarregar do artigo técnico, e eu escrever o estudo de caso e o diagnóstico detalhado, mas ainda temos algumas semanas para entregar tudo isso.

"Como já terminamos oficialmente, posso revelar o seu diagnóstico?", pergunto a ele.

"Manda ver", responde Hunter, com um sorriso. Está esparramado no sofá, com as mãos apoiadas atrás da cabeça e os braços nus. Ele é calorento, segundo diz, então toda vez que vem ao meu quarto, fica só de regata, exibindo os braços musculosos.

"Parabéns, você sofre de Transtorno de Personalidade Narcísica, com uma pitada de Transtorno de Personalidade Antissocial."

"Você é boa."

"Obrigada. Descobri lá pela segunda sessão, mas o narcisismo é muito difícil de diagnosticar direito", argumento, o que leva a uma breve discussão sobre o distúrbio e o que Hunter aprendeu durante a pesquisa. Ele concorda que são casos difíceis, principalmente porque os narcisistas têm muita habilidade para manipular as pessoas, inclusive os psicólogos.

"Meu pai botou a nossa terapeuta pra comer na palma da sua mão", admite Hunter.

Tento mascarar meu entusiasmo. Não queria falar disso, mas tenho pensado muito na nossa última sessão. A forma como Hunter estourou. Sua revelação de que estávamos discutindo sobre o pai dele esse tempo todo. Depois daquela sessão, o rompimento com Nico acabou dominando meus pensamentos, mas agora, enquanto examino Hunter com cautela, não consigo pensar em outra coisa.

"Sinto muito que você tenha passado por toda essa merda por causa dele", digo, em voz baixa.

Ele dá de ombros. "Tanto faz. Tem gente que enfrenta coisa muito pior."

"E daí? Meu namorado me traiu... tem mulher por aí casada há trinta anos, com seis filhos em casa e um marido que pula a cerca. Isso diminui o valor da minha experiência, só porque alguém sofreu mais? Sempre vai ter alguém com uma vida mais cagada que a sua. Isso não transforma a merda das *nossas* vidas em rosas."

Ele solta o ar com força. "É verdade. E você é inteligente demais para o seu próprio bem."

Dou uma risadinha. "Pois é. E estou falando com toda a sinceridade, sinto muito por tudo o que seu pai fez com você."

"Obrigado." Seu tom parece tomado de... admiração, talvez? Não sei dizer. Mas é óbvio que ele está genuinamente grato por minhas palavras.

Então me dou conta do que ele havia dito antes — *nossa terapeuta* —, e sou tomada de surpresa. "Espera, seu pai fez mesmo terapia? Por vontade própria?"

"Por vontade própria, não. Foi um daqueles raríssimos momentos em que a minha mãe tentou se defender. Disse que, se ele não mudasse de comportamento, ia embora de casa. Quer dizer, ninguém acreditou muito, mas acho que ela pareceu séria o suficiente para ele ceder. Então fizemos terapia familiar. Mamãe achou que papai e eu também precisávamos desanuviar as coisas, e fui forçado a participar. Deus do céu, aquilo tudo foi uma merda."

"Por quê?"

"Ele manipulou completamente a terapeuta nas sessões individuais. Não sei o que rolou, mas, nas sessões em família, a mulher estava totalmente do lado dele. E falava como se minha mãe e eu fôssemos os criminosos cruéis, e ele fosse a vítima. Foi inacreditável."

"Uau. Sinto muito. Nem imagino como deve ser ter um pai assim. Pais não podem ser egoístas. Quer dizer, as crianças somos nós. *Nós* é que somos os egoístas."

Hunter oferece um sorriso triste. "Na minha casa, só o meu pai é que importa. Você tem sorte... seu pai pode querer que você volte para o ex, mas pelo menos não a trata como uma propriedade dele."

É um ótimo argumento. A empatia continua a crescer dentro de mim. Quero lhe dar um abraço apertado, mas suspeito que ele ficaria sem graça.

"E como é que está essa história?", pergunta Hunter, mudando de assunto. "Você falou com Nico?"

"Não, e não pretendo falar, não por muito tempo."

"E essa ideia de transar pra esquecer?"

Meu coração bate acelerado. "Bem. Você recusou minha oferta, então acho que estou à caça de alguém."

Ele parece assustado por um segundo e depois ri. "Ué, você disse que estava só meio que brincando."

"Disse."

Mas estava?

De repente, me vejo encarando-o. Com seus traços de beleza clássica, em termos objetivos Hunter Davenport é um dos homens mais bonitos que já conheci.

Se for para falar em termos *subjetivos*, então... ai, então *também*. Acho Hunter incrivelmente gostoso. Ele tem uma boca sensual e um sorriso matador. E covinhas. Qual o meu problema com covinhas? Acho que é a minha kryptonita sexual.

Meu olhar percorre seu corpo. Ele está de jeans, e me pergunto o que esconde embaixo da calça. Considerando como as mulheres estão sempre se jogando em cima dele, o cara deve ser bom de cama. E olhem só pra mim, falando em ser bom de cama, como se eu soubesse o que isso significa. Minha lista de amantes tem um nome.

"Enfim. Como faz tempo que a gente não se fala, melhor perguntar: você continua um monge?" De alguma forma, consigo adotar um tom casual.

"Isso, isso."

"Não diga *isso, isso*."

"Não acredito que resisti tanto tempo." Sua expressão se torna torturada. "Tem sete meses já, quase oito."

"E quando o voto de celibato acaba? Quer dizer, você não pretende continuar com isso pra sempre, né?"

"Não... até o final da temporada."

"E depois? Vai chutar o balde no verão? Você ainda tem mais um ano de Briar", eu o lembro.

"Eu sei." Ele solta um gemido. "Pra ser sincero, provavelmente vou chutar o balde no verão e trepar com qualquer coisa que se mexa." Outro gemido. "Minhas bolas doem o tempo todo, Semi."

Abro um sorriso. "Ah, quer que eu faça alguma coisa por você?"

"Para de provocar."

"Não estou brincando."

Estou? Deus, nem sei mais. Só sei que preciso desesperadamente de alguém para me ajudar a esquecer.

"Preciso de alguém para me ajudar a esquecer", digo em voz alta.

Hunter contrai os lábios. "Não sei se ainda gosto dessa ideia. Você com um cara aleatório é... preocupante." Ele levanta a mão. "E para de falar que você quer que eu seja esse cara, porque nós dois sabemos que não é a sério. Além do mais, esse cara aqui tá fora de circulação." Ele aponta para a própria virilha, como se eu não soubesse a quem está se referindo.

"Bem, então tem que ser um cara aleatório. Não posso sair com um dos meus amigos... é uma receita para o desastre."

"Exatamente!", diz Hunter, triunfante. "Por isso, para de tentar me usar para esquecer seu ex."

"Bom, então você está fora porque o seu pau tá fora de circulação. Pax é gay..."

"É... Jax não é um bom candidato."

Reviro os olhos. "TJ é muito..."

"... apaixonado por você", complementa Hunter.

"Ele não é apaixonado por mim. Mas é um amigo muito próximo, além de supersensível. Acho que poderia se apegar emocionalmente."

"Entendi. Então você quer um cara que não se apegue emocionalmente."

"É bem por aí."

"Você está no Tinder?"

"Namorei o mesmo cara desde os treze anos de idade. Claro que não estou no Tinder."

"Então deveria estar. É o jeito mais fácil de encontrar alguém sem compromisso ou uma amizade colorida. Aliás, provavelmente é a melhor coisa pra você. Está precisando de uma amizade colorida."

"Por quê?"

Hunter encolhe os ombros. "Acho que você ia se sentir suja depois de um encontro de uma noite e nada mais. Como você disse, ficou com o mesmo cara desde os treze anos. Está acostumada a um certo nível de intimidade."

Ele tem razão. "Então acha que preciso de alguém pra sair mais de uma vez."

"Isso, isso..."

"Não diga *isso, isso*."

"... vai ser divertido. Anda, vamos baixar o app." Com um sorriso ferino, ele sobe na minha cama e se deita ao meu lado. Um instante depois, estamos baixando — ai — o aplicativo do Tinder.

"Só tenho uma hora para isso", aviso. "Vou jantar com TJ hoje à noite."

"Na cidade ou no campus?"

"Carver Hall."

"Então temos tempo de sobra. É do outro lado da rua." Hunter me observa, enquanto abro o aplicativo. "Ei, isso é bem legal. Vou poder viver indiretamente através de você."

"Antes do seu pau sair de circulação, você usava algum desses apps?"

"Não. Você tem noção como é fácil para mim transar, Semi?"

"Você é tão egocêntrico."

"Não, sou jogador de hóquei. Posso literalmente sair de casa e vai ter uma mulher lá pronta para trepar comigo."

Ele deve ter razão. Ainda não sou muito fã de hóquei, mas tenho me esforçado para prestar atenção quando está passando na TV. Minha parte preferida é quando os jogadores seminus são entrevistados no vestiário, depois da partida. Então entendo o fascínio que o esporte provoca.

"Além do mais, estamos na faculdade. Você não precisa de app de paquera quando tem festa rolando o tempo todo. É fácil conhecer gente nova no campus."

"Então por que estou abrindo uma conta nisso?", resmungo.

"Porque estamos atrás de um relacionamento específico. Quando você quer uma coisa específica, elimina todo o resto. Tá, você pode sentar num bar, esperar que diferentes caras se aproximem e tentar descobrir o que eles estão procurando. Mas com o app você embarca no negócio sabendo exatamente o que eles querem."

"Certo." Crio minha conta com um frio na barriga de empolgação. Uso meu número de telefone para fazer o login, porque não quero que minhas outras contas de rede social fiquem vinculadas a essa loucura. Na hora de escolher minha foto de perfil, Hunter se aproxima e observa, enquanto repasso as imagens em meu celular.

Ele tem um cheiro fantástico. É um perfume amadeirado e masculino, e fico tentada a enterrar o rosto no seu pescoço e inspirar fundo. No entanto, acho que isso poderia ser interpretado como assédio sexual.

"Que tal essa?" Abro uma foto em que acho que estou muito fofa.

Hunter rejeita. "É sério? Quem é que você está tentando atrair? A juventude do Partido Republicano? Não. A primeira foto do perfil precisa mostrar um pouco de pele."

"Como assim, pele? Uma foto pelada?"

"Claro que não, tonta. Acho que nem pode botar foto pelado. Mas *esta* foto você com certeza não pode usar. De gola rolê... e com uma saia longa e esvoaçante? Tá desengonçado, Semi. Quer que a primeira foto que seus potenciais pretendentes vejam faça com que eles digam, *ei, quem é essa desengonçada?*"

"Você é *tão* grosso."

"Não, sou realista. Não precisa ser vulgar, mas qual é. Esses caras não ligam pra sua personalidade. Eles querem saber da sua aparência. Estão literalmente olhando as fotos e decidindo se querem ou não te conhecer com base nelas."

"Tá, tudo bem. E que tal essa?" Na foto seguinte, estou com uma blusa apertada e de short jeans. Meus seios estão lindos, e estou com o cabelo solto, caindo sobre um dos ombros.

"Melhor." Hunter assente, aprovando. "Coloque essa por enquanto e depois a gente muda a ordem." Ele rouba o telefone da minha mão e assume o controle da seleção. "Ah, agora sim, você tem que botar essa."

"De jeito nenhum. Estou de biquíni."

"Exatamente. E está uma delícia. Você está procurando um cara pra transar, Demi. *Isso* me faria transar com você."

O calor nas minhas bochechas aumenta. Ai, minha nossa. Ele está perto demais para falar essas coisas. E por que está tão cheiroso? Será que sempre foi assim? Acho que nunca sentamos tão perto antes. Nossas coxas estão se tocando, e um braço musculoso está colado na manga do meu suéter fino. Posso sentir o calor do seu corpo através do tecido.

"Você realmente transaria comigo se visse essa foto?" Olho para o meu biquíni. É um vermelho, que exibe *muita* pele. A foto foi tirada em South Beach, cortesia de minha amiga Amber.

"Ah, e como", confirma Hunter, e noto que seus olhos chegam a estar vidrados.

"Tá tentando imaginar como sou por baixo do biquíni?", acuso.

"Tô."

Dou um soco de leve em seu ombro. "Ei, já te ofereci o posto. Você recusou. Então não tem permissão para fantasiar sobre mim agora."

"Tudo bem", resmunga ele.

Selecionamos mais algumas fotos. Hunter insiste que preciso de uma de corpo inteiro, uma de rosto em que estou olhando diretamente para a câmera e uma em que estou sorrindo e que dê para ver meus dentes, porque aparentemente não fazer significa que tenho uma boca de velho inglês. Ele também me ensina a usar os filtros do Snapchat e a tirar selfie de cima. Segundo Hunter, é o "ângulo da enganação".

"Para a última foto, que tal esta com os meus amigos?", sugiro. "Assim os caras vão ver que sou uma pessoa social."

"Você não pode usar essa foto. Tá no meio de um monte de homem. É intimidador."

"Por quê?"

"Tá brincando? Parece um monte de jogador de basquete."

"Parece mesmo. Porque são."

Hunter revira os olhos. "Postar isso é o mesmo que dizer que esse é o tipo de pessoa que você pega. Qualquer cara que não seja assim vai ficar morrendo de medo."

"Você é assustadoramente bom nisso", comento.

"É só bom senso, Semi. Agora vamos escrever seu perfil. A gente quer um texto curto. Minha recomendação? Cinco palavras. Em busca de sexo casual."

"De jeito nenhum."

"Ã-ham. Então, entendi errado suas intenções?"

"Não, mas tenho certeza que se pensar um pouco, a gente é capaz de encontrar um jeito mais diplomático de dizer isso", digo, secamente. "Que tal isso?"

Escrevo:

Recém-solteira. Nova aqui e não procuro nada sério no momento.

"Nada mal", concorda Hunter. "E de repente podemos acrescentar alguns interesses. Aqui, deixa eu ver." Ele pega o telefone de novo, rindo, enquanto digita.

Quando devolve, não consigo parar de rir.

Sou fascinada por crianças psicopatas, tenho um relacionamento doentio com comida, vou quebrar seu PlayStation se você f%*r comigo.*

"Agora pareço uma louca", digo.
"Olha nos meus olhos e me diz que nada disso é a mais pura verdade."
"Odeio você."
Então apago o que ele escreveu e substituo por: *Adoro programas policiais, aprecio boa culinária, e no geral sou uma pessoa incrível.*
Mais uma vez, Hunter admite: "Gostei. Beleza, agora é só apertar *continuar*, pra terminar de criar a conta".
Obedeço, abrindo um sorriso nervoso. "E agora?"
"Agora, a gente vai deslizando as fotos dos caras."

20

DEMI

Não fazia ideia de que tinha tanto homem no mundo. Claro que sabia que a população global está na casa dos bilhões, mas como pode ter *tanto cara assim* nesse aplicativo, todos dentro de um raio de cem quilômetros? É informação demais. Estou numa sobrecarga sensorial, enquanto meu dedo vai passando um perfil atrás do outro.

Como Dan, que gosta de kickboxing.

Ou Kyle, que está aqui pra se divertir, e não pra perder tempo.

Ou Chris, que diz que, se eu quiser saber, "basta perguntar".

Ou outro Kyle, que se descreve com três emojis de berinjela.

E outro Kyle! Este gosta de comer fora. Hein, hein, entendeu?

"Eeeeeca! Por que todos os Kyles são tão escrotos?", pergunto.

Hunter pensa um segundo. "Coincidência", responde, por fim.

"Coincidência? Esse é o seu melhor palpite?" Não consigo parar de rir. Faz muito tempo que não me divertia tanto. Passo para o próximo perfil e solto um suspiro. "Hmm, *gostei* desse. Vamos passar Roy para a direita."

Hunter examina as fotos do potencial pretendente. Ele dá um leve assobio. "É isso aí. Olha esse abdome. Até eu pegava."

"Que bom que a gente concorda." Resmungo, decepcionada, quando Roy e eu não damos *match*. Os últimos três caras que passei pra direita deram *match* instantaneamente.

"Não fica triste", diz Hunter, me dando uma força. "Um cara com um corpo desses tem muita opção."

Literalmente dois segundos depois, aparece uma bolha anunciando que dei *match* com Roy.

"Rá!", digo, triunfal.

Hunter sorri. "Parece que você foi aprovada."

"E esse cara?", pergunto, sobre o próximo perfil.

"O cara tá de óculos escuros e chapéu em todas as fotos. É careca e feio, ou um assassino. Mas acho que você ia achar a segunda opção interessante."

"Ah, com certeza. Venderia meu primogênito para fazer uma análise psicológica de um assassino."

"Me preocupa eu não saber se você tá brincando ou não."

Passamos mais algumas fotos, mas todos os rostos estão se fundindo. Estou começando a ficar entediada, e as mensagens estão começando a aparecer. "Vamos conversar com alguns desses *matches* e eliminar os que a gente não gostar", sugiro.

Mas logo percebemos que estamos lidando mais com uma questão de quantidade, e não de qualidade.

"Nossa, cada mensagem mais tosca!", murmura Hunter.

E aí, linda?

Você é muito gostosaaaaa.

22 centímetros, ao seu dispor.

"Esse tá fora", declaro, e dou *unmatch* no sr. 22 Centímetros na mesma hora. Abro a mensagem seguinte e dou uma olhada. O cara, Ethan, escreveu um parágrafo inteiro se apresentando. "Caramba. Olha esse aqui."

Hunter lê a mensagem e assobia. "De jeito nenhum. Tá com muita sede. Não gostei dele."

"Também não." Parece que estamos sintonizados quando se trata das vibrações que esses homens passam.

Enfim, chego à mensagem de Roy.

Oi, Demi! Sei que isso soa clichê, mas você tem olhos lindos. Como está sendo sua noite?

"Gostei dele", anuncio.

Hunter ri. "Não é triste que tudo que eles têm que fazer para ganhar a nossa aprovação é ter habilidades básicas de conversação e não falar do próprio pau? Um sinal de como o nível aqui é baixo."

"É verdade... que triste isso. O que eu respondo?"

"Diz que você gostou do pacote dele."

Ignorando a sugestão, digito: *Obrigada! Seus olhos também são bonitos. E todo o resto também ;)*

Hunter finge ofegar, escandalizado. "Demi, sua devassa!"

Sorrio e envio uma segunda mensagem.

EU: *Minha noite está boa. Fazendo uns trabalhos de faculdade. E você?*
ELE: *A minha estaria muito melhor se a gente estivesse tomando uma cerveja junto :)*

"Humm, ele é bom", comenta Hunter.

ELE: *Que tal? Vamos tomar alguma coisa hoje?*

"Fala pra ele ir ao Malone's", é o conselho de Hunter.

"O quê? Agora? A gente trocou literalmente três mensagens."

"E daí? Você não tá procurando um amigo por correspondência ou alguém pra fazer sexo virtual. O objetivo aqui é conseguir um encontro, não? Você precisa encontrar o cara pessoalmente pra saber se rola alguma química."

"Mas tem que ser hoje?"

"Por que não?"

"Combinei de sair com TJ."

"Então fala para se encontrarem amanhã. Mas, confie em mim, um cara com uma bunda dessas não dura muito no mercado. Eu casaria com ele agora mesmo."

Mordo o lábio inferior. Acho que posso remarcar com TJ — a gente se vê o tempo todo. E pode ser legal sair com alguém novo. Não faço isso desde o colégio, nas outras vezes em que terminei com Nico.

"Tá", decido. "Vou conhecer Roy hoje."

"Assim é que se fala!" Hunter levanta a mão.

Bato com a mão na palma, e então, nervosa, digito uma resposta para Roy. Marcamos um encontro no Malone's dali a uma hora. Hunter se oferece para me levar.

Em seguida, escrevo para TJ.

EU: *Vou precisar remarcar nosso jantar. Tenho um...... ENCONTRO. Gasp! Cê acredita? A gente pode transferir o jantar pra amanhã?*

Vejo que ele está digitando, mas leva quase um minuto inteiro para a mensagem chegar.

TJ: *Sem problemas. Amanhã pra mim tá bom.*
EU: *Ok, perfeito. Você é o máximo.*
TJ: *bjo*

O frio que sinto na barriga é indescritível. "Ai, meu Deus", digo a Hunter. "Estou tão nervosa! Tenho só uma hora para tomar um banho e arrumar o que vestir."

"Vai tomar banho. Vou escolher uma roupa para você." Hunter já está caminhando em direção ao meu armário.

"Roupa", aviso, abanando o dedo para ele. "Por favor, escolhe uma roupa de verdade, Hunter."

Ele está gargalhando quando fecho a porta do banheiro.

Quando chegamos ao Malone's, minhas mãos estão suadas, e meu coração está perigosamente acelerado. Estou mesmo fazendo isso? De repente, não me sinto mais tão pronta.

Hunter para o Land Rover no pequeno estacionamento atrás do bar. Ele desliga o motor e se vira para me avaliar. "Fiz um bom trabalho", diz o idiota, com um aceno satisfeito.

Quanto à roupa, eu até concordo — escolheu um jeans azul-escuro, um suéter cinza macio de gola assimétrica que deixa um pouco do ombro à mostra e botas de camurça preta de salto baixo. É uma roupa fofa, e fico bonita nela.

Mas os acessórios? Não posso deixar Hunter se vangloriar deles. "Odeio esses brincos", reclamo, arrumando as argolas imensas com cuidado para que não fiquem presas no meu cabelo. "Você *sabe* disso. E mesmo assim me forçou a usar."

"Porque te deixa gata", justifica ele. "Vai por mim, esse brinco eleva o nível do seu visual de nove para onze. Para de reclamar e fica com ele hoje. Só hoje."

"Ai. Tudo bem." Salto do carro e fico surpresa ao ver Hunter fazer o mesmo. "Você vai entrar comigo?"

Ele assente. "Não se preocupa, vou sentar no balcão. Vou ficar até ter certeza de que ele não vai te matar. É só fingir que não me conhece."

Fico genuinamente agradecida. "Obrigada. Você é um bom amigo."

Contornamos o bar em direção à entrada. Não acredito que vou a um encontro. Mais que isso, um encontro do Tinder. O que é praticamente o mesmo que dizer "talvez a gente faça sexo hoje".

Espera, hoje? Não posso transar com ninguém hoje. Acabei de perceber que esqueci de raspar as pernas.

Droga, por que não raspei as pernas?

Está tudo bem, é só uma cerveja, tranquilizo uma Demi em pânico.

Entramos no bar e dou uma olhada no salão principal. Está mais cheio do que eu esperava para uma noite de segunda-feira, mas acho que universitários saem para beber qualquer dia da semana. Meu coração acelera quando percebo um cara alto e musculoso se afastando do bar.

Seus olhos se arregalam, satisfeitos, quando ele me vê. "Demi?", pergunta.

"Roy?"

"O próprio." Ele sorri, exibindo um par de covinhas. Ai, ele tem covinhas. Estou em apuros. "Tem uma mesa vazia por ali", diz Roy, com gentileza. "Que tal?"

"Supimpa." Ui, isso foi *tão* cafona. Sou péssima nisso.

O salão principal tem algumas mesas altas. Duas estão livres, e escolhemos a mais isolada. Olho por cima do ombro. Hunter pisca e acena com a cabeça, tentando me animar, depois caminha até os bancos do balcão.

"Desculpa por ser tão direto, mas você é ainda mais bonita pessoalmente." Roy me avalia de forma bem descarada, então não me importo de fazer o mesmo.

Ele está com uma camisa escandalosamente apertada, acho que nem eu tenho uma roupa tão justa. Dá para ver o contorno de cada músculo e dos mamilos, duas bolinhas se exibindo para todo mundo. Nunca liguei para mamilo de homem, mas a camisa apertada chama tanto a atenção para eles que não consigo desviar os olhos. Então me forço a olhar para as televisões acima de nós. Uma está passando o jogo de futebol americano da segunda à noite, e a outra, uma partida de hóquei.

"Gosta de esportes?", pergunta Roy.

"Vejo futebol, se tiver uma televisão ligada. Não gosto muito de hóquei, apesar de ter um amigo que joga. E meu ex-namorado jogava basquete, então meio que tinha que acompanhar a NBA." Droga, não se fala de relacionamentos antigos num encontro. Parece uma regra básica.

Sou *muito* ruim nisso.

Mas Roy não parece se incomodar. "Nunca pratiquei esportes." Ele gesticula para seu corpo enorme e musculoso. "Eu sei, eu sei... não parece... mas tenho esse físico por causa da malhação."

"Ah, então você gosta de academia?"

Ele assente vigorosamente. "Sete dias por semana. E você? Faz academia?"

"Uso a do centro universitário duas vezes por semana. Mas só faço esteira, levanto uns pesos, nada de mais."

Um garçom vem tirar nosso pedido. Roy pede uma Bud Light. Não sou muito fã de cerveja, mas não me sinto à vontade para beber nada mais forte. Meus nervos estão gelando a minha barriga, fazendo meus dedos tremerem.

"Também vou tomar uma Bud Light", finalmente decido.

Depois que o garçom vai embora, Roy retoma de onde paramos. "Já usou a piscina de lá? É ótima."

"Não, nunca usei. Como falei, só faço exercícios leves." Encolho os ombros. "Tenho um metabolismo muito bom."

"Malhar não tem nada a ver com metabolismo. É uma questão de saúde. Manter uma frequência cardíaca saudável, a cabeça saudável, os ossos saudáveis." Ele continua falando dos benefícios da atividade física por vários minutos, até meus olhos começarem a vagar pelo bar.

Finalmente, resolvo interrompê-lo. "Isso é um pouco demais pra mim, amigo."

Roy abre um sorriso tímido. "Desculpa. Sou apaixonado por academia."

"Deu pra ver."

"Vamos mudar de assunto." Ele descansa os braços na mesa. Um pesado relógio de prata adorna o pulso esquerdo e brilha sob as luminárias. "Então quer dizer que está procurando algo casual?"

Ai, não. Este assunto é ainda mais vergonhoso. Prefiro falar dos bíceps dele. "Humm, tô. Quer dizer, terminei um namoro muito longo há pouco tempo, então..."

"Então quer só uma coisa para ajudar a esquecer", completa ele.

Faço que sim com a cabeça.

"Eu também", confessa Roy.

"Sério?" O perfil dele não dizia isso. "Quando você terminou o seu namoro?"

"Alguns dias atrás."

Alguns *dias* atrás? E ele já está no Tinder? Pelo menos minha separação pode ser medida em semanas.

"É bem recente", comento, cautelosa. "Tem certeza de que deveria... estar fazendo isto?" Gesticulo de mim para ele.

Com a mão direita, Roy brinca com o relógio volumoso. "Pra ser sincero, não sei. Mas preciso esquecer minha ex e achei que esse era o melhor caminho. Voltar à ativa, sabe?"

Sinto um desconforto se alojando em minha garganta.

"Posso perguntar por que vocês terminaram?"

Respondo com honestidade. "Ele me traiu."

"Ah, não, que droga. Fazia muito tempo que vocês estavam juntos?"

"A gente se conhece desde os oito anos. Primeiro beijo aos doze. Oficialmente namorados aos treze." Enquanto recito os detalhes, fico surpresa ao notar a ausência das emoções que deveriam suscitar. A frequência do coração não se alterou quando listei cada marco de minha história com Nico.

"Uau", surpreende-se Roy. "É um histórico e tanto."

O garçom volta com nossas cervejas, e pego, agradecida, minha garrafa. Não tenho muita certeza de como o encontro está indo, mas estou inclinada a dizer *nada bem*.

Tocamos nossas garrafas num brinde. "Saúde", digo.

"Saúde." Ele dá um longo gole.

Eu também, e preciso reunir toda a minha força de vontade para não empalidecer. Odeio cerveja. Por que pedi essa coisa? Que escolha mais idiota. Será que chamo o garçom e peço um copo d'água?

"Então, somos dois azarados no amor." Roy me observa por cima de sua garrafa.

"Acho que sim. O que aconteceu com a sua namorada?"

"Disse que eu não dedicava tempo suficiente pra ela." Ele dá outro gole rápido. "Acha que devia ser minha prioridade número um e que me concentro mais em coisas triviais do que nela."

Penso sobre isso. "Bem, ela está certa e errada ao mesmo tempo. Claro que sua namorada precisa ser uma prioridade, mas a gente está na faculdade. Também temos que priorizar as aulas, os trabalhos, a vida social..."

"Não", interrompe ele. "Ela estava reclamando da academia. Acha que sou viciado."

Não consigo não olhar para o peitoral dele. O peitoral apertado dentro da camisa, lutando para se libertar. *Esta camisa é pequena demais!*, grita o peitoral.

Acho que talvez a ex de Roy tenha razão.

"Enfim... problema dela", continua ele, irritado. "Ela deveria se orgulhar do esforço que é manter este corpo. Outros caras se enchem de anabolizante, hormônio. Envenenam o corpo. Mas eu? Não... Isto aqui é *tudo* natural. Meu corpo é um templo."

Ouço alguém bufando atrás de mim. Pelo amor de Deus. Tem alguém ouvindo nossa conversa?

Viro a cabeça... e solto um suspiro, quando reconheço o perfil. Hunter está à espreita, na mesa vizinha. Ele deveria estar no balcão, caramba.

Saber que meu amigo está ouvindo só faz meu desconforto aumentar. Mas talvez isso não faça diferença, porque também está ficando dolorosamente nítido que Roy e eu não vamos entrar numa amizade colorida.

"Não entendo por que tenho que escolher", ele está reclamando.

Eu o encaro com um olhar sério. "Você amava essa garota?"

"Com todo o meu coração", responde, apaixonado.

"Então, qual é a dúvida? Reduz o tempo de academia, seu bobo."

Outra bufada.

"Não é tão simples assim", argumenta ele. "É uma escolha impossível."

"Ah, qual é. Você tá exagerando. Não pode amar mais a academia do que uma mulher. Não dá pra se casar com a academia, Roy. Ou ter filhos com a academia."

O chão debaixo dos meus pés vibra, e não sei se é por causa da música das caixas de som ou porque Hunter está tremendo incontrolavelmente de tanto rir.

"Não deixa de ser verdade", diz Roy, ainda que de má vontade. "Mas não vejo por que tenho que abandonar a minha paixão."

"Ela não está pedindo para você abandonar. Está claramente sugerindo um ponto de equilíbrio", respondo, pragmática.

"Um ponto de equilíbrio", repete ele.

"É. Escuta só. Qual o nome da sua namorada?"

"Kaelin."

"Acho que Kaelin não está errada. Se realmente é colocada por você no mesmo patamar da *academia*, ela tem razão de ficar chateada. Kaelin é um ser humano, Roy. A academia é só uma sala cheia de aparelhos."

Atrás de mim, Hunter dá um assobio.

Eu ignoro. "Acho que você precisa rever suas prioridades", aconselho. "Um relacionamento para ajudar a esquecer não é o melhor caminho para você. Tudo bem que seria com uma mulher absurdamente gostosa..."

"Gostosa demais", concorda ele, e meu ego fica satisfeito.

"Mas não é o melhor caminho", repito.

Ele bebe sua cerveja. "E qual é o melhor caminho, então?"

"Liga pra Kaelin e pede pra conversar. E, quem sabe, tenta *escutar* de verdade o que ela tá dizendo. Ela não está querendo te controlar. Só quer ficar com você." Espero de verdade não ter interpretado mal a situação, e que Kaelin não o tenha largado porque ele está perdidamente apaixonado pela academia, e de uma forma sexual, inclusive. Mas, convenhamos, isso vale uma conversa, porque está na cara que ele não superou o rompimento.

"Sei que isso vai soar mal-educado..." Roy enfia a mão no bolso de trás e pega uma nota de vinte dólares, dinheiro demais para duas cervejas ruins. "Mas você se importa se eu encerrar o nosso encontro?"

"Claro que não. Vai salvar seu namoro, bonitão." Aceito a nota de vinte. Como já estou aqui, melhor usar o dinheiro para pagar uma rodada para mim e para Hunter.

Falando em Hunter, ele aparece ao meu lado assim que Roy desaparece. "Esse foi o encontro mais louco que já vi", declara, meio de boca aberta.

"Nem me fale. É assim que é voltar pra guerra? Ficar marcando encontro com um monte de pangaré?"

"Ei. Em primeiro lugar... o cara é gigante, é um corcel majestoso, e não um pangaré."

"E em segundo?"

"Ah, não tenho um segundo argumento."

Suspiro. "Não acredito que isso aconteceu."

"Bem, não ajuda muito você ser uma *terapeuta* tão boa."

"Como isso pode ser uma coisa ruim?"

"É ruim se você estiver tentando pegar alguém. A ideia é agarrar o cara, Semi, e não convencer a voltar com a namorada."

"Tem razão. Sou mesmo péssima nisso." Solto um gemido.

Hunter pega a Bud Light da minha mão e a coloca sobre a mesa. "Vamos tirar essa porcaria do caminho. A gente *não vai* beber Bud Light hoje."

"A gente?"

"Seu par foi embora. Sou tudo que te resta, gata. Vou pegar uma cerveja de verdade pra gente."

Três segundos depois de Hunter sumir, outro cara se aproxima de mim. Com a cabeça raspada, um moletom largo e dentes muito brancos.

"Oi, linda. Quer companhia?"

Estou prestes a dizer não, mas ele já está se sentando ao meu lado.

"O que aconteceu com o seu amigo?", Dentes Brancos pergunta.

"Está pegando nossas bebidas. Então, se você não se importa..."

Ele se inclina para cima de mim, e instintivamente me afasto. Não gosto quando as pessoas invadem meu espaço pessoal.

"Qual o problema?", Dentes Brancos pergunta.

"Você está invadindo meu espaço pessoal", respondo. "Pode chegar pra lá?"

Ele franze a testa. "Pra que você precisa de espaço? Estamos nos conhecendo."

Para meu grande alívio, Hunter volta com nossas bebidas. Ele dá uma olhada no intruso e o encara, furioso. "Não", diz Hunter, friamente.

"Não o quê?" Dentes Brancos parece irritado.

Hunter endireita os ombros. "Não vai rolar. Dá o fora."

Sorrio para a pose ameaçadora de Hunter. Parece que tenho um novo protetor.

Um protetor muito atraente.

Droga, preciso parar de pensar em como ele é bonito. Hunter não quer um relacionamento comigo. Já deixou isso bem claro.

Mas ia ser *tão* mais fácil se ele concordasse. Além da atração física, eu confio nele, o que é muito mais importante. Mas não vou dar em cima de um amigo, principalmente agora que ele deixou bem claro que não está a fim.

O Invasor do Espaço Pessoal se afasta com uma bufada, enquanto Hunter o encara, divertido. "Essa foi fácil." Então, com um gesto extravagante, me apresenta uma lata alta de cerveja. Chama-se Jack's Abbey House Lager.

"É de latinha", comento.

"É, tá voltando com tudo no mercado de cerveja artesanal. Sua vida começa agora, querida."

"Eca. Eu deveria ter pedido pra você trazer uma vodca com suco de cranberry ou outra coisa com fruta. Não gosto da maioria das cervejas." Então me interrompo por um instante. "Na verdade, não consigo pensar numa única cerveja que me agrade. Pra mim, todas têm o mesmo gosto: ruim."

"Vai por mim, você vai gostar desta. Desce tão suave. Experimenta."

Enquanto Hunter me olha com expectativa, dou um grande gole em sua cerveja mágica.

"E então?", pergunta ele.

Baixo os olhos para minhas botas de camurça. "É igualzinha à outra."

"Tá de *brincadeira*, né? Você acha que Abbey House e Bud Light têm o mesmo gosto? Estou com muita vergonha de você agora."

"Já falei, não gosto de cerveja."

"Você é uma vergonha."

"*Você* é uma vergonha."

Mostro a língua para ele, e Hunter sorri. Ele bebe de sua própria latinha de cerveja pretensiosa e então diz: "Que pena que não deu certo com o sr. Músculos".

"Tudo bem. Pra ser sincera, foi bom sair de casa. Pelo menos foi um treino, né?"

Observamos as pessoas no bar enquanto saboreamos a cerveja. Quer dizer, enquanto Hunter saboreia a cerveja. Eu apenas tapo o nariz e engulo. Nós nos divertimos criando histórias falsas para as pessoas no bar e, em pouco tempo, já esqueci que fui dispensada por Roy. De qualquer forma, me divirto mais com Hunter.

Por volta das nove e meia, saímos do bar e caminhamos até o estacionamento. Quando fecho meu casaco, um dos meus brincos prende no capuz, e eu xingo baixinho.

"Odeio estas porcarias", reclamo, mexendo no brinco. "São um perigo."

"Você é um perigo."

Pois é, essa virou a nossa piada interna agora. E a gente sempre ri, o que demonstra que ou o nosso senso de humor é imaturo, ou nós é que somos.

Hunter dá partida no Rover e começa a dar ré com o carro. "Quer que eu te leve pra casa?" Ele olha para mim.

"Quero, obrigada." Aperto o cinto, aos risos, quando percebo que é o *meu* celular que se conecta ao Bluetooth do carro.

"Você não desativou a conexão!", acusa ele. "Você me prometeu!"

"Menti pra você, Hunter." Gargalhando, boto para tocar uma playlist com um monte de músicas da Whitney Houston, que sei que ele não gosta.

"Você é cruel", diz ele, dirigindo para fora da cidade.

"Desculpa, não estou te ouvindo. Whitney tá cantando."

Então, só porque posso, canto junto "Greatest Love of All", até Hunter ameaçar me deixar no meio da estrada escura e deserta se eu não calar a boca.

"Ei, pode desligar o aquecedor do assento?", pergunta ele. "Minha bunda tá pegando fogo."

"Claro." Como estou com o telefone na mão, resolvo colocá-lo no porta-copos. Mas, nesse exato momento, Hunter passa por cima de um buraco, e o celular escorrega da minha mão e cai debaixo dos pés dele.

"Droga, Semi. Pega isso antes que fique preso embaixo dos pedais."

"Relaxa. Só um segundo." Me aproximo dele e estendo o braço, mas, com o movimento do carro, meu telefone desliza pelo tapete. "Droga, não consigo alcançar. Pode tentar chutar pra minha mão?"

"Não. Estou dirigindo, porra."

"Tenta."

Resmungando, ele tenta cutucar o telefone com o pé esquerdo, e o carro desvia pro lado um pouco.

"Não, esquece", ordeno. "Se concentra no volante. Deixa comigo."

Solto o cinto de segurança e deito por cima das pernas dele. Minha mão começa a vasculhar o chão perto de suas pernas. O carro desvia de novo.

"Presta atenção na estrada!"

"Tô tentando", reclama ele. "Mas você fica batendo na minha perna."

Me espicho o máximo que posso, até minha cabeça estar no colo de Hunter. Estico o braço de novo e — pronto! Meus dedos tocam o telefone, e o envolvo com a mão, depressa.

"Consegui!", anuncio, e então começo a voltar para o meu assento e...

Preciso interromper o movimento.

"Demi", ordena Hunter. "Anda logo." O carro balança levemente para a direita.

Tento levantar a cabeça de novo e sinto um choque de dor na orelha. "Ai, meu Deus", choramingo. "Eu avisei. Eu *avisei*."

"Avisou o quê? Cara, levanta daí..."

"Não dá!" Minha voz soa abafada contra sua calça jeans. "Meu brinco tá preso."

"Preso em quê?"

"Em você! Na sua calça! Não sei em quê." Na posição em que me meti, minha cabeça está torcida para o lado, então tudo que vejo são os joelhos dele e seu pé no acelerador. Em vez de tentar escapar, deito a cabeça em sua coxa.

"Tenta se soltar", implora ele.

Eu me recuso a me mexer. "Não. Vai arrancar minha orelha, Hunter."

"Não vai."

"Vai." Juro por Deus que lágrimas começam a brotar em meus olhos.

Ele rosna de frustração. "Não vai arrancar a sua... merda, quer saber, espera. Vou encostar o carro", diz ele.

E neste momento ouvimos as sirenes.

21

HUNTER

Que desastre. Estou sendo parado pela polícia, com a cabeça de Demi presa no meu colo. Ela está deitada em cima de mim feito um cobertor, com o rosto a centímetros da minha virilha, e sei que, no segundo em que o policial chegar à janela do motorista, vai achar...

Ai, minha nossa, ele vai achar que ela tá me chupando.

"Por que estão mandando a gente parar?", sussurra ela.

"Devem ter visto o carro saindo da faixa." Merda, isso é um pesadelo.

Desligo o motor. Enquanto espero o policial se aproximar da janela, faço uma tentativa frenética de tirar Demi de cima de mim.

"Ai!", grita ela.

"Desculpa", murmuro. "Estou tentando te soltar." O brinco está mesmo preso, mas não sei em quê.

Acho que num dos passadores da minha calça? Mas como isso foi acontecer? Talvez tenha arrebentado uma costura? Não estou melhorando em nada a situação e, toda vez que tento soltar o brinco, Demi choraminga de dor. Não acredito que estou considerando essa hipótese, mas... ela pode ficar sem orelha.

Não sei se rio ou se choro.

"Tem alguém vindo", sussurra ela, ouvindo os passos na calçada.

"Habilitação e documen..." O policial para no meio da frase.

Solto um suspiro, resignado.

"O que está acontecendo aqui? Sente-se, senhorita", ordena ele. "Agora, por favor."

"Não posso!", choraminga Demi.

Os olhos severos do policial se fixam em mim. "Quero você e sua namorada fora do carro, com as duas mãos no capô."

"Não sou namorada dele", diz Demi, como se *essa* fosse a nossa preocupação mais urgente.

"Não dá", respondo, com os dentes cerrados.

"Olha, garoto, sei que isso é uma coisa legal que vocês universitários gostam de fazer..."

Uma *coisa legal* que a gente gosta de fazer?

"... mas atentado ao pudor dá cadeia. Além do mais, você estava dirigindo de forma imprudente e colocando outros motoristas em risco."

Olho pelo para-brisa para a estrada escura e completamente vazia. "Que outros motoristas? Não tem ninguém aqui além da gente. Não passou um carro desde que você mandou a gente encostar."

"E não estamos atentando contra o pudor", protestou Demi. "Estou presa!"

"Presa", repete ele, na dúvida.

Solto outro suspiro. "Ela deixou o telefone cair, tentou pegar, e agora está presa."

"Presa", diz ele, de novo. Então balança a cabeça como se decidisse que não quer acreditar. "Senhorita, só vou pedir mais vez... por favor, sente-se."

"Não posso."

O policial leva a mão ao cinto.

"Meu Deus!", exclamo. "Não precisa sacar a arma!"

"Que arma?" Demi começa a se mexer no meu colo, tentando mais uma vez se soltar.

Se estivéssemos sozinhos, toda essa movimentação maluca convocaria uma resposta acalorada do meu pau. Mas a *polícia* está aqui, então meu pau está mole e estou a segundos de cair numa gargalhada maníaca. O que não vai ajudar em nada com o policial cada vez mais irritado.

Ele, no entanto, estava só pegando o rádio. "Vou precisar de apoio na Linha Nove com a Rodovia 48. Dois suspeitos foram detidos por dirigir com imprudência e praticar sexo oral em veículo em movimento, e agora estão resistindo à prisão."

"Não estou fazendo sexo oral!", rosna Demi. "Confie em mim, *adoraria* fazer isso, mas ele é celibatário."

Espera, o quê?

Ela acabou de dizer que adoraria fazer sexo oral em mim?

"Sério, Demi? Você tá dizendo que queria mesmo me chu... faria isso?" Minha mente gira feito um carrossel. Durante toda essa conversa sobre transar para esquecer, acreditei de verdade que ela estava brincando quando me sugeriu como candidato. Foi por isso que não cheguei a... nutrir esperanças, acho?

"Eu falei que queria transar com alguém e queria que fosse você." Sua voz é abafada, e seus dedos continuam a mexer em sua orelha.

Mas vamos ter que discutir o que Demi quer depois. Primeiro, preciso falar com esse policial teimoso.

"Senhor", digo calmamente. "Por favor. Sei o que parece, mas não estamos atentando contra o pudor. Estamos os dois vestidos. Meu pau está dentro da calça."

"Onde está sua habilitação e o documento do carro?"

"No porta-luvas, mas não consigo alcançar..."

Um grito de triunfo ecoa no carro, e, de repente, a cabeça de Demi surge feito um palhaço saltando de uma caixinha de surpresa.

"Consegui!" Ela está esfregando freneticamente a orelha esquerda.

"Puta merda", digo, quando ela afasta a mão. O lóbulo de sua orelha está vermelho e inchado, três vezes maior que o tamanho original, e seus dedos estão manchados de sangue.

Ela tem razão. Brincos de argola deveriam ser proibidos.

"Viu?!" Sua voz soa aliviada, enquanto ela fita o policial, implorando. "Ele tá com a calça fechada. Não estávamos fazendo nada de errado. E só bebemos uma cerveja cada. Bem, eu bebi duas."

Engulo um gemido.

Droga. Ninguém estava falando nada de bebida. Até ela tocar no assunto.

O policial enfim perde a paciência. "Os dois, fora do carro. Agora."

"É pra *cá* que trazem os bêbados?", pergunta Demi, uma hora depois.

Ela não parece nem um pouco impressionada com a área de detenção da única prisão de Hastings. Neste momento, a grande cela abriga três pessoas — nós dois e um homem de meia-idade e barba espessa apagado num dos bancos. Ele treme enquanto dorme, batendo um dos pés contra as grades de tempos em tempos.

Isso mesmo, estamos atrás das *grades*, e tudo graças às argolas.

"Será que é melhor quando você está bêbado de verdade?", sugere ela.

Dou risada enquanto deslizo as costas pela parede de cimento e sento no banco de metal. Sob meus pés, há um piso de linóleo sujo. Acima da minha cabeça, as luzes fluorescentes são fortes demais.

"Você sabe que isso é tudo culpa sua, né?", digo, bem-humorado.

"*Minha?*" Seus olhos castanhos se enchem de indignação.

"Eu avisei o que ia acontecer se você conectasse o seu celular com o Bluetooth do meu carro."

"Isso *não é* culpa do meu Bluetooth."

"Ah, não?"

"Não. Deixei o telefone cair."

"Continua sendo sua culpa."

"Ah, cala a boca."

"Cala a boca você." Eu me aproximo dela até estarmos sentados a uns trinta centímetros um do outro. "Como está a sua orelha?", pergunto rispidamente.

Pelo que posso ver, continua rosada e inchada, mas não parece mais estar sangrando. O sangue seco endurecido no lóbulo provoca uma pontada de culpa em mim, porque fui eu quem a convenceu a usar esse brinco hoje.

"Dolorida", admite ela. "Mas pelo menos ainda tá presa na minha cabeça."

"Pelo menos isso", concordo. "Desculpa por ter feito você botar a argola."

"Tudo bem. Agora você sabe." Ela solta um suspiro de desolação. "Às vezes, você tem que testemunhar a tragédia em primeira mão para entender."

"Pois é", respondo, sério.

Meus lábios tremem até que por fim uma risada escapa. Ela se junta a mim, estendendo as pernas e batendo as botas de camurça no linóleo.

"Queria um pirulito", diz.

"Queria minha liberdade."

Isso provoca outra risada nela. "Meu Deus. Não acredito que estamos na prisão. Por atentado ao pudor, entre todas as coisas."

"E eu não estava nem com o pau pra fora!"

"Pois é!"

O único policial presente olha na nossa direção, e noto um vislumbre de diversão em seus olhos. Faz uma hora que está na sua mesa, digitando no computador.

Não faço ideia de onde está o policial que nos prendeu, embora não tenhamos sido tecnicamente presos. Ou pelo menos ninguém leu os meus direitos. Cadê os meus direitos? Rá! Já vi *Law & Order* o suficiente para saber que qualquer juiz em sã consciência rejeitaria esse caso num piscar de olhos. A menos que esteja tendo um dia ruim.

Por falar nisso, acho que o policial Nervosinho estava tendo uma noite de merda. Demi e eu não fizemos nada de errado, e ele sabe disso. O bafômetro não registrou praticamente nada.

"Qual é a pena para atentado ao pudor?", pergunta ela, curiosa.

"Não faço ideia."

"Com licença, senhor?" Ela fica de pé e se aproxima da grade. "Qual é a pena para atentado ao pudor? Pena de morte?"

Mais uma vez, ele parece estar lutando para conter um sorriso. "Para réus primários, em geral é uma multa."

"Perfeito", comemora ela. "Meu cúmplice é podre de rico. Ele pode passar um cheque."

"Ei, não olhe para mim", o cara na mesa diz, com um sorriso. "Espere o policial Jenk voltar... é com ele que você tem que falar."

"Policial Jeca, isso sim", resmunga Demi.

Eu dou risada. "Essa foi boa."

Ela fala com o outro cara de novo. "Não temos direito a um telefonema?", desafia.

"Ela tem razão", digo, caminhando até a grade. "Queria dar meu telefonema, por favor."

"Certo. Vocês que sabem." O jovem policial se aproxima e abre a porta da cela. Ele me mandar sair antes de fechar a porta de novo com um clique alto.

"Pra quem você vai ligar?", pergunta Demi.

Eu me viro para responder, mas a visão dela segurando duas barras de ferro e me olhando de dentro de uma cela... É bom demais. Eu me arrependeria a vida inteira se deixasse a oportunidade passar.

"Posso tirar uma foto?", pergunto ao policial.

"Não se *atreva*", adverte Demi.

Ele sorri. "Vá em frente." Acho que isso é a coisa mais divertida que ele já presenciou em um bom tempo. Trabalho de escritório deve ser chato pra caramba.

Pego meu telefone do bolso e tiro uma foto de Demi, que está com cara de quem quer me matar. Então, para esfregar sal na ferida, viro de costas e tiro uma selfie, com uma Demi ultrajada ao fundo, segurando as grades.

"Vai ser a foto do meu cartão de Natal", digo a ela, fazendo uma arminha com o dedo em sua direção.

"Te odeio."

Odeia nada, você quer me chupar.

Não consigo conter o pensamento malicioso. E também não consigo entender. Ela estava falando sério mesmo quando disse que queria transar comigo para esquecer? Demi é tão sarcástica que presumi que estava brincando comigo.

Talvez tenha sido melhor eu não saber. Droga, provavelmente seria melhor continuar não sabendo. Prometi que não ia sair com ninguém este ano, e a tentação de quebrar esse voto por causa de Demi é esmagadora.

O policial me leva até sua mesa e aponta para o telefone fixo.

"Não posso usar o meu próprio?" Eu o ergo diante dele. Quer dizer, ele acabou de me deixar bater uma foto.

Ele nega com a cabeça. "É contra o protocolo."

"Certo, bem, isso não faz nenhum sentido, mas enfim." Dou de ombros e pego o fone do gancho. Então digito um dos poucos números que sei de cor.

"Oi, treinador", digo, depois do seu "alô" brusco.

"Davenport?", pergunta ele, desconfiado.

"É. Espero não ter acordado você." O relógio digital do outro lado da sala indica que são 10h37 da noite. Não chega a ser tão tarde, mas temos treino às seis e meia da manhã, então tem uma chance de ele já estar na cama.

"O que está acontecendo?", grita ele no meu ouvido.

"Não muito." Hesito, me perguntando a melhor maneira de descrever minha situação.

"É por causa da merda do ovo?" O treinador parece irritado. "Aconteceu alguma coisa com ele?"

"Não, Pablo está bem, obrigado por perguntar. Bem, pelo menos acho que está bem... está com Conor hoje, então... é... enfim..." Solto o ar com força. "Não tem um jeito muito fácil de explicar isso, então vou arrancar o Band-Aid logo de uma vez. Estou na prisão agora e queria pedir para você vir aqui falar com os policiais e, sabe como é, fazer o seu lance?"

"Fazer o meu lance?"

"Gritar com as pessoas", esclareço.

Há um breve silêncio, e logo em seguida: "Tá de brincadeira? Porque não tenho tempo para esse tipo de merda".

Engulo uma risada. "Estou falando sério. Uma amiga e eu fomos parados em Hastings hoje. Foi um mal-entendido... não estávamos bêbados e não teve nada de atentado ao pudor, apesar do que o policial Jeca possa dizer..."

O policial da mesa ri baixinho. Cara, queria que tivesse sido ele a nos mandar parar o carro. Provavelmente teria me cumprimentado e nos deixado ir embora.

"Treinador?", pergunto.

Mais um instante de silêncio.

"Estou indo."

22

HUNTER

"Cadê ele?", pergunta Demi, impaciente. "Achei que você tivesse dito que ele morava a dez minutos daqui."

"Ele mora. E faz literalmente *um* minuto que liguei." Revirando os olhos, sento de novo ao seu lado no desconfortável banco de metal. Nosso companheiro de cela continua dormindo profundamente, agora roncando baixinho. Seu pé continua tremendo, e não há como não notar o cheiro rançoso de bebida que vem na nossa direção.

Demi aperta os lábios, como se estivesse tentando não rir. "Este é o melhor encontro da minha vida", ela diz, sarcástica. "Quer dizer, só o cenário romântico..."

Deixo escapar uma gargalhada. "Só tá faltando uma música da Whitney Houston. Ah, e o seu par... sabe de quem estou falando, né, o cara que te trocou pela namorada. Ou talvez pela academia. Sinceramente, não sei. Era uma escolha tão impossível."

É a vez dela de gargalhar. "Ah. Tanto faz. Você é um par muito melhor."

Sorrindo, passo um braço em volta dela e a puxo para mais perto, e Demi descansa a cabeça em meu ombro. O doce perfume de seu cabelo flutua até minhas narinas. Inspiro fundo, tentando identificar o perfume. Jasmim, acho. É uma sensação boa ter seu corpo quente junto ao meu. Eu me pergunto o que ela está pensando agora. Se é algo na mesma linha que eu.

Quase solto um resmungo de decepção quando ela levanta a cabeça. "Estou falando sério", ela me informa.

"Sobre o quê?" Merda, minha voz soa muito rouca. Limpo na mesma hora a garganta.

"É legal sair com você."

"Você não tá saindo comigo."

Ela inclina a cabeça, em tom de desafio. "Então por que está me olhando desse jeito?"

"Não estou."

"Eu sei quando alguém me olha com segundas intenções."

Uma risada faz cócegas na minha garganta. Essa menina é de outro mundo. Ela me faz rir. E é tão bonita. Sua pele sempre parece tão macia e luminosa que meus dedos ficam doidos para acariciá-la. Seu cabelo parece sedoso ao toque também. Desce numa cortina reta e brilhante por cima do ombro, que está nu por causa do suéter largo. Alguns fios escuros caem sobre o olho esquerdo.

Meus lábios estão secos. Quando passo a língua para umedecê-los, vejo um calor no rosto de Demi.

"Você está com o cabelo na cara", digo, bruscamente.

Estendo a mão para afastá-lo de leve. Meu polegar fica em sua bochecha, enquanto passo o cabelo para trás da orelha que não está machucada.

Ela inspira fundo. "Meu Deus. Foi isso?"

Franzo a testa. "Foi isso o quê?"

"Essa é a sua cantada?" Vejo o prazer brilhando em seus olhos. "Lamber os lábios, tirar o cabelo do meu rosto, o polegar. É a sua cantada. Não é?"

Abro um sorriso arrogante. "Depende. Funcionou?"

"Funcionou", diz ela, com franqueza, e agora é a minha vez de perder o fôlego.

Sua sinceridade é muito excitante. E embora eu não planejasse usá-la hoje, essa *é* a minha cantada. Mas aconteceu naturalmente.

"Davenport", ouço uma voz alta.

Volto a cabeça na direção das grades. Passos ecoam pelo corredor e, em seguida, o rosto estrondoso do treinador Jensen aparece na porta. O policial Jenk vem logo atrás.

"Abra", o treinador ordena ao policial sentado, que levanta de um salto com a chegada dos dois.

Estranhamente, o policial mais jovem pega suas chaves antes de se lembrar que o treinador não é o seu superior e nem policial. "Jeff?", pergunta ele, olhando para Jenk.

O nome dele é Jeff? Jeff Jenk?

Coitado. Deve ser por isso que está de mau humor.

"Pode abrir", diz Jenk, secamente.

O treinador Jensen olha para mim e Demi de cima a baixo, quando saímos da cela. "Você tá bem?", pergunta, seco. "Usaram força excessiva contra você?"

"Não", asseguro, sensibilizado com a pergunta. "Ninguém jogou a gente no chão, mas obrigado por se preocupar."

"Não estou preocupado com você, seu idiota. Estou preocupado com o seu punho. Temos um jogo daqui a quatro dias." Seus olhos acusadores se voltam para os policiais. "Se a tacada dele estiver um décimo de segundo mais lenta que o normal, vou responsabilizar você pessoalmente, Albertson."

"Desculpa, treinador", o policial mais jovem murmura.

Olho para um e depois para o outro. "Vocês se conhecem?"

"Ele jogava para mim. Sammy Albertson, turma de 2012."

Droga, agora eu realmente queria que tivesse sido Albertson quem nos mandou encostar o carro. Bastaria dizer um nome e teria ido embora, sem problemas. Mas, com a minha sorte, eu tinha que pegar o policial mal-humorado.

"E você", diz o treinador, virando-se para um Jenk de rosto azedo. "A menos que o pau do garoto estivesse para fora e dentro da boca de alguém, não é considerado atentado ao pudor. Pense melhor da próxima vez."

"Diga isso para o seu jogador", diz Jenk, com malícia. "Ele não pode ficar saindo da faixa daquele jeito."

"Eu estava presa", diz Demi. "Hunter estava tentando..."

O treinador Jensen levanta a mão para silenciá-la e, exatamente como todos os jogadores, Demi se cala. "Tem alguma papelada pra gente assinar?", grita ele para Jenk. "Alguma multa pra pagar?"

"Não, desta vez vou deixar passar só com uma advertência, como uma cortesia pelo..."

"Ótimo, vamos embora", interrompe o treinador. Ele acena com a cabeça, e Demi e eu corremos atrás dele, feito dois gansos seguindo a mãe.

Do lado de fora da pequena delegacia, o técnico fecha o casaco. Ainda não nevou nenhuma vez neste inverno, mas a temperatura está finalmente caindo. Sua respiração se condensa em nuvens brancas de vapor quando ele diz: "Seu Land Rover não foi apreendido porque o reboque estava a duas horas daqui, então ainda está na Linha Nove. Vou te levar até lá".

"Obrigado, treinador."

"E quero que você vá direto para casa, tá me ouvindo?"

"Demi mora no campus", aviso, balançando a cabeça. "Preciso deixá-la em casa primeiro."

"Eu faço isso", retruca ele, antes de seguir em direção ao meio-fio onde seu jipe está estacionado.

Demi se vira para mim, assustada. "Preciso ter medo que ele me mate no caminho de casa?" Ela faz uma pausa. "Não me lembro se meu programa tem algum episódio chamado *Treinadores que matam*."

"Acho que você não precisa ter medo."

"*Acha?*"

Dou de ombros. "Ele está mais chateado comigo do que com você. Fui eu quem o tirou da cama."

"Verdade." Ela coloca o capuz forrado de pele do casaco e pousa uma das mãos no quadril. "E, só para constar, nada disso teria acontecido se você tivesse concordado em transar comigo para me ajudar a esquecer."

"Teria acontecido do mesmo jeito." Sorrio para ela. "A única diferença é que você estaria mesmo me chupando." Na mesma hora me arrependo, porque o pensamento do meu pau na boca dela é tão torturante e atraente que quase solto um gemido alto.

"Não", responde ela, "não estaríamos nem perto do seu carro. Estaríamos quentinhos e confortáveis no meu quarto, sem perfis do Tinder, nem distrações. Só você e eu e uma cama grande e gostosa, e a minha boca no seu pau. Quero que você pense nisso!", provoca ela, enquanto caminha para o carro do treinador.

Ótimo. Como se agora eu fosse capaz de pensar em qualquer *outra* coisa.

E pensar nisso é o que eu faço. A semana inteira.

Normalmente, eu estaria cheio de energia e com os pensamentos voltados para a próxima partida, mas, quando a sexta-feira chega, nem me lembro contra quem vamos jogar. Minha concentração está abalada, e não é só porque não consigo esquecer Demi, mas por causa da zoação constante que estou recebendo de meus colegas de time a semana inteira.

Não tive escolha a não ser confessar o incidente da prisão, porque Brenna foi tomar café da manhã com o pai na manhã seguinte, e o treinador Jensen decidiu ser um babaca e contou tudo para a filha. E claro que Brenna abriu a boca grande, e agora sou Hunter Davenport, o cara que foi preso por ganhar um boquete enquanto dirigia. A pior parte é que nem ganhei o boquete.

Demi também está me provocando com essa história, só que está indo mais longe que os meus colegas. Desde que foi alvo da minha "cantada", lançou uma campanha para acabar com o meu celibato, como prova a mensagem que acaba de me mandar.

DEMI: *Bom jogo! Espero que você faça um gol! Por falar em colocar pra dentro, já pensou em quebrar a promessa de celibato?*

Suspiro para o telefone. Tá vendo? Eu deveria estar me preparando mentalmente para a partida agora. Estou no vestiário do time visitante na arena do... Boston College. Isso! São eles que vamos enfrentar hoje. Eu deveria estar pensando no jogo, e não em Demi Davis.

EU: *Já falei que não vai rolar.*
ELA: *Você nem cogita? Pela pobrezinha aqui?*

Alguém me dá um tapa entre as omoplatas. "Ei, cara. Para de sonhar com o boquete no carro, capitão."

Eu me viro e vejo Matt sorrindo para mim.

"Mas mandou *bem*", ele elogia.

"Você me disse isso em todos os treinos esta semana."

"É, porque você mandou *bem*. Sempre quis fazer isso."

"Eu também", digo, secamente. "Como venho falando *todos* os dias, não aconteceu nada. O brinco da Demi ficou preso na minha calça."

"Eu ganhei um boquete no carro, uma vez", diz Conor, enquanto abre a camisa branca.

"Você já ganhou boquete em tudo o que é lugar", retruco.

"Mentira. Nunca ganhei..." Ele força a memória, tentando lembrar de algum lugar em que não tenha ganhado um boquete.

"Tá difícil aí?", zomba Matt.

Aos risos, tiro minha roupa e começo a vestir o uniforme. Meu telefone toca de novo e percebo que não respondi a Demi.

ELA: *Desculpa. Vou parar de falar disso. Sei que te deixa sem jeito.*
EU: *Não, desculpa, tô me arrumando pro jogo. Tenho que desligar, depois a gente se fala.*

Adiciono uma carinha de beijo e depois coloco o telefone no bolso da calça que acabei de tirar. Já de uniforme, sento para calçar os patins.

Conor senta ao meu lado. "Vai fazer o que depois do jogo? Vamos receber uma galera lá em casa. Quer vir?"

"Beleza. Não marquei nada."

Ele inclina a cabeça de lado, pensativo. "É sério esse negócio de que você não tá transando ou tá só zoando com a nossa cara?"

"Desde abril", confirmo.

"Nossa. Isso é intenso. Acho que eu ficaria louco se não pudesse gozar."

"Não falei que não estou gozando." Solto um suspiro triste. "Só estou fazendo isso sozinho."

"Ainda assim. Parece uma visão do inferno."

É impossível não rir. "Não é tão ruim. Estou até me acostumando com a dor eterna."

"Pessoal!", interrompe Bucky, aparecendo com um Pablo fedido e embrulhado em filme plástico numa das mãos e o celular na outra. "Vocês *viram* essa merda? O Insta do Pablo tá com dez mil seguidores. Alguém acabou de me mandar uma mensagem privada perguntando se eu faria um post patrocinado por um creme hidratante antienvelhecimento."

Fico boquiaberto. "Isso é piada?"

"Não." Bucky balança a cabeça, sem acreditar.

"Creme antienvelhecimento?", pergunta Alec, parecendo confuso. "Isso existe?"

"E o que isso tem a ver com um ovo?", acrescenta Conor. "A gente vai passar hidratante na cara do porco e posar para uma sessão de fotos?"

Bucky sorri. "Vou mandar uma mensagem de volta e perguntar."

O treinador aparece no vestiário para fazer seu discurso pré-jogo, que normalmente consiste em uma ou duas frases, antes de passar a palavra ao capitão ou aos capitães assistentes para animar a galera. A "conversa" de hoje tem os bordões de sempre — acabem com eles, não me façam passar vexame, não envergonhem o time etc. Depois faço um pequeno discurso, e todos saímos para o gelo.

A arena está ensurdecedora, e nem me importo que apenas um terço dos assentos estejam ocupados por torcedores da Briar. Os gritos, os aplausos e até as vaias alimentam meu sangue. Amo esse esporte. Amo o gelo, a velocidade, a agressividade. Amo a fisicalidade da coisa, a maneira como todos os ossos do meu corpo se sacodem e meus dentes rangem quando sou esmagado contra o rinque. São coisas estranhas para amar, mas hóquei é isso aí.

Lembro do jogo a que assisti com Fitz em casa ontem. Edmonton e Vancouver. Jake Connelly marcou um dos gols mais bonitos que já vi. E lembro do anseio que senti, de realmente dar nó na garganta, porque, embora o hóquei universitário seja ótimo, não é nem de longe tão rápido e competitivo quanto o esporte profissional.

E, se ser um jogador fosse só uma questão de estar no gelo, eu me candidatava em dois tempos. Mas essa vida vem com adicionais que não me interessam. Mulheres, glamour, coletivas de imprensa e viagens constantes. Tentação constante. E os homens da família Davenport não se saem muito bem diante de tentação.

Então vou ter que me contentar com *isto* aqui, patinar no gelo com meus amigos, detonar adversários. Porque é disso que se trata.

O ônibus nos deixa no campus por volta das onze e, de lá, entro em meu Rover e vou até a casa dos meus amigos, em Hastings. Deixo Matt e Con em casa, depois sigo para a minha, para estacionar o carro. Estou pensando em voltar para a casa de Matt. Mas desse jeito posso acabar bebendo mais do que duas cervejas.

Em casa, eu me troco — temos de usar terno e gravata nos jogos fora de casa. É quase uma pena tirar a roupa, porque fico bem pra burro nela. É ao meu pai que tenho de agradecer por isso. Ele é capaz de fazer o tipo executivo melhor do que ninguém. Deve ser por isso que é tão popular com as mulheres.

Um pouco popular *demais*.

"Hunter, vai sair?" Brenna enfia a cabeça em meu quarto. Como sempre, ela não bate.

"Vou, vou lá no Matty. Quer vir?"

"Talvez eu passe lá mais tarde. Vou falar com Jake primeiro."

"Manda um 'oi' por mim. Ah, e fala que estou com inveja do gol que ele marcou ontem. Foi lindo."

"Não foi? Nunca fiquei tão excitada na vida."

"Sinceramente, acho que Edmonton tem chance de ganhar o campeonato este ano."

"Eu também. Eles estão imbatíveis."

Fecho o zíper do moletom. "Em Boston, no mês passado, Garrett falou que estava torcendo para não ter que jogar contra eles nos playoffs." Nossa, nem sei para quem torceria num cenário desses. Garrett, acho. Não. Jake. Ou talvez para Garrett. Merda, é uma escolha impossível. Como escolher entre a academia e a sua namorada.

Brenna se afasta, e desço para vestir meu casaco e as botas. Estou prestes a guardar o telefone no bolso quando o aparelho apita na minha mão. Olho para a tela e vejo que recebi uma mensagem de Tara, uma garota com quem fiquei no ano passado.

TARA: *Oi, desculpa escrever assim do nada... meio que do nada, né? Parabéns pelo jogo hoje. Mas só queria te dar um aviso. Um cara estava perguntando por você.*

EU: *Acho que preciso de mais detalhes kkkkk*

ELA: *Depois do jogo, apareceram uns caras, e um deles ficou me enchendo o saco com as minhas amigas, querendo saber onde você tava. Disse que provavelmente tava no ônibus do time.*
EU: *Espera, isso aconteceu na cidade?*
ELA: *Foi, na frente da arena do Boston.*
EU: *Humm, que estranho. Valeu por avisar.*
ELA: *Tranquilo, lindo.*

Ela termina as mensagens com três corações. Corações *vermelhos*. Todo homem no planeta sabe que corações vermelhos significam coisa séria. Um convite para começar alguma coisa se eu quiser. Mas não quero.

Saio pela porta da frente e estou chegando à calçada, quando meu telefone apita de novo. Desta vez, encontro uma mensagem de Grady, irmão mais novo de um dos meus colegas de time.

GRADY: *Oi. Hunter. Peguei seu tel com o Dan. Ele me falou pra mandar uma mensagem sobre isso... tinha um cara procurando por você na arena do Boston.*
EU: *É, acabei de ouvir. Alguma ideia de quem era?*
ELE: *Nunca vi nenhum deles antes. O cara principal meio que parecia um Johnny Depp jovem...*
EU: *Não tenho ideia de quem seja.*
ELE: *Enfim, ouvi alguém comentar com eles que você talvez estivesse na casa do Matt Anderson hoje. Queria te avisar, caso ele te encontre.*
EU: *Obrigado. Valeu mesmo, cara.*

Certo. Não estou gostando disso. Dois avisos diferentes sobre um bando de estranhos perguntando por mim? Estranhos que levantaram suspeitas o suficiente para que Tara e Grady sentissem que precisavam me avisar.

E ainda bem que fizeram isso, porque assim que chego à rua de Matt e Con noto o grupo logo adiante, vagando junto do meio-fio. Se não tivesse sido avisado, poderia ter caminhado direto na direção deles, achando que estavam só indo para uma festa.

Em vez disso, diminuo a marcha, o que me dá um tempo para avaliar os caras. São cinco. Não muito grandes em termos de altura, mas são todos bem fortes. Um é careca e atarracado e parece vagamente familiar. O mais alto está de costas para mim, mas ele se vira quando ouve meus passos.

"Nico", digo, com cautela. "Oi."

Não vejo nem falo com o ex de Demi desde a noite em que ela deu uma de Carrie Underwood com as coisas dele. E, olhando mais de perto, até que ele parece um Johnny Depp jovem, só que mais moreno.

"O que está acontecendo?", pergunto, quando ele não me responde.

"Me diz você."

Resisto ao desejo de revirar os olhos. "Não sei do que você tá falando."

"Ah, não? Porque parece que você estava com a Demi na noite de segunda-feira." A raiva mal contida deixa seu rosto vermelho. Seus punhos estão cerrados ao lado do corpo.

Os amigos de Nico avançam um pouco. Não o suficiente para representar uma ameaça física, mas o bastante para meus ombros se aprumarem.

"É, a gente foi ao Malone's tomar uma." Omito a parte sobre Demi ter ido lá para conhecer outro cara. Nico já está nervoso.

"Ouvi dizer que foi mais do que uma bebida." Sua voz treme de raiva. "Ouvi dizer que vocês foram presos juntos."

Pelo amor de Deus.

Abro a boca para responder, mas Nico assobia como uma cobra venenosa. "Ouvi dizer que quando pararam o seu carro ela estava com o seu *pau* na boca."

"Não foi isso que aconteceu." Meu tom é calmo, até.

"Você se acha grande coisa mesmo, Davenport, pra desrespeitar minha garota assim?"

"Não estou desrespeitando ninguém..."

Ele continua falando: "Usando ela? Forçando a te chupar?".

"Eu não forcei nada." E me corrijo depressa, quando percebo o que isso implica: "Não aconteceu nada, cara. Foi só um mal-entendido, e os policiais deixaram a gente ir embora. Mas, mesmo que algo tivesse acontecido, você não tem direito de ficar chateado. Vocês não estão mais juntos".

"Não estamos juntos agora", argumenta ele. "Mas vamos voltar. Sempre voltamos."

"Ah, é?", retruco.

"Você não sabe nada da nossa história."

"Sei que você a traiu numa festa da fraternidade."

Os olhos de Nico se incendeiam. "Ela te contou isso?"

"Não... eu vi você, cara."

Um breve silêncio paira entre nós. Então Nico assobia de novo. "Espera, foi você? Você é o idiota que contou pra ela da garota na festa?"

"Que diferença faz? Ela ia descobrir de qualquer maneira, Nico. Ela já ia descobrir da *outra* traição, porque você é burro demais para apagar uma senha de wi-fi."

"Quem você tá chamando de burro?"

Ele me ataca, e me esquivo dele, dando vários passos para trás. "Só estou dizendo que você cavou a própria cova. Se quer culpar alguém, se olha no espelho."

"Você me dedurou." Nico olha por cima do ombro para os amigos, todos eles com os braços cruzados. "Esse *puto* me dedurou, dá pra acreditar? Você é um babaca mesmo, Davenport."

"Eu sou o babaca? Você traiu a sua namorada."

"Você quebrou o Bro Code", retruca ele.

"Você nem é meu amigo." Dou outro passo para trás. "Já acabou?"

Num piscar de olhos, seu braço dispara. Ele agarra a gola do meu casaco de inverno, me puxando em sua direção. Seu rosto está a centímetros do meu, a fumaça branca de seu hálito com cheiro de álcool gelando meu rosto.

"Nico", aviso.

Um sorriso maldoso se abre em seu rosto raivoso. Por sobre seus ombros, vejo seus amigos se aproximando de nós.

"Tira as mãos de mim", digo, com uma voz mortal.

O sorriso dele se amplia. "E se eu não tirar?"

23

HUNTER

"Pelo que eu estou vendo, somos cinco contra um." Nico ri, e seus olhos escuros se acendem com a possibilidade de violência iminente. "Tudo bem que você é o cara do hóquei. Aposto que sabe brigar. Mas dá conta de nós cinco?"

Sei que não. Olho para a porta da frente de Matt. Está fechada, e a música pulsando lá dentro me diz que, mesmo que eu gritasse, ninguém ia me ouvir. Minha única chance é que alguém decida enfrentar o frio do início de dezembro para fumar um cigarro ou um baseado do lado de fora e venha me ajudar.

Mas seria melhor desarmar a bomba antes de estourar.

"Olha, Nico. Você parece um cara bacana. Você cometeu um erro, e não tem necessidade de violência, tá legal? Mesmo que eu não tivesse contado para Demi sobre a festa, ela teria descoberto pela amiga. Mas você tem razão... o que fiz foi contra o Bro Code. Deveria ter ficado de boca fechada."

"Deveria mesmo."

"Então, me desculpa, tá legal? Mas agora você precisa *mesmo* tirar as mãos de mim." A adrenalina já está aumentando em minha corrente sanguínea. Nico tem razão — jogadores de hóquei sabem brigar. Já me envolvi em brigas dentro e fora do gelo. Consigo me garantir sozinho na maioria dos confrontos físicos.

Mas não quando são cinco contra um.

"Desculpa aí, atleta, mas você não vai se safar assim tão fácil." Nico ri.

"Pelo amor de Deus, cara, vai querer descontar em mim quando foi *você* o idiota que traiu a sua mulher..."

O primeiro golpe me interrompe e joga minha cabeça para trás. Seu punho atinge com força minha mandíbula, e uma pontada de dor percorre meu pescoço. Assim que me endireito, dois de seus amigos estão atrás de mim, imobilizando meus braços atrás das costas. Estou como uma carcaça suculenta na frente de uma hiena irritada.

Nico estala os dedos da mão direita e depois da esquerda. "Só estou dizendo que nós homens precisamos ser unidos. E os filhos da puta que não são merecem levar uma sova."

O segundo golpe me acerta no canto da boca.

Sinto gosto de sangue. Cuspo na calçada. "Vai em frente", digo a ele, num tom resignado. "Se isso te faz se sentir melhor. Mas não vai trazer Demi de volta e não vai mudar o fato de que você é um merda..."

O próximo me pega nas costelas.

Merda.

Meu flanco já está dolorido de um golpe que levei no jogo hoje à noite, e agora meu tórax inteiro está latejando, o que me deixa enfurecido. A raiva provoca outra onda de adrenalina que me permite me soltar. Dou uma cotovelada na garganta de um dos amigos de Nico, consigo acertar um soco no estômago de outro, mas então meu corpo é jogado para trás como uma boneca de pano, e eles se juntam em cima de mim de novo.

"Que merda é essa?", alguém grita da varanda.

A cavalaria chegou.

Matt vem correndo pelo gramado coberto de geada. Mais gritos e xingamentos varam a noite, enquanto mais seis jogadores de hóquei correm em direção ao meio-fio. Alguém me agarra e me empurra para o lado. Nico e seus amigos recuam, abrindo uma distância de cerca de um metro, com os dois grupos se encarando. Meu lábio inferior está coberto de sangue. As respirações irregulares de Nico saem de sua boca em suspiros rápidos.

"Vai pra casa", digo a ele.

"Vai se foder", retruca ele.

"Você não vai querer ficar aqui, Nico. Agora é você que está em menor número, e já teve violência demais hoje, tá legal?" Arrasto o antebraço sobre a boca para limpar o sangue. "Vai embora daqui."

"Fica longe da minha garota."

Ela não é sua garota, quero dizer, mas resisto ao desejo de provocá-lo.

Ao meu lado, Conor dá um pequeno passo à frente. "Vai embora", repete ele e, apesar do tom de voz sem nenhum indício de nervosismo, sua expressão é a mais mortal que já vi.

A ação tem o efeito desejado. Nico cospe no chão, e então ele e seus amigos seguem em direção a uma caminhonete próxima. Eu os vejo partir, torcendo para que a palhaçada tenha mesmo acabado e que esse não seja só o primeiro ato.

Estou limpando o rosto no banheiro do corredor quando ouço a comoção do outro lado da porta. Meus ombros ficam tensos na mesma hora. É bom Nico não ter voltado...

"Ele tá aí? Hunter, você está aí?"

Relaxo ao ouvir a voz familiar. "Tô aqui", respondo.

Tinha deixado a porta entreaberta, e Demi não perde tempo em abri-la. Ela aparece em toda a sua glória feroz, com as mãos nos quadris, olhos em chamas.

"Eu vou *matar* esse cara!", ela troveja, quando vê meu rosto. "Você está bem? Não *acredito* que ele fez isso!"

"Como você ficou sabendo?" Franzo a testa. "E como chegou aqui?"

"Pedi um táxi no campus assim que Brenna me ligou."

Porra, Brenna. Chegou bem na hora em que estávamos entrando em casa, depois da briga. Deve ter ligado para Demi antes de tirar o casaco.

"Você está sangrando", se preocupa Demi. "Brenna disse que não tinha sido grave."

"Não foi", garanto. "Meu lábio abriu de novo, porque eu estava rindo de uma coisa que Conor falou."

A culpa domina seu rosto. "Me desculpa. Como ele sabia que você estava aqui?"

"Aparentemente, passou no Boston College antes e perguntou para umas pessoas aleatórias onde eu estava. Acho que ele e os amigos estavam bêbados."

O corpo inteiro de Demi treme de raiva. "Vou desbloquear o número dele só pra gritar com ele."

"Não. Você bloqueou por um motivo. E está tudo bem, estou bem."

"Tem certeza?" Ela pega meu rosto. Tento afastar suas mãos, mas ela me impede. "Deixa eu olhar, caramba." As pontas de seus dedos tocam ternamente o canto da minha boca.

Um arrepio percorre minha espinha.

Seus olhos castanhos profundos se fixam nos meus. "É só isso? Só o lábio cortado?" Sua mão percorre meu rosto para examinar cuidadosamente minha bochecha.

Estremeço. "Ele também acertou aí, mas vai ficar só um hematoma pequeno."

"Não acredito que ele fez isso", repete ela.

"Não... eu sei como é. Ele ficou sabendo da história com a polícia ontem à noite e chegou às próprias conclusões."

Ela fica boquiaberta. "Como ele ficou sabendo?"

"Os boatos estão rolando por aí", admito. "O treinador contou pra Brenna, então agora o time todo sabe, e as pessoas comentam. Ele mora em Hastings, né? Pode ter ouvido alguém falar a respeito na lanchonete."

"Talvez." Ela fala um palavrão. "Ai. Você tá sangrando de novo. Senta um pouco, anda!"

Obediente, sento na tampa do vaso fechado. Se Demi quer me paparicar, então vou deixar.

Ela enfia um papel higiênico embaixo da torneira da pia, depois pressiona o chumaço molhado no meu lábio para absorver o sangue.

"Vamos deixar isso aqui uns por trinta segundos ou mais", murmura. "Espero que a pressão pare o sangramento de vez."

Tento não sorrir. "Você sabe que eu posso fazer isso sozinho, né?"

"Eu quero fazer, Hunter. Por favor. É tudo culpa minha."

"Não é sua culpa."

Ela se ajoelha no chão, e é claro que essa posição envia uma enxurrada de imagens indecentes para o meu cérebro. Se uma mulher fica de joelhos na minha frente, em geral é porque está prestes a abrir minha calça e colocar meu pau para fora. Meus olhos descem para os lábios rosados de Demi. Imagino-os apertados em volta da cabecinha, e, de repente, fica difícil engolir a saliva.

Afasto o olhar.

"O que foi?", pergunta ela, assustada. "Tudo bem?"

"Tudo", resmungo. Caramba. Estou mais duro que pedra.

"O que foi? Parece que você tá sentindo dor! Tá doendo?" Ela reduz um pouco a pressão.

"Tá tudo bem. Não se preocupa."

Demi morde o lábio inferior. Cara, preciso parar de olhar para esses lábios. Mas não consigo. Devem ser tão macios e quentes, pressionados contra os meus.

Não podemos ficar sozinhos agora. Ainda estou cheio de adrenalina por causa do jogo, da briga.

"Não sei se acredito em você ou não", murmura ela.

"Estou bem. Confie em mim, já fiquei pior jogando hóquei."

Ela remove o papel higiênico do meu lábio. Está encharcado de vermelho, e ela faz uma careta antes de jogar no lixo. "O sangramento parou", diz.

"Isso é bom."

As pontas de seus dedos tocam minha bochecha de novo.

"Demi", digo, com a voz carregada.

"O quê?"

"Por favor, para de encostar em mim."

Ela parece assustada. "Por quê?"

"Porque ninguém faz isso em mim há séculos. Você percebe que isso é uma tortura?"

Ela comprime os lábios, como se estivesse contendo um sorriso. "Está ficando excitado?" Seus dedos roçam minha bochecha, a que não está machucada. "Assim? Isso te deixa excitado?"

"Deixa", respondo, entredentes. "Então, por favor, para."

Meu protesto soa vazio aos meus próprios ouvidos, portanto não me surpreendo quando um brilho travesso transparece em seus olhos. "E se eu não quiser?"

"Bem, não é uma questão de você querer, né?" Num movimento rápido, seguro seu pulso com a mão direita e a afasto do meu rosto.

Só que cometo o erro de colocá-la perto do meu joelho, e agora as pontas dos seus dedos estão a centímetros da minha coxa. Quase espero que ela mova sua pequena palma numa carícia, mas ela a mantém imóvel. Um ligeiro vinco aparece em sua testa, enquanto seu olhar se fixa na minha boca.

"Estou sangrando de novo?", pergunto, com a voz rouca.

Ela sacode a cabeça de leve.

"Então por que está me encarando assim?"

"Você foi espancado por minha causa. Estou me sentindo péssima."

Estudo sua expressão preocupada. "Sério, é por isso que você tá me encarando?"

Seus olhos castanhos de repente entram em foco. "Bem, não. Mas estou me sentindo mal, isso é verdade. Estou te encarando porque quero te beijar."

Respiro fundo. "Você não deveria fazer isso."

"Não vou, a não ser que você queira. Mas isso não significa que não esteja fantasiando a respeito. Estamos dando um amasso intenso na minha cabeça agora." Ela pisca, inocentemente. "É uma delícia, caso você esteja se perguntando." Seus olhos brilham. "Acho que você deveria repensar sua posição."

Uma garota bonita está me implorando para beijá-la. Por que isso seria um dilema? Mas prometi a mim mesmo que não iria pegar ninguém durante a temporada. Pode não ser o voto mais digno de nota que alguém já fez. Tenho certeza de que outros se sacrificaram por causas muito mais nobres. Mas isso era importante para mim. *É* importante para mim.

"Isso é um não?", pergunta ela, diante do meu silêncio.

"É um..." Eu me interrompo, impotente.

Demi se inclina na minha direção. "Se não quiser, me mande parar", sussurra ela, mas sou incapaz de impedi-la, porque quero tanto quanto.

"Só para experimentar", murmuro, e caramba, eu tinha razão — seus lábios *são* macios. Ela os esfrega suavemente contra os meus no mais doce dos beijos, e a sensação é divina.

No momento em que nossas bocas se tocam, um calafrio percorre meu corpo e se instala entre minhas pernas. Meu pau está grosso e pesado contra minha coxa. Puta merda. Esse beijo é *tudo*.

Ela geme, e o som gutural cria pequenas vibrações que aceleram minha pulsação. Sua língua tenta abrir timidamente meus lábios e, feito um idiota, é isso o que faço. O encontro de nossas línguas evoca ruídos desesperados de nós dois. O dela é um gemido de surpresa feliz, o meu é atormentado. A mão de Demi envolve a minha bochecha, enquanto sua língua brinca e explora. Ela tem gosto de bala, literalmente, e me pergunto se estava chupando um de seus pirulitos. Desfruto do sabor adocicado e enfio os dedos em seus cabelos escuros.

Esqueço oficialmente onde estamos. Ouço o som fraco de música, mas meu coração acelerado encobre o barulho externo. Estou tão excitado que não dá mais nem para fazer piada a respeito. O beijo continua, um emaranhado de línguas e respirações aquecidas, e não para até eu sentir o gosto de cobre na boca.

"Ai." Desta vez, o gemido é de dor. "Demi, para." Quando se afasta, vejo seus lábios tingidos com o meu sangue. "Estou sangrando de novo, e agora você está toda suja."

"Estou? Nem percebi." A voz dela é ofegante. "Ai, *merda*."

"O quê?" Pego mais papel higiênico do rolo e dou batidinhas nos lábios. "Tá tão mal assim?"

"Não, *ai, merda*, porque..." Ela balança a cabeça, admirada. "O beijo foi bom."

Não posso discordar. "Foi mesmo."

"Quero mais."

Eu a levanto. "Péssima ideia."

"Vamos lá, monge, vamos repetir a dose. Sei que você gostou." Ela dirige um olhar aguçado para minha virilha.

"Claro que gostei. Faz oito meses que não pego ninguém."

Uma parte dela parece decepcionada, e percebo que falei a coisa errada. "Está dizendo que teria gostado de beijar qualquer uma? Que eu não passo de uma boca como qualquer outra?"

Solto um suspiro. "Não. Você é muito mais que isso. Mas não pode me pressionar a transar com você."

"Não estou tentando te pressionar", argumenta ela.

"Não mesmo? Você acabou de enfiar a língua na minha boca, e agora estou mais duro que pedra. Você sabia que isso ia me tentar."

"Ai, meu Deus, você *deixou*. Disse que queria experimentar, e o que eu posso fazer se me beijar te deixa duro? Cara, tudo bem um tesão de vez em quando."

Uma gargalhada alta ecoa na porta. Vejo Conor nos observando, achando a maior graça. "É isso aí, capitão. Um tesão não vai te matar."

Demi parece satisfeita consigo mesma. "Exatamente."

Fico grato com a distração, até perceber Conor avaliando-a cheio de segundas intenções. "E você, quem é?", pergunta ele, com um tom de voz mais arrastado.

"A razão de eu estar assim", respondo por ela, apontando um dedo para a minha cara.

"Ah, a ex-namorada e a infame autora do boquete no carro."

"Ah, para com isso", resmungo. "Não teve nada disso. Foi um mal-entendido."

"Ã-ham. É o que todos dizem, cara."

Demi sorri para Conor. "Infelizmente para ele, é verdade. Não aconteceu nada, além do fato que quase fui vítima de mutilação da orelha. Eu podia ter morrido."

"Fala sério, Semi, não era caso de morte."

"Tem artérias importantes na orelha. E se eu sangrasse até morrer?"

"Acho que não tem nenhuma artéria na minha orelha", rosno.

Aos risos, Con a avalia mais uma vez. "Certo. Então, se você não está com o meu capitão e não está com o fracassado que bateu nele, isso significa que está solteira?"

"Estou", diz ela, lançando um olhar zombeteiro para mim.

"Ótimo. Que tal eu pegar uma bebida pra você?"

"Boa ideia." Ela dá um passo na direção dele, depois olha por cima do ombro, como se estivesse esperando que eu a impedisse de tomar uma bebida com Conor.

Mas apenas dou de ombros, indiferente.

E ela vai embora.

24

HUNTER

DEMI: *Ganhou o jogo hoje?*
EU: *Isso, isso.*
ELA: *Não fala "isso". Mas que bom. Fico feliz.*
EU: *Tava com medo de que a gente fosse perder?*
ELA: *Pensei que talvez estivesse muito machucado da briga com Nico.*
EU: *As costelas estavam um pouco doloridas, mas aguentei firme.*
ELA: *Tá em casa agora?*
EU: *Tô, mas não por muito tempo. Indo para a cidade daqui a pouco. Um amigo meu é treinador de um time feminino de hóquei, e elas vão jogar esse fim de semana.*
ELA: *Você jogou hóquei o dia todo e agora vai ver hóquei a noite toda?*
EU: *Algum problema?*
ELA: *Você precisa de uma vida.*
EU: *Eu tenho uma. Chama hóquei.*

Digito outra mensagem, mas sou tomado pela hesitação. Meus dedos pairam sobre o botão de ENVIAR. Ainda sinto seu gosto em meus lábios, e tenho medo de ficar perto dela de novo.

Mas somos amigos. Se eu fizer de tudo para evitá-la depois de um beijo, que tipo de amigo sou?

Aperto ENVIAR.

EU: *Quer vir?*

Ela claramente tem seu próprio momento de hesitação, porque leva o mesmo tempo para responder.

ELA: *Tem certeza? Vai mais alguém ou só a gente?*
EU: *Só a gente. A menos que você queira que eu chame Conor...?*

Tem alguma fonte para *sarcasmo*? Sei muito bem que não aconteceu nada entre eles na noite passada, mas ver Con flertando com ela ainda me deixa irritado. E Demi entrou na onda. Atacou minha boca no banheiro, depois saiu com meu colega de time e tomou uma dose de tequila da barriga dele.

Mas, em sua defesa, eu praticamente empurrei Demi nos braços de Conor, fingindo que nem ligava para o que ela fazia com ele.

ELA: *Pode chamar quem quiser. Vou de Uber até a sua casa, para você não precisar dirigir até o campus. Acabou de começar a nevar.*

Quarenta e cinco minutos depois, Demi aparece embrulhada em sua parca, luvas e um cachecol verde-claro. Acho que a cor preferida dela é verde, porque a usa com frequência. Fica bem nela. Realça as pintinhas em seus olhos castanho-escuros.

"Então, quem é esse amigo que vou conhecer?", pergunta ela enquanto ligo o aquecedor para descongelar a neve no para-brisa.

Ela estava certa quanto à neve, mas, infelizmente, são só uns poucos flocos. Não está acumulando no chão, e me pergunto se o inverno não vem à Nova Inglaterra neste ano. Até agora, só tivemos uma nevasca de verdade, e já estava tudo derretido pela manhã. Se não tivermos neve no Natal, vou ficar chateado. É a única coisa que torna as férias em Connecticut suportáveis.

"Dean Di Laurentis", respondo. "É um ex-colega de time, formado há alguns anos. Ah, é o irmão da Summer."

"Humm. Isso significa que ele é tão... dramático quanto a Summer?" O tom dela é o cúmulo do tato.

"Não... ele é definitivamente mais tranquilo. Mas os dois podiam ser gêmeos."

Pela primeira vez, Demi me permite ouvir minhas próprias músicas durante a viagem. Acho que estamos os dois lembrando do que aconteceu na última vez em que usamos o Bluetooth dela. Ainda assim, ela faz questão de pular todas as músicas que não sejam dançantes ou que não saiba cantar.

Nenhum de nós toca no assunto do beijo. Mas fico pensando nele. E me pergunto se ela também está. Olho furtivamente para o lado, mas Demi parece ocupada demais, cantando ou dançando. Ela é a coisa mais linda do mundo, e sinto vontade de dar um soco na minha própria cara por tê-la rejeitado.

O time de Dean vai jogar num centro comunitário perto de Chestnut Hill. O estacionamento está surpreendentemente lotado, e custa vinte dólares para entrar. Tenho dinheiro para pagar, mas me sinto ultrajado.

"*Vinte* dólares", murmuro baixinho, quando saímos do Rover. "Isso é um absurdo."

"Você é um absurdo."

Rindo, confiro o telefone e vejo uma mensagem de Dean.

DEAN: *G e Logan também vieram. Estão atrás do banco do meu time.*

É sério? Como eles conseguiram essa façanha? Garrett é um dos jogadores de hóquei mais famosos do país. Na última vez em que o vi, ele admitiu que mal sai de casa, porque é reconhecido o tempo todo. Logan está na sua primeira temporada, então provavelmente ainda consegue passar despercebido, mas G é a estrela do time.

Quando chegamos aos nossos lugares, descubro que os dois jogadores de Boston são péssimos em disfarce. Estão ambos de boné, e Garrett está com um par de óculos quadrado na ponta do nariz.

Caio na gargalhada. "Óculos falso? Sério?"

Ele sorri. "Funcionou, não? Você olhou duas vezes."

"Não porque não te reconheci, mas porque você tá ridículo."

Logan ri.

Eu os apresento a Demi, que, graças à sua completa ignorância sobre o esporte, não dá muita bola para eles.

"Hannah ou Grace vêm?", pergunto. Espero que a resposta seja sim, porque seria bom se Demi tivesse alguma menina para conversar durante o jogo. Duvido que preste muita atenção ao que está acontecendo no gelo.

"Gracie está escrevendo um artigo", responde Logan. "Queria terminar antes das férias de inverno, para não precisar trabalhar durante as férias."

"E Hannah ainda está no estúdio", anuncia Garrett. "Disse que ia tentar encontrar a gente depois, se formos para algum lugar. E você, o que tem feito?"

"Ah, Hunter está superocupado", Demi responde por mim. "Foi preso, levou uma surra... muito, muito ocupado."

Logan solta o riso. "Não queria perguntar do seu lábio, mas já que você tocou no assunto..."

"Meu ex-namorado bateu nele", informa Demi. "Assumo total responsabilidade por isso."

"É, e você deveria assumir total responsabilidade pela história da prisão também", digo, em tom de acusação.

"Foi *você* que me fez usar o brinco de argola!"

"Não estou entendendo nada", diz Garrett, com franqueza.

Não temos chance de explicar — Dean acabou de nos ver e está batendo com a palma da mão no vidro de proteção do rinque para dizer oi.

"Aquele é o Dean", aviso Demi, que pela primeira vez está sem palavras.

"Ah", ela finalmente comenta. "Uau."

Estreito meus olhos. "O que significa isso?"

"Significa que ele é incrivelmente gato."

"É, e ele sabe disso", comenta Garrett, com um suspiro.

O primeiro período começa, e o exército de meninas de catorze anos comandado por Dean se espalha pelo gelo. O disco cai, e a central ganha a disputa, se desvencilhando de duas oponentes antes de passar para uma de suas defensoras. As meninas de Dean são boas. Muito, muito boas. Os árbitros, por outro lado, são péssimos.

"Que diabos foi isso?!", grita Logan, se levantando. "Elas estavam impedidas!"

No banco, Dean está com o rosto vermelho de indignação. "Impedimento!", troveja ele, mas o juiz ignora.

"Nossa, ele é bonito até com raiva", murmura Demi. "Gente, como vocês podem ignorar isso?"

"Moramos quatro anos com ele", diz Garrett, secamente. "Sabemos muito bem a atração que ele causa."

"Vocês acham que a vida é diferente quando se é assim tão bonito?"

Me inclino para a frente e dou um beliscão nela. "A gente devia perguntar isso pra *você*, a supermodelo daqui."

"Ah, obrigada, monge."

"Monge?", repete Garrett.

"Porque ele é celibatário", explica Demi.

G sorri. "Ainda tá nessa?"

"Isso, isso..."

"Não diga *isso, isso*", reclama Demi.

"... sabe como é, força de vontade implacável."

O restante do jogo, apesar de rápido, não é de todo competitivo. O time de Dean esmaga o adversário, marcando cinco gols. Noto que Dean é um treinador fantástico, que elogia as jogadoras sempre que elas voltam para o banco. Ele se inclina e sussurra no ouvido de uma das meninas por um bom tempo entre as trocas de linha, oferecendo sua sabedoria. Quando ela volta ao gelo no revezamento seguinte, quase marca o gol, depois do rebote de uma colega. Mesmo sem ter marcado, sorri para Dean quando sua linha volta para o banco. Essa é a marca de um grande técnico — ele é capaz de fazer você se sentir invencível, ganhando ou perdendo.

Depois da goleada, encontramos com Dean no saguão. "Estou só organizando com os outros professores a volta das meninas para o hotel", avisa ele. "Tenho que ir embora no ônibus com elas, mas quero sair depois. Posso encontrar vocês em algum lugar."

"Você não precisa ficar com elas?", pergunta Garrett.

"Não, pelo amor de Deus. Os pais estão acompanhando. Fiz meu trabalho, agora preciso dar o fora. Passei os últimos dois dias cercado de adolescentes." Mas ele diz isso em tom de brincadeira, e sei que se orgulha do desempenho do time no final de semana. "Você vai?"

"Em que lugar você tá pensando?", Demi pergunta.

"Humm. Bem, sábado é noite latina no Exodus Club."

Ela revira os olhos. "Por que você olhou para mim quando disse isso? Porque sou latina?"

Ele revira os olhos. "Não, porque foi você que me perguntou, boneca. Então, que tal?"

Demi olha para mim como quem diz: *Podemos?*

"Claro." Dou de ombros. "Por que não?"

Hannah Wells nos encontra na porta da boate. A fila para entrar está dando a volta no quarteirão, mas Dean não tem escrúpulos em caminhar até o segurança e falar um nome no ouvido dele. *Cara, você não pode deixar Garrett Graham esperando na fila*, é o que desconfio que esteja dizendo. E, um segundo depois, passamos pela corda de veludo.

Nosso pequeno grupo segue por um corredor escuro na direção do som do baixo retumbante e da guitarra espanhola. No final do corredor tem um guarda-volumes, onde deixamos nossos casacos de inverno.

"Quer dizer que a carreira de compositora está deslanchando, hein?", provoco Hannah, com um sorriso.

"Estou indo bem", diz ela, com modéstia.

"Você estava gravando com Delilah Sparks hoje. Isso é mais do que 'indo bem'."

"Nem me fala! Ainda não consigo acreditar. É surreal."

Quando entramos na boate, as luzes estroboscópicas bombardeiam minha visão. A música está alta, e o calor é escaldante. Três segundos depois, já estou suando sob a camiseta da Under Armour.

Demi passa o braço pelo meu. "Sabe dançar salsa, monge?"

"Não." Ela está com uma camiseta minúscula, e posso sentir o calor do seu corpo em mim. Droga. Queria que ela não tivesse me beijado. Estou com um tesão louco desde então.

"Vamos beber alguma coisa", sugere Garrett.

"Shots?", pergunta Logan, esperançoso.

"*Um* shot."

"Qual é, G, temos quatro dias de folga. Vamos aproveitar."

Garrett envolve a namorada com um braço musculoso. "Ah, vai por mim." Ele dá uma piscadinha. "Pode ter certeza de que vou aproveitar."

Hannah sorri.

Eles pedem uma rodada de shots, mas eu não bebo. Estou dirigindo, então preciso ficar sóbrio. E se a polícia parar a gente de novo? E se desta vez Demi decidir *mesmo* chupar meu pau no carro?

Sonhar não custa nada.

Passamos os minutos seguintes gritando um com o outro por cima da música. Quando a música muda, Demi dá um grito de alegria. É "Despacito", na versão de Bieber, e a boate inteira vai à loucura.

"Vem dançar comigo", implora ela, puxando meu braço. "É a minha música!"

"Não", digo com firmeza. "Não danço salsa."

"Eu danço", anuncia Dean, estendendo a mão.

"Jura?" Ela olha para ele antes de se virar para mim. "Ele é lindo *e* dança salsa? O que estou fazendo aqui com *você*?"

Ela está brincando, mesmo assim olho feio. "Ele tem namorada."

"É isso aí", confirma Dean. "Mas sou mestre em salsa graças à minha garota. Allie-Cat e eu fizemos aula de dança."

Demi pega a mão dele, e engulo um suspiro enquanto os vejo caminhar em direção à pista de dança.

"Ela é legal", me diz Logan.

"Eu sei. Somos bons amigos."

"Só amigos?"

Dou de ombros. "Tem um mês que ela terminou o namoro."

"E daí?"

Abro minha garrafa de água e dou um gole apressado. Não sei por que falei isso. Então volto a olhar para a pista de dança e quase engasgo com a água.

Maldito Dean. Desde quando ele dança salsa? E não faz feio, longe disso. Dean pode ter desistido da faculdade de direito para virar professor de educação física, mas ainda tem dinheiro de sobra. Está com uma calça caqui e camisa branca, os dois primeiros botões abertos e as mangas arregaçadas. Os cabelos loiros caem em sua testa enquanto ele gira Demi, como se estivessem em *Dança com as estrelas*.

"Olha só esses passos", comenta Garrett, surpreso.

Eles estão atraindo olhares até dos outros dançarinos. Demi está de calça legging, botas de couro e uma camiseta vermelha, mas, do jeito como seus quadris se movem, dá até para visualizá-la num vestido de verão leve e de salto alto, um daqueles com tiras que envolvem os tornozelos. Talvez uma flor no cabelo. Batom vermelho nos lábios carnudos.

E... agora estou encenando meu próprio filme pornô com temática latina na cabeça. E Dean dá vida à minha imaginação ao levantar uma das pernas dela e encaixá-la em seu quadril, e os dois fazem um pequeno movimento sensual antes de ele a girar de novo. Demi está com as bochechas vermelhas e os olhos brilhando de alegria. Dean sussurra algo em seu ouvido, e ela começa a rir.

O ciúme provoca um nó em minha garganta. É claro que estou sendo ridículo. Sempre tem química quando duas pessoas bonitas dançam, é inevitável. Mas ver as mãos de Dean no corpo de Demi faz meu sangue ferver.

"Que diabos é um *despacito*, afinal?", resmungo. "É que nem um *desperado*?"

Hannah começa a rir. "Significa 'devagarinho'."

"Tanto faz. É uma música de merda." Na verdade, não acho isso. Sempre fui indiferente a esse som. Só queria que acabasse logo. Olho emburrado para a pista de dança de novo.

"Só amigos?", pergunta Logan, com sarcasmo.

O suspiro que estava tentando segurar me escapa.

"Ah, ele tá a fim", brinca Hannah.

"Que é isso...", minto. "Estou colocando sexo e namoro em segundo plano neste ano. Quero me concentrar no hóquei."

"Entendi." Garrett assente algumas vezes. "Só que a vida é mais do que hóquei, Davenport." Ele olha para a namorada ao dizer isso. Hannah é tudo para ele. Não tenho dúvida de que ele abriria mão de tudo por ela, até da carreira promissora.

"Eu sei que é, mas fiz uma promessa pra mim mesmo. Sabe como é... tentar amadurecer como pessoa e toda essa merda."

Os caras riem alto, enquanto Hannah oferece um sorriso de admiração. "Na verdade, acho isso louvável", diz ela. "Ficamos tão envolvidos em sexo e relacionamentos que às vezes é bom tirar um tempo para você."

"Mas sexo é tão bom", protesta Logan.

Ele tem razão. O sexo é incrível, e, neste instante, Dean e Demi parecem recriar uma versão vertical disso na pista de dança. Meu estômago embrulha de novo.

"Você deveria ir até lá", sugere Garrett.

Estou prestes a dizer que não sei dançar salsa, mas o DJ troca a música de novo. Uma batida mais lenta e sensual reverbera pela boate. "Havana", de Camila Cabello. Acho que dou conta dessa.

"Volto já." Saio andando com passos firmes, deixando meus colegas para trás.

Dá para ouvir que estão rindo atrás de mim, mas não dou a mínima. Vou direto na direção de Demi. "Cai fora", digo a Dean.

É uma piada.

Mas com um fundo de verdade.

E ele sabe disso. Sorrindo, dá um tapa no meu ombro e sai para se juntar aos outros.

Demi olha para mim, uma sobrancelha arqueada. "Uau. Isso foi uma demarcação de território?"

"Não."

"Ah, não? Então você expulsou meu parceiro de dança por nada? O que vou fazer agora?" Ela pousa uma das mãos no quadril. Estamos cercados por outros dançarinos, mas permanecemos parados.

"Bem. Acho que vai ter que se virar comigo", digo, estendendo a mão em sua direção.

Ela abre um sorriso. "Demorou, hein?"

Eu a puxo para junto de mim, agarrando sua cintura. Demi descansa uma das mãos no meu ombro e coloca a outra na minha nuca, com os dedos se curvando frouxamente em volta do meu pescoço quando começamos a nos mover.

Felizmente, nossos corpos não se tocam lá embaixo, então sou poupado da agonia de senti-la se esfregando em mim. A experiência seria muito confusa para o meu pau.

Só que... maravilha. Agora ela está se esfregando em mim.

Resultado: pau confuso.

Tento afastar os quadris de seu corpo sexy, mas isso a faz soltar um suspiro exasperado. "Você tem que dançar comigo, Hunter. Não pode simplesmente ficar aí parado."

"Estou dançando com você", protesto.

"Seu corpo está a meio metro de distância! Onde você aprendeu a dançar? Na escola dos puritanos? Por que se deu o trabalho de me tirar para dançar?"

Dou de ombros.

Demi pensa por um segundo. Então solta uma risada triunfante. "Ai, meu Deus, você estava com ciúmes! Não gostou de me ver dançando com Dean!"

Encolho os ombros de novo.

"Rá!" Ela é tão mais baixa que eu que tem que puxar minha cabeça para trazer seus lábios ao meu ouvido. "Admita", sussurra.

Meus lábios viajam em direção ao ouvido *dela*. "Tá bom", sussurro de volta, e fico satisfeito de perceber um arrepio percorrendo seu corpo. "Talvez com um pouco de ciúme. Mas não era ciúme de verdade."

"E era o que então?"

"Era ciúme de corpo."

"Isso não existe."

"Existe, sim. Corpos ficam com ciúme quando veem outros corpos juntos."

"Tá bom. Pode enganar a si mesmo, se quiser."

Eu meio que preciso, para preservar minha própria sanidade. Não posso me permitir sentir alguma coisa por Demi. Quer dizer, claro que gosto dela. É uma pessoa incrível e nos divertimos juntos. Como *amigos*.

Não quero estragar nossa amizade.

Mas Demi parece estar doida para ver a coisa pegando fogo.

"Tenho um segredo", provoca ela, gesticulando para eu abaixar a cabeça de novo.

"O quê?" Minha voz soa estupidamente rouca.

A respiração dela faz cócegas no lóbulo de minha orelha. "Estou prestes a fazer uma coisa que você não vai gostar."

Como um tolo, pergunto: "O quê?"

E, em vez de responder, Demi deita a cabeça e encaixa a boca na minha.

O beijo é tão delicioso quanto da última vez. Tem gosto de tequila e uma pitada de cereja, provavelmente do doce vermelho que estava na boca dela durante o jogo. Demi ficava cutucando ele com a língua contra a bochecha, fazendo parecer que tinha um bicho vivo lá dentro.

Dou risada com a lembrança.

Ela se afasta, ofegante. "O que foi?"

"Nada. Só estava pensando na sua obsessão por doces e... esquece." Eu a beijo de novo, e sua língua invade ansiosa a minha boca.

Só de sentir seu toque na minha, surge em mim um lado ganancioso de homem das cavernas que nunca soube que possuía. Enfio a mão no cabelo dela e aprofundo o beijo. Ela ofega contra meus lábios. Estou plenamente consciente de que estamos no meio da pista, chupando a língua um do outro. Ouço a música. Percebo as pessoas à nossa volta. Não sei se estão dançando ou olhando para nós. Não ligo. Tudo o que me importa é beijá-la. E tocá-la.

Deslizo a mão por suas costas esbeltas e seguro sua bunda firme. Ah, Deus, quero arrancar essa calça legging. Quero dar um tapa nessa bunda perfeita. Quero enfiar um dedo nela e descobrir se está molhada por mim.

Demi interrompe o beijo de novo. "Vamos sair daqui", implora ela.

O desejo intenso em seus olhos me faz recobrar os sentidos. "Não", resmungo, afastando-a abruptamente da pista de dança.

"Por que não?", é sua resposta frustrada.

"Porque não quero complicar a nossa amizade."

"Faz cinco minutos que estamos nos beijando, Hunter! Já está complicado!"

"Não, não está. Foi só... um beijo." O melhor beijo da história. Meu corpo ainda está latejando.

Ela adota um tom acusatório. "Acho que você está tentando dar uma de difícil de propósito."

"Não estou, não", respondo, infeliz. "Olha, tomei essa decisão antes de conhecer você. E quero continuar assim. Quero provar pra mim mesmo que posso cumprir uma meta que estabeleci e não deixar o sexo acabar com a minha vida de novo."

"Isso não vai acontecer", insiste ela. "O time tá indo muito bem. Vocês estão ganhando todos os jogos."

"Sim, porque minha cabeça está limpa. E agora a questão não é só o celibato. Eu *gosto* de você. Essa amizade é tudo para mim, e nós dois sabemos muito bem que sexo estragaria tudo. Então, desculpa, tá legal? Não vou ceder à tentação de novo." Balanço a cabeça, derrotado. "Não posso."

Vejo a infelicidade cintilando em seus olhos por um momento. E então se transformar em determinação. "Tá bom. Não vou mais dar em cima de você. Mas só se você me prometer uma coisa."

"Demi..."

"Depois que a temporada acabar..." Ela levanta a cabeça em desafio. "Você vai voltar à ativa *comigo*, e a amizade que se dane."

25

DEMI

Alguns dias antes do início das férias, consigo sair para tomar um café com TJ, que me encontra na casa Theta. Está frio lá fora, mas nós dois concordamos que uma caminhada de inverno pelo campus seria uma delícia, então partimos na direção do Coffee Hut.

"Tá com raiva de mim?"

Seu tom magoado me faz olhar surpresa para ele. "Claro que não. Só andei muito ocupada. Estou trabalhando no estudo de caso, me preparando para as provas, planejando a festa de fim de ano com Josie, organizando o amigo oculto da turma de biologia. A vida está uma loucura agora."

"Não, eu sei. Mas sinto sua falta."

"Ah, eu também." Passo o braço no dele.

"Vai ficar em casa esta noite?", pergunta ele. "Vão montar uma pista de patinação em Hastings."

"Pista de patinação?"

"É, uma feira de inverno, sabe? É a primeira vez que a cidade organiza uma. Achei que podia ser legal. Tomar um chocolate quente, patinar um pouco, tirar uma foto com o Papai Noel."

"Parece divertido. Adoro essas feiras. Ah... mas combinei de ver o jogo do Hunter."

"Jogo do Hunter?"

Faço que sim com a cabeça. "Briar vai jogar contra... quer saber, nem perguntei quem eles vão enfrentar. Mas é um jogo em casa, e eu prometi que ia. Deve terminar lá pelas nove e meia, dez horas, né? Até que horas a feira fica aberta?"

Ele pega o celular, e vejo que a página da cidade de Hastings já estava aberta. "Diz aqui que vai até meia-noite."

Abro um sorriso, satisfeita. "Ótimo, então podemos ir. Devo sair lá pelas dez, e ainda vamos ter duas horas de feira. O que você acha?"

"Parece ótimo." Ele sorri, uma coisa rara de se ver.

Não posso negar que TJ não é a pessoa mais fácil de ter como amigo. É do tipo bem fechadão, mas, quando se abre para as pessoas, é um cara muito legal. Pode ser bem mal-humorado às vezes, e talvez por isso não passamos tanto tempo juntos. Mas isso não significa que não gosto dele. Também não aguento passar tempo demais com Pax, com sua natureza melodramática que sempre esgota a minha paciência.

TJ e eu seguimos pelo caminho sinuoso, ouvindo o barulho da neve sendo amassada sob nossos sapatos. O chão está coberto de gelo, e ele aperta meu braço quando chegamos a um trecho particularmente escorregadio.

"Eles precisam jogar sal nisso", reclama TJ.

"Não é? Quase caí de cara no chão agora."

Estamos a cerca de cinquenta metros do Coffe Hut quando TJ traz à tona o assunto Hunter. "Vocês dois estão saindo bastante juntos", comenta ele.

Não consigo decifrar seu tom. Acho que talvez contenha uma pitada de desaprovação, mas não tenho certeza. TJ às vezes é tão difícil de interpretar. "Bem, sim. Somos amigos."

Amigos que se beijam.

Guardo esse detalhe para mim. Droga, não sei por que ainda estou pensando nisso. Aconteceu só duas vezes, e eu ficaria feliz de beijá-lo de novo mais cem. Mas Hunter me rejeitou duas vezes e não quer mais nem um beijo.

Ai, e ele nem me prometeu que podíamos retomar o beijo quando a temporada de hóquei acabasse. Simplesmente reiterou que a nossa amizade é muito importante, e passamos o resto da noite com Dean e seus outros amigos, fingindo que não tínhamos acabado de devorar a boca um do outro.

É tão irritante. Frustrante. Não acredito que seja um problema de ego do meu lado, porque sei que não teria muita dificuldade em encontrar alguém para fazer sexo comigo. Metade dos homens no Tinder se ofereceriam para isso.

Mas não quero nenhum deles.

Quero Hunter Davenport.

Não me permiti me aprofundar muito sobre *o que* exatamente quero dele. Continuar beijando, sem dúvida. E sexo, claro. O simples pensamento de nossos corpos nus abraçados me deixa pegando fogo.

Meu pensamento não foi além disso. Mas na minha opinião ele está errado — acho que *poderíamos* ter uma amizade colorida sem complicar as coisas.

Não poderíamos?

"Só acho estranho", diz TJ, me acordando de meus pensamentos confusos.

"Por que é estranho?"

"Não sei. Ele é um pegador."

"Na verdade, não."

"É sim. Já te contei da história da biblioteca, no ano passado, não lembra? Qualquer um que come garotas em público é um escroto."

"Em primeiro lugar, esse não é um critério muito preciso. Tem muita gente respeitável com tendências exibicionistas. Você não estava prestando atenção na aula de Andrews sobre compulsão sexual? E, em segundo lugar, isso aconteceu no ano passado. Hunter está diferente agora. Nem está pegando ninguém."

"É, deve ser por causa do herpes."

Olho feio para TJ. "Que coisa mais grosseira de se dizer."

Ele dá de ombros. "A verdade nem sempre é bonita."

Agora reviro os olhos. "Que verdade? Está dizendo que Hunter Davenport tem herpes?"

"Acho que pode ter. Não me lembro direito, mas sou amigo de uma garota no alojamento, e ela disse que Davenport passou uma DST para ela no primeiro semestre do ano passado. Ela usou a palavra 'surto', então presumi que fosse herpes... mas não tem outras que também dão surto? Clamídia e gonorreia?"

"Não sei." Franzo a testa. "Você tá falando sério?"

"Juro por Deus."

Meu estômago revira de nojo. TJ é um cara decente e não costuma espalhar boatos, então estou predisposta a acreditar que ouviu mesmo alguma coisa. Mas não pode ser verdade. Hunter não tem uma doença sexualmente transmissível.

Bem, quer dizer... poderia ter.

De repente, algo mais me ocorre. É por *isso* que ele não é sexualmente ativo? Porque tem vergonha de ter alguma coisa e passar para outra pessoa?

É uma possibilidade, acho. De qualquer forma, não me sinto confortável discutindo os assuntos pessoais de Hunter com TJ, que obviamente não gosta dele.

"Tanto faz. Não tem nada a ver a gente ficar conversando sobre isso", diz TJ, antes que eu possa encerrar o assunto. "Não é da nossa conta."

"Tem razão", concordo.

"Eu nem deveria ter dito nada. Mas queria que você soubesse, só por precaução. Já que está passando tanto tempo com ele."

Mais tarde naquela noite, arrasto Pippa para o jogo de hóquei comigo e com Brenna. Principalmente porque estou preocupada que Brenna fique tão entretida com o jogo que vou acabar sem ninguém com quem conversar. Como eu, Pippa não é fã de hóquei. Nenhuma de nós seria capaz de explicar muito bem o que está acontecendo no gelo. Só vejo homens imensos patinando muito rápido e empunhando tacos.

Hunter me disse que é o camisa 12, então procuro pelo número. Acho que ele está se saindo bem... Mas não fez nenhum gol, então talvez esteja jogando mal...

Realmente não sei como avaliar o desempenho de alguém no hóquei. Nico jogava basquete no colégio e costumava fazer uma monte de cestas por jogo. Mas, quando pergunto a Brenna por que ninguém está marcando gol, ela explica que o hóquei não tem uma pontuação muito alta. Aparentemente, algumas partidas podem terminar em um a zero. Ou até num empate sem gols.

Por falar em Nico, Pippa pergunta sobre ele durante o primeiro intervalo. "Teve notícia de Nico depois que ele atacou o menino do hóquei?"

"Não."

"Ele tentou entrar em contato com você?", pergunta Brenna, curiosa.

"Não tenho ideia. Já falei, bloqueei Nico em tudo, até no e-mail. Acho que a essa altura ele já percebeu isso."

"Ah, já", confirma Pippa.

Olho atentamente para ela. "Você falou com ele?"

"Pessoalmente? Não. Mas Darius está falando com ele de novo."

Isso me faz franzir os lábios. Andei trocando mensagens com D no outro dia, e ele nem comentou que entrou em contato com meu ex.

"Darius disse que Nico está perdendo a cabeça. Os caras tiveram que impedi-lo à força várias vezes de aparecer na sua casa. D avisou que assim ele ia arrumar problema."

Faço uma anotação mental para ligar para Darius mais tarde e pedir mais detalhes.

"Mas não, ele definitivamente não te esqueceu, nem está lidando bem com a separação." Pippa olha para o rinque, onde o nivelador de gelo está preparando a superfície brilhante para o próximo período. Então muda o assunto do meu ex infiel para a amiga com quem ele me traiu. "Corinne disse que vocês andaram trocando mensagens de novo."

Faço que sim com a cabeça. "Ela me mandou um meme engraçado outro dia e tivemos uma breve conversa."

"De qualquer forma, ela ainda está se sentindo péssima com tudo isso."

"Acho bom", murmuro, mas a raiva que sinto por nossa amiga não é tão intensa quanto costumava ser. Até minha raiva de Nico diminuiu.

"Queria muito que vocês duas pudessem ser amigas de novo um dia, para as coisas voltarem a ser como antes. A gente podia sair as três juntas depois das férias, que tal?"

Solto um suspiro. "Bom, de repente dá pra tentar."

"Espera, você está trocando mensagens e fazendo planos de sair com a garota que dormiu com o seu namorado?", pergunta Brenna. Ela está com a boca escancarada de descrença, o que chama a atenção para seus lábios, pintados de vermelho como sempre. É o único toque de cor em seu visual de camisa de gola alta preta, calça legging e botas de couro.

Pippa balança a cabeça, com ironia. "Sério, Demi, você é tão compreensiva e generosa que me faz querer te dar um soco."

"Ah é? Essas minhas duas qualidades maravilhosas fazem você querer me dar um *soco*? Além do mais, foi você que acabou de sugerir que a gente se encontrasse. Está me incentivando a ser amiga de Corinne de novo."

"Sim, mas, quando você concorda com isso, está dando um péssimo exemplo para o restante de nós. Você sabe de quem eu estou falando, as pessoas que guardam rancor."

Brenna sorri. "Vou te contar, guardo muito rancor."

Reviro os olhos para as duas. "Quero ser psicóloga. Isso significa que preciso praticar o que defendo, né?"

O segundo período começa com o árbitro patinando até o centro do rinque e deixando o disco cair.

"Como ele não se machuca?", pergunta Pippa.

"Quem, o juiz?", devolve Brenna.

"É! Olha só o pobrezinho! Está muito perto da confusão. Qualquer hora um desses gigantes pode quebrar todos os ossos dele."

"Eu sei que parece perigoso, mas os árbitros sabem como ficar fora do caminho", garante Brenna.

A torcida se agita, e presto bastante atenção, tentando entender o que estou vendo. O camisa 12 está voando para além da linha azul no centro da pista. "Humm, aquele é o Hunter! E ele está sozinho."

Brenna explica a situação no jargão do hóquei. "Está puxando um contra-ataque."

Ai, Deus, ele está voando em direção ao gol adversário, o taco erguido, pronto para disparar. Meu coração pula para a garganta, e me vejo ficando de pé.

"Puta merda, você gosta de hóquei!", acusa Pippa, olhando para mim, em choque.

"Gosto? Não. Mas você viu aquilo?" Hunter errou, mas ainda assim foi ridiculamente emocionante de assistir.

Pippa estreita os olhos. "Ahhhhh", ela diz por fim. "Entendi o que está acontecendo. Você não gosta de hóquei. Gosta do *jogador* de hóquei."

"Não", minto. Mas então solto um gemido. "Bem, talvez um pouco."

Brenna assobia. "Isso significa *muito*. Já encontrou a chave do cinto de castidade dele?"

Uma risada me escapa. "Infelizmente não. Continua trancado." Hesito por um instante. Não contei a ninguém sobre o beijo, mas suspeito que isso está prestes a mudar. Preciso de conselhos, e não tem hora melhor que agora. Então, com Brenna e Pippa sentadas ali, sorrindo para mim, confesso os dois beijos, que chamo de beijo do banheiro e beijo da salsa. "O beijo da salsa teve um pouquinho de mão na bunda", confesso. "Mas aí ele parou de avançar. Acho que preciso aceitar que não está interessado."

"Nada disso", diz Brenna.

Pippa concorda assentindo com a cabeça. "Se ele não estivesse interessado, não teria retribuído o beijo."

"E depois *interrompido* o beijo", reitero. "Ele está decidido a tentar ser um bom líder para o time e tratar o hóquei como prioridade."

"Dormir com você não vai acabar com o time." Brenna revira os olhos. "Que bobeira."

"Talvez não, mas não posso forçar ninguém a dormir comigo. Já ouviu falar de uma coisa chamada consentimento?"

"Ninguém está falando para você forçar nada", argumenta Pippa. "Mas não faria mal dar uma provocadinha nele, né?"

"Fiz mais do que provocar. Eu o beijei duas vezes. Ele me rejeitou duas vezes. E, depois do beijo da salsa, falei que não ia mais dar em cima dele até o final da temporada."

"Então não dê em cima dele." Um brilho maligno ilumina os olhos de Brenna. "Você precisa mudar de tática, amiga. Para de ir atrás dele. Faça ele vir atrás de *você*."

"Como?"

"Provocando ciúme. Paquerando um amigo dele."

"Uuuhh, Operação Ciúme!", exclama Pippa. "É isso que você precisa fazer."

Provocar ciúme... Acho que já fiz isso, na noite em que dancei com Dean. E então me dou conta de que funcionou. Eu não estava flertando abertamente, mas o simples ato de dançar com outro homem desencadeou os instintos possessivos de Hunter.

"Tem sempre uma festa depois dos jogos, né?", pergunta Pippa. "Você deveria fazer isso hoje mesmo."

"Não posso. Marquei de encontrar com TJ. Ai, merda, acabei de lembrar! Preciso escrever pra ele dizendo quanto tempo vou levar para chegar. Que horas termina o jogo?", pergunto a Brenna. Estou preocupada que vou acabar me atrasando, porque, embora a gente tenha chegado aqui às sete e meia, a partida só começou depois das oito. Teve um monte de coisa antes, inclusive uma cerimônia em homenagem a um ex-aluno de meia-idade que parece que quebrou um monte de recordes antigamente.

"O segundo período acabou de começar. Então ainda deve faltar pelo menos uma hora, uma hora e meia. E talvez mais meia hora até os meninos tomarem banho e se trocarem..."

Merda, isso significa que vai acabar lá pelas onze. E, se eu quiser dar um oi para Hunter depois que ele sair do vestiário, é bem improvável que chegue a Hastings a tempo. Merda.

Pego o telefone e abro minhas mensagens com TJ.

EU: *Oi, parece que entendi os horários totalmente errado. Só devo sair lá pelas 11. Acho que não vale a pena chegar às 11, se a feira fecha às 12. Amanhã tem feira também?*
TJ: *Não sei. Você não pode sair antes do final do jogo?*
EU: *Até poderia, mas estou com Pippa e Brenna, e prometi a Hunter que falaria com ele depois do jogo.*

Há uma longa pausa. E nada de resposta.

EU: *Desculpa. Por favor, não fica bravo. Marcamos a feira de última hora, lembra? Eu já tinha combinado de vir ao jogo.*
ELE: *Eu sei. Tá tudo bem, D. Divirta-se no jogo.*

Ele está claramente irritado. E não o culpo por isso. Mas também estou cansada de ficar cuidando dele o tempo todo. TJ me pede para sair quase todo dia. Somos amigos, claro, mas não vejo nem Pippa todo dia, e a considero minha melhor amiga. Droga, nem Nico eu via todo dia, e éramos *namorados*.

Mesmo assim, me sinto mal por não conseguir chegar à feira em tempo. Não deveria ter marcado duas coisas diferentes na mesma noite. Sempre que você faz isso, alguma coisa atrasa, e agora decepcionei um dos meus melhores amigos.

EU: *Desculpa, querido. É culpa minha. Não deveria ter feito planos já tendo outras coisas para fazer. Acabou encavalando tudo, e peço desculpa por isso. Amanhã eu te ligo pra gente marcar alguma coisa que se encaixe com os nossos horários, tá bom? Bjo*

Ele responde com um *bjo* seguido de um *Tá bom.*
Ufa. Fico feliz de ter contornado essa. Agora é hora de assuntos mais prementes.

"Não vou mais encontrar TJ", digo às meninas. "Então acho que posso ir à festa depois do jogo. Qual deve ser a minha tática?"

"Flertar e seduzir", aconselha Brenna. "Escolha o amigo mais gostoso dele... acho que é Conor, ou Matty. Vá pra cima e tenha certeza de que Hunter esteja vendo."

"E aí?"

Ela dá de ombros. "Se ele morder a isca, com sorte vai ter um cinto de castidade no chão do seu quarto hoje à noite. Caso contrário... você fica com Conor ou Matty, ora."

Hesito. "Mas eu mal conheço esses caras."

Pippa bufa. "Você é a universitária mais comportada do planeta. Não tem problema nenhum ficar com caras que você não conhece desde os oito anos de idade, D."

Mostro a língua para ela.

"Estou falando sério. Você tem o direito de experimentar. Não sabe nem se não estava fazendo o pior sexo da sua vida com Nico e só achava bom porque não tinha experiência. Vai descobrir as coisas."

"O sexo com Nico era bom." Faço uma pausa. "Bem, tirando o oral abaixo da média." Afinal, quem estou querendo enganar? Nico nunca chegou nem perto da média. "Mas nunca liguei. Eu podia passar muito bem sem o oral."

"Mas é a parte mais importante!", diz Brenna, indignada.

"Se eu ficar com Hunter hoje à noite, devo me preocupar com... hã...

você sabe, doenças sexualmente transmissíveis?" O aviso de TJ continua espreitando em minha mente.

"Tipo, se preocupar se Hunter tem alguma coisa?" Brenna pensa sobre isso. "Ninguém nunca me falou nada, mas claro que não dá pra ter certeza." Ela enruga a testa para mim. "Mas é pra isso que existe a conversa antes de vocês tirarem a roupa."

"A conversa?"

"Sobre todas essas questões", explica ela. "Doença, controle de natalidade, qualquer fetiche estranho que você queira que o outro saiba. Por exemplo, se um cara tem tara por pé, preciso saber dessa merda antes, pra não vomitar nele."

Pippa começa a rir. "Ai, meu Deus, isso é genial. Tara por pé precisa ser divulgada antes do sexo. E nem me falem do cara no segundo ano que queria que eu fizesse xixi nele."

Resisto ao desejo de enterrar o rosto nas mãos e gemer de desespero. Sou um peixe fora d'água aqui. Só dormi com uma pessoa na vida. Perdi a virgindade com ele, e namoramos por anos. Nunca tive necessidade de ter "a conversa".

E nunca, jamais tive que me perguntar se ele *queria que eu fizesse xixi nele*.

Nunca me imaginei ingênua ou inexperiente. Me achava uma garota esperta e corajosa de Miami que era dona do próprio corpo e estava no controle da própria sexualidade. Mas talvez seja hora de crescer um pouco. *Preciso* pensar em coisas como DSTs e novos parceiros.

E, se tudo correr como planejado, nesta noite, esse novo parceiro será Hunter Davenport.

26

DEMI

A festa é na casa de Conor. Por causa da última vez que estive aqui, sei que ele mora com quatro amigos e todos jogam hóquei. Na verdade, a maior parte dos homens na casa hoje é jogador de hóquei, o que significa que não tem muito espaço para manobras. É músculo pra dar e vender.

A música eletrônica ruim está nas alturas, o que faz minhas têmporas latejarem. Nunca gostei muito desse tipo de som. Nico e eu fomos a algumas raves em Miami, mas não era a minha praia. Lá, ele tentou me convencer a tomar ecstasy, e eu disse nem pensar, o que surpreendeu a maioria dos amigos dele.

É engraçado, mas as pessoas me julgam mais imprudente do que realmente sou. Quer dizer, posso começar a dançar de uma hora para a outra, não importa onde esteja. Converso com estranhos na fila do caixa da farmácia. E, claro, se alguém me chamasse para pular de paraquedas ou de bungee jumping, eu pensaria a respeito. Mas nunca me liguei em drogas ou nas atividades perigosas de que nossos amigos de Miami participavam. Sempre que ia de férias para lá, Nico gostava de ir ver corridas de carro. Ilegais, claro, o que significava que eu passava o tempo todo olhando por cima do ombro, esperando a polícia aparecer.

Portanto, não, imprudência não é uma característica minha, em termos gerais. Mas vou ser imprudente hoje. Vou provocar meu amigo e, quem sabe, convencê-lo a quebrar sua promessa. Acho que isso provavelmente significa que sou bem babaca, mas uma parte de mim acha que Hunter está tentando compensar alguma outra coisa. No ano passado, ele agiu de maneira autodestrutiva, saiu com garotas aleatórias, bebeu demais. Mas não acredito que seja essa sua natureza. Acho que estava só se recuperando da rejeição de Summer e do que interpretou como traição por parte de um amigo.

Na minha opinião, não foi por causa do sexo que a temporada de hóquei dele foi pro espaço no ano passado, nem acho que a *falta* de sexo seja responsável pelo sucesso do time este ano.

Estou começando a acreditar que é uma questão de confiança. Ele não confia em si mesmo para tomar boas decisões no momento. Mas não acho que evitar toda e qualquer situação que exija decisões difíceis seja a solução.

Meu olhar segue na direção de Hunter. Ele está do outro lado da sala, conversando, na maior animação, com Matt Anderson. Enquanto isso, estou em um canto, feito uma fracassada, chupando um dos muitos pirulitos que sempre trago na bolsa. Hunter me deixou por conta própria desde que chegamos aqui, mas essa não é a minha turma, e não deixo de notar os olhares raivosos que estou recebendo das torcedoras de hóquei, como se estivesse invadindo a propriedade delas.

Não entendo a cabeça das fãs de esportes. O fato de se comportarem como se eu estivesse tentando *roubar* alguma coisa delas me diz que não se importam com os homens que cobiçam, só com o status que eles lhes proporcionam. Olho para Hunter e vejo Hunter. Elas olham para ele e veem o jogador de hóquei.

"Qual é o problema? Não está se divertindo?" Conor se aproxima e se junta a mim na porta.

É impossível olhar para Conor sem perceber como ele é incrivelmente atraente. Ele meio que se parece com o outro amigo de Hunter, Dean, só que de um jeito meio surfista, enquanto Dean poderia estar posando para propagandas de perfume ou roupas íntimas.

"Humm, só não conheço ninguém." Dou de ombros, girando, distraída, o palito do pirulito entre o polegar e o indicador.

"Você *me* conhece." Ele abre um sorriso torto.

"Verdade."

Ele acena com a cabeça na direção de Hunter. "E Davenport."

"Verdade também. Mas ele tá ocupado agora."

"Bem, eu não estou." Conor inclina a cabeça. "Vem dançar comigo. A gente pode se distrair."

Em geral, não recusaria um pedido para dançar, mas minha bexiga está cheia por causa dos dois refrigerantes que bebi no jogo e da vodca com amora que um dos colegas de Conor fez para mim.

"Até iria, mas preciso ir ao banheiro", admito. "Se a gente fosse dançar, no mínimo eu ia fazer xixi em você todinho." Mas vai ver esse é o fetiche dele. Como aprendi hoje, tem gente que *gosta* disso.

Ele ri. "Tudo bem, que tal você resolver esse pequeno problema primeiro e depois a gente reavalia?"

Olho para trás de nós e vejo a fila do banheiro do primeiro andar. "Que tal você me fazer companhia enquanto espero?"

"Posso fazer melhor que isso." Ele pisca e estende a mão.

Eu aceito.

E, quando noto Hunter franzindo a testa em nossa direção antes de sair da sala, não consigo evitar um sorriso presunçoso. Não era minha intenção que isso acontecesse neste exato segundo, mas parece que a Operação Ciúme começou oficialmente.

No andar de cima, Conor abre uma porta e me diz para entrar. "Meu quarto é a suíte. O banheiro é todo seu, *milady*."

Eu dou risada. "Obrigada, milorde."

No banheiro, tiro o pirulito da boca, depois levanto o vestido e faço xixi. Me sinto um pouco idiota de usar um vestido curto no meio do inverno, mas passamos na casa de Brenna e de Hunter depois do jogo, e ela me convenceu a trocar a calça legging e a blusa por um vestido seu — um de manga comprida canelado que mal chega aos meus joelhos. Preto, claro.

Enquanto lavo as mãos, ouço o murmúrio de vozes do outro lado da porta do banheiro. Uma mulher e mais de um homem. Saio e encontro Matt esparramado na cama do lado de uma garota de tranças escuras. "Oi!", diz ela, quando me vê. "Sou Andrea."

"Demi."

"Senta aqui", chama Conor, do sofá. A suíte é grande o suficiente para comportar uma cama de casal, uma cômoda, um sofá e uma televisão enorme de tela plana. Conor está numa das pontas do sofá, brincando com um controle de video game. Hunter está do outro lado, abrindo uma garrafa de líquido cor de âmbar.

"Uísque?", digo, franzindo o nariz. "Está bebendo uísque agora? O que aconteceu com a sua preciosa cerveja?" Quando chegamos aqui, Hunter não parava de falar que Matt tinha comprado uma caixa de Dampf Punk para eles. Claro que eu perguntei por que alguém escolheria um nome tão estúpido para uma cerveja, e ele me mostrou o dedo médio.

"Acabou. Só tem a cerveja aguada do barril." Ele faz uma careta. "Vem tomar um shot comigo, Semi."

Fico hesitante. Se começar a virar shots, posso perder a cabeça. Por outro lado, um pouco de coragem líquida bem que podia me ajudar. Verdade seja dita, não tenho ideia de como seduzir alguém.

"Tudo bem mesmo se eu dormir no seu sofá hoje?", pergunto a ele.

Hunter assente. Ele tira o boné para passar os dedos pelos cabelos escuros e depois o coloca de novo.

Eu me junto a ele no sofá. "Certo. Manda ver."

Enquanto Conor está ocupado configurando um jogo de skate, Hunter serve uma dose e vira.

Observo sua garganta larga enquanto ele engole o uísque. Quero beijá-lo ali mesmo — bem na base do pescoço. Eu me pergunto se sentiria a pulsação dele vibrando sob meus lábios.

Ele me passa o copo. Olho com suspeita. "O quê? Não tem um copo pra mim?"

"Só tem um aqui em cima. Se quiser o seu, vai lá embaixo e pega." Hunter levanta uma sobrancelha. "Qual o problema, tá com medo de pegar meus bichinhos?"

"Sua língua já esteve na minha boca. Se você tiver bichinhos, eu já peguei."

Isso faz Conor rir. "Serve uma dose pra mim também."

"Eu primeiro", digo, levando o copo aos meus lábios.

Viro tudo, e o álcool faz meus olhos lacrimejarem na hora. Eca. Não estou acostumada com uísque, acho. Dou conta de tequila como uma profissional, mas alguma coisa nessa bebida está me deixando alegrinha mais depressa que o normal.

Hunter serve outra dose, que passo para Conor. Ele engole e depois começa um jogo. Fico observando enquanto o skatista dele faz uma série de manobras num *halfpipe* de concreto.

"Ei, isso é em Jacksonville!", exclamo, olhando para a cena na tela.

"Kona Skatepark", confirma Conor. "Já foi lá?"

"Algumas vezes. Meu ex", nossa, como ainda é estranho dizer isso, "era amigo de um monte de skatistas. Já foi à Flórida?", pergunto a ele.

"Não... sou da Costa Oeste."

"Califórnia?"

Conor assente. "Huntington Beach."

"Nunca fui", admito.

"Você deveria me visitar no verão. Posso te mostrar a região."

Hunter revira os olhos. "Cuidado, Semi. Essa é a cantada dele."

"Não estou fazendo nada", protesta Conor. "Tô só sentado aqui, bem comportado, jogando meu video game." Ele aperta os botões no controle e depois me lança um sorriso arrogante. "A menos que você queira que eu faça alguma coisa?"

Penso no assunto. "Talvez."

Hunter faz um barulho de irritação. "Demi. Acho que vou ter que confiscar sua bebida."

"Eu só tomei um shot!"

"E ele claramente tá afetando o seu juízo, se você estiver flertando abertamente com esse idiota."

Da cama, Andrea o ouve e ri. "Hã. Não dá pra *não* flertar com Conor Edwards. Ele desperta esse lado nas mulheres."

"E eu?", reclama Matt, e noto que eles se aproximaram um do outro e estão praticamente abraçados. "O que eu desperto em você?"

Ela sussurra algo em seu ouvido. Matt ri em resposta, e perco o interesse.

Conor passa o controle para Hunter, que se inclina para a frente e descansa os antebraços nas coxas. Sua testa fica mais concentrada, enquanto o skatista executa uma série de manobras. Não reconheço a pista seguinte e, para ser sincera, minha paciência para video games oficialmente chegou ao limite.

Enquanto isso, não deixo de notar que Conor se aproximou de mim.

Ele tem um cheiro bom, parece sândalo e sabão cítrico. Seu cabelo está levemente úmido do banho que deve ter tomado depois do jogo. Está de camiseta e bermuda cargo, descalço.

Deve ser coisa de jogador de hóquei, ter uma temperatura corporal perpetuamente alta — Hunter tirou o moletom quase no segundo em que chegamos à festa, ficando com sua costumeira regata.

"Então." Conor parece pensativo. "Já concluímos que você quer que eu dê a minha cantada."

"Eu falei *talvez*", eu lembro, toda tímida.

"Certo... E o que eu preciso para transformar o *talvez* num *claro*?"

"Não sei. Faz uma oferta, e vamos ver o que acontece."

"Humm." Seus longos dedos viajam pela minha manga e brincam com uma mecha do meu cabelo. "Que tal o melhor sexo da sua vida?"

Hunter bufa. Ele continua olhando para a televisão.

"O que mais você tem para oferecer?" Descanso levemente a mão no joelho de Conor, e desta vez Hunter desvia o olhar ligeiramente.

"Que tal a melhor massagem da sua vida?"

"Cara, você tem que parar de ser exagerado assim. Isso só cria expectativas impossíveis de satisfazer." Hunter joga o controle no colo de Conor. "Sua vez. Vou mijar." Ele se levanta e entra no banheiro.

Conor não começa um jogo novo. Em vez disso, coloca o controle no chão e inclina o corpo em direção ao meu. Seus olhos prateados brilham como se soubessem de alguma coisa. "Então, tem alguma coisa acontecendo entre você e o capitão?"

"A gente se beijou algumas vezes", confesso, com a língua solta pelo uísque. "Mas ele não quer fazer mais nada."

"Ah, é. O voto de celibato."

"Pois é."

"É por isso que você tá dando em cima de mim?" Ele deita a cabeça, e seus lábios estão curvados num sorriso zombeteiro. "Quer dobrar o cara despertando ciúme?"

"Não estou dando em cima de você."

"Não vamos fazer isso."

"Isso o quê?"

"Mentir um para o outro." Aos risos, Conor segura meu queixo com o polegar e o indicador, forçando contato visual. "Quer minha ajuda ou não?"

Minha garganta fica seca. Engulo algumas vezes, mas isso não ajuda. "Acha que a gente consegue convencê-lo?"

"Gata", diz ele. "Eu convenço qualquer um."

27

HUNTER

Quando saio do banheiro, Demi e Conor ainda estão no sofá, mas Matt e Andrea se foram. Não fico particularmente satisfeito com a proximidade entre Demi e Con. Ela está sentada tão perto dele que podia estar no colo do cara.

Mas não posso dizer nada, porque deixei minha posição clara na semana passada. Disse que queria só amizade. O que significa que, se ela quer dar em cima do meu colega de time, eu seria um verdadeiro idiota se tentar detê-la. E seria um capitão egoísta se empatasse um dos meus jogadores.

Essa é a regra número cinco mil da terceira revisão do manual do capitão. *O pau do seu colega de time vem primeiro.*

Mesmo com a paquera rolando solta, eles não me pedem para sair. E, como um idiota, não saio, apesar de ser obviamente a vela da situação.

Conor murmura algo que faz Demi rir.

Fico logo eriçado. "O que vocês estão sussurrando aí?"

"Nada. Passa a garrafa?" Con estende a mão.

Olho para Demi. Suas bochechas estão coradas, mas não sei dizer se é por causa de consumo excessivo de álcool.

"É para mim", avisa Con, sabendo o que estou pensando.

Inclino-me para lhe entregar o uísque, e ele dá um gole direto do gargalo.

Ele me devolve, e dou um gole também. Talvez seja disso que esteja precisando — tomar um porre. Porque está na cara que Demi vai arrumar uma transa para esquecer hoje e, se não for com Con, corto fora o meu braço. E por que não? Apesar da reputação de pegador, nunca ouvi uma única mulher falar que se sentiu usada ou que não se divertiu com ele.

"Então vocês se beijaram", diz Con, de repente, os olhos cinzentos fixos em mim. "Como foi?"

Fenomenal. "Foi legal", respondo bem alto.

O suspiro indignado de Demi me faz sorrir. "Legal? Vai se ferrar, monge. Meu beijo é mais do que legal. Beijo muito bem." Seus olhos me desafiam a contestá-la.

"Ela beija muito bem", admito.

Demi sorri para mim. "E você quer fazer isso de novo...?", provoca ela.

"Não."

Conor solta uma gargalhada. "Caramba, você não faz bem para o ego de uma mulher."

"Vai por mim, o ego dela não é problema."

"Verdade", confirma Demi. "Tenho confiança de sobra de que sou uma ótima pessoa."

"Ah, é?" Conor está com o braço em volta dela agora, enquanto acaricia, de forma provocante, sua coxa nua com as pontas dos dedos da outra mão.

Apesar das mangas compridas, o vestido preto de Demi é indecentemente curto. Não me lembro de ela ter usado isso no jogo. Quando teve tempo de trocar de roupa?

Está ficando difícil respirar. Não estou bêbado o suficiente para isso. E muito menos para ver a mão de Con subir até o pescoço dela, e os nós de seus dedos roçarem o peito direito de Demi no caminho. Ele então começa a acariciar seu pescoço.

Ela prende a respiração. "Você acabou de me apalpar?"

"Não." Ele oferece um sorriso lascivo, com a língua entre os dentes.

"Você roçou o meu peito."

"Então, rocei, não apalpei."

"É a mesma coisa. Não é, Hunter?"

Não respondo. Minha boca está seca. Lembro do beijo na boate em Boston e do quanto queria segurar esses seios com as duas mãos, brincar com seus mamilos em meus polegares até ficarem mais duros que gelo.

Mas estávamos em público, e não fiz isso. E, mesmo num lugar reservado, ainda não posso fazer.

Será que ver Conor fazer isso vai me proporcionar algum tipo de satisfação? Existe isso de apalpar seios indiretamente?

Mas Con não está mais concentrado nos seios perfeitos de Demi. Ele abaixa a boca, e Demi chia de surpresa.

Meus músculos se enrijecem todos quando vejo sua cabeça loira enterrada no pescoço de Demi. Ela, por outro lado, amolece feito manteiga quente. Seu corpo praticamente derrete sob Con, e ela ainda deita a cabeça, a fim de facilitar o acesso ao pescoço.

Já não tenho mais dificuldade para respirar — está impossível. O ciúme pulsa ritmicamente em meu sangue. Mas a excitação também. É melhor me levantar e sair, o mais rápido possível. Qualquer outra coisa seria tortura.

Mas minha bunda continua colada no sofá.

Conor levanta a cabeça, com as pálpebras pesadas de luxúria. "Quero beijar você", sussurra para Demi, que inspira profundamente.

Estico os dedos sobre o joelho, para impedi-los de se fecharem num punho.

Con me lança um olhar breve, pisca e então leva a boca até a de Demi.

Filho da puta.

Ela retribui o beijo, abrindo os lábios para ele, e quase solto um palavrão em voz alta quando vejo a língua dele entrando na boca dela.

Cerro os dentes. Enfim, encontro minha voz. "Acho que vou..."

Demi interrompe o beijo e planta a mão na minha coxa. "Fica."

Ai, minha mãe do céu. Pois é, definitivamente acabou o oxigênio deste quarto. "Melhor não...", murmuro. "Acho que vocês podem precisar de privacidade."

Conor lambe o lábio inferior. "Quando você tava no banheiro, contei pra Demi que você me viu ganhando um boquete. Ela disse que foi a coisa mais sexy que já ouviu."

Olho bruscamente para Demi, cujos lábios se curvam sedutoramente. "Muito sexy", diz ela, com uma voz rouca. "Por que você não se juntou a eles?"

"Foi o que eu disse!" Con acaricia seu pescoço novamente. Sei o momento em que ele a beija, porque ela suspira de prazer.

Quando ele levanta a cabeça de novo, arqueia uma sobrancelha e seu olhar encontra o meu, como se dissesse: *Eu topo qualquer parada. E você?*

Não sei o que estou sentindo. Sei que estou duro feito pedra e que não deveria estar.

Sei que Demi está passando os dedos pelos cabelos compridos de Conor e puxando os fios loiros para guiá-lo mais para a frente.

Sei que, quando vejo suas línguas se tocarem, quero arrancar a de Con e usar no pescoço como um troféu de guerra, enquanto trepo com Demi bem na frente dele.

E é aí que eu exploda. O ciúme abrasador em meu sangue rivaliza com a necessidade primordial que inunda o meu corpo. Rosno feito um cão de guarda e fico de pé, trazendo Demi comigo à força.

"Não. Não, não, não, não, *não*."

Ela arregala os olhos. "Tá maluco!"

Conor apenas ri.

"A gente vai embora", rosno para ela, enquanto meu pulso acelera e minha respiração falha.

"Mas..."

Eu calo seu protesto com outro rosnado. "Quer transar pra esquecer? Vou te dar o que você quer. Anda."

28

DEMI

Não me lembro de chegar à casa de Hunter. Não porque estou bêbada e inconsciente do meu entorno, mas porque estou tão ansiosa que não consigo pensar nem enxergar direito. Droga, também não estou ouvindo muito bem — o único som que registro é o pulsar incessante do meu coração.

Dobrar Hunter foi tão fácil. Mas não vou mentir — por um momento, fiquei com medo de ter cruzado a linha entre deixá-lo com ciúmes e afastá-lo de vez. Não posso negar que foi bom beijar Conor, mas nada rivaliza com a emoção vertiginosa de tropeçar no quarto de Hunter e vislumbrar aquele olhar voraz em seu rosto.

Ele fecha a porta com um chute. E tranca. Então vem para cima de mim como um predador. E detém o passo quando nossos corpos estão a menos de trinta centímetros de distância. "Tem certeza disso?" Sua voz é baixa. Rouca.

"Tenho." Engulo em seco. "E você?"

Ele está ofegante. "Tenho, infelizmente."

Meu queixo cai. "Sério, Hunter? A ideia de transar comigo é *tãããão ruim...*" Ele me interrompe com um beijo, e já esqueci do que estava reclamando.

Estou obcecada com os beijos desse cara. Quentes, apaixonados, língua na medida certa, sem exageros. Ele sabe como tirar gemidos da minha garganta, como me seduzir com sua boca firme e talentosa. E, quando sua língua desliza sobre a minha sedutoramente, suas grandes mãos descem para a minha bunda, acariciando a pele onde a bainha do vestido de Brenna termina.

"Esse vestido é muito curto", sussurra ele no meu ouvido, antes de enfiar as mãos por baixo e apertar minha bunda. Com o fio dental que estou usando, é como se minhas nádegas estivessem nuas.

"Curto é ruim?", pergunto, sem fôlego.

"É, quando a mão de Conor Edwards está na sua coxa."

"Tá com ciúme?"

"Tô." Nenhuma negação, apenas puro apetite em seus olhos escuros enquanto Hunter tira o vestido pela minha cabeça. Ele o coloca de lado e depois dá um passo para trás para admirar minha lingerie. "Tira o sutiã", ordena. "Deixa eu ver esses peitos."

Meus dedos tremem ao abrir o fecho da frente. O sutiã bate no chão. Agora estou só de calcinha na frente dele, com o coração batendo forte.

Ele me admira por um momento. Então passa a língua nos lábios e se aproxima de novo, enchendo as mãos com meus seios sensíveis. Quando seus polegares pegam meus mamilos, solto um gemido. Estão tão duros que dói.

"Seus peitos são perfeitos, Demi."

Não consigo falar. Estou ocupada demais vendo o rosto dele enquanto brinca com meus seios. Cada carícia faz meu coração bater ainda mais depressa. Tenho certeza de que ele sente o *tum-tum* acelerado sob suas mãos exploradoras. Quase choro quando ele para, mas então aquelas mãos ásperas se deslocam e agarram a tira fina da minha cintura. Ele desce a calcinha por minhas pernas. Agora estou nua. Hunter ainda está completamente vestido.

Ele fica só olhando para mim, e a necessidade que brilha em seus olhos é demais. Meu ventre se contorce com força. "Faz alguma coisa", sussurro.

"Eu não deveria", ele diz, rispidamente, mas pega a camisa pela gola e arranca.

Seu torso nu me provoca. A pele macia e dourada, com um punhado de cabelo entre os peitorais fortes. O abdome esculpido afunilando numa cintura fina. Ele tem uma linha de pelos que desaparece no cós da calça preta, e tudo o que quero é seguir essa trilha com a língua e ver onde vai dar.

Quero beijar seu peito, passar minha língua sobre cada curva, cada tendão. Mas estou com muito medo de me mexer. Com medo de que, se quebrar o feitiço, ele vai dar um fim a isto.

Sem dizer uma palavra, ele abre a calça e a deixa cair no chão. A fivela do cinto bate com um barulho no piso de madeira. Em seguida, ele desliza a cueca boxer branca pelas pernas musculosas. Seu pau balança, longo e grosso.

Como se fosse um dos cães de Pavlov, fico com água na boca. "Ai, meu Deus. Essa coisa estava aí embaixo o tempo todo?"

Ele dá uma risada abafada. "É. O pau em geral fica preso no corpo."

Não consigo desviar os olhos. É muito maior que o de Nico.

Hunter dá um passo na minha direção, e mais outro. Quando nossos corpos estão quase grudados, seu pau toca a minha barriga, deixando uma faixa de umidade perto do meu umbigo.

Ele me olha timidamente. "Acabei de perceber uma coisa."

"O quê?"

"Vou gozar no momento em que você me tocar."

Estreito os olhos. "Você está exagerando."

"Vai por mim, não estou. Não pego ninguém desde abril."

Meus lábios tremem de divertimento. "Então está dizendo que não vou gostar?"

"Não é isso que estou dizendo." E, num piscar de olhos, ele me levanta nos braços.

Minhas pernas instintivamente se fecham em torno de seus quadris, os braços em volta de seu pescoço. Ele me beija intensamente enquanto caminha até a cama e me deita no colchão. Minha cabeça bate num travesseiro. Pisco de novo e, de repente, suas mãos calejadas estão vagando por meu corpo. Quando ele segura minha boceta, um choque de prazer ricocheteia em mim.

"*Caralho.*" Hunter geme contra o meu pescoço e me pergunto: existe som mais sensual do que um homem gemendo? Se existe, não sei o que é.

O som rouco é delicioso demais, e não posso deixar de comparar o encontro a qualquer uma de minhas transas com Nico, que ficava tão quieto durante o sexo que, às vezes, se o quarto estivesse bem escuro, parecia que eu estava sozinha na cama.

Mas Hunter faz barulho. Ele sussurra que sou muito sexy. Geme quando a palma de sua mão desliza sobre mim e sente como estou molhada. Assobia quando a ponta do dedo desliza para dentro para sentir ainda mais umidade. Amo esse jeito comunicativo. Amo seu olhar enevoado e necessitado, quando ele se ergue sobre o cotovelo e me olha.

"Você é tão bonita." Seus lábios encontram meus seios de novo, e um mamilo é chupado para dentro de sua boca quente e úmida.

Eu estremeço. "Que gostoso", murmuro.

"Essa é a ideia." Ele continua a chupar meus mamilos até eu estar ofegando de prazer.

É ridículo de tão bom e, apesar de achar que não fosse possível, fico ainda mais molhada. Quando seu corpo musculoso desce no colchão até sua cabeça ficar entre minhas pernas, quase peço desculpas por estar tão excitada. Tenho certeza de que tem uma mancha na colcha dele. É constrangedor, mas ele não parece se importar.

Distraído, ele esfrega o meu clitóris, me observando por entre cílios surpreendentemente grossos. "Não vou levantar até você gozar", avisa. "Vou lamber cada centímetro seu, e vou fazer isso direito." Um sorriso sensual curva seus lábios. "Isso significa que você vai me dizer do que gosta..."

"Já falei", respondo, desajeitada, "não ligo para oral..."

Ele beija minha boceta, e meus quadris saltam da cama.

"Isso", suspiro. "Gosto disso."

Ele me dá outro beijo suave, depois mais um, e sua língua se junta à brincadeira e a sensação dela deslizando sobre meu clitóris é pura tortura e êxtase.

"Comece devagar", sussurro. Então me preparo, porque em geral esse é o momento em que uma língua gulosa demais passa a me atacar com força e pressa em meu clitóris, até eu estar desesperada para terminar logo.

Mas Hunter passa a dar as lambidas mais doces e lentas. Beijando, provocando, explorando. As palmas de suas mãos correm por minhas coxas trêmulas numa carícia suave antes de se enfiarem embaixo de mim para apertar minha bunda. Ele me levanta um pouco e me aproxima de sua boca gananciosa. Ai, meu *Deus*. Acho que gosto de sexo oral. O problema nunca foi comigo.

Seu gemido baixo reverbera pelo meu corpo. "Você tem um gosto tão bom. Eu podia fazer isso por horas." Ele começa a acelerar, lavando meu clitóris com a língua, e me afasto um pouco. "Não é bom assim?", murmura ele.

"Ainda não", murmuro. "Muito forte, cedo demais."

Ele retoma o ritmo lento, sussurrando palavras sujas junto a mim. "Entendi. Que tal se eu chupar aqui um pouco?" Ele esfrega suavemente meu clitóris com o polegar. "Acho que ia ser muito, muito bom. Não?"

"Não sei", sussurro. "Por que você não tenta?"

Ele gentilmente pega meu clitóris com os lábios, dá uma leve chupada, e, ai, minha *nossa*, é a melhor sensação do mundo.

Hunter continua me provocando com lambidas longas e lânguidas, intercaladas com beijos de boca aberta que sempre terminam com a doce sucção do meu clitóris, e eu balançando meus quadris em puro desespero.

"Humm", ele ri contra a minha boceta. "Vai ser assim que a gente vai fazer, então."

"Fazer o quê?" Estou excitada demais para pensar.

"É assim que você vai gozar. Lento e firme e, quando você não estiver mais aguentando, chupo esse clitóris quente e seu corpo se derrete inteiro..." Ele levanta a cabeça e sorri para mim. Seus lábios estão brilhando e inchados. "Já saquei o seu corpo."

Quero dizer que não é tão difícil assim, mas sei por experiência própria que meu corpo é osso duro de roer.

Cantarolando de satisfação, Hunter volta a me enlouquecer. Enquanto ele se dedica com a língua, deslizo as mãos por seus cabelos. Não sou o tipo de garota que goza em três segundos. Preciso de tempo, mas ele não reclama. Na verdade, os barulhos que faz parecem cada vez mais famintos e, quando seu dedo entra em mim e minha boceta o aperta com ansiedade, ele geme alto.

Olho para o seu corpo longilíneo estendido diante de mim, suas coxas fortes, a bunda musculosa. Percebo um movimento e vejo que ele está com o pau na mão livre. Está duro, mas ele não está acariciando. Está apertando, como se estivesse tentando não gozar. Saber que Hunter está assim *tão* excitado de me chupar desencadeia uma onda de prazer quente. Meus quadris começam a se mover mais depressa.

"Ai, merda, gostosa, assim. Quero sentir você vindo na minha língua."

A ordem é rouca, suja. "Dedo", consigo dizer, e ele enfia um dedo em mim de novo, enquanto seus lábios se fecham ao redor do meu clitóris.

O orgasmo me invade numa onda abrasadora de prazer. É a primeira vez que chego ao clímax com alguém que não seja Nico, e isso é assustador e emocionante, e não consigo parar de gemer enquanto agarro o cabelo de Hunter e tremo de alívio.

Quando fico calma e quieta, ele planta um beijo suave entre minhas pernas e sussurra: "Ah, porra, isso foi tão sexy". Então trilha um caminho de beijos pelo meu corpo e acaricia a dobra do meu pescoço.

Seu pau está pesado contra o meu quadril, o calor dele marca minha carne. Estendo a mão para agarrá-lo, e o gemido agonizado de Hunter me faz rir. "Em algum momento você vai ter que me deixar te tocar", digo.

"Eu sei. E já estou com vergonha do que vai acontecer."

"Você consegue", encorajo. "Acredito em você."

Ele treme de tanto rir. Então começa a se aproximar e, por um segundo, me pergunto se vai entrar em mim sem camisinha. Mas não, ele está só ficando de joelhos e se inclinando por cima do meu corpo para pegar um preservativo na mesinha de cabeceira.

O pacotinho quadrado é um lembrete da conversa que não tivemos antes de arrancar as roupas.

"Humm." Engulo em seco. "Sei que é um assunto embaraçoso, mas... não preciso me preocupar com nenhuma doença do seu lado, né...?" Deixo a pergunta no ar.

Sua resposta soa sincera. "Estou cem por cento limpo. Faço testes com regularidade no time. Posso te mostrar os últimos resultados, mas já tem um mês."

"A gente devia fazer o teste juntos", sugiro. "Na verdade, eu..." E me interrompo, horrorizada de repente. "Ai, meu Deus, eu deveria ter feito um teste assim que fiquei sabendo de Nico. Droga, Hunter! Ele estava dormindo com outras garotas. E se a doente for eu?"

Ele ri, resignado. "Bem, agora não tem nada que eu possa fazer, acabei de passar meia hora te chupando. Mas, vamos fazer o seguinte, usamos a camisinha agora e, se a gente quiser repetir a dose, vamos juntos ao centro de saúde."

"Parece divertido! Teste de DST de casal!"

Ele dá uma gargalhada. Fico feliz que tenha achado engraçado, sem fazer nenhum comentário sobre a palavra "casal". Era só jeito de falar, de qualquer forma. Sei o que somos e o que não somos.

Quando Hunter segura a base do pau para colocar a camisinha, começo a aplaudir. "Olha, você não gozou ao fazer isso!"

"É, bem, sabe como é... o papo sobre doença costuma matar um pouco o clima."

"Então quer dizer que você não está mais no clima?"

Ele coloca o preservativo, e sua ereção se ergue feito uma espiga de ferro. "E eu pareço não estar no clima?"

Eu dou risada.

"Só estou dizendo que agora posso durar um pouco mais."

"Ótimo. Vem logo." E então estamos nos beijando de novo, e ele está em cima de mim. Ainda estou molhada e mais do que pronta quando ele entra.

No instante em que está todinho dentro de mim, Hunter começa a lançar uma série de palavrões desesperados contra os meus lábios. "Ah, merda, você é tão gostosa."

Ele sai e entra de novo.

"Merda, merda, merda, merda, *merda*. Por que sexo é tão bom?" Seus palavrões repletos de luxúria aquecem o ar entre nós.

"Sexo ou sexo comigo?" Pois é, ao que parece, até durante o ato de copular, eu fico tentando cavar elogios.

"Sexo com você", diz ele, com a voz rouca.

"Então não seria tão bom assim com outra pessoa?"

Ele faz que não com a cabeça, e seu cabelo escuro faz cócegas na minha bochecha. "Acho que nunca foi tão bom."

Tenho certeza de que provavelmente é a seca de oito meses que está falando, mas gosto de pensar que talvez seja eu.

Ele começa a se mover, e acompanho suas investidas, levantando a bunda. Enquanto ele entra em mim repetidas vezes, nos beijamos freneticamente e soltamos ruídos tortuosos e indefesos nos lábios um do outro. É uma delícia. Não acho que vou gozar de novo, mas já alcancei meu orgasmo e agora posso ver Hunter se desfazendo diante dos meus olhos.

A angústia vinca sua testa. Ele morde o lábio inferior e depois solta, lentamente. Xinga. Geme. Seus olhos estão quentes de luxúria.

Ele me fode por mais tempo do que eu esperava, e percebo que seu peito está tremendo e seus traços estão tensos, porque ele está tentando desesperadamente não perder o controle. Então arranho as costas dele e aperto meus músculos internos em torno do seu pau. "Deixa rolar", peço.

Ele geme. "Tem certeza?"

"Ã-ham. Não tem nada mais gostoso do que ver você agora. Goza pra mim."

O tesão brilha em seus olhos, e então seus quadris se movem para a frente. Ele acelera o ritmo. Sua respiração é curta, até que ele dá um impulso final, e posso sentir o orgasmo estremecendo em seu corpo. Quando me olha, parece sonolento e saciado e tão sensual.

"Isso foi bom", murmuro.

"Bom demais." Sua cabeça cai de novo, sua boca me explora, com seus lábios buscando qualquer tipo de contato. Encontram o meu queixo, que ele beija antes de enterrar o rosto no meu pescoço.

"Sinto muito por ter feito você quebrar o seu voto", sussurro, meio tímida, enquanto o aperto com força contra mim.

"Eu não", sussurra ele de volta.

29

HUNTER

"Ei, Matty está aí?", pergunto, quando Conor abre a porta de casa, na tarde seguinte. É uma e meia. Tem meia hora que Demi saiu da minha casa e estou precisando desesperadamente de conselhos.

Con nega com a cabeça. "Foi pra casa da Andrea ontem. Ainda não voltou. O resto dos caras ainda tá dormindo. E estou indo puxar ferro. Vem comigo, a gente pode treinar em dupla."

"Claro, por que não?" Entro e tiro o casaco e as botas.

"Como foi ontem?", pergunta Conor, com um sorriso de quem sabe o que aconteceu.

Incrível, quero dizer. Magnífico. Tremendo. Surpreendente. Estupendo. Não há adjetivos suficientes para descrever como a noite passada foi boa. O melhor sexo da minha vida, sem dúvida.

Quando acordei hoje de manhã e vi Demi deitada nua na minha cama, tão doce, tão irresistível, não consegui me conter de novo. Eu a fiz gozar com a língua, e depois ela me bateu uma punheta que me deixou louco. Depois que eu gozei na sua mão, ela deu uma piscadinha, levou um dos dedos à boca para lamber, e quase gozei de novo.

Aquela garota é... incrível. Magnífica. Tremenda — bem, mais uma vez, não tenho adjetivos suficientes. É sexy demais, e tudo nela me atrai. E, no entanto, por mais que eu queira dormir com ela de novo, também estou chateado comigo mesmo. Vim aqui para conversar com Matt sobre isso, mas parece que vou ter que me contentar com Conor.

Seguimos até o porão, onde os caras têm uma academia improvisada. Não é nada de mais... uma esteira, um supino, uma máquina de remo e uns pesos livres e faixas de resistência. Con vai até o supino e tira a camiseta.

Gemendo, ele dá um tapa no abdome duro e pergunta: "Tô com barriga de cerveja? Parece que estou inchado."

"Tá querendo elogio? Porque sua barriga está mais dura que a bunda de um ginasta", resmungo, enquanto o ajudo a colocar os pesos. Levanto uma sobrancelha quando vejo quanto ele está levantando. "Quarenta e cinco quilos? Preguiçoso", provoco.

"Ressaca", resmunga ele. "Vou começar devagar."

Dou risada. "Ressaca? Tenho certeza que quem bebeu todo o seu uísque fui eu."

"Abri outra garrafa depois que você saiu", diz ele, com um sorriso. "Fiquei acordado até as três da manhã, bebendo com uma ruiva gostosa."

"Ã-ham, tenho certeza que foi só isso que vocês fizeram."

"Bem, não. Transamos, claro."

Reviro os olhos. "Claro."

Não fico surpreso que ele tenha saído de um beijo com a minha garota para transar com outra. E duvido que tenha feito isso para apaziguar o ego ferido — o ego de Con é capaz de sobreviver a um ataque direto de um míssil. Se ele pegou alguém, foi porque estava com tesão por causa do beijo com Demi, e não porque precisava de uma injeção de confiança depois que ela foi para casa comigo.

"E você, capitão?", pergunta ele.

Me faço de bobo. "E eu o quê?"

"Você não respondeu como foi a noite passada. Só eu que transei?" Ele deita no aparelho e ergue as mãos para eu colocar a barra nelas.

Como não respondo, Conor solta uma risada.

"Qual é, cara, não é uma pergunta difícil."

"Tá bom. A gente transou", admito.

"Nossa! Quem poderia imaginar?!"

"Vai se foder", resmungo.

Ele levanta uma sobrancelha. "Por que esse mau humor? Gozou rápido demais por causa do celibato? Ou o sexo foi só ruim em geral?" Ele franze a testa. "*Isso* é uma surpresa, porque ela parecia muito divertida." À medida que ele levanta e abaixa a barra, todos os músculos de seus braços incham e se flexionam.

"Ela é divertida. E o sexo foi ótimo", digo em um tom brusco.

"Então por que está tão chateado?"

Olho para ele, infeliz. "Porque quebrei meu voto."

"Foda-se o voto."

"Queria ir até o final", digo, com uma voz cansada. "Você não estava aqui no ano passado. Eu chutei o balde e por isso perdemos para Harvard."

Conor revira os olhos. "Se você acredita mesmo nisso, é um idiota arrogante. Um jogador não faz o time."

"Não foi só um jogador, foram dois. Nosso capitão também ficou de fora. Nate e eu éramos os melhores do time."

"Bem, merdas acontecem. Tem time que perde os três, quatro, cinco melhores jogadores por lesões. É só azar."

"Talvez." Ainda não estou convencido. Solto outro suspiro. "Só queria ser um bom capitão este ano."

"Cara, você é um bom capitão. Quer dizer, olha o tipo de merda que você aguenta. Bucky e Jesse queriam um *porco*, e você se fez de idiota na frente do treinador para fazer isso acontecer para eles. Pega leve consigo mesmo."

"Você só está falando isso porque pega leve com todo mundo. Você é surfista... a sua vida é pegar leve."

Ele ri, o que interrompe sua respiração regular por um segundo. Ele inspira fundo e recomeça o levantamento. Quando termina a sequência, coloco a barra de volta no lugar e lhe dou um segundo para recuperar o fôlego.

"Só estou com medo de que isso vá nos ferrar", confesso. "Estou com medo de começarmos a perder agora."

"Você realmente precisa relaxar, cara." O tom de Con fica sério. "Olha, Demi é legal. Gosto dela."

Estreito os olhos.

Isso me garante outra risada. "Não gosto dela nesse sentido. Quer dizer, não me leve a mal, se você não estivesse na jogada, eu estaria me atirando em cima dela. Mas... você está. E, em segundo lugar, não estou procurando um relacionamento."

"Eu também estava na jogada ontem à noite", digo, bem sério.

Con parece que está tentando não revirar os olhos de novo. "Você acha mesmo que eu ia dar em cima da sua garota?"

"Você deu em cima da minha garota."

"Sim, pra acender uma fogueira na sua bunda, seu idiota."

Eu vacilo. "Como assim?"

"Eu não ia continuar com aquilo. Nem ela." Conor está rindo quando deita de novo no banco e gesticula para eu acompanhar os levantamentos de novo. "Fiquei surpreso que você tenha deixado a coisa ir tão longe. Achamos que ia ser só uma paquerinha e mais nada. Não imaginei que ia ter que enfiar a língua na garganta dela pra você entender o recado."

"Vocês *combinaram*?" Sinto-me ultrajado, mas ao mesmo tempo, também fico... lisonjeado? É, acho que estou realmente lisonjeado. Mas acho que faz sentido depois do que aconteceu com Summer e Fitzy. Falei para Fitz que estava a fim de Summer, e ele deu em cima dela assim mesmo. É um alívio saber que Conor não faria isso comigo.

"Como eu disse, Demi é muito legal", ele me diz. "Mulheres assim não aparecem com frequência, então confie em mim quando digo que você não pode dar mole. Se não fizer um esforço para manter essa menina, vai perdê-la. Demi vai arrumar outro namorado em dois tempos, e você vai olhar para trás e perceber o idiota que foi por deixá-la ir embora."

Resisto umas seis horas antes de ceder e mandar uma mensagem para Demi.

EU: *Quer fazer alguma coisa hoje?*

Para meu alívio, ela responde na mesma hora.

DEMI: *Vem aqui?*
EU: *Chego aí em 20 min.*

É difícil não quebrar todas as leis de trânsito no meu caminho até o campus. Eu me forço a manter o limite de velocidade, o que significa que estou tremendo de impaciência quando chego à casa Theta. A presidente da fraternidade, Josie, me deixa entrar. Não parece surpresa em me ver.

As meninas da Theta estão acostumadas à minha presença por aqui, graças ao meu projeto de psicologia com Demi.

Quando entro no quarto de Demi, encontro-a na cama, sentada na frente de uma montanha de trabalhos. O colchão está coberto de livros, papéis, cadernos, pastas e marcadores.

"Você roubou uma papelaria?", pergunto, divertido.

"Estudando para a prova de biologia", reclama ela. Então me olha com grandes olhos castanhos. "Odeio ciência, Hunter. Odeio."

Me compadeço, em solidariedade. "Que droga." Ela está visivelmente angustiada, um contraste drástico com a maneira com que seu rosto se ilumina quando estamos trabalhando no projeto de psicologia.

"Acho que dou conta de biologia e matemática. Estou mais preocupada com química orgânica. A prova é na véspera das férias de inverno, e estou longe de estar preparada. Preciso de mais umas dez mil sessões de estudo para me sair bem nessa matéria."

"Você vai se sair bem em todas", garanto. "Acredito em você." E também em sua ética de trabalho. Essa garota se esforça demais. Tenho visto como ela leva a sério a psicologia e sei que se dedica com o mesmo empenho em todas as suas aulas. "Tem certeza de que quer fazer alguma coisa?", pergunto. Eu estou de pé, meio sem jeito, na beirada da cama, porque não tem espaço para mim em cima dela. "Será que não é melhor eu ir embora?"

Demi me olha feio. "Te mato se você sair daqui."

Não sei dizer se ela está brincando. Esse é o problema de ser uma garota que gosta de assassinos.

Ela se levanta e arruma metodicamente o material de estudo. Empilha os livros didáticos na pequena mesa, depois as pastas, as páginas de anotações. Tudo em pequenas pilhas arrumadas. Sua habilidade para organizar é tão linda quanto o resto dela.

Quando a colcha está limpa, ela a olha por um momento antes de se virar para mim, com um rubor nas bochechas. "Estou pensando em você desde o segundo em que abri os olhos hoje de manhã", admite.

"Claro." Sorrio, todo convencido. "Quando você abriu os olhos hoje de manhã, minha língua tava entre as suas pernas."

"Humm, é." Ela estremece, feliz. "Vou reformular... estou pensando em você desde que saí da sua casa hoje." Ela hesita. "Você também pensou em mim?"

"Nossa, e como." Nenhuma hesitação do meu lado.

Sua expressão se ilumina. "É sério?"

"Muito."

"Ah. Certo. Isso é bom. Porque eu fiquei sem saber se você queria que a noite de ontem ficasse no passado."

Nossos olhos se encontram.

"Acho que uma vez só não vai ser suficiente", confesso.

"Nem eu", concorda ela, solenemente, e quando me dou conta nossas bocas estão fundidas uma na outra.

O beijo faz minha cabeça girar. *Adoro* beijá-la. Adoro como a sua língua é ansiosa, como seus lábios são quentes. Adoro seu gemido quando puxo seu corpo para perto do meu.

Interrompo o beijo para lamber os lábios. "Você andou chupando alguma coisa de cereja? Ou é morango?"

"Bala de cereja", confirma ela. "Mas... preferia estar chupando outra coisa agora..."

Com um sorriso imenso, ela me empurra para a cama e começa a tirar minhas roupas. Um segundo depois, estou nu e deitado de costas, enquanto Demi vai descendo por meu corpo.

Ela vai deixando beijos pelo caminho, e seus lábios me provocam arrepios. Meu pau sobe, numa saudação completa, implorando por sua atenção e quando ela envolve a base com os dedos uma gota se acumula na ponta.

Com um sorriso diabólico, Demi lambe a gota perolada com a ponta da língua.

O gemido torturado que ela tira da minha garganta é tão alto que eu meio que espero que um exército de meninas bata à porta, perguntando se está tudo bem.

Demi levanta a cabeça. "Você faz os barulhos mais sensuais na cama."

"É porque você faz as coisas mais sensuais na cama." Então observo com pálpebras pesadas enquanto ela chupa a ponta do meu pau antes de dar beijos molhados no meu membro.

Por fim, meus olhos se fecham, e eu me entrego à sensação. O toque doce da sua língua, a sucção quente dos lábios. Ela vai devagar, hesitante, tentando descobrir do que eu gosto.

Eu a guio com comandos roucos. "Pode fazer mais forte que isso", sussurro, e envolvo sua mão na minha, apertando com mais força.

"É sério? Assim?", pergunta ela, surpresa. "Parece que vai te machucar!"

"Não vai", asseguro a ela.

Ela experimenta de novo, apertando com força, e eu estremeço de prazer. "E se eu quebrar o seu pau?"

Uma risada contida me escapa. "Você não vai quebrar o meu pau, prometo."

Demi faz um movimento forte, depois chupa a cabeça de novo, e é a melhor sensação do mundo. Enfio a mão no cabelo dela e começo a erguer o quadril. Isso é bom demais. Minhas bolas se encolhem e minha visão falha. Bom *demais*.

"Preciso entrar em você", murmuro.

Ela levanta e engatinha até a mesa de cabeceira, e a visão dela de quatro é tentadora demais para ignorar. Ajoelho atrás dela e passo a mão entre suas pernas. Está bem molhada. Quando enfio um dedo, sua boceta se aperta firmemente em torno dele.

Gemendo, Demi se move para acompanhar meu toque. Enfio mais um dedo, e agora tem dois se movendo dentro dela, provocando ruídos ofegantes de seus lábios. "Ai, que delícia."

Eu continuo com os movimentos preguiçosos e provocantes, até meu corpo não aguentar mais. "Camisinha", murmuro, e Demi coloca um pacotinho na minha palma.

Meu pau pulsa enquanto deslizo o preservativo. Paro por um segundo para admirar a bunda perfeita de Demi. Está empinada no ar, praticamente implorando para eu...

"Ai!", exclama ela, quando minha palma se choca com sua carne macia.

"Desculpa", digo, fazendo um carinho depressa. "Sua bunda estava pedindo um tapa. Você não tem nem ideia."

"Faz de novo."

Um sorriso surge no canto da minha boca. "Você gosta?"

"Talvez..." Ela mexe aquela bunda sexy, e minha palma desce em mais um tapa forte. "Ai, minha *nossa*", murmura Demi. "Faz de novo, mas agora dentro de mim."

Essa garota é incrível.

Estou mais duro que aço quando posiciono o pau na abertura dela. Entro e bato na bunda dela ao mesmo tempo, e Demi geme alto o suficiente para acordar os mortos.

Meu coração se acelera de forma descontrolada quando começo a meter. Seguro sua nádega direita com uma das mãos, a outra desliza sobre a esquerda, apertando, batendo toda vez que ela me implora. Meus quadris se movem, empurrando meu pau dentro dela. Mais fundo, mais rápido, até ambos estarmos gemendo, desesperados, enquanto corremos em direção à linha de chegada.

Ela ainda está de quatro quando o orgasmo a atinge, mas, quando para de tremer, está de bruços, gemendo feliz. Inclino meu corpo sobre as costas ensopadas de suor e ajeito os quadris, entrando nela com investidas curtas. Estocadas rápidas e desesperadas, enquanto meu coração ameaça desistir e minhas bolas doem loucamente.

"Vou gozar", digo com um grunhido.

O prazer me invade, sumindo com o ar dos meus pulmões. Caio em cima dela e só rolo para o lado quando ela me avisa que não consegue respirar.

Não tenho palavras quando a puxo para junto de mim. Ela se aconchega ao meu lado, com o queixo em meu ombro. Também não fala. Não há nada a dizer.

Nós dois sabemos como isso foi bom.

Nós dois sabemos que vai acontecer de novo.

E nós dois achamos isso ótimo.

30

DEMI

Meus pais me traíram.

Estou falando do nível de traição de Benedict Arnold contra os Estados Unidos.

Não — pior. Brad Pitt traindo Jennifer Aniston.

Esse é o auge da traição.

Pensei que a gente não fosse passar as festas de fim de ano com a família de Nico. Meu pai nunca chegou a dizer isso de forma direta, mas o assunto não voltou mais à tona depois da noite em que disse a eles, com todas as letras, que tê-lo por perto no Natal iria — e foram exatamente essas palavras que usei — *me magoar*.

Mas acho que meus sentimentos não importam porque, quando saímos do aeroporto em nosso carro alugado, papai me avisa que os Delgado vão se juntar a nós hoje à noite.

Sim, meus pais esperaram até chegarmos em Miami para soltar a bomba, provavelmente porque sabiam que eu nem entraria no avião no aeroporto de Logan.

Com uma família tão grande quanto a minha, as festas de fim de ano são sempre um grande evento. Passamos o dia de Natal com os inúmeros parentes da minha mãe, mas a noite da véspera é um evento mais simples — só nós e a família de Nico. Essa tem sido a tradição desde os meus oito anos de idade.

Este ano, no entanto, está mais para enredo de uma comédia ruim de fim de ano. *Natal com os Delgado*, estrelando meu ex-namorado traidor e meus pais desleais.

Enquanto vou fumegando no banco de trás, papai me explica que em sua opinião eu me arrependeria no futuro se quebrasse a tradição anual. Impressionante. Agora até os arrependimentos da minha vida são decididos por alguém que não sou eu, e eles nem aconteceram ainda.

Acho isso absolutamente o cúmulo. Não interessa que os Delgado sejam amigos da família. Meus pais poderiam ter dado um jeito. Poderiam ter saído para jantar sozinhos com os pais de Nico e me poupado de ter que ficar perto dele. Mas *nããão*, Deus me livre quebrar a *tradição*. O mundo vai acabar!

Chegamos à casa de tia Paula no início da tarde. Ela é a única das irmãs da minha mãe que ainda não se casou, e mora numa casa linda à beira-mar. Tem gente que acha que precisa ter neve no chão para ser Natal de verdade, mas, como cresci na Flórida, fim de ano para mim é sol, palmeiras e maresia em meu rosto.

Na hora de sair para a casa de Nico, ainda estou furiosa. Enquanto papai procura onde deixou as chaves do carro, mamãe percebe minha cara e me puxa para um canto. "*Mami*, sei que você não está gostando disso..."

"Tem razão, estou odiando", rosno.

"Mas seu pai decidiu assim, e você precisa tirar o melhor proveito da situação. Dora e Joaquín vão continuar nas nossas vidas, independentemente de você e Nico estarem namorando. Dora é como uma irmã para mim, e seu pai vê Joaquín como um irmão." Minha mãe suaviza o tom de voz. "Não é fácil para você, eu sei. Mas é o que acontece quando as famílias são tão próximas. Então, por favor, encare este como o seu primeiro teste... um teste para ver se vocês dois podem ficar juntos sem hostilidade. Nico está disposto a tentar. Disse a Dora que por ele tudo bem."

Claro que por ele tudo bem. No mínimo acha que vamos ficar juntos de novo. É o que vem dizendo para Darius desde o instante em que terminamos.

Mas mamãe tem razão. Os Delgado são os amigos mais próximos deles. Quase da família. E não tenho escolha a não ser encarar.

Cogitei usar um look bem sensual hoje, mas não quero que Nico tenha ideias erradas. Então fiz o oposto — escolhi uma roupa bem recatada. Vestido branco liso no joelho e de decote discreto, com uma sandália marrom rasteira, sem um mínimo sinal de salto. Meu cabelo está preso num rabo de cavalo baixo com um laço vermelho. Pareço uma criança que vai tocar uma música irritante para os adultos depois do jantar.

Perfeito.

Quinze minutos depois, estamos entrando na casa em que passei tanto tempo da minha vida. Sinceramente, nunca imaginei Nico e eu *não* passando o fim de ano juntos.

Ou que eu estaria dormindo com outro cara.

Com frequência.

As transas para esquecer não se restringiram à noite da festa de Conor. Dormimos juntos de novo no dia seguinte. E no outro, e no outro. Ontem passamos a madrugada acordados fazendo sexo, mesmo eu tendo que acordar cedo para encontrar meus pais no aeroporto.

Meu corpo já está desejando ele de novo. Estou viciada nele. Nunca pensei que estaria pegando um atleta, mas agora meio que entendo por que tantas mulheres amam esportistas. Deus do céu. Todos aqueles músculos firmes. A força bruta de seus corpos. Ontem Hunter me levantou contra a parede do quarto e me comeu de pé. Aparentemente, todo mundo em casa ouviu as batidas na parede, e minhas amigas zombaram de mim o tempo todo por causa disso hoje de manhã. Mas elas estão felizes por mim. Cara, *eu* estou feliz por mim. Mereço um sexo ótimo com um homem que não está trepando com Deus e o mundo por aí. Toda mulher merece isso.

A família de Nico me recebe calorosamente. Sua irmã mais nova, Alicia, passa os braços em volta do meu pescoço e grita: "Ai, meu Deus, *quanto* tempo!". Ela tem treze anos e sempre me viu como uma espécie de exemplo. Quando ficou menstruada pela primeira vez, no ano passado, foi para mim que ligou.

Dora me cumprimenta com beijos barulhentos e um abraço apertado, e então Joaquín dá um passo à frente para me abraçar também.

"Que imbecil", murmura ele.

Franzo o cenho levemente. "O quê?"

Sua expressão se torna irônica. "Meu filho é um imbecil." Ele diz as palavras bem baixinho, só para mim.

Minha careta se desfaz num leve sorriso. "É."

Nico ainda não desceu, graças a Deus. Espero que esteja escondido no quarto. Minha família é levada para a sala de estar, onde Dora e Alicia ficam ao meu redor, enquanto Joaquín prepara as bebidas dos meus pais.

Então ouço a voz dele. "Demi."

Eu me viro lentamente. Ao contrário de mim, Nico fez um esforço em relação à aparência. Colocou uma calça preta e uma camisa branca, deixando o botão de cima aberto. Está com o cabelo penteado para trás e a barba feita. É um cara muito bonito, mas a visão dele não evoca mais que indiferença em mim. Não nos vemos nem conversamos desde a noite em que terminamos. Achei que seria horrível ficar finalmente cara a cara com ele. Que meu coração iria pular acelerado, que eu sentiria uma pontada de saudade.

Mas não. Na verdade, só o que sinto é pena. Ele parece praticamente um menino quando dá um passo à frente. Então abre os braços, e eu balanço depressa a cabeça.

"Não vamos fazer isso", aconselho.

A decepção nubla seus olhos. "Qual é, Demi."

Quando me dou conta, tem um copo na minha mão. Tudo bem que é só refrigerante, e não o copo cheio de tequila que eu preferiria. Mas mesmo assim. Minha mãe veio em meu resgate!

"Vamos ajudar Dora com o jantar", diz ela, me levando para a cozinha.

Eu a sigo sem olhar para trás.

O jantar é desconfortável, pelo menos para mim. Se os nossos pais sentem o mesmo, eles não demonstram.

Toda vez que Nico fala comigo, respondo educadamente. Mas não me demoro nas respostas nem me estendo em assunto nenhum. Ele conta que saiu da empresa de mudanças, e nem pisco, porque não me importo. Então fala do trabalho novo como cozinheiro no Della's Diner. Também não estou nem aí, só faço um lembrete mental de não comer mais lá. Ou ele vai cuspir na minha comida, ou vai colocar uma poção do amor no meu prato.

Depois do jantar, os homens seguem para o pátio externo de tijolos para fumar seus charutos, e as mulheres arrumam a cozinha. Uma coisa antiquada, talvez, mas é assim que sempre foi. Alicia e eu enchemos a lava-louças e depois lavamos as travessas maiores na pia. Ouço suas histórias do colégio e das amigas enquanto passo as panelas e as frigideiras para ela secar.

"Não acredito que você e Nico não estão mais juntos", lamenta Alicia. "Estou bem triste."

"Eu sei, querida, mas as coisas nem sempre funcionam do jeito que a gente quer", respondo, com tristeza. "Pode pegar aquela tigela enorme de salada na mesa, por favor? Acho que só falta ela."

Quando Alicia sai correndo, Dora aparece ao meu lado. "Nicolás me contou o que fez", diz ela com um tom de voz suave. "Quero que você saiba como estou decepcionada com ele, Demi. Não foi assim que o criei."

Encaro seus olhos tristes. "Fico surpresa que ele tenha contado a verdade e não tenha inventado uma história em que aparecesse como vítima."

Ela bufa. "Aquele menino é incapaz de mentir para a mãe, você sabe disso."

Verdade. Nico é um filhinho da mamãe mesmo. Além do mais, as cubanas são assustadoramente perspicazes — são capazes de ler mentes. Mesmo que ele tentasse mentir, Dora saberia.

"Pior pra ele, Demi. E digo isso mesmo ele sendo meu filho. E você sabe que sempre vai ser uma filha para nós, não importa o que aconteça."

"Eu sei." Dou-lhe um abraço caloroso e, pela primeira vez a noite toda, sou afetada pela pontinha de saudade que não senti com Nico antes.

Amo os pais dele, e isso me provoca uma tristeza genuína, o lembrete de que as coisas nunca mais vão ser as mesmas, agora que Nico e eu não estamos mais juntos.

Mas as coisas mudam. Os relacionamentos evoluem. As pessoas podem continuar fazendo parte da sua vida, gente que você conhece há anos e anos, mas desempenhando um papel diferente.

Pisco para conter as lágrimas enquanto fecho a torneira e seco as mãos num pano de prato.

A sobremesa é servida na sala de estar, onde Alicia exige uma partida de um jogo de tabuleiro. "Estou com um jogo novo chamado Zombies!®", exclama ela, e eu caio na gargalhada.

"Ah, eu conheço esse", informo a menina de treze anos. "Já joguei milhões de vezes na casa de um amigo. Ele me matou na última vez."

Ela respira fundo. "Você foi sacrificada!"

"Fui."

"Que amigo?", pergunta Nico, desconfiado.

Sinto vontade de dizer que não é da conta dele. Mas não posso ser grossa na frente da sua família. "Ninguém", respondo de maneira vaga.

Ele levanta uma sobrancelha. "Ah, é? Ninguém?"

Por alguma razão, meu pai decide se juntar a ele na investida. "Que amigo é esse?", pergunta ele.

Reviro os olhos diante da severidade do seu tom. "Meu amigo Hunter."

"O jogador de hóquei?", pergunta Nico, com os olhos brilhando.

"É, o jogador de hóquei. Aquele que você e os seus amiguinhos..."

"Eu sei de quem você tá falando", interrompe ele, com um tom de alerta em sua voz.

Ah, ele não quer que eu o dedure para os pais. Claro que não. Dora não ia gostar nem um pouco de saber que o seu menino saiu por aí espancando os outros à toa.

Nossos olhares se fixam um no outro por um instante. Nico parece preocupado que vou dar com a língua nos dentes, então relaxa quando não o faço.

"Hunter e seus colegas de república são muito divertidos", digo em vez disso, olhando para Alicia. "Eles fazem uma noite de jogos de tabuleiro duas vezes por mês, e esse é o que têm jogado ultimamente. Mas não acho que seja um bom jogo de véspera de Natal, querida. Que tal se a gente brincasse de charadas?"

Mamãe bate palmas. "Isso! Charadas!"

Dora sorri para a filha. "Vá pegar os cartões de charadas que escrevemos no ano passado, *mami*. Devem estar na gaveta de jogos do quarto da televisão."

Alicia sai da sala, animada.

Levanto do sofá de couro em que estava. "Vou roubar uns doces lá na sala de jantar. Alguém quer?"

"Estou surpresa que seus dentes ainda não caíram", a mãe de Nico me repreende com um suspiro.

"Tenho bons genes", digo, mostrando meus brancos perolados. Sou viciada em açúcar, mas nunca tive uma única cárie.

Entro na outra sala e vasculho a tigela em busca de algo sabor de cereja. Cinco segundos depois, ouço a voz rouca de Nico junto da porta.

"A gente pode conversar?"

Estava com medo disso. "A gente não tem mais nada pra dizer um pro outro."

Ele entra na sala. "Olha, não vou tentar te reconquistar, se é disso que você tá com medo. Acabou, eu entendi."

"Obrigada. Agradeço muito."

"Mas queria pedir desculpas. Não só pelo que aconteceu com a gente, mas pelo que fiz com o seu amigo do hóquei. Estava bêbado naquela noite." Ele muda o pé de lugar, parecendo envergonhado.

"Pode guardar suas desculpas para o Hunter. Quanto a mim, desculpa nenhuma vai compensar o que você fez comigo." Sugo as bochechas por dentro, sentindo a raiva avançar por meu corpo. "Ficamos tanto tempo juntos, e você vai e faz aquilo comigo?"

"Eu sei. Desculpa, D. Fui um idiota, tá legal?"

"Um tarado idiota."

Nico balança negativamente a cabeça. "Não. Era mais do que só sexo. Eu..."

"Você o quê?"

Ele faz um som frustrado. "Não sei explicar por que fiz aquilo. É só que... às vezes é difícil corresponder às suas expectativas, entendeu?"

Arregalo os olhos para ele. "As minhas expectativas? Nico. A única expectativa que eu tinha era que você não enfiasse o pau em mais ninguém. Não tinha me dado conta que era uma exigência impossível de cumprir", respondo com sarcasmo.

Ele passa a mão pelo cabelo preto. "Você não entende. É toda inteligente e sempre soube exatamente o que queria fazer da vida. E sou só um fracassado de Miami."

"Não é verdade."

"Você é perfeita demais, Demi. Mesmo quando éramos só amigos, sempre senti essa necessidade de impressionar você. E aí a gente começou a namorar, e a pressão ficou pior. Era como se estivesse tentando ser mais do que poderia. E aquelas garotas, elas se jogaram em mim, me fizeram me sentir importante, e eu não resisti, tá legal?" Ele evita o meu olhar. "Enfim, é patético, mas é a verdade."

"Sim, é patético", concordo, mas meu cérebro de psicóloga já entrou em ação. Nunca em meus sonhos mais loucos pensei que estivesse emasculando Nico. "Me desculpa se fiz você se sentir assim, Nico. Só queria o que era melhor para você."

"Eu sei. E tentei ser quem você queria. Penei para entrar numa Ivy League..."

"Nunca te pedi isso", protesto.

"Mas eu senti que precisava. Sabia que te perderia se estudássemos em faculdades diferentes. Mas..." Ele parece cansado. "Mas é bem difícil, D. Eu estudo muito. E trabalho ainda mais, porque minha família não tem tanto dinheiro quanto a sua."

"Nunca pedi para você fazer nada disso", insisto. Mas a culpa está me afetando. "*Você* se esforçou, Nico. Qualquer que tenha sido o desejo que motivou isso, foi você que criou a pressão dentro de si. Mas, se eu dei a impressão de que precisava que você fosse perfeito, me desculpe. Não foi minha intenção. Eu gostava de você exatamente do jeito que era."

"Gostava?", pergunta ele, triste.

"Sim. É isso que costuma acontecer quando você dorme com outra pessoa."

"Desculpa, tá legal? Sou um escroto. Não tenho como me justificar."

"Não. Mas vou te dar uma dica para a próxima vez, com a próxima garota... talvez seja bom conversar com ela sobre alguma insegurança que apareça, em vez de tentar inflar o ego com outras mulheres."

"Você me faz parecer ainda mais patético falando desse jeito."

Suspiro baixinho. "O fato de você não ter conversado comigo sobre como estava se sentindo só demonstra que o nosso relacionamento nunca ia dar certo. Éramos crianças quando começamos a namorar. Seria ingenuidade achar que ia durar para sempre."

"Teria durado, se eu não tivesse estragado tudo."

"Mas você estragou, e agora nunca vamos saber o que poderia ter acontecido." Passo por ele, a caminho da porta. "É Natal, Nico. Vamos ficar com as nossas famílias."

"Demi."

Olho por cima do ombro e vejo o remorso em seus olhos escuros. "O que foi?"

"Não tem mais nenhuma chance, né?"

"Não. Não tem."

No carro, a caminho de casa, envio mensagens de *Boas festas!* para TJ, Pax e os outros Garotos Perdidos, e então finalmente tenho a chance de escrever para Hunter, que está em Connecticut. Ao que parece, a empresa do pai dele organizou uma festa de fim de ano esta noite, e esperava que Hunter e sua mãe participassem porque... bem, porque eles não passam de acessórios do pai.

EU: *Como foi hoje?*
ELE: *Não foi tão ruim. Open bar, comida boa. Dancei com a minha mãe uma versão ao vivo de "Baby It's Cold Outside", o que foi estranho.*
EU: *Estranho? Supersensual!*
ELE: *Fala sério! Tô falando da minha mãe.*
EU: *Seu pai se comportou?*
ELE: *Claro. Ele tem que manter a pose.*

"Demi", diz meu pai do banco do motorista. "Pode fechar a janela? Sua mãe está com frio."

"Ã-ham." Aperto o botão, distraída, mas no sentido errado, e acabo abrindo a janela inteira, em vez de fechar. "Ai, droga. Desculpa, mãe." Coloco o telefone no banco ao meu lado e aperto o botão de novo.

"Com quem você está falando?", pergunta ela, curiosa.

"Só um amigo."

Papai ataca na mesma hora. "É o tal Hunter que você falou antes?"

Franzo a testa. "É. Algum problema?"

Ele não responde por um momento. Quando volta a falar, é em tom de desconfiança. "Nico não gosta muito dele."

Interessante. Parece que Nico tinha mais a dizer quando os homens saíram para a segunda rodada de charutos.

"Sei." Assinto com a cabeça, educadamente. "Porque a opinião de Nico é a régua com que medimos toda a sabedoria e pureza."

"Demi", mamãe me repreende, no banco do carona.

"Por quê? Não é verdade? A bússola moral dele não está exatamente em boas condições." Encontro os olhos de papai no espelho retrovisor. "Quando vocês conversaram sobre o meu amigo, Nico também contou que deu uma surra em Hunter?"

Mamãe respira fundo. "Não! Nico bateu em alguém?"

"Pois é, bateu. Foi Hunter que me contou da traição. Nico não gostou nem um pouco, então foi atrás dele e foi pra cima dele junto com quatro amigos. Cinco contra um, pai. É assim que adultos maduros lidam com seus problemas, né?"

Papai suga as bochechas e range os dentes. "Bem. Tirando isso, acho que talvez você devesse manter distância desse Hunter."

"Por quê? Você tirou isso do nada. Nem conhece o cara, e acho que não deveria acreditar no que Nico diz, por favor. Ele é um mentiroso."

"Ele mentiu para você, é verdade. Mas isso não faz dele um mentiroso."

"Papai. Se eu te matasse, seria uma assassina. Ele mentiu para mim, portanto é um mentiroso."

"Isso é uma questão de semântica."

Solto um suspiro. "Escuta só, eu gosto de Hunter, tá legal? Ele é ótimo."

"Vocês estão namorando?", pergunta meu pai.

"Não exatamente."

Mamãe se vira em seu assento, com os instintos intrometidos despertados. "'Não exatamente?' *Dios mío!* Vocês *estão* namorando! Quando isto aconteceu?!"

"Não estamos namorando." *Só transando. Várias vezes.* "Mas, se estivéssemos, esperaria que vocês dois dessem uma chance a ele. Nico não é mais meu namorado, pessoal. Um dia, alguém vai preencher a vaga, e preciso que vocês aceitem isso e mantenham a cabeça aberta." Dou de ombros. "Quanto a Hunter, é um cara legal, e gosto muito dele." Procuro os olhos de meu pai de novo. "E, se você o conhecesse, também ia gostar."

31

DEMI

Véspera de Ano-Novo

Antes mesmo de eu conseguir dizer "oi", Hunter já me colocou na cama. Sua boca se gruda à minha, e o beijo me deixa sem ar.

"Que saudade disso", sussurro, e sinto seu gemido de resposta vibrar por meu corpo. Envolvo as pernas em seus quadris fortes e me esfrego descaradamente contra o volume em suas calças.

"Também senti saudade", murmura ele. Seus lábios estão explorando meu pescoço agora. Ele chupa minha pele, depois rola de lado, e eu monto nele.

Suas mãos deslizam por baixo da minha camisa para segurar meus seios. Não estou de sutiã, então suas palmas calejadas arranham deliciosamente a pele sensível. Meus mamilos ficam duros na mesma hora.

"Merda", prageuja ele. "Tira essa coisa irritante *logo*." Ele arranca minha camisa e joga do outro lado do quarto.

Uma risada me escapa. "Ei, minha camisa não fez nada de errado."

"Estava cobrindo esses seios perfeitos. Estou furioso com isso." O sussurro quente cobre o meu mamilo, e solto um gemido quando ele o chupa intensamente para dentro da boca. *Deus*. Não acredito que tem duas semanas que não o vejo. Como fiquei duas semanas sem isso?

Movo meus quadris, comprimindo sua ereção encoberta. Ele aperta meus seios, depois leva a mão à minha nuca e me puxa para um beijo. Sua língua toca a minha, e é como se um raio me acertasse bem no ventre.

Em um frenesi sincronizado e não planejado, nos atrapalhamos com a calça um do outro. Ele tira meu pijama. Tento fazer o mesmo com o jeans dele, mas a calça se agarra às suas coxas. Ele sorri e levanta a bunda para me ajudar. Ainda está de camisa, mas nu da cintura para baixo, e seu pênis sobe, comprido e grosso. Minha boca chega a salivar.

"Porra", murmura Hunter, quando seu olhar percorre meu corpo nu.
Nossos olhares se encontram. Passa um segundo, dois, três.

E então estamos nos atracando de novo. Encontro um preservativo e coloco nele. Hunter me puxa de volta para o seu colo. Monto nele, e começo a cavalgada.

Não sei quanto tempo passo em cima dele. Segundos, minutos ou horas. Tudo o que sei é que o nó de prazer entre minhas pernas é quase doloroso, insuportável. Minha respiração está instável. Minhas mãos também. As pontas dos meus dedos formigam quando acaricio seu peito bem definido. Deus, sei que estou quase lá.

Pippa tinha razão quando falou que eu talvez estivesse fazendo sexo ruim. Ou talvez o sexo se torne previsível quando você passa muitos anos com a mesma pessoa. Com Hunter, é completamente imprevisível, e, neste momento, estou gostando da novidade, de todas as minhas primeiras vezes com ele.

Primeiro beijo.
Primeira transa.
Primeiro orgasmo comigo por cima.

Gozo primeiro e caio sobre ele, que levanta os quadris, enterrando os dedos na carne da minha bunda. Hunter morde meu ombro ao gozar, e eu rio sem fôlego contra seu peito úmido. Ficamos deitados ali por um momento, com seus braços em volta de mim, e o pau ainda lá dentro.

"Ai, meu Deus", digo, com um ar sonhador. "Isso foi tão bom."
"Bom demais", murmura ele.

Ficamos nessa posição por quase um minuto, até que, relutante, ele sai de dentro de mim. Sento e o ajudo a tirar a camisinha. "Aqui, deixa eu jogar fora. Tenho que fazer xixi mesmo."

Volto para a cama um minuto depois, e nos aconchegamos, ainda nus. Hunter alcança a coberta no pé da cama, segura pela ponta e a puxa para nos cobrir.

"É véspera de Ano-Novo", observa ele.

"Agora que você notou? Não viu a decoração das meninas lá embaixo?" A Theta Beta Nu está organizando uma das muitas festas da rua hoje. O que significa que minha presença é obrigatória.

Estou feliz que Hunter tenha optado por vir para cá hoje, em vez de encontrar os amigos. Seus colegas de time estão organizando um festão em Hastings.

"Tem certeza de que não quer encontrar Conor?", pergunto, ansiosa.

"Não." Ele beija o topo da minha cabeça. "Nunca mais saio deste quarto."

"Bem, a gente vai ter que sair em algum momento para aparecer lá embaixo."

"Tá. A gente desce de hora em hora e fica vinte minutos, depois volta para cá e se diverte. Depois da meia-noite, é cada um por si, e a gente pode ficar aqui de vez." Sua mão desliza para beliscar a minha bunda nua.

"Você é insaciável."

"Gata. Estou literalmente saindo de uma seca sexual de nove meses. Se fosse possível, meu pau ficaria permanentemente dentro de você por três semanas pelo menos."

"Três *semanas*?", grito. Isso parece cansativo. Divertido, mas cansativo.

"Tem razão. Não faz o menor sentido. Vou precisar de pelo menos três meses dentro de você até minhas bolas voltarem ao normal. Demora um pouco para a produção de sêmen regularizar."

Solto um riso alto. "Que nojo."

Ouço as vozes das meninas do outro lado da minha porta, já que várias delas estão passando diante do meu quarto.

"Bem, se você quiser festejar com os seus amigos, não vou ficar chateada", digo, acariciando descuidadamente seu abdome musculoso.

"Não vou a lugar nenhum, Semi", insiste ele, me abraçando apertado.

"Posso te perguntar uma coisa?"

Ele ri. "Você vai perguntar de qualquer jeito, não importa o que eu diga."

"Verdade." Meu sorriso desaparece quando toco o assunto que estava evitando desde a primeira vez em que fizemos sexo. "Você tá com raiva de mim por ter te pressionado a quebrar o seu voto de celibato?"

"Não." Só ouço sinceridade em sua voz.

"Está com raiva de si mesmo?"

"Fiquei, na manhã seguinte", revela ele.

"Sério?", pergunto, surpresa. É a primeira vez que ele admite ter dúvidas ou arrependimentos a nosso respeito.

"É, por uns cinco minutos." Seus dedos calejados provocam o meu ombro. "Aí te vi pelada na minha cama, e quis continuar quebrando o voto, de novo e de novo."

"Mas era importante para você", argumento, me sentindo culpada.

"Era, mas..." Sua mão continua deslizando por minha pele nua. "Isso parece mais importante."

Ele não fala mais nada, e não o pressiono. Ficamos ali por um tempo, sem pressa de nos juntarmos à festa, que já começou, a julgar pela música retumbando pela casa.

"Foi legal em Nova York?" Depois do Natal, ele passou uns dias em Manhattan, com Dean e a namorada.

"Foi divertido. Os Bruins jogaram contra os Islanders, e Garrett arrumou ingresso pra gente no camarote. O jogo foi incrível."

Estendo a mão e corro os dedos por seus cabelos. "Seus cabelos parecem todos no lugar", provoco.

"É o gel, cara. Não me deixa arrancar."

"Do que você gosta mais, de assistir hóquei ao vivo ou jogar?"

"Jogar, claro." Ele nem sequer hesita.

"Já jogou na frente de um público tão grande quanto o do TD Garden?"

Hunter ri. "Nenhuma arena universitária chega aos pés daquilo. Deve ser uma loucura, né?"

Franzo a testa. "Ainda não entendo por que não poderia. Pelo que Brenna me falou, qualquer clube te contrataria num piscar de olhos. Ela disse que, se dissesse que está interessado, metade dos times da liga estaria correndo atrás de você depois da formatura. Mas você continua dizendo que não quer, e eu não entendo isso. Vive falando que não quer ser famoso, mas não acredito que seja esse o motivo. Quer dizer, talvez tenha alguma relação, mas qual é o motivo de verdade?"

"É o estilo de vida, Demi. Tenho um problema com a devassidão."

"Não, acho que você *julga* que tem um problema com a devassidão", corrijo. "Mas, pelo que pude observar, você não bebe em excesso, não tem compulsões sexuais prejudiciais que interfiram no seu cotidiano, não usa drogas. É carismático, então pode facilmente lidar com uma entrevista ou com a imprensa." Acrescento um tom de desafio na voz. "Então, de verdade, do que você tem medo?"

Hunter fica em silêncio por um bom tempo. Ele acaricia meu ombro, distraído. Quando enfim fala, sua voz soa áspera. "Se eu te contar, promete não tirar sarro de mim? Nem me julgar?"

Quase dou risada, até perceber que ele está falando sério. Então digo com meu tom de voz mais neutro possível: "Prometo que não vou tirar sarro de você. E nunca te julgaria, Hunter".

"Certo." Seu peito sobe com uma inspiração. "Acho que posso perder a linha", confessa.

"Perder a linha? No gelo?"

"Não, em outro sentido." Ele expira lentamente. "Aquele monte de jogos fora de casa, quartos de hotel, bares de hotel, todas aquelas mulheres se jogando em cima de mim. Sei que não tenho problema de vício em sexo, mas tenho os genes do meu pai, e o histórico dele não é exatamente o melhor."

"Seu pai é narcisista. Você não." Dou um beijo tranquilizador no ombro dele. "Você não tem nada a ver com ele, lindo."

"Ele discordaria de você nisso. Alguns anos atrás, me disse que somos iguaizinhos."

Meus olhos se estreitam. "Por que diabos ele diria *isso*?"

Hunter suspira, meio tímido. "Nas férias de verão antes de vir pra faculdade, ele me pegou transando com uma garota na bancada da cozinha. Mamãe tinha ido visitar meus avós naquele final de semana, e meu pai tinha viajado a negócios, mas acabou voltando mais cedo." Sua voz se torna mais ríspida. "Você precisava ver o orgulho na cara dele quando me pegou pelado com uma garota que eu nem namorava. Tinha conhecido numa festa na noite anterior, e ela acabou ficando lá em casa."

Tento imaginar o que meu pai faria se me pegasse transando com alguém na cozinha de casa. Cometeria duplo homicídio, claro.

289

"Ele ficou genuinamente *orgulhoso* de achar que o filho era um depravado. Mas acho que isso não é uma surpresa. Sei que meu pai dormiu com pelo menos três secretárias, e uma dessas transas testemunhei em primeira mão. E eu só... só penso em todas as viagens de negócios que ele fez ao longo dos anos. Tenho certeza de que pegou uma mulher em cada cidade. Tenho certeza de que foram muito mais casos do que minha mãe e eu poderíamos imaginar."

"E você está preocupado que vai ter uma namorada ou uma esposa, e vai ficar muito tempo longe de casa e vai traí-la?"

"É bem por aí."

"Então você está se punindo por algo que nunca fez."

Seu peito nu fica tenso. "Não é isso."

"É exatamente isso. Você está se punindo preventivamente, se privando de uma coisa que ama, por medo de que talvez faça uma coisa que odeia em algum momento no futuro. Essa não é uma maneira saudável de ver as coisas."

"Não. Não mesmo? Talvez seja, talvez não. Tudo o que sei é que, quando decidi vir para a universidade em vez de virar profissional, fiquei aliviado."

"E, ainda assim, toda vez que vejo você assistindo aos jogos de Garrett e Logan, dá para perceber a inveja nos seus olhos."

A respiração irregular de Hunter faz cócegas na minha cabeça. Seu peito sobe e desce de novo. "Vamos mudar de assunto um pouco. Está fazendo meu cérebro latejar. Me conta das suas férias."

"Já contei... trocamos mensagem todo dia", eu o lembro.

"Eu sei, mas gosto da sua voz e quero ouvir você falar."

Sorrio contra seu peito e então ofereço um resumo mais detalhado da minha visita a Miami. Conto a ele do meu novo sobrinho, das minhas tias loucas e dos meus primos levados. Como a comunidade é muito religiosa, o Natal é uma coisa importante em Miami, e uma das tradições preferidas da minha família é a ida à Floresta Encantada do Papai Noel. Levei meus primos menores, e Maria, de cinco anos, fez xixi num dos brinquedos do parque de diversões. Sentada no meu colo. Superdivertido.

"Você fala espanhol?", pergunta Hunter, curioso. "Acabei de me dar conta de que não sei se você fala ou não."

"Entendo mais do que falo. Papai é péssimo com idiomas, então só fala inglês em casa. Minha mãe falava as duas línguas comigo, porque não queria que eu perdesse o espanhol, mas meio que desaprendi", digo, um tanto triste. "Mas não completamente. Quer dizer, ficaria fluente de novo em uma semana se estivesse perto de gente que fala só espanhol."

"Queria aprender outra língua. Você devia me ensinar espanhol, e a gente ia poder treinar junto."

"Combinado." Eu me aconchego a ele. "Ah, e no voo para casa, tentei falar de novo sobre a faculdade de medicina com meu pai. Mamãe ficou mais uma semana em Miami, então estávamos só eu e ele. Mas ele não quis nem saber", admito.

Hunter acaricia meu cabelo. "Ainda está na dúvida?"

"Mais do que na dúvida." Inspiro bem devagar. "Não quero fazer medicina."

É a primeira vez que digo isso em voz alta.

"Então não faça", diz Hunter simplesmente. "Você não deveria cursar medicina por causa do seu pai, isso é uma decisão de caráter pessoal. Você precisa seguir o próprio caminho, e isso significa seguir os próprios sonhos, e não os dele. Sua primeira prioridade tem que ser agradar a si mesma, e não seu pai."

Uma risada me escapa. Tento me conter, mas acaba saindo.

"O que foi?"

"Acabei de perceber que nós dois somos uma dupla bem trágica." Não consigo parar de rir. "Estou aqui sacrificando minhas aspirações de ser como meu pai, e você está sacrificando suas aspirações de *não* ser como o seu pai. Fascinante."

"Cara. Você é *tão* psicóloga. Vai ser assim sempre? Nós dois pelados na cama, enquanto você analisa a gente?"

Me apoio no cotovelo, mordendo o lábio. "Isso te incomoda?"

"Não..." Ele abre um sorriso para mim, e me inclino e beijo uma de suas covinhas adoráveis. "É engraçado", continua ele. "Na maioria das vezes, você analisa, racionaliza e tenta encontrar soluções. Mas tem horas em que é completamente pirada."

"Não sou, não!"

"Você tem uma veia violenta, sua maníaca. Quebra o video game das pessoas." Ele sorri para mim. "Uma dicotomia e tanto, Demi Davis."

"Louca e sã ao mesmo tempo", digo, bem séria. "Uma condição rara, de fato."

"Enfim." Ele faz um carinho em minha bochecha com o nó dos dedos. "Você não precisa correr atrás da aprovação do seu pai... isso já está garantido. Acho que ele não vai te deserdar se você escolher fazer pós-graduação, em vez de medicina."

"Você não sabe o que ele fala dos ph.Ds, Hunter. Vai passar o resto da vida fazendo piada sobre como não sou uma doutora de verdade." Meu telefone vibra, chamando minha atenção. "Merda, no mínimo é Josie me mandando descer e pendurar mais enfeites para a festa."

Me estico sobre o peito musculoso para pegar o telefone na mesa de cabeceira. Hunter aproveita a oportunidade para agarrar um de meus seios.

Tremo de prazer, mas minha excitação se esvai quando vejo o nome de meu pai. Falando no diabo.

Abro sua mensagem e arregalo os olhos. "Humm, isso é interessante."

"O quê?" Hunter acaricia preguiçosamente meu peito.

"Meu pai está convidando a gente para tomar um *brunch* de Ano-Novo amanhã."

A mão de Hunter congela. "A gente?"

"É." Sento e sorrio diante de sua expressão de pânico. "Ele quer conhecer você."

32

DEMI

Alguns dias depois do Ano-Novo, Hunter e eu estamos de volta ao campus, caminhando em direção ao prédio de psicologia. É a última aula do semestre, e vamos receber o resultado do estudo de caso, mas, embora eu esteja quase saltitante enquanto caminhamos pela universidade, as passadas longas de Hunter parecem duras, e sua expressão está sombria. Desde o *brunch* com meu pai que ele anda emburrado.

"Cara, dá pra tentar sorrir?", exijo. "O dia está tão bonito."

"Está menos vinte graus, e o seu pai me odeia. O dia *não está* bonito."

Contenho um suspiro. "Ele não te odeia. Ele gostou de você."

"Se gostar quer dizer desprezar, então você está certa."

"Sei. Então agora, além de odiar, ele te *despreza*. Tem alguém que resolveu dar uma de dramático hoje."

"E tem alguém que se recusa a encarar a verdade", resmunga Hunter. "Seu pai *não* gostou de mim."

Quero discordar, mas está ficando mais difícil encontrar uma desculpa convincente para o comportamento do meu pai. Me recuso a dizer isso em voz alta, porque não quero ferir o orgulho de Hunter ainda mais, só que o *brunch* foi... horrível.

Não foi *nada* bem.

Queria que minha mãe estivesse presente para equilibrar as coisas, mas ela ainda está na Flórida, então éramos eu e Hunter contra meu pai. Depois de duas perguntas secas sobre a infância de Hunter, meu pai decidiu que estava lidando com um garoto rico e mimado de Greenwich, Connecticut. O que está longe de ser a verdade — Hunter é a pessoa mais pé no chão que conheço, e sua ética de trabalho é de outro mundo.

Mas meu pai é incrivelmente parcial e impossível de agradar. Teve uma infância pobre e se sacrificou muito para chegar onde está, então nem preciso dizer que tem uma pulga atrás da orelha com qualquer um que tenha nascido em berço de ouro.

E ele sequer ficou impressionado com as realizações atléticas de Hunter. Tinha certeza que isso o conquistaria. Ressaltei sem muita sutileza a dedicação necessária para se destacar num esporte, mas acho que, a essa altura, meu pai estava só *tentando* ser difícil, porque ignorou meu comentário. O que é ridículo. Ele adora futebol americano e já o ouvi dizer várias vezes que os jogadores têm muita ética profissional.

Está na cara que meu pai ainda está torcendo por Nico. Mas espero que mude de lado, porque sou membro de carteirinha do fã-clube de Hunter.

"Ele vai acabar gostando de você", digo, apertando a mão de Hunter.

Ele inclina a cabeça. "Vai? Porque pra isso a gente tem que continuar se vendo."

Hesito. Ainda não declaramos oficialmente se isso é um "namoro", então não sei bem se ele vai ver meu pai de novo. Além do mais, até definirmos nosso relacionamento, estou tentando evitar as demonstrações públicas de afeto, então solto a mão de Hunter quando chegamos ao prédio, porque Pax e TJ estão me esperando nos degraus.

"Uau! Botas novas!", grita Pax ao me ver. Seu olhar invejoso devora minhas botas, que são mesmo novas — de couro preto com pele marrom, para combinar com o capuz da minha jaqueta. "*Amei!*", anuncia ele.

"Obrigada! Queria poder dizer o mesmo do seu cabelo, mas... que diabo deu na sua cabeça?"

Hunter bufa. "Sério, Jax. Não ficou legal, não."

Reviro os olhos. Ele sabe muito bem o nome do meu amigo, mas agora a coisa virou piada, e Pax dá corda, porque acha Hunter gostoso.

"Quando você fez isso?", pergunto.

"E por quê?", acrescenta TJ, tentando não rir.

Com um suspiro dramático, Pax leva a mão às mechas verdes nos cabelos pretos. "Semana passada. E por quê? Porque minha irmã mais nova faz cosmetologia, e as provas estão chegando, então ela praticou suas técnicas de tintura de cabelo em mim."

"Não vou mentir", eu aviso. "Ficou horrível."

"Puxa, obrigada, melhor amiga." Ele dá uma piscadinha. "O cara que eu peguei ontem à noite não pareceu ligar."

"*Mandou bem*." Hunter levanta a mão para comemorar com ele.

Jax — caramba, agora *eu* estou fazendo isso —, Pax bate com a palma da mão contra a de Hunter, e em seguida nós quatro fugimos do frio de janeiro e entramos no prédio. Percebo que TJ lança um olhar curioso para mim e para Hunter, mas não diz nada.

Sentamos nos lugares de sempre, no meio da fileira, só que desta vez Hunter ocupa o lugar de Pax ao meu lado. Mais uma vez, TJ toma nota com o olhar.

A professora Andrews chega com suas duas assistentes a reboque, e a ansiedade borbulha dentro de mim. *Isso!* Ou meus olhos estão projetando o que querem ver, ou as assistentes estão trazendo nossos trabalhos.

"Bom dia, senhoras e senhores. Certo... Das outras vezes que dei esta matéria, eu deixava para devolver os trabalhos no final da última aula, só pra torturar vocês. Não sei o que isso diz sobre a minha própria constituição psicológica..." Andrews sorri para a classe. "Dito isso, estou de bom humor hoje."

Ela está muito mais brincalhona que o normal, mas talvez porque esta seja a nossa última aula. As assistentes se aproximam das fileiras de cadeiras e começam a nos chamar pelo nome. Um por um, os alunos se levantam para receber seus trabalhos.

Embora os projetos tenham sido feitos em dupla, cada um entregou seu trabalho final separadamente e deve receber uma nota individual. Quase pulo da cadeira quando meu nome é chamado. Assim que pego o envelope que contém meu trabalho final, não perco tempo para abri-lo. Ao meu lado, Hunter faz o mesmo.

Vejo uma folha de rosto grampeada na primeira página e quase grito alto quando leio minha nota.

Tirei dez!

Iupi!

Curiosa, espio o trabalho de Hunter. "Quanto você tirou?"

"Oito." Ele parece satisfeito. Li a pesquisa dele e achei excelente, mas provavelmente teria me aprofundado mais em algumas coisas, então acho que a nota é justa.

Folheio as páginas do meu estudo de caso e vejo que Andrews rabiscou anotações nas margens. Os elogios que encontro são ridiculamente bons para o meu ego. Coisas como:

Percepção fantástica!

Altamente perspicaz!

Provocante...

ÓTIMO *ponto de vista*, escreve ela na seção em que discuto possíveis táticas de aconselhamento para tentar ajudar o narcisista a reconhecer sua condição, o que é bem raro. A sequência imensa de elogios faz meu ego inflar até proporções monstruosas. É muito mais satisfatório do que o dez que tirei em química orgânica. Este parece *justo*.

Hunter se aproxima e sussurra em meu ouvido. "Você tá muito gata agora."

Franzo a testa. "Você acha?"

"Ah, e como." Sua respiração faz cócegas em minha bochecha. "É esse seu olhar sabichão. Nunca achei que uma acadêmica me deixaria excitado, mas, *porra*, tô com uma semiereção, Semi."

Solto um riso baixinho. Mas então percebo que ele não está brincando, pois se ajeita na cadeira, e vislumbro a luxúria em seus olhos.

Engulo a saliva, a garganta subitamente seca, e me viro para TJ, para disfarçar. "Quanto você tirou?"

"Nove", responde ele, e Pax tirou sete, então, no geral, diria que a psicologia anormal foi um sucesso esmagador.

Como é a última aula, Andrews nos presenteia com um tópico sobre o qual eu poderia passar vinte e quatro horas ouvindo: assassinos em série. Na verdade, se você computasse todo o tempo que passei assistindo a programas de crimes, o resultado na certa seria uma parcela deprimentemente longa da minha vida.

Andrews começa a discutir um caso tão macabro que estou sentada na beirada da cadeira, debruçada para a frente. Dez minutos depois, embora ela ainda não tenha revelado o nome do assassino, agarro o braço de Hunter e sussurro: "Ela tá falando de Harold Howarth!".

"Quem?"

"O cara do episódio *Neurocirurgiões que matam*." Lembro que liguei para o meu pai logo depois que terminei de assistir. Falei para ele nunca, jamais, injetar veneno no lobo frontal de um paciente, e o meu pai me perguntou se eu estava chapada.

Quando me ajeito na cadeira, quase descanso a mão no joelho de Hunter, um hábito de quando estamos sentados juntos no sofá dele. Hoje, tenho que fazer força para me deter. Não quero saber de pegação em público até saber o que está rolando de fato. Mas meu olhar continua voando na direção dele. Queria poder tocar sua perna. Ou melhor — enfiar a mão na sua calça e segurar seu pau. Eu me pego querendo tocar esse homem o tempo todo.

E estou falando sério quando digo *o tempo todo*. Às vezes, quero tanto que mal posso esperar ele fechar a porta do quarto para atacá-lo. Hoje é um desses dias, só que não estamos num quarto, e meu corpo latejante está furioso com a situação.

Quando Andrews nos dispensa, meu ventre está todo contraído. Mal ouço Andrews nos agradecer pelo semestre e nos desejar boa sorte com o futuro. Qualquer outro dia, eu ficaria até depois da aula para expressar minha gratidão, mas acho que vou ter que me contentar em mandar uma longa mensagem por e-mail.

Estou tão excitada que mal me contenho quando saímos da sala de aula. Meu olhar impaciente percorre o amplo corredor. Não viemos de carro, e de jeito nenhum vou aguentar a longa caminhada de volta até a minha casa. Então, quando Pax e TJ desgarram um pouco à nossa frente, puxo Hunter pela mão e o arrasto para um canto.

33

HUNTER

Demi me empurra pela porta mais próxima. Por sorte, dá numa sala apagada com mesas e cadeiras dispostas em semicírculo. As persianas estão fechadas, mas o lugar não está totalmente escuro. Apenas sombrio, com faixas finas de sol penetrando por entre as ripas das persianas.

"O que você tá fazendo?", pergunto, achando graça.

Ela fecha a porta, apressada. "Estava ficando louca por não poder te tocar. Você não tem *ideia* da vontade que fiquei de arrancar suas calças e montar no seu pau, bem na frente de todo mundo."

Sinto uma comichão na virilha. Nossa, isso foi sexy. Estamos constantemente nos pegando, o tempo todo. Tá virando quase um vício. E tenho vergonha de dizer que isso não afetou o hóquei, o que significa que meu voto de celibato foi inútil. Pra falar a verdade, estou jogando ainda *melhor* esses dias.

Não falei isso para Demi, porque acho que ela vai zombar de mim, dizer que eu estava agindo como um personagem do *Mágico de Oz* ou alguma merda do tipo. Mais ou menos na linha de *você tinha o poder de ser um bom capitão e colega de time o tempo todo, Hunter! Foi a sua culpa e o seu medo de ser um idiota egoísta como o seu pai que o impediram de enxergar isso.*

Posso muito bem ver Demi usando uma analogia brega como essa.

Mas acho que era uma lição que eu precisava aprender. O fiasco da última temporada me deu um puta susto. E comecei esta temporada querendo colocar meu time — e não o meu pau — em primeiro lugar. Queria ser um bom capitão. Provar a mim mesmo que não sou um idiota narcisista e egoísta cujas necessidades são as únicas que importam.

Quando a temporada passada foi pro espaço, foi um sinal de alerta para mim. A primeira coisa que pensei depois que perdemos o jogo foi: *talvez a gente seja mesmo igual*. Meu pai e eu.

Na primeira vez em que ele me disse isso, eu gelei por dentro. Me senti sujo. Assustado com a noção de que podia mesmo ter algo dele. Um lixo. Um egomaníaco.

Mas o sexo com Demi não resultou em nada além de eu ir para a cama saciado todas as noites e detonar nos treinos todas as manhãs. Isso para não falar dos playoffs — estamos destruindo os outros times.

Demi passa os braços por meu pescoço e puxa minha cabeça para baixo para um beijo. Nossa. Adoro beijá-la. Amo transar com ela. E fazer tudo para ela.

Nós dois sabemos que essa coisa entre nós é mais do que uma transa para esquecer. Mais do que sexo. Mas não sei o que é esse *mais*. Estou curtindo demais o que temos para correr o risco de estragar tudo perguntando a ela.

Dou risada quando ela me empurra contra a porta. Depois de fechá-la, num piscar de olhos, sua mão está no meu cinto. Demi abre minha calça e a desliza junto com minha cueca só o suficiente para enfiar a mão e puxar meu pau quente e pesado para fora.

"Ai, meu Deus, eu quis tanto isso nas últimas duas horas", murmura Demi, em angústia. "Quero o tempo todo."

"Então pega", digo, com a voz rouca.

Ela fica de joelhos, e meu corpo fica tenso de antecipação. Quando sua boca molhada envolve meu pau, assobio de prazer. Ela também, e seus olhos castanhos brilham, alegres, quando ela me solta para dizer: "*Amo* colocar isso na boca."

"Você e a sua fixação oral", ironizo, tentando entrar em seus lábios sensuais de novo.

Ela ri das minhas tentativas patéticas. "Então, quando preciso de um doce, é... como você chamou no outro dia? Um *problema sério*. Mas, quando quero seu pau, minha fixação oral é a última maravilha?"

Abro um sorriso. "Agora você está entendendo."

Demi bota a língua para fora, e me aproveito disso. Em segundos, estou na sua boca quente de novo.

"Ai, delícia." Seguro a parte de trás de sua cabeça com ambas as mãos, guiando-a ao longo do meu membro.

Ouço um murmúrio de vozes no corredor. Não ligo. Demi me faz esquecer que existem outras pessoas no mundo. Estamos sozinhos nesta sala, neste edifício, neste planeta. Quando estou dentro dela, não existe ninguém além de nós. Quando ela está acariciando e esfregando e chupando meu pau, não existe mais ninguém.

Ela me engole, com sua língua ansiosa envolvendo a cabeça do meu pau. É molhado e gostoso, e enquanto isso seu punho se move para cima e para baixo ao longo de toda a minha extensão. Apertando a ponta a cada movimento, me chupando até a base.

Movo os quadris, inquieto, excitado, com as bolas começando a formigar. Quando me trouxe para cá, achei que ia comer Demi contra uma parede. Mas esse boquete é tão bom que não vou durar o suficiente para entrar nela.

"Gata", murmuro, tentando acalmá-la.

Ela me fita com olhos grandes. Seus lábios estão apertados em volta da cabeça. É a coisa mais sexy que já vi, e percorro com o polegar o "O" travesso que seus lábios formam, esfregando o canto de sua boca.

"Estou quase lá", aviso. "Se você veio aqui querendo foder, é melhor parar com isso."

Sua boca molhada me solta, e meu pau emerge com um estalo. "Não, quero fazer você gozar agora. Quero ouvir você gemer meu nome enquanto goza na minha boca."

Meu Deus. Essa garota vai me matar.

Ela retoma sua tarefa perversa e, em menos de trinta segundos, estou dando à mulher o que ela me pediu.

"Demi", eu falo gemendo quando o clímax chega. Seus lábios permanecem firmes em volta de mim, enquanto ela engole tudo o que tenho para dar. Estou morto. Ela acabou comigo. É perfeita.

Demi planta beijos suaves no meu pau ainda duro enquanto volto do paraíso. Sorrindo, ela me ajeita dentro da calça cargo. Limpa a boca recatadamente com as costas da mão enquanto se levanta. Então fecha minha braguilha e fica na ponta dos pés para roçar os lábios nos meus.

Não posso deixar de aprofundar o beijo e, quando sinto meu gosto na língua dela, estou quase querendo gozar de novo. Eu estremeço.

"Tudo bem?", brinca ela.

"Tudo ótimo", murmuro.

Ela ri, depois me dá uma boa olhada antes de abrir a porta. Voltamos para o corredor, e as luzes fluorescentes me cegam por um momento.

"Vai sair com a gente hoje?", pergunta ela, quando voltamos a caminhar no mesmo passo.

"Não posso. Já combinei com Hollis. Mas posso ir agora e ficar com você até a hora de encontrar com ele?"

"Buuuuuu."

"Não me vaia."

"Por que não? Você me vaia o tempo todo."

"Porque eu sou criança, Semi. Você é madura demais pra isso. Então trate de se dar ao respeito."

Ela cai na gargalhada, e eu sorrio. Gosto de fazê-la rir.

"Eu até pediria a ele para adiar", digo, "mas Hollis insistiu que era importante."

Demi para de andar. "Espera, Mike Hollis deu a entender que alguma coisa era *importante*?"

"Deu a entender? Tá mais para declarou explicitamente. Ele me puxou para um canto hoje de manhã e perguntou se a gente poderia conversar hoje à noite."

"Ele tava em casa? É segunda-feira."

Franzo os lábios. "Ele avisou no trabalho que estava doente, mas não achei que parecia, não."

"Espero que esteja tudo bem."

"Deve estar. Hollis é indestrutível. Aposto que só quer falar sobre alguma coisa aleatória, como o que dar para Rupi no aniversário dela."

"Está chegando?"

"Ah, você vai adorar essa história. A menina nasceu em... olha só... 14 de fevereiro."

Demi respira fundo. "No dia dos namorados! Meu Deus. Pobre Mike. Ele vai ter que se esforçar. Talvez até comprar um pônei para ela."

Eu dou risada.

Quando chegamos ao saguão do prédio, vejo TJ parado a alguns metros de distância, conversando com uma das assistentes. Ele faz uma cara feia quando nos vê. Parece uma reação exagerada e sem motivo, até eu perceber que seu olhar está na minha virilha.

Olho para baixo e engulo um palavrão. Demi não deve ter fechado o zíper direito, porque desceu todinho até o final. Discretamente, fecho a braguilha, mas isso não faz nada para afastar a desconfiança do olhar de TJ.

Mais tarde naquela noite, sento na mesa diante de Hollis, fazendo um sinal para a garçonete do bar. Ele ainda não pediu nada, apesar de já estar aqui há dez minutos. Me atrasei porque tinha mais de um metro de gelo cobrindo meu para-brisa quando saí da casa de Demi. Quase congelei as bolas raspando aquilo.

"Desculpa, estava raspando gelo", resmungo.

"Merda de gelo. Deveria ser proibido."

"Pode deixar que vou dizer pro clima o que você pensa dele, Michael."

Sorrio em gratidão quando a garçonete volta com minha cerveja. Hollis pediu uma latinha de Boom Sauce, que ele só deve gostar por causa do nome. Fazemos um brinde.

"Então, o que está acontecendo?", pergunto ao meu amigo. "Por que me fez vir ao Malone's no auge do inverno, quando moramos na mesma casa e poderíamos facilmente ter conversado lá?"

Hollis brinca com a borda da lata de cerveja. "Precisava sair." Ele dá de ombros. "Como estão as coisas? Ainda tá com a Demi? O treinador já aprovou o porco?"

Ele está ganhando tempo, mas entro no seu jogo. Hollis é tão dramático que pressioná-lo poderia resultar num ataque de raiva, e eu realmente queria terminar minha cerveja.

"Tá tudo bem. Fui bem em todas as matérias no último semestre. Ainda estou com a Demi. E não, o treinador ainda não aprovou o porco." Penso por um momento. "Mas acabei de me dar conta... quando ele fizer isso, Pablo vai ter que ir embora." Merda. Ainda não sei se estou pronto para me despedir.

"Cara, já não era sem tempo. Sabe o quanto aquele troço fede? Ovos não deveriam durar tanto."

Eu dou risada. "Nem sinto mais o cheiro, para ser sincero."

"A gente deveria arrumar um bicho de estimação para a casa", diz Hollis.

"Rá. Claro. Rupi nunca deixaria você ter um animal de estimação. Significaria menos atenção para ela."

"Verdade. Já é difícil o suficiente dar atenção a ela nos fins de semana." Hollis esfrega os olhos e percebo que ele parece profundamente exausto. Sabia que as duas horas de viagem até New Hampshire estavam cobrando seu preço, mas parece que a situação piorou. Seus olhos estão realmente inchados, como se ele não dormisse direito há anos.

"Você vai voltar para a casa dos seus pais amanhã ou vai dizer que ainda tá doente?", pergunto, com cuidado.

"Vou voltar." Ele dá um gole rápido. "Sinceramente, não quero mais vender seguros, Davenport. Odeio aquele lugar. Odeio estar de novo em casa, e odeio trabalhar com meu pai. O cara é louco."

"Ã-ham, *ele* é louco."

"É, sim! E conta as piadas mais idiotas o dia inteiro."

Olho para Hollis. "Realmente não posso imaginar a tortura que é."

"Pois é."

Vummm. A ironia passou bem longe. "Por que não tenta encontrar trabalho em Hastings?", sugiro.

"Já tentei, mas não tem ninguém contratando. Ou pelo menos ninguém para quem eu *queira* trabalhar. Tem uma vaga num posto de gasolina madrugada, mas de que adianta? Eu ia dormir o dia inteiro e trabalhar a noite toda, e o salário é uma merda."

"Se eu ficar sabendo de alguma coisa, te falo."

"Obrigado."

"E acho que, por enquanto, você podia continuar no trabalho, vendendo seguros durante a semana, e no trabalho que é cuidar de Rupi nos fins de semana."

"Cara, ela dá um trabalhão mesmo." No entanto, ele abre um sorriso escancarado ao dizer isso.

"Não entendo o relacionamento de vocês."

"Claro que não. É transcendental."

"O que significa isso?"

"Justamente", diz ele, presunçoso. Mas não demora muito para seus olhos azuis ficarem sérios de novo. Não é uma expressão que se veja muito no rosto de Mike Hollis. "Ela ainda tá no segundo ano, cara."

"Rupi? E daí?"

"E daí que faltam dois anos e meio pra ela se formar. Isso significa mais dois anos e meio fazendo essa viagem horrível pra vender seguro com meu pai maluco."

Ponho a cerveja na mesa. "Você está pensando em... terminar com ela?"

Ele fica absolutamente horrorizado. "O quê? Qual o seu problema? Claro que não. Não ouviu a parte em que eu falei que nosso namoro é *transcendental*?"

"Tá, desculpa, tinha esquecido." Eu o avalio de novo. "Então, do que exatamente você tá falando? Você odeia o seu trabalho. Odeia ter que morar com os pais. Odeia o trajeto de carro entre uma cidade e outra. Odeia que Rupi ainda tenha mais alguns anos de faculdade pela frente. Mas você ama Rupi."

"Acertou tudo."

Comprimo os lábios. "Certo, então me diz uma coisa. Se nenhuma dessas coisas que você diz que odeia estivesse em jogo, o que estaria fazendo?"

"Não entendi."

"Imagina que você não precisa se preocupar com empregos, pegar trânsito na estrada e essa porcaria toda... o que gostaria de fazer?"

"Gostaria de..." Ele para. "Nada. É bobeira."

"Não, fala", ordeno. "Vamos encontrar uma solução, cara."

Hollis dá mais um gole na Boom Sauce. "Viajaria", ele enfim confessa. "Tipo, cara, você tem noção de quantos países existem no mundo? Dezenas!"

"Centenas", corrijo.

"Não exagera. São só sete continentes, por que haveria centenas de países? Sua matemática está errada. Mas, sim, é o que eu faria. Viajaria pela porra do mundo todinho, conheceria gente nova, experimentaria novas culturas, comeria comida estranha e... *ah*, Rupi e eu poderíamos transar em trens, aviões e camelos se formos a algum lugar que tenha camelo..."

"Espera, Rupi também tá nessa viagem?"

Ele assente, animado. "Onde mais estaria?"

Faço que sim com a cabeça, mas de forma lenta e pensativa. "Quer meu conselho? Você deveria conversar com Rupi sobre tudo isso. Seja sincero, explique que está exausto e diga que gostaria de viajar com ela. De repente vocês podem planejar alguma coisa para o verão. Seria bom ter algo pelo que esperar enquanto faz o longo trajeto até New Hampshire...", deixo a ideia no ar, sedutora.

Hollis estreita os olhos para mim.

"O quê?", pergunto.

"Você sempre foi tão inteligente assim ou eu sempre fui muito burro?"

Sorrio para ele. "Prefiro não responder a essa pergunta."

34

DEMI

Estamos no final de janeiro, e Hunter e eu ainda não demos um rótulo para o nosso relacionamento. Estamos apenas seguindo a maré, fazendo sexo com frequência, ficando abraçadinhos, trocando mensagens, dando conselhos um ao outro. Assisto aos seus jogos, apesar de ainda não gostar de hóquei. Ele assiste aos meus documentários sobre crime, embora os considere perturbadores.

Como Brenna gosta de dizer, temos uma situação. Mas, de acordo com Pippa, somos um casal que não se define como namorado e namorada.

Pippa tem razão. Hunter é o meu namorado, e eu sou a namorada dele. É engraçado — duas pessoas que se comunicam extremamente bem, e nenhuma das partes levantou a questão. Sei o motivo por que *eu* não fiz isso, mas me pergunto o que está impedindo Hunter de tocar no assunto.

Quanto a mim, tenho medo de dar esse passo. E se as coisas mudarem no momento em que eu o definir como meu namorado? E se de repente ele decidir que o estou amarrando ou limitando suas liberdades e começar a querer outra coisa? É um medo irracional, e a memória amarga da traição de Nico não ajuda em nada.

A ambiguidade do nosso relacionamento é uma fonte constante de ansiedade para mim. Os seres humanos têm uma compulsão por definir as coisas. Definições nos proporcionam conforto. Mas não sei o que quero mais — um rótulo ou evitar uma possível rejeição. Por enquanto, simplesmente não falo a respeito, nem Hunter.

O time de hóquei está no meio dos playoffs, e ele deu duro na última semana. Os treinos são cansativos, e Hunter está coberto de hematomas toda vez que o vejo. Hoje, estava particularmente dolorido, então decidi sair com meus amigos e dar um tempo para seu corpo se recuperar. É impossível para mim vê-lo e não querer montar naquele corpo musculoso e transar até a exaustão.

Hunter, no entanto, está rabugento por ter que ficar sozinho. Fica mandando fotos de várias partes do corpo, algumas machucadas, outras não, me implorando para ir beijá-las. Por fim, interrompo Pippa no meio da frase e digo: "Espera um segundo. Deixa eu falar para ele parar de encher o saco."

> EU: *Estou com meus amigos, monge. O mundo não gira em torno de você.*
> ELE: *Claro que gira.*
> EU: *Entendi. Você tá canalizando o seu pai?*
> ELE: *Argh, tem razão. Desculpa. O mundo não é a minha concha. Sou apenas uma pérola flutuando num mar de pérolas.*
> EU: *Essa analogia não faz o menor sentido. Agora chega. Estou com meus amigos.*
> ELE: *Tá bom!*

Boto o telefone na mesa. "Desculpa, eu precisava fazer isso", digo aos meus amigos.

Pippa, TJ e eu estamos numa mesa apertada num dos bares do campus. Corinne está vindo nos encontrar, e vai ser a terceira vez que saio com ela desde que as coisas explodiram, em novembro.

A primeira foi para lá de desconfortável. Fomos ver um filme na casa de Pippa, e não consegui pronunciar uma única palavra para Corinne. Toda vez que olhava para ela, eu a imaginava nua com meu ex-namorado. A segunda foi melhor, porque tinha bebida envolvida. Mas aí tomei umas doses de tequila a mais, o que me colocou em modo Mulher Desprezada, e posso ter feito um ou outro comentário sarcástico. Prometo não repetir isso hoje.

Quando meu telefone acende de novo, olho para baixo. "Esse cara", resmungo.

"O jogador de hóquei?", pergunta Pippa, com uma risada.

"É. Está todo machucado e dolorido, então ficou descansando em casa e está entediado. Quando está entediado, fica irritante."

"Isso não vale para todos eles?"

"Ei, eu não incomodo ninguém quando estou entediado", protesta TJ. Ele gira casualmente o canudo do daiquiri de morango que o forçamos a pedir.

Originalmente, era para ser uma noite só das meninas, mas TJ parecia tristonho quando percebeu que não podia vir, então falei que podia, desde que respeitasse as regras da Noite das Meninas, ou seja, pedir muitas bebidas coloridas.

"O que está rolando entre vocês, afinal?", pergunta ele, curioso. "Parece que a coisa evoluiu..."

"Humm, pois é", Pippa responde por mim. "Eles estão praticamente casados."

TJ parece atordoado. "É sério?"

Deixo escapar um riso. "Não, não é. Mas passamos muito tempo juntos." Pego minha bebida exageradamente rosa com seu guarda-chuva roxo berrante. "Acho que isso significa que estamos namorando. Mas não tenho muita certeza. Ainda nem conversamos sobre exclusividade."

"Não?" Pippa levanta uma sobrancelha. "Faz meses, D. E se ele estiver transando com outras?"

"Ele não está."

"Claro que está", diz TJ, revirando os olhos.

Faço uma careta para os dois.

Pippa revida. "Ei, não olhe *assim* para mim. Não fui eu que falei que era certeza. Foi ele." Ela dá um cutucão no braço de TJ.

Ele levanta as duas mãos como se estivesse se rendendo aos soldados inimigos. "Ei, não precisa matar o mensageiro. É claro que ele está dormindo com outras pessoas. Falo isso como um universitário que mora no alojamento cercado de outros estudantes. Se você não deixa claro para um cara que quer exclusividade, posso garantir que ele está saindo com mais de uma mulher."

"Quer dizer... TJ não deixa de ter razão", diz Pippa, cautelosa.

"E ele saiu com aquele monte de mulheres, tipo, há uma semana", continua TJ. "Definitivamente está pegando outras pessoas."

Um calafrio percorre minha coluna. "Que garotas? E como você sabe o que ele estava fazendo?"

"Vi uma coisa no Instagram."

"Você viu uma coisa no Instagram", repito, insegura.

TJ assente. "Sigo uma tonelada de gente da Briar. Alguém postou uma foto do time de hóquei numa festa, não sei onde. Davenport estava na foto beijando uma garota."

Mentira, quero responder.

Mas a dúvida vai me invadindo como ramos de hera e apertando minha garganta. Hunter foi a uma festa depois de um jogo na semana passada, e eu não estava lá, mas isso não significa nada. Além do mais, nem somos oficialmente um casal.

Mordo o interior da bochecha. Com força. A dor provocada por meus dentes nem se compara à pontada aguda em meu coração. Meu estômago está dando voltas. Com os dedos trêmulos, olho o telefone. A última mensagem de Hunter era uma carinha mandando um beijo.

Ignoro, e de repente me pergunto quantos outros beijos ele tem mandado, e para quem.

"Fiz uma captura de tela para você", admite TJ, "mas apaguei."

"O quê? *Por quê?*", troveja Pippa.

A tristeza nubla seus olhos enquanto ele me encara. "Porque não queria que você pensasse que estava tentando causar problemas. Lembro como você ficou chateada na última vez em que conversamos sobre Hunter pelas costas dele."

"Thomas Joseph", retruca Pippa. "Pega esse telefone e recupera a foto na lixeira. Aposto que ainda está lá."

Meu coração bate acelerado enquanto TJ repassa suas fotos. Estou quase torcendo para ele não encontrar. Não quero que isso exista. Quero que seja uma invenção da imaginação de TJ.

"Aqui!", diz ele, e meu estômago dá outra reviravolta.

TJ desliza o telefone na minha direção. Pippa praticamente escala a mesa grudenta para ver direito.

É uma foto com meia dúzia de garotos e algumas meninas. Reconheço vários rostos: Matt Anderson, aquele tal de Jesse, e acho que é Mike Hollis ali no canto, mas não dá pra ver direito. Matt está com o braço em

volta de uma ruiva sorridente, e Jesse está posando ao lado de uma garota que acho que pode ser a namorada dele, Katie. Mas não vejo Hunter...
Ah. Lá está ele.
TJ tem razão. Hunter *está* na foto.
E está mesmo beijando outra pessoa.

35

DEMI

Meu coração pula para a boca, horrorizado, apertando minha traqueia e dificultando a respiração. Na foto, a boca da loira está fundida à de Hunter num beijo congelado, capturado por toda a eternidade. Permanentemente documentado para que eu, Demi Davis, o testemunhe.

Ciúme e raiva apertam a boca do meu estômago. Tenho o direito de experimentar a primeira emoção, mas não a segunda.

"D?", diz Pippa.

Adoto uma expressão indiferente. "Nunca falamos sobre exclusividade."

Ela sabe muito bem o que estou sentindo. "Ai, querida. A gente não sabe de quando é a foto", ressalta.

TJ fala. "Tem seis dias que postaram."

"Não significa que foi tirada há seis dias", argumenta Pippa.

"Por que alguém postaria uma foto antiga?"

"Tá de sacanagem? As pessoas fazem isso o tempo todo! *Throwback Thursday? Flashback Friday? Wayback Wednesday?*"

"A legenda não tem nenhuma dessas *hashtags*", rebate TJ.

"Vai ver esqueceram. Sei lá."

"Esqueceram o quê?", uma terceira voz se junta à conversa.

Ergo os olhos e vejo Corinne chegando. Está vestindo um suéter grande e calça skinny, com o cabelo encaracolado puxado para trás por um elástico amarelo. Ela senta ao meu lado, e a mesa parece ainda mais apertada.

"Estamos falando de uma foto do cara que Demi está namorando", explica Pippa.

"O cara do hóquei?", pergunta Corrine.

"É." Aquela sensação terrível de frio continua atravessando o meu corpo.

Ela pega o telefone. "Qual deles?"

Aponto para Hunter e a loira. Eles continuam se beijando na foto.

Droga. Eu meio que estava esperando que, quando olhasse de novo, eles estariam em lados opostos da cena.

Corinne estuda a imagem. "Este é o cara com quem você tá saindo?"

"É."

"Ai. Sinto muito." Ela parece genuinamente chateada por mim. Ou talvez seja só pena. *Pobre Demi, a garota que continua sendo trocada por outras.*

Pippa pega o telefone de novo e passa uma quantidade excessiva de tempo examinando a tela. "Não, com certeza é uma foto velha", anuncia, afinal. "Conheço essa garota." Ela bate no rosto da ruiva ao lado de Matt Anderson. "É a Jenny."

"Quem é Jenny?", pergunta Corinne.

"Fez uma aula de atuação comigo no primeiro ano." Pippa parece aliviada e triunfante. "A foto é velha, D. Garanto."

"Como você sabe?" Estou quase envergonhada do balão de esperança inflando em meu peito.

"Porque ela não estuda mais aqui. Pediu transferência para o curso de artes cênicas da UCLA há mais de um ano."

"Sério?"

"Como você sabe que é ela?", pergunta TJ. "A foto não tá muito nítida. Ou talvez ela esteja na cidade, visitando alguém, você não sabe."

"Espera. Deixa eu achar a conta dela no Insta, para a gente comparar. Conversem aí um minutinho, meninas e menino." Ela se debruça sobre o seu telefone, com uma missão a cumprir.

Tento me concentrar em Corinne, enquanto ela conta das aulas novas que está fazendo neste semestre, mas, quando Pippa dá um grito de satisfação, meu foco se volta no mesmo instante para ela.

"Aqui!" Ela pousa o telefone ao lado do de TJ. "É a Jenny."

Comparo as fotos. É a mesma garota.

"E ela não está na cidade", acrescenta Pippa. "Segundo o Insta, tem algumas semanas que está no Havaí, com a família."

O alívio me invade, tão avassalador que me sinto fraca. E enjoada. E com medo.

Não definir em que relacionamento estamos é uma situação terrível. E o mais terrível é o estado atual da minha mente e do meu coração. Fui do zero à infidelidade em um nanossegundo. Sucumbi à suspeita instantaneamente e presumi que Hunter havia beijado outra pessoa numa festa.

Eu me forço a beber meu daiquiri inteiro. A ouvir o que Pippa e Corinne dizem, a manifestar interesse quando TJ fala que vai visitar o irmão na Inglaterra no verão. Mas não consigo me concentrar. Estou muito irritada com esse alarme falso. Me sinto burra e insegura.

Preciso falar com Hunter.

"Ei, vou cair fora", digo quando Pippa sugere pedir outra rodada. "Minha cabeça está em outra."

TJ parece decepcionado. "São só nove e meia."

"Eu sei. Foi mal. Mas estou emocionalmente exausta."

"Tranquilo", diz Pippa, acenando com a mão. "Vou te ver amanhã de qualquer forma. Jantar com Darius, lembra?"

"Certo." Eu me despeço, fecho a minha parca e saio do bar.

A rua das casas de fraternidade fica a três minutos a pé daqui, mas não vou para lá. Peço um Uber e, quinze minutos depois, estou em Hastings, tocando a campainha de Hunter.

Summer me deixa entrar. "Oi. Não sabia que você vinha pra cá hoje." Ela me cumprimenta com um sorriso deslumbrante, porque essa é a configuração padrão do seu rosto. Deslumbrante.

"Coisa de última hora", respondo, vagamente.

Por sobre seu ombro, vejo seu namorado, Fitz, passando pela porta da cozinha com uma calça de moletom cinza e sem camisa. Ele se vira ao me ver e levanta um braço tatuado num aceno rápido. "Oi, Demi. Sobrou pizza, se você quiser."

"Não, obrigada. Já comi. Só vou até lá em cima ver Hunter." Meu coração bate mais acelerado quando subo as escadas e me aproximo da porta do seu quarto.

Quando bato, ele responde com um rosnado alto. "Vai embora, Rupi. Não quero ver *Riverdale*. É muito ruim."

"Sou eu", respondo, com uma risada.

"Semi? Por que você bateu? Traz essa bunda gostosa logo pra cá."

Entro no quarto, e ele está esparramado na cama. Tem uma partida de hóquei passando na televisão, mas não sei dizer quem está jogando. Hunter está com a cabeça erguida sobre um travesseiro, com os cabelos escuros desgrenhados e a barba por fazer escurecendo sua mandíbula.

Suas covinhas aparecem quando ele sorri para mim. "Pensei que você não estivesse a fim vir."

"Eu não vinha, mas aí..."

"... mas aí se deu conta que queria se aproveitar dessa gostosura aqui. Decisão sábia."

Abro um sorriso. "Não. Eu só..."

De repente me sinto ridícula por aparecer assim do nada. O que vou dizer? *Estava com meus amigos e vi uma foto sua beijando uma garota e achei que era coisa recente e fiquei passando mal, mas no fim era uma foto velha só que eu não conseguia parar de surtar, então corri para cá sem ter uma boa razão para isso.*

"O que está acontecendo?", pergunta ele, com a testa franzida. "Qual o problema?"

Para meu horror absoluto, lágrimas quentes enchem meus olhos.

"Demi." Ele se senta. "O que está acontecendo?"

"Nada. Só... ah, eu sou uma idiota."

"Não, você não é. Mas estou ouvindo... por que você acha que é uma idiota?"

Solto o ar com força, e então solto toda a história de uma vez. Hunter escuta sem uma única interjeição, visivelmente perplexo.

"Desculpa", digo. "Não estou dizendo que você fez alguma coisa de errado, porque não fez... era uma foto velha. Mas, quando achei que *não era* velha, meu cérebro logo concluiu que você tava me traindo. É aí que entra a parte da idiotice, porque como você poderia estar me traindo se nem sequer estamos oficialmente juntos?"

"Claro que estamos."

Hesito. "Estamos?"

"Claro. Só porque não demos um rótulo pra coisa não significa que não estamos juntos. Quando as pessoas perguntam, me refiro a você como minha namorada."

"Ah, é?" Furiosa, limpo meus olhos molhados. "Então por que não me chama assim *na minha frente*?"

Ele cai na gargalhada. "Sei lá, por que você não me chama de seu homem?"

"Porque não queria apressar as coisas." Solto um suspiro pesado, tentando articular as emoções que giram dentro de mim. "Estou morrendo de vergonha", admito por fim. "Gosto de me ver como uma pessoa madura, com a cabeça no lugar, mas tirei conclusões precipitadas e achei que você estava dormindo com meio mundo. E isso me fez perceber que Nico realmente mexeu com a minha cabeça. Achei que tinha superado isso, mas pelo jeito não. Ao que parece, a qualquer momento, qualquer coisa que aconteça, mesmo uma coisinha de nada, vou achar que a pessoa com quem estou saindo está me traindo com outra."

Termino com um gemido angustiado.

"Vem cá", diz ele em um tom áspero. Hunter se move em direção ao pé da cama, onde permaneci esse tempo todo, e me puxa para o seu colo.

Descanso o queixo no ombro dele, inspirando fraquinho.

"Você não tirou conclusões precipitadas, Demi. Viu uma foto minha beijando outra. Tá, é uma foto do ano passado, mas você não sabia disso a princípio. Pode acreditar, se eu visse uma foto sua beijando outro, perderia a cabeça."

"Ah, é?"

"Claro. Olha, sei que fizemos isso meio que ao contrário. Não tivemos nenhuma conversa importante sobre relacionamentos, nem estabelecemos as regras básicas, mas..." Hunter segura meu queixo com as mãos e levanta minha cabeça, para me olhar nos olhos. "Prometo a você, não estou saindo com mais ninguém. Não estou dormindo com mais ninguém. Estou com você, e estou nessa por inteiro." Sua voz fica embargada. "Eu te amo."

36

HUNTER

Ninguém tem um trabalho mais difícil do que o homem que vem depois do traidor.

Para ser sincero, estou surpreso por Demi não ter surtado até antes. Sim, rolou um surto violento, o acesso de raiva quando atirou as coisas de Nico pela janela e o esmurrou na cara. Mas acho que ela nunca encarou totalmente as implicações emocionais do que Nico fez.

Sei tudo sobre as consequências da infidelidade. Lembro-me de como minha mãe agia após a revelação de outro caso do meu pai. Ficava nervosa e desconfiada por semanas e meses depois. Sempre que ele passava muito tempo ao telefone, os ombros dela ficavam rígidos. *Para quem ele está mandando mensagem?*, ela se perguntava. Sempre que ele precisava ir ao escritório, a preocupação inundava seus olhos. *Quem ele vai comer na sua mesa hoje?*

Eu costumava sentir muita compaixão por ela, mas, com o passar dos anos, esse sentimento desapareceu. As pessoas estão no controle das próprias vidas e de suas próprias decisões. Não são vítimas impotentes de um soberano cruel que as mantém presos num ciclo de tristeza. Mamãe tomou a decisão de ficar com ele. Não posso continuar lhe dando meu apoio, não quando há tantas outras soluções disponíveis. Ela não precisa viver infeliz, com medo, desconfiada. Não precisa ser a vítima. Isso é uma escolha dela.

Mas Demi, ao contrário de minha mãe, não quer ficar presa nessa situação. Veio diretamente a mim em busca de confirmação, e vou dar isso a ela.

"Você me ama", repete ela.

Minha pulsação se acelera quando avalio sua expressão. É impossível de decifrar. Não sei o que ela acha do que acabei de dizer. Droga, não sei o que *eu* penso disso.

Só disse essas palavras antes para uma pessoa, uma namorada do colégio. E, para ser sincero, ela falou primeiro e me senti obrigado a retribuir o sentimento. Adolescente é um bicho covarde, às vezes. Na verdade, não estava apaixonado por ela, a menina da minha escola.

Mas *esta* garota, a mulher linda no meu colo — definitivamente estou apaixonado por ela. Amo tudo nela. Sua inteligência, seu atrevimento, sua loucura. A personalidade mais do que dinâmica. Existem tantas facetas diferentes de Demi Davis, e quanto mais descubro sobre ela, mais a amo.

Então, sim, vou assumir essa tarefa desafiadora e enfrentar o peso do estrago que Nico causou. Vou ser paciente e ajudar Demi a recuperar sua confiança no meu gênero idiota e de péssima reputação, graças a homens como Nico e meu pai. Vou ficar ao seu lado, cobri-la de garantias de que a amo, até fazê-la perceber que nunca nem precisava ter se preocupado com o que estou fazendo ou com quem estou fazendo — porque ela é a única pessoa que importa para mim.

Uma sensação estranha e inesperada de empoderamento me invade. E percebo uma coisa. Do mesmo modo que minha mãe está no controle de sua própria felicidade, eu estou no controle de meus próprios impulsos. Não sou escravo da minha genética, e *não sou* o meu pai.

"Caralho", fico maravilhado.

"O que foi?" Ela parece ainda um pouco atordoada pela minha declaração de amor.

Olho para ela, boquiaberto. "Eu nunca trairia você."

Ela ri, baixinho. "Não precisa ficar tão surpreso assim com isso."

"Mas estou surpreso. Estou pensando na conversa que tivemos outro dia, sobre a minha carreira no hóquei. Sobre não querer ser como meu pai, meu medo de cair na estrada, sozinho e cheio de tesão, e ceder à tentação. Mas não consigo nem imaginar que posso me sentir tentado por mais alguém. Pode parecer uma puta ingenuidade da minha parte, mas podiam entrar dez mulheres peladas aqui e eu só teria olhos para você. Mesmo com essa cara inchada."

"Quem você tá dizendo que tá *inchada*?", retruca ela.

"Você. Você é péssima chorando, Semi. Não fica nada bem."

Ela me dá um soco no ombro. "Você deveria estar sendo romântico agora."

"Acabei de dizer que te amo! Vai por mim, estou sendo romântico pra caralho."

"Verdade." Ela lambe o lábio inferior. Então o morde. "Não sei se estou pronta para dizer o mesmo", Demi confessa, e eu dou risada, porque ela fica muito fofa mordiscando o lábio desse jeito, toda sem jeito.

"Não pedi para você me dizer nada. Só falei o que estava sentindo. Eu te amo. E não quero beijar ninguém além de você." Levo meus lábios aos dela, que abraça meu pescoço e me beija de volta.

Caímos no colchão, nos beijando ansiosamente até perdermos o fôlego. Então me apoio nos cotovelos, o que força meu corpo dolorido, enviando uma onda de dor às costelas.

"Não posso ficar nessa posição", digo com um gemido. "A lateral do meu corpo está latejando. Desculpa, gata."

"Nunca peça desculpas. Por nada."

Abro um sorriso. "Por nada?"

"Não, espera, deixa eu reformular. Tenho certeza de que você vai se arrepender de uma porção de coisas e vai precisar pedir desculpas, mas essa não é uma delas. Anda, deita. Deixa eu te ajudar a se sentir melhor."

"*Eu* deveria estar fazendo você se sentir melhor."

"Então por que ficou me mandando fotos dos seus dodóis a noite toda?"

"Só pra te encher o saco enquanto você estava com os seus amigos."

"Engraçadinho. Mas então quer dizer que não quer que eu comece a beijar todos os seus dodóis?" Ela levanta a barra da minha camisa e dá um beijo provocante no meu quadril.

O beijo envia um tremor quente para a minha coluna. "Só um idiota rejeita beijos grátis."

"Foi o que eu pensei." Muito metodicamente, ela tira minha camisa. Então estremece quando vê os hematomas colorindo minhas costelas. "Ai, isso parece feio. Talvez seja melhor não fazer isso." Ela percorre a mão hesitante pelo meu abdome, tortuosamente perto da minha cintura.

"É *sempre* melhor você fazer isso", discordo.

"Tem certeza de que seu corpo aguenta? Porque eu... preciso muito daquilo." Ela olha para baixo, encabulada.

"Nós dois precisamos", asseguro a ela.

Demi tira o suéter e começa a desabotoar sua calça. Ela me deixa na cama apenas para pegar uma camisinha e depois volta, puxando minha calça de moletom pela cintura. Estou sem cueca, e ela solta um gemido de alegria. Então agarra meu pau e faz um carinho lento.

Estou duro, pronto para entrar. Enquanto ela coloca a camisinha, abro suas pernas e a encontro igualmente pronta. Sua boceta molhada desliza na palma da minha mão e, quando a seguro, uma onda vertiginosa de prazer me invade. Não me canso dessa garota. Ela desperta uma ferocidade em mim.

"Venha aqui foder comigo agora", murmuro.

Rindo da minha impaciência, ela sobe cuidadosamente no meu colo. Então me segura pela base e guia minha cabeça para onde nós dois mais queremos.

"Merda", resmungo, quando ela está totalmente encaixada em mim. "Sua boceta é tão gostosa." Então ela começa a se mover, e é ainda melhor.

Ela me cavalga, tomando cuidado para não me machucar. "Assim tá bom?", murmura.

Com o prazer aumentando, pontos pretos piscam em minha visão. "Mais do que bom."

Seus quadris movem-se sedutoramente. Minha respiração se acelera. Seguro sua bunda, depois deslizo minhas mãos por sua coluna delicada, e então aperto seus seios. Adoro tocá-la. Amo os sons ofegantes que ela faz enquanto seu corpo se esfrega contra o meu, buscando o seu próprio prazer.

Enfio os dedos em seus cabelos escuros e a puxo para baixo. "Me beija", murmuro.

E ela obedece, gemendo quando nossas línguas se tocam. Ficamos nessa posição uma eternidade, sua boca explorando a minha, seu corpo envolto no meu, lentamente me desfrutando até ficarmos inconscientes. E, quando chego ao clímax e um prazer incandescente envolve meu corpo, tenho a certeza absoluta de que estou realmente apaixonado por essa garota.

37

DEMI

TJ: *Você e o cara do hóquei esclareceram as coisas?*

A mensagem aparece quando estou no ônibus a caminho de Boston. Seria melhor ir de trem, mas não tinha nenhum horário que se encaixasse com minha programação hoje. Passei a semana querendo ir para casa, mas meu pai teve cirurgia quase todos os dias. Hoje é sexta, e ele está de folga, mas o time de Hunter vai jogar à noite, então vou fazer uma visita rápida à cidade e depois volto correndo para Hastings.

Não posso perder esse jogo. Ao que parece, é uma partida crucial dos playoffs. Se eles vencerem, vão para a semifinal, acho... Não tenho muita certeza de como as coisas funcionam, mas sei que Hunter ia ficar feliz se eu fosse torcer por ele.

Estou sentada na parte da frente do ônibus, encolhida num assento na janela. Felizmente, não tem ninguém com fotos de furões do meu lado. Na verdade, não tem ninguém mesmo, só a minha bolsa.

EU: *Sim, tá tudo bem. Conversamos no começo da semana.*
ELE: *Ah. Você não me contou isso.*
EU: *Você não perguntou :)*
ELE: *Desculpa que essa foto tenha te incomodado. Queria nunca ter te mostrado.*
EU: *Não, estou feliz por ter visto. Na verdade, foi o motivo que a gente precisava para ter A CONVERSA. Enfim, como você está? O professor de literatura continua um pé no saco?*

ELE: *Mais ou menos, mas isso não tem problema. Tô mais interessado na sua CONVERSA. Como foi?*
EU: *Bem, agora estamos oficialmente juntos, então vou dizer que correu muito bem. Adivinha quem tem namorado de novo? kkk Estou a caminho de Boston agora para contar pros meus pais.*
ELE: *Sério? Você tá indo a Boston para dizer pra sua família que tá namorando um cara?*
EU: *Tô.*

Um sorriso irônico curva os meus lábios. É verdade, um telefonema teria sido suficiente. Uma mensagem, até. Mas meus pais são uma parte importante da minha vida. Sempre fomos só nós três e, na minha família, falamos as coisas pessoalmente. Nossa pequena unidade familiar levou uma sacudida depois que Nico e eu terminamos, mas meu pai não está me pressionando para voltar com ele. Por outro lado, fica dando indiretas sobre parar de sair com Hunter.

Sinceramente, não sei qual é o problema dele com Hunter, tirando a família rica, o que não é um problema. Meu pai está só sendo superprotetor, e eu queria chegar ao cerne da questão.

E, aproveitando que estou me sentindo tão corajosa, também vou dizer que não vou me inscrever na faculdade de medicina.

O que significa que vou assistir ao jogo de Hunter hoje à noite ou estarei morta.

TJ: *Bem, boa sorte com isso. Seu pai não odeia o cara?*
EU: *Não sei se ele chega a odiar. Mas não aprova.*
ELE: *Dá no mesmo.*
EU: *Não, não dá. Mas não importa. Hunter é meu namorado, e meu pai vai ter que aprender a lidar com isso. Tenho que ir! Acabei de chegar à rodoviária, bjo*

Guardo o telefone e visto meu casaco, me preparando para deixar o ônibus quentinho. Atravesso o ar gelado da rodoviária em direção ao ponto de táxi do lado de fora. Tem um táxi disponível, e está frio demais para esperar um Uber, então sento no banco de trás e dou meu endereço ao motorista.

Mamãe me disse que meu pai trabalhou a noite inteira no hospital e só chegou em casa às dez e meia da manhã. Isso significa que provavelmente vai estar rabugento. Não é o ideal, mas não posso programar minha vida de acordo com os vários humores dele.

Quando o táxi chega, respiro fundo antes de sair do carro. Preciso reunir toda a força que possuo, porque meu pai não vai ficar feliz de ouvir o que tenho a dizer hoje. Mas Hunter tem razão — ele não vai me deserdar. Lá no fundo, sei que não vai. Pode bufar e esbravejar, mas sou uma casa de tijolos, e ele não vai me derrubar.

Só preciso me ater aos meus argumentos, e não me deixar intimidar, principalmente sobre a faculdade de medicina. É hora de parar de ser a garotinha do papai e ser eu mesma.

Como sempre, inúmeros aromas saúdam minhas narinas quando entro na casa. "Mãe?", pergunto da porta.

"Aqui." Ela está na cozinha, onde mais?

Entro e quase me desfaço numa poça de baba. Ela está fritando frango com pimentão e ervilha, e o cheiro condimentado me atrai em direção ao fogão.

"Ai, meu Deus, mãe. Você precisa vir morar na casa Theta comigo, por favor", imploro. "Ia poder cozinhar pra gente todo dia. Café da manhã, almoço e janta." Estremeço de pura alegria. "Ia ser um sonho."

Mamãe bufa.

Envolvo meus braços por trás dela e dou um beijo em sua bochecha. Então tento roubar um pedaço de frango, e ela bate na minha mão com a espátula.

"Vai embora! Xô!" Ela agita o braço como se estivesse tentando se livrar de uma mosca irritante.

"Você é cruel", eu me queixo.

Ela revira os olhos e continua cozinhando.

Como a comida está tão bonita e cheirosa, decido esperar até depois da refeição para começar a lançar as bombas. Meu pai parece exausto quando se junta a nós na sala de jantar. Seus olhos escuros estão cansados, e ele os esfrega durante o jantar.

"Cirurgia difícil?", pergunto, condoída.

"Cirurgias, no plural. Fiz duas craniotomias consecutivas, uma biópsia e uma remoção de tumor. E, quando achei que tinha terminado, um terceiro paciente chegou de helicóptero com um hematoma subdural." Ele começa a explicar cada caso, o que inclui uma tonelada de detalhes técnicos. Não entendo metade, mas ele parece contente em só conversar comigo a respeito.

"Não consigo imaginar passar tanto tempo numa sala de cirurgia", confesso. "Provavelmente dormiria em cima do paciente."

"Precisa ter muita disciplina." Ele ri. "É engraçado... a noite foi mesmo longa, mas estou bem menos cansado do que quando estava terminando a residência ou cursando medicina."

É a brecha perfeita.

Vai, Demi, aproveita!

Mas sou uma covarde. Então não aproveito.

Em vez disso, trato do outro motivo de minha visita. Melhor começar pelas coisas mais fáceis, né? Revelar que tenho um novo namorado não é tão extremo quanto dizer que estou mudando de carreira.

Limpo a garganta. "Queria falar com vocês sobre uma coisa."

Mamãe afasta a cadeira e começa a se levantar. "Deixa eu guardar tudo primeiro."

"Não, mãe. Anda, senta aí. Depois a gente faz isso."

"Depois?" Ela parece horrorizada. Porque em nossa casa você come uma refeição gigante e depois limpa tudo. Mas então ela vê minha expressão séria e senta de novo, com uma preocupação tremulando em seus olhos castanhos. "Tá tudo bem?"

"Tá tudo mais do que bem", confesso.

Na cabeceira da mesa, papai fecha a cara. Droga. Acho que sabe o que estou prestes a dizer.

"Queria que vocês soubessem..." Solto um suspiro apressado. "Estou oficialmente namorando Hunter."

Silêncio.

"Hã. É uma boa notícia...?", pergunto, olhando de um para o outro.

Mamãe é a primeira a falar. "Certo. Marcus. O que você acha disso?"

"Você já sabe o que eu acho. Não acho que ele seja bom para ela."

Ela assente deliberadamente antes de se voltar para mim.

"Então é isso?" Exclamo, incrédula. "Ele diz uma coisa e você apenas acena como se fosse uma boneca?"

Mamãe faz uma cara feia. "Demi."

"É verdade. Você nem conhece Hunter!"

"Se seu pai diz que ele não é bom para você, então eu concordo."

"Você *nem conhece* o cara." Cuspo cada palavra entre os dentes cerrados. Então respiro várias vezes, tentando me acalmar. "Sério, mãe. Estou muito decepcionada com você agora."

A indignação se abate sobre o rosto da minha mãe. Ela abre a boca, e sei que o temperamento latino está prestes a dar as caras. Mas o meu aparece primeiro.

"Você sempre deixa o papai ditar como você pensa! Vive gritando e berrando e fazendo birras quando a questão são as suas coisas. A *sua* cozinha, o *seu* guarda-roupas, os *seus* interesses. Mas, nas coisas importantes, é ele que tem o controle da casa... e do funcionamento do seu cérebro, ao que parece."

"Demi", murmura meu pai.

"É verdade", insisto, balançando a cabeça com raiva para ela. "Você nem deu uma chance a Hunter. Esperava mais de você. E você", eu me viro para papai, "ele foi supereducado com você. Não foi grosseiro, ouviu quando você falou, tentou pagar o almoço..."

"Porque é um riquinho", diz meu pai, com um tom de malícia.

"Não, porque é uma pessoa legal. E gosto muito, *muito* dele." A angústia surge na minha garganta. "Não precisam gostar dele se não quiserem... tudo bem. Mas ele vai fazer parte da minha vida de qualquer maneira. Estamos namorando agora, e a coisa é séria. Conversamos sobre viajar nas férias de primavera e talvez para Europa no verão. Hunter vai estar na minha vida, quer vocês gostem ou não."

Meu pai está franzindo a testa. "Você ia estudar biologia molecular no verão", ele me lembra.

A frustração toma conta de todos os meus músculos. Por um momento, fico tensa demais para me mexer, quanto mais para falar. Inspiro novamente, tentando relaxar. Sei por experiência própria que birras não funcionam com meu pai. Ele é impenetrável quando se trata de gritos. Se você quer atingir meu pai, precisa usar a lógica.

"Não vou fazer essa matéria", aviso. "Não estou mais interessada em estudar ciências."

Suas sobrancelhas estão cerradas. "O que você está dizendo?"

"Estou dizendo que meu cérebro vai explodir. Não gosto de biologia, química nem de nenhum dos cursos preparatórios que tenho feito nos últimos dois anos." Passo a língua pelos lábios, repentinamente secos. "Não vou para a faculdade de medicina depois que me formar."

O silêncio que se segue é ensurdecedor. Ninguém diz uma palavra, e ainda assim minha cabeça é uma cacofonia de barulho, graças ao meu pulso estridente. A expressão de choque de papai é inegável, mas não sei dizer se ele está com raiva.

"Não vou para a faculdade de medicina", repito. "Estou pensando nisso desde... bem, praticamente desde que entrei na Briar. Quero fazer pós-graduação, mestrado, doutorado. E, enquanto isso, posso me formar em psicologia e atender pacientes de verdade..."

"Clientes", corrige ele, rigidamente. "Tem uma diferença."

"Tudo bem, tanto faz, não vão ser pacientes. Mas vão ser *pessoas*... pessoas que vou poder ajudar. É isso que quero fazer", termino. E, quando percebo que meus ombros caíram em derrota, me forço a me endireitar. Porque, foda-se, por que deveria me sentir derrotada? Estou orgulhosa dessa decisão.

Papai levanta uma sobrancelha espessa. "O que o seu novo namorado acha disso?"

"Ele me apoia cem por cento."

"É claro que apoia", escarnece meu pai.

"Marcus", diz mamãe em um tom brusco, e eu olho para ela com gratidão. Talvez o que eu falei tenha surtido algum efeito.

"Foi ele quem te convenceu a não ir para a faculdade de medicina?", pergunta meu pai.

"Não. Já falei, tô relutante sobre isso desde sempre. Tomo minhas próprias decisões. Hunter simplesmente me apoia. Ao contrário de você." Meu peito se aperta de decepção. "Enfim. É por isso que estou aqui hoje. Queria contar a vocês, pessoalmente, sobre duas mudanças muito importantes acontecendo na minha vida agora. Estou com alguém novo e estou mudando de carreira. Tenho certeza de que existem muitas especialidades interessantes na psiquiatria, mas esse não é o caminho que quero seguir." Faço uma pausa. "Ah, e como estou sendo extremamente sincera agora, não gosto de brincos de argola e dei o presente de vocês a Pippa no aniversário dela, porque nunca vou usar."

A sala de jantar fica em silêncio.

Mamãe se levanta e começa a pegar a louça. Sem uma palavra, eu a ajudo. Enquanto caminhamos em silêncio para a cozinha, noto que seus olhos parecem úmidos.

"Você está chorando?", pergunto, preocupada.

Ela pisca com força, e seus cílios longos brilham com as lágrimas. "Me desculpa, *mami*. Não percebi... eu..." Ela faz uma pausa e tenta de novo. "Você conhece o seu pai, Demi. Ele é um macho alfa. E você tem razão, acato demais as opiniões dele, e sinto muito por isso. Eu deveria formar minha própria opinião sobre o seu namorado novo."

"Pois é", concordo.

Ela esfrega os nós dos dedos nos olhos molhados. "Da próxima vez que você estiver na cidade, por que não vem com ele? A gente poderia sair para almoçar ou para jantar?", sugere ela, com uma voz suave. "O que você acha?"

"Acho ótimo. Obrigada", digo, agradecida.

"Quanto ao resto, você sabe que tem meu apoio, não importa a carreira que escolher." Ela dá uma piscadinha para mim. "Você podia ser uma *stripper*, e eu estaria na primeira fila aplaudindo... mas, por favor, não escolha esse caminho, porque acho que seu pai pode mesmo te matar."

Solto uma risada trêmula. "Acha que ele vai me matar por causa da faculdade de medicina?"

"Ele vai acabar aceitando."

"Acha mesmo?"

"Tenho certeza." Ela suspira. "Mas não sei se ele vai te perdoar por dar seu presente de aniversário. Foi ele que escolheu os brincos, Demi."

A volta para casa está perfeitamente cronometrada. O jogo de Hunter começa às oito, e o ônibus chega a Hastings pouco antes das sete. Isso me dá tempo de sobra para passar em casa, tomar banho e encontrar

Pippa e os colegas de república de Hunter na arena. Bem, a não ser Hollis e Rupi. Eles foram passar o fim de semana fora, o que é um alívio, porque a arena já é barulhenta o suficiente sem a voz de Rupi Miller.

Só que tenho mais uma coisa a fazer. Faz dias que estou pensando nisso, desde que Hunter disse que me amava.

Me sinto uma idiota por não ter respondido, mas não queria que ele achasse que a única razão pela qual eu estava dizendo aquilo era porque estava chateada, ou só agradecida por ele não estar me traindo. Quando me declarar, quero estar calma e centrada. Quero que ele me olhe nos olhos e veja a sinceridade brilhando neles quando disser que o amo. Porque é a mais pura verdade.

E, quando amo alguém, meus primeiros instintos são proteger, apoiar e incentivar essa pessoa a abraçar suas forças e combater suas fraquezas. Ouvi a segurança na voz de Hunter quando ele anunciou que nunca iria me trair, e me dei conta de uma coisa importante.

Ele está começando a confiar em si mesmo.

Claro que ajuda que a temporada não tenha ido por água abaixo depois que começamos a dormir juntos, como ele temia. Mas, mesmo que tivesse, ainda acho que ele teria aprendido que é capaz de permanecer fiel. Que é capaz de jogar hóquei e ter uma namorada, uma vida sexual.

Acredito de verdade que ele pode ter sucesso na NHL sem deixar que o estilo de vida o corrompa. Não me levem a mal — sei como isso seria assustador. Garrett Graham não pode sair de casa sem disfarce, pelo amor de Deus. E a namorada de Garrett me disse na boate que tem uma mulher que fica espreitando a casa deles na cidade, na esperança de vê-lo.

Então, sim, é uma vida difícil. Muito tempo longe das pessoas queridas. Sexo oferecido sempre de bandeja. Mas acredito em Hunter. E, embora ele esteja finalmente começando a ter fé em si mesmo, ainda precisa de um último empurrão.

Pego o número de Brenna e olho pela janela, enquanto espero que ela atenda. O ônibus está a uns dez minutos da rodoviária de Hastings.

"Oi", Brenna me cumprimenta. "Tudo de pé para hoje à noite?"

"Claro. Vou pegar um Uber para o campus e passar em casa antes, para tomar banho e me trocar. Mas tenho só uma pergunta rápida para você."

"Diga."

"Você tem o contato de Garrett Graham?"

Uma pausa. "Hã. Sim, acho que consigo isso. Por quê?"

"Estou planejando uma surpresa para Hunter", respondo, vagamente. "Acho que vou precisar da ajuda de Garrett."

"Certo. Não sei se tenho o celular dele no meu telefone, mas Fitzy com certeza tem, ou o irmão de Summer. Vou perguntar pra eles."

"Obrigada, *chica*. Te vejo daqui a pouco."

No momento em que chego em casa, tiro a roupa e tomo um banho quente, na esperança de injetar um pouco de calor nos ossos. Chegamos àquela fase terrível do inverno, em que você nunca consegue se esquentar. Fevereiro na Nova Inglaterra é uma paisagem glacial aterrorizante, a época em que eu e minha mãe concordamos de todo coração. Ela odeia o inverno do começo ao fim, e eu em fevereiro. É como um diagrama de Venn, e finalmente estamos contidas no mesmo conjunto, nos abraçando para nos esquentarmos.

Me enrolo no meu roupão felpudo e vou até o meu armário, pensando no que vestir. Queria ficar bonita para Hunter, caso a gente saia depois, mas a arena é muito fria. Tudo bem que tem aquecedores e bastante gente para gerar algum calor humano, mas isso não elimina completamente o frio.

Acabo optando por uma calça legging grossa, meias grossas e um suéter grosso vermelho. Palavra-chave: grosso. Pareço um marshmallow, mas tudo bem. Não congelar é mais importante que ficar bonita.

Estou prestes a começar a me maquiar quando o telefone toca. Espero que não seja Hunter ligando para perguntar como foi em Boston. Ele precisa se concentrar no jogo hoje à noite, e ouvir que meu pai e eu não estamos nos falando agora provavelmente não vai ajudar nos playoffs. Mais tarde eu conto para ele.

Mas não é Hunter; é o TJ. "Oi", eu o cumprimento. "Você vem para o jogo? Não chegou a me dar uma resposta."

"Não. Não vou."

"Ah. Certo. Que chato." Abro minha caixa de maquiagem. "Ia ser bom te ver."

"Sério? Ia mesmo?" Sua voz zombeteira chega ao meu ouvido.

Franzo a testa. "Você tá bem? Parece um pouco bêbado."

Ele apenas ri.

Minha carranca se aprofunda. "Certo. Tudo bem. Estou me arrumando, então me diz logo o que está acontecendo, senão eu te ligo amanhã."

"Ã-hammm." Ele continua rindo, mas parece meio histérico.

"TJ." Uma sensação estranha tremula em minha barriga. "O que está acontecendo?"

Silêncio. Dura uns três segundos e, quando estou prestes a verificar se a ligação caiu, TJ começa a balbuciar. Ele fala tão rápido que mal consigo acompanhar, e minhas constantes interrupções — *"Espera, o quê?" "O que você tá dizendo?" "O que isso significa?"* — só o deixam ainda mais agitado. Quando ele termina, estou prestes a vomitar.

Inspiro, com medo. "Não saia daí. Estou a caminho."

38

HUNTER

O clima no vestiário é de empolgação enquanto eu e meus colegas nos arrumamos. Quem vencer hoje vai para a final da conferência, então todos estamos sentindo a pressão. Na última temporada, chegamos à final e tive o pulso quebrado graças a um namorado injustiçado. Desta vez, meu pulso está ótimo, e meu pau não me meteu em muitos problemas.

Ao meu lado, Bucky está vestindo a calça, enquanto fala para Matt e Alec de algumas novas terapias radicais que os atletas estão fazendo hoje em dia.

"Juro por Deus, a câmara parece um instrumento de tortura de um filme do James Bond. Eles jogam nitrogênio líquido a menos cem graus em você."

"E depois?" Alec parece fascinado.

"Bem, em teoria, isso estimula a recuperação. Na realidade, acho que só te deixa com queimaduras pelo frio..."

Olho para ele, achando graça. "Do que você está falando?"

"Crioterapia", responde Bucky.

"Parece intenso", comenta Conor, que está sentado no banco ao meu lado. Ele levanta a mão e passa o cabelo loiro atrás das orelhas.

"Cara", digo a ele. "Não sei se já te falaram, mas... isso aí tá quase um *mullet*."

Do seu armário, Matt dá um grito. "Curto na frente, comprido nas costas!"

Conor se limita a dar de ombros daquele seu jeito descontraído. Ele não se incomoda nem de saber que está com um *mullet*. Queria poder engarrafar essa autoconfiança e vender para adolescentes espinhentos. Ia dar uma grana boa.

"Melhor cortar", aconselha Jesse. "Vai começar a espantar as mulheres."

Con revira os olhos. "Primeiro, não tem *nada* que eu possa fazer que espantaria as mulheres."

Ele provavelmente tem razão.

"E, segundo, não posso cortar. Senão vamos perder o jogo."

"Merda", diz Jesse, empalidecendo. "Tem razão."

Jogadores de hóquei e suas superstições. Parece que Con não vai cortar o cabelo até abril.

"Jesus *Cristo*, que cheiro é esse?", o treinador pergunta da porta. Ele entra no vestiário, com o nariz franzido de repulsa.

Troco olhares com os caras. Não tô sentindo cheiro de nada, e a expressão no rosto dos outros me diz que estão igualmente perplexos.

"Parece que explodiu uma fábrica de enxofre", rosna o treinador.

"Ah." Bucky entende. "É o Pablo."

"O ovo?"

Não posso deixar de rir. "Isso, isso..."

"Para de falar *isso, isso*, Davenport."

Eu o ignoro. "... porque é isso que acontece quando você pede a alguém para cuidar de um ovo por cinco meses. Ele fica podre. A gente já se acostumou agora." Olho para Bucky, que está pegando Pablo Eggscobar do armário. "Achei que você tava guardando naquela bolsa com zíper pra tentar conter o fedor."

A esta altura, Pablo está envolto em inúmeras camadas de filme plástico, com o protetor rosa de latinha de cerveja esticado ao máximo para conter o embrulho. Não dá nem mais para ver a carinha de porco, porque o plástico deve estar com mais de dois centímetros de espessura.

"Eu tirei porque fiquei com pena do cara, sempre trancado lá dentro. Ele não é um criminoso."

Os risos ecoam pelo vestiário. O treinador, no entanto, não acha graça.

"Passa pra cá", ordena ele, estendendo a mão gigante.

Bucky parece assustado. Ele me olha com cara de *será que eu devo?*

Dou de ombros. "Ele é quem manda."

No instante em que o treinador pega o mascote do time na mão, ele caminha até a lixeira junto da porta e arremessa Pablo sem cerimônia.

Um grito estrangulado se irrompe, cortesia de Bucky, seguido de um silêncio generalizado que dá uma aura assustadora ao ambiente.

É como se o ar tivesse se esvaído dos meus pulmões. Pablo faz parte do grupo há tanto tempo que nem sei o que dizer. As expressões atordoadas de meus colegas confirmam que eles pensam o mesmo.

O treinador Jensen cruza os braços. "Parabéns, vocês passaram na tarefa absurda que eu não queria dar nem achava que vocês se lembrariam de desempenhar. Mas...", a voz dele fica rouca, "... todos vocês demonstraram muito trabalho em equipe e responsabilidade, se revezando pra cuidar desse ovo aí. E sou um homem de palavra... Falei com o reitor, e ele disse que podíamos dar um jeito com essa história de porco."

Bucky parece em êxtase. "É sério? A gente vai poder ficar com o porco? Gente, conseguimos!"

"Pablo, o Porco", diz Jesse, lentamente. "Não tem a mesma graça. Precisamos de outro nome."

"Pablo Pigscobar", Conor e eu dizemos em uníssono, depois olhamos um para o outro, sorrindo.

"Caramba", diz Matt, com uma gargalhada. "É isso, ninguém fala mais nada. Vocês não vão conseguir superar isso."

O restante do time está gargalhando. Até os lábios do treinador estão ameaçando um sorriso. Mas então ele bate palmas para sinalizar que a brincadeira acabou, e todo mundo volta a se arrumar para o jogo.

Estou prestes a colocar o protetor de peito quando meu telefone vibra. Olho no armário e vejo que Garrett está me ligando.

"Ei, treinador", chamo. "Seu jogador preferido, Garrett Graham, está me ligando. Tudo bem se eu atender?"

Ele olha para o relógio. Temos trinta minutos até o início da partida. "Não, mas seja rápido, Davenport. E diz pra ele que aquela jogada no final do terceiro período, ontem, contra o Nashville, foi brilhante."

"Pode deixar." O vestiário é muito barulhento, então vou até o corredor, onde cumprimento o segurança. A universidade leva a proteção de seus atletas a sério.

"G", respondo, levando o telefone ao meu ouvido. "E aí?"

"Oi, que bom que consegui te achar. Achei que talvez já tivesse desligado o telefone."

"Ah. Ligando para desejar boa sorte?"

Ouço uma risada no meu ouvido. "Não... você não precisa disso. Boston não tem a menor chance."

Não mesmo. O time deles tem sido o nosso principal adversário este ano, mas estou confiante de que podemos vencer. Tá, até preferia jogar contra um adversário mais fraco. Como Eastwood College, que, como eu suspeitava, não conseguiu manter a linha, apesar do goleiro incrível. Kriska é capaz de impedir mil gols, mas não adianta de nada se os atacantes não marcam nada na outra rede.

"Enfim, estou no escritório do Landon agora. Ele está indo para Los Angeles hoje e vai ficar duas semanas fora, mas queria falar com você antes de viajar."

"Landon?" Não tenho ideia de quem G está falando.

"Landon McEllis! Meu agente... mas essa palavra não pode ser dita agora, então finja que não falei nada. Na verdade, não estamos tendo essa conversa, tá legal?"

"Tá... Por que você tá me ligando, exatamente?"

"Porque acabei de falar com a Demi, e ela disse que você queria assinar contrato com algum time depois de se formar."

Quase deixo o telefone cair. "O quê?" Quando ele falou com a Demi?

"É, a gente conversou muito sobre isso. Ela me perguntou se você ia precisar de um agente para fazer isso, e expliquei que, tecnicamente, ninguém pode ter um agente enquanto estiver no hóquei universitário. Mas eu estava com Landon quando ela ligou, e ele queria ter uma palavrinha rápida com você. Mas, não esquece, essa conversa não está acontecendo."

Entendo a necessidade de sigilo. Atletas universitários não podem entrar em contato com agentes esportivos. Mesmo os caras que já foram draftados são obrigados a encerrar oficialmente seu relacionamento com os agentes enquanto estão na faculdade.

Enfim, essa é a regra oficial. Em todo esporte, sempre rolam coisas suspeitas nos bastidores. Mas é importante ter cuidado.

"Vou colocar você no viva-voz agora", diz Garrett. "Beleza?"

"Claro." Ainda estou um pouco atordoado.

"Hunter, oi. Aqui é Landon McEllis."

"Sim, senhor."

"Pode parar com esse negócio de senhor... me chame de Landon." Ele ri. "Escuta, quando G comentou que você talvez estivesse querendo um agente no ano que vem, quase pulei da cadeira pra pegar o telefone."

Sou obrigado a admitir que isso me faz estufar o peito um pouco.

"Queria me apresentar", continua ele. "Não oficialmente, claro."

Tento não rir. "Claro."

"E vou falar sem rodeios... você é um dos melhores jogadores universitários do país. Se estiver interessado em se tornar profissional, posso arrumar um contrato pra você com a mão nas costas."

"Sério?" Sei que é muito mais fácil para caras de dezoito ou dezenove anos arrumarem um bom contrato. Quando me formar, no entanto, já vou estar com vinte e dois. Pois é, já estou ficando velho, um idoso de vinte e um anos de idade. Mas carreiras atléticas têm vida curta.

"Absolutamente. E, olha, não posso assinar com você agora, e não podemos conversar de novo depois de hoje. Mas eu só queria avaliar o seu interesse, saber que outros agentes você pode estar considerando."

"Não estou considerando ninguém", admito. Cara, nem esperava conversar com *esse* agente. Não sei se fico chateado com a interferência de Demi ou eternamente grato. Eu poderia arrumar problema com a universidade se alguém descobrisse que Landon e eu tivemos essa conversa.

"Então você está interessado", diz ele.

"Definitivamente." Mesmo que eu tivesse uma dúzia de agentes batendo na minha porta, Landon McEllis ainda estaria no topo da lista. Sua lista de clientes é impressionante, e Garrett só disse coisas boas a seu respeito.

"Perfeito, então estamos em sintonia." Ele ri de novo. "Ano que vem eu falo contigo."

"Parece ótimo. Obrigado, senhor... Landon."

"Acaba com eles hoje", acrescenta Garrett. "Depois a gente se fala."

"Até mais, G." Desligo. E mais uma vez me sinto sem fôlego, enquanto fico olhando para o celular. Maldita Demi. Aquela mulher é literalmente a melhor coisa que já me aconteceu.

"Davenport", ecoa uma voz profunda.

O universo deve ter mesmo senso de humor, porque, no instante em que penso em Demi, o pai dela surge feito uma aparição assustadora.

Eu o encaro, confuso, porque ou estou alucinando, ou é mesmo Marcus Davis no final do corredor.

Um segundo segurança o está impedindo de entrar. A universidade começou a tomar mais precauções depois que muitos encrenqueiros andaram entrando no vestiário. Isso nunca aconteceu na minha época, mas Dean me contou que, quando era calouro, um time adversário entrou com uma mochila cheia de garrafas de calda de chocolate e borrifou aquela porcaria marrom no vestiário inteiro. Quando os jogadores apareceram antes do jogo, acharam que era diarreia escorrendo pelas paredes.

"Ei, está tudo bem", aviso o segurança. "Eu o conheço."

O segurança dá um passo para o lado, e o dr. Davis vem em minha direção em toda a sua aterrorizante glória. Caramba, ele é um cara *grande*. Ironicamente, é só uns cinco centímetros mais alto que eu, mas tem um corpo de Dwayne the Rock Johnson, e parece ter o dobro do meu tamanho. É impressionante imaginar que um homem enorme como esse passe a vida fazendo cirurgias delicadas numa sala de operações. Mas não se deve julgar um livro pela capa, né?

"Pois não, senhor." Eu me preparo para a resposta dele — e desconfio que não vai ser agradável. Não o vejo desde o nosso muito curto e muito embaraçoso *brunch*, em janeiro, quando ele deixou muito clara a sua antipatia por mim.

"Precisamos conversar", avisa o dr. Davis. "De homem para homem."

Engulo um suspiro. "Adoraria fazer isso, senhor, mas tenho um jogo começando em cerca de vinte minutos. Será que podemos deixar para amanhã?"

"Não. Não podemos. Levo muito a sério tudo que envolve a minha filha."

"Eu também", digo, simplesmente. "Ela significa muito para mim."

"Ah, é? É por isso que está querendo que ela jogue seu futuro fora?" Seu tom é gélido, e seus traços duros parecem ainda mais graves quando ele está chateado.

Está na cara que a viagem de Demi a Boston não foi tão bem quanto ela esperava.

"Ela não está jogando o futuro fora", respondo, com um tom de cautela. "Vai continuar no mesmo campo, só vai pegar um caminho diferente para chegar lá."

"Você sabe quanto um psiquiatra ganha, em média? Mais de duzentos mil por ano. E pode chegar até uns duzentos e setenta e cinco. Quer comparar isso com um psicólogo clínico? Ou melhor ainda, com um terapeuta comum? Tem um desses em cada esquina."

"Demi não liga para dinheiro. E ela não quer ser médica. Quer fazer doutorado."

"Escuta aqui, meu filho, quem é você para ditar as escolhas de vida da minha filha?"

"Não estou ditando as escolhas dela. Se tem algum ditador no nosso relacionamento é *ela*." Não posso deixar de rir. "Você conhece a sua filha? É a pessoa mais mandona do planeta."

Por um instante fugaz, um lampejo de humor ilumina seus olhos, e acho que talvez, apenas talvez, ele esteja dando o braço a torcer. Mas isso logo desaparece, e seu rosto se transforma em pedra de novo.

"Não confio em você", diz ele, todo tenso.

Solto um suspiro cansado. "Com todo o respeito, o senhor nem me conhece."

"Você e minha filha são muito diferentes. Ela é..."

A porta atrás de mim se abre, de repente. Como imagino que vou ver o rosto furioso do treinador, já vou logo dizendo: "Desculpa, eu..." Só então percebo que estou olhando para Matt.

Matty fica surpreso de encontrar um careca musculoso me encarando, mas em seguida parece voltar a si. "Cara, você precisa entrar aqui *agora*." Ele enfia o seu telefone debaixo do meu nariz. "Está um caos."

Franzo a testa. "O que houve?"

"Tem alguma merda acontecendo na Bristol House. Duas pessoas no terraço, e parece que vão pular lá de cima. Tem alguém twittando ao vivo, e uma garota no último andar da Hartford House conseguiu bater uma foto." Matt põe o telefone na minha mão. "Uma delas é a sua namorada."

39

DEMI

Nenhum dos alojamentos do campus oferece acesso ao terraço aos residentes. Na verdade, é explicitamente proibido subir lá, o que é compreensível. A reitoria não quer saber de festas barulhentas lá em cima. Nem de alunos bêbados caindo acidentalmente lá embaixo.

Ou, em casos raros, *não* acidentalmente.

A maioria das faculdades se protege desse tipo de coisa. Cadeados que só a equipe de manutenção tem a chave. Em alguns dos prédios de alojamento mais novos, é preciso um cartão magnético para chegar ao terraço lá em cima. Mas a Bristol House é conhecida pela falta de rigor em sua segurança. A porta de acesso é velha, e a fechadura é fácil de abrir. Se você mora nos alojamentos, como eu no primeiro ano, sabe como é fácil chegar ao telhado da Bristol. A maioria dos residentes prefere manter a discrição quanto a isso, subindo em geral só para fumar maconha ou fazer sexo. A regra implícita é que, se você vai usar o terraço da Bristol, não deve chamar atenção para o fato.

TJ, no entanto, parece que não entendeu o combinado.

E nunca senti tanto medo na vida como quando encarei meu amigo de pé na beirada, seu corpo magro apenas uma silhueta na noite escura.

"TJ, por favor." Minha voz falha. Tá difícil falar desde que cheguei. Não, mesmo antes disso. Desde que ele ligou, há vinte minutos, e me informou que ia se matar.

Como eu não vi os sinais?

Estou pensando em ser psicóloga e não percebi que um dos meus amigos mais íntimos estava com tendências suicidas?

Sinto vontade chorar. Realmente não tinha percebido que TJ estava sofrendo. Tá, ele ficava mal-humorado de vez em quando, mas nunca, desde que o conheci, nem mesmo uma vez, expressou sentimentos de desesperança ou falou sobre suicídio. Pode ter demonstrado sinais de ansiedade, mas não de que poderia se matar.

Até agora, nenhuma das minhas tentativas de convencê-lo a se afastar da beirada deram certo. Não sei como fazê-lo me ouvir.

"TJ", eu imploro. "Desce daí."

"Por que você se importaria?", rebate ele. "Você não liga pra ninguém além de si mesma."

Suas palavras duras doem, mas excluí minhas próprias emoções dessa equação. A situação aqui não gira em torno de mim. TJ está claramente passando por alguma coisa.

Passando por alguma coisa?, uma voz na minha cabeça grita. *Eufemismo do ano!*

Estou com o coração na boca, prestes a me sufocar. O terraço está coberto de gelo, porque ninguém vem aqui colocar sal. Para piorar a situação exponencialmente, está começando a nevar, e o vento está aumentando. Um passo em falso, e ele vai...

NEM *pense nisso!*

"TJ, por favor, sai daí e volta pra dentro", imploro. "Vem falar comigo."

"Não. Não quero conversar. *Odeio* conversar, Demi."

"Eu sei", sussurro.

Me aproximo dele. As sinapses no meu cérebro estão disparando em modo pânico total, tentando identificar os sintomas que não vi.

TJ sempre foi antissocial, mas fazia um esforço para sair comigo, socializar com meus amigos. Ele não se isolava do mundo, então não considerei isso um sintoma. Ele bebe bem pouco, não usa drogas, portanto esse não é um problema. Tem dificuldade de se abrir com as pessoas, expressar suas emoções — mas isso não é raro. Corinne é tão reservada quanto ele, e eu também não a considerava uma pessoa com tendências suicidas.

Deus. Não sei o que fazer.

Realmente não sei.

Não é um trabalho de faculdade, nem um programa de televisão. É a vida real, e estou impotente.

Tento de novo. "Escuta, está na cara que você andou bebendo..."

"Não, não bebi." Seu tom de voz é desconcertantemente controlado.

Mordo meu lábio. Merda. Ele está sóbrio? Está literalmente de pé num parapeito a quatro andares do chão, e está sem uma gota de álcool no sangue?

De repente, ouço o som de sirenes à distância. Meu coração dispara. É por nossa causa? Alguém viu a gente aqui e chamou a polícia? Deus, como quero que a polícia venha. Quero que eles tragam um daqueles negociadores que conversam com potenciais suicidas e os convencem a não pular.

Não tenho preparo para lidar com isso.

O vento levanta meu cabelo e o faz revoar à minha volta como um pássaro em pânico. Não cheguei nem a pegar um casaco ao sair de casa. Estou de suéter vermelho, calça legging e botas, e está tão frio que sinto o ar gelado nos pulmões. Não consigo nem imaginar o que TJ deve estar sentindo — ele está só com uma camiseta fina. Uma rajada mais forte poderia derrubar seu corpo magro. E, a julgar pelos flocos de neve caindo e girando loucamente no ar, isso pode chegar a qualquer momento.

"Certo", digo, baixinho. "Certo. Se você não vai descer, então eu vou subir."

"Não chega perto de mim, Demi." Os ombros de TJ se enrijecem. "Tô falando sério. Eu vou pular."

Aperto os dentes — de medo, e não de raiva — e me aproximo da beirada. "Não quero que você faça isso", digo a ele, com o coração batendo num ritmo aterrorizado dentro da minha caixa torácica. "Primeiro quero conversar com você. Depois, a gente vê o que você vai fazer."

"Não tem nada para conversar. Volta pro seu namorado novo."

Alcanço a borda. E quase vomito quando vislumbro a camada fina e branca que cobre o cimento. Pelo menos acho que é só geada, e não gelo propriamente dito.

"É esse o problema, então?", pergunto, baixinho. "Eu e Hunter?"

"É, eu tô de pé aqui prestes a pular para a morte por causa de você e de Hunter. Caralho, Demi! Você é *tão* egocêntrica."

Estremeço. Então inspiro uma golfada de ar gelado e coloco um pé no parapeito. Ele desliza na minha primeira tentativa. Porra, *é* gelo. Ai, Deus. O que estou fazendo agora?

Salvando seu amigo. Ele precisa de ajuda.

Isso. TJ precisa de ajuda.

Inspiro outra vez.

Na segunda tentativa, consigo subir. E então fico de pé ao lado dele, e cometo o erro de olhar para baixo e, ai, merda, foi uma *péssima* ideia.

Respiro fundo, tentando ignorar a onda de tontura que me atinge. Inspiro. E expiro. Eu me forço a continuar respirando. Não olho para baixo de novo. Mas a imagem já está gravada no meu cérebro. A queda enorme. E sem grama ou arbustos lá embaixo. Nada além da calçada.

Minha respiração sai em lufadas brancas frenéticas. Foi a visão mais assustadora que já vi.

Mas o mais assustador é a ideia de perder TJ. Talvez não tenha ouvido seus pedidos de ajuda antes, mas com certeza estou escutando agora.

"Desce *daí*", dispara ele para mim, mas a raiva sumiu de sua voz. Foi substituída por preocupação. Desespero. "Você pode se machucar."

"Você também. E só vou descer se você descer."

"É sério? De repente, você se importa tanto assim comigo?"

"Sempre me importei com você, TJ. Você é um dos meus melhores amigos." *Não olhe para baixo de novo, Demi. Não...*

Olho para baixo de novo e quase vomito. Quatro andares dá o quê, uns quinze metros? Por que parece tão mais alto de onde estamos? Nunca achei que quinze metros fosse tão alto.

"Melhores amigos", zomba TJ. "Você sabe como isso é condescendente?"

"O que, dizer que somos amigos? Conheço você desde o primeiro ano, TJ."

"Exatamente! Desde o primeiro ano! Isso significa que esperei quase três anos para você acordar e ver que Nico era um idiota."

O vento bagunça nossos cabelos. Desta vez, me recuso a olhar para baixo.

"Aí você terminou com aquele idiota, e eu te dei espaço e tempo para se recuperar. Eu pensei, tenha paciência, cara. A gente tem essa conexão, e eu pensei, ela finalmente vai ver o que estava bem na cara dela durante *três anos*." A angústia nubla seu rosto. "Achei que você ia se aproximar de *mim* depois de largar o Nico e, em vez disso, você vai e fica com aquele babaca do hóquei?"

Não defendo Hunter. Tenho medo que isso faça com que TJ tome medidas drásticas. Mas arrisco uma leve observação. "Pensei que você tinha dito que a questão aqui não era eu."

"Tá bom, acho que é. Não totalmente, mas em parte. Só tô cansado de ser invisível. Invisível para você, para a minha família. Meus pais estão obcecados com o meu irmão e o trabalho chique e importante dele em Londres, e eu fico sempre em segundo plano, se é que alguém pensa em mim. O que duvido muito."

"Não é verdade." Conheci os pais dele uma vez, e pareciam amar o filho de verdade. Sei que as aparências podem enganar. Mas meu instinto diz que os pais de TJ entrariam em pânico se soubessem o que o filho está pensando em fazer agora. "Não acho que você esteja dando crédito suficiente a si mesmo", digo a ele.

As sirenes ficam mais altas.

TJ se enrijece. Ele ajeita os pés, e, instintivamente, me preparo para o pior. Mas então ele se endireita, e fico tão vertiginosamente aliviada que quase perco o controle da bexiga e faço xixi nas calças.

Não me movi um centímetro desde que subi aqui. Sou uma estátua neste parapeito. Tem uns sessenta centímetros de largura, então não é como se meus dedos estivessem para fora da borda, mas sinto como se estivesse me equilibrando num arrame.

"Por que você nunca falou disso comigo? Que se sentia ignorado pelos seus pais, inferior ao seu irmão, com vontade de..." *Morrer*. Não digo isso em voz alta. Mordo com força a bochecha por dentro. "Você sabe que eu te apoiaria. Por que não pediu ajuda?"

"Por que você escolheu ele?", questiona TJ, em vez de responder à minha pergunta.

"Não era uma questão de escolha." Suspiro cansada. "Não é como se eu tivesse você e o Hunter na minha frente e precisasse escolher entre os dois. Eu era amiga dele, e acabamos virando mais que isso..."

"Eu sou seu amigo, por que a gente não pode virar mais que isso?" A mágoa e a traição escurecem seus olhos.

Merda, falei uma coisa errada. "Não sei", digo, simplesmente. "Acho que é uma questão de química. Tenho química com ele."

"E comigo não?"

O que eu faço agora? Minto? Dou esperança a ele só para ele descer do parapeito?

Parece falso e cruel. Além do mais, acho que ele vai perceber. Não tenho interesse romântico em TJ. Nunca tive.

Decido ser sincera, porque é quem eu sou. "Não sinto nenhuma química sexual com você", admito. "Acho você atraente..."

"Mentira", exclama ele.

"Acho, sim", insisto. "Você tem olhos superdoces e uma bunda linda."

Ele hesita, como se estivesse tentando avaliar se estou mentindo.

"Mas também acho Liam Hemsworth lindo de verdade e não tenho vontade de dormir com ele. Não sei explicar química. Algumas pessoas têm, outras, não."

"Química", repete ele. A dor contorce suas feições. "Por que não tenho isso com ninguém?"

"Posso arriscar um palpite?"

Ele me lança um olhar cortante.

"Você acabou de dizer que passou os últimos três anos esperando eu terminar com Nico. Está na cara, então, que você não está aberto a outras pessoas. Em quase três anos, até onde sei, você só saiu com uma pessoa... um encontro com uma menina da fraternidade que fui eu que marquei. Se você se fechar assim para a ideia de namorar alguém, vai ficar sozinho mesmo."

"Não estou me fechando." Mas ele não parece convencido.

O vento agita meu cabelo de novo, e os calafrios descem da minha nuca pela coluna como ratos que fogem de um navio que está afundando. Queria poder fugir também. Está tão frio aqui. Mas não vou sair deste terraço sem TJ. Vou ficar aqui a noite toda, se for preciso.

"Está, sim", digo a ele. "E eu entendi, tá legal? Gostar de alguém que tem namorado é uma merda. Pior ainda, isso significa que você não está transmitindo as vibrações que deveria. Você perdeu quase três anos, TJ. Mas, e aqui está a parte boa, você ainda tem um ano e meio de faculdade. Tem tempo de sobra para conhecer gente nova."

"Não quero conhecer gente nova", diz ele. "Não depois de você."

Engulo a frustração. Ele não parece perceber que nunca mostrou seu interesse, jamais expressou o que sentia — só ficava lá, esperando passivamente que eu percebesse que estava a fim de mim. Acho que isso era mais fácil do que expor seus sentimentos.

Mas por que não percebi, caramba? A tristeza fecha minha garganta quando penso em todos os momentos em que Nico e até Hunter me disseram que TJ gostava de mim. Eu não percebi.

Ou talvez não *quisesse* perceber.

Talvez, como TJ, e como todo mundo, eu tenha escolhido o caminho mais fácil. Pelo menos de forma inconsciente. Era mais fácil permanecer cega aos verdadeiros sentimentos de TJ e categorizá-lo como um amigo carente do que encarar o fato de que isso poderia afetar seriamente a nossa amizade.

"TJ", digo, baixinho e, pela primeira vez em cinco minutos, eu me mexo. Estendo a mão para ele. Meus dedos estão tremendo mais do que nunca. Estou com tanto medo que sinto que fazer xixi nas calças é inevitável.

Ele olha para a minha mão visivelmente trêmula, com a infelicidade estampada em sua expressão enquanto tira os flocos de neve do rosto. "Você está com medo", murmura ele. "Não quero que você tenha medo."

"Então desça deste parapeito comigo", imploro.

Ele não responde.

Deixo a mão cair, apertando-a com força à lateral do meu corpo de novo.

O leve burburinho chega até nós. Tem uma multidão lá embaixo. Posso distinguir policiais uniformizados e me pergunto se o que me prendeu com Hunter está ali. O policial Jenk. Aquele jeca. Vejo uma ambulância e várias viaturas no pequeno estacionamento diante do edifício.

"Não tem nada aqui para mim", murmura TJ. "Prefiro morrer do que lidar com essa vida de merda."

"Você pode não morrer", argumento.

"Estamos no quarto andar. Uns quinze metros de altura."

"Uma queda do quarto ou do quinto andar tem uns cinquenta por cento de chance de sobrevivência. A trinta metros, sim... acho que você morreria." Arqueio a sobrancelha. "Mas a maioria das quedas desta altura não é fatal."

Os olhos dele se acendem. "Não estou no clima para ouvir suas estatísticas inventadas, Demi."

"Não é invenção. Acabei de falar disso com meu pai hoje."

"E por que diabos você falou disso com ele?"

"Porque ele operou um homem que caiu da janela de um apartamento a quase vinte metros de altura. Tava tentando fumar sem a esposa saber, debruçado na janela, e perdeu o equilíbrio. Caiu de cabeça na calçada." Engulo. "Quer saber o que aconteceu com ele?"

"Sobreviveu à grande aventura e, embora a esposa tenha se divorciado dele por fumar escondido, agora vive feliz para sempre com a enfermeira gostosa que dá o banho de esponja nele", diz TJ, sarcástico. "Moral da história: sempre vale a pena viver. Boa tentativa, Demi."

Dou uma risada sem humor. "Não. Ele sobreviveu à queda, mas sofreu uma fratura no crânio, o que levou a um hematoma subdural. Meu pai operou, mas o ferimento foi muito grave. Ele ainda tá vivo, mas com uma lesão cerebral grave. Nunca mais vai ter uma vida normal. Ah, e está cego de um olho, porque na queda destruiu o nervo ocular. Ainda é muito cedo para dizer a extensão do dano cognitivo, mas meu pai não está esperançoso."

TJ parece atordoado. Ele fica num silêncio assustador, com o olhar grudado no chão lá embaixo.

As luzes vermelhas e azuis piscam, cortando a escuridão. Nuvens espessas encobrem a lua, e a neve que cai é uma sucessão de flocos brancos e ofuscantes contra o céu escuro. Apesar da multidão reunida diante da Bristol House, parece que TJ e eu somos as duas únicas pessoas no mundo neste momento.

Meu estômago revira enquanto vasculho meus pensamentos em busca do que dizer. Como ajudá-lo. "Então", falo baixinho. "Aqui estamos."

A dor é nítida em seu rosto. "Aqui estamos."

40

HUNTER

Corro para dentro do vestiário, sem a menor ideia do que está acontecendo. Os caras estão todos vestidos para o jogo. Sou o único que não terminou de se arrumar e não dou a mínima para isso agora. O pai de Demi vem atrás de mim, surpreendendo todos os meus colegas de time com sua aparência.

O treinador arregala os olhos. "Quem é esse?", exige saber.

"É o pai de Demi", explico. "Dr. Marcus Davis."

"Uau", exclama Bucky, olhando boquiaberto para o recém-chegado. "Você chegou rápido! Acabamos de ficar sabendo."

"O que exatamente está acontecendo?", pergunta o dr. Davis, ignorando a todos, exceto o outro adulto presente.

Jensen estende a mão. "Chad Jensen, e infelizmente não sei responder. Só o que temos é uma foto granulada num telefone."

"É Demi", digo entredentes.

O dr. Davis assente sombriamente. "É a minha filha. Que lugar é esse exatamente? Bristol House?"

"É um alojamento do lado oeste do campus", diz Matt. "Dez minutos a pé, dois de carro."

O dr. Davis já está de volta à porta. "Davenport", exclama ele. "Preciso que você me mostre onde fica."

Meus pés ficam grudados no chão. Porque... o time está prestes a entrar no gelo. Este jogo determina quem vai para a final da conferência e, depois disso, é o torneio nacional. O Frozen Four.

Mas não posso jogar hóquei agora. Minha namorada está no alto de um maldito prédio, no meio de fevereiro, tentando impedir um *suicídio*.

Dei uma olhada na sequência de tweets que Matt me mostrou, e sei que não são duas pessoas só se divertindo em um terraço. TJ está obviamente ameaçando pular.

Corro as mãos pelos cabelos. Meus dedos estão tremendo descontroladamente. Estou de calça de hóquei, perneira e meias. Mas, da cintura para cima, estou só de regata. Os protetores de ombro e as cotoveleiras continuam penduradas para fora do meu armário. Meu protetor de peito está no banco.

Engolindo em seco, olho ao redor da sala. Estou prestes a quebrar todas as regras do manual do capitão.

Queria ser um bom capitão. Colocar o time em primeiro lugar, apoiar meus jogadores, ser paciente com eles, seguir todas as regras que venho compilando desde o início da temporada. Prometi a mim mesmo que não deixaria as garotas interferirem no hóquei, e agora estou prestes a jogar manual pela janela... por uma garota.

Mas estou literalmente sem opção agora. Caras como Garrett, Dean, Logan — acho que eles entenderiam. Acho que nunca colocariam o esporte antes de suas mulheres. Então, se meu time me odiar, que seja. Tudo o que sei é que, se Demi está com problemas, ela é minha prioridade.

"Gente." Minha voz soa áspera. "Desculpa. Não posso jogar hoje."

Ninguém pronuncia uma palavra.

A culpa percorre o meu corpo e dá um nó apertado na boca do meu estômago. "Podem acreditar em mim", continuo, desesperado, "não quero perder o jogo, mas, mesmo que entrasse no gelo agora, ia ser pior para vocês. Minha cabeça não está aqui, está com Demi. Não vou conseguir me concentrar até saber que ela está segura e..."

"Ela acabou de subir na beirada", Matt deixa escapar, os olhos colados na tela do telefone.

O dr. Davis congela na porta. Tenho certeza de que o pânico absoluto estampado em seus olhos reflete o meu.

"Ela fez o quê?", exclamo. "O que está acontecendo agora?"

"Não sei. O tweet só diz que agora tem duas pessoas no parapeito. Não fala mais nada."

Meu coração bate tão rápido que me sinto fraco. Inspiro, ofegante, depois esfrego a mão na cabeça de novo. Quero arrancar meus cabelos. "Desculpa aí", digo ao time. "Preciso ir."

"Cara, por que diabos você tá pedindo desculpa?", pergunta Matt.

"E o que você ainda tá fazendo aqui?", acrescenta Conor. O tom descontraído é desmentido pelo brilho sério em seus olhos.

Assustado, olho para o treinador, que faz um rápido aceno de cabeça. Então pego meus tênis do chão e saio correndo do vestiário.

"É ali", anuncio cinco minutos depois, com a preocupação e a impaciência borbulhando dentro de mim. "A entrada do estacionamento é ali na frente, à direita."

Mas, quando tentamos entrar no estacionamento, descobrimos que a polícia de Hastings bloqueou a entrada. Do outro lado, vejo uma ambulância e três viaturas policiais, além de dois carros da segurança do campus.

Solto um palavrão, frustrado. "Encosta aqui na rua mesmo. Se você for rebocado, eu te dou o meu carro, tá legal?"

Ele está tão impaciente quanto eu para sair do BMW. O frio do inverno me dá o mesmo tapa na cara de quando saímos da arena. Está congelando aqui fora. No entanto, não é a temperatura que faz meus ossos doerem. É o medo. Um terror absoluto e paralisante.

Quando olho para o telhado da Bristol House, um assobio de horror me escapa. "Cacete."

"Ai, meu Deus", diz o dr. Davis, ao mesmo tempo. Ele solta um gemido torturado e, quando olho na sua direção de novo, está cobrindo os olhos com as costas da mão, como se não pudesse suportar olhar outra vez. Então seu braço cai frouxamente, e ele dá um aceno determinado. "Vamos."

Nós nos apressamos, mas a polícia já cercou o perímetro. O *perímetro*. Deus do céu, já estou vendo isso como uma cena de crime. Ou melhor, um acidente potencialmente devastador.

Olho de novo, com minha garganta quase fechando a ponto de me asfixiar. Embora os cabelos escuros de Demi estejam voando com o vento, ela fica imóvel como uma estátua. Está de suéter vermelho e legging preta, e parece tão pequena e vulnerável lá em cima. Queria poder ouvir sua voz ou ver seus olhos.

Ao seu lado, TJ está de camiseta e calça de moletom, com os braços magros plantados firmemente ao lado do corpo.

Estão conversando. Não sei o que estão dizendo. Não *ligo* para o que estão dizendo. Quero subir lá e arrancar aquele pequeno idiota do parapeito — e depois jogá-lo lá de cima por ter colocado a vida de Demi em risco.

Eu me forço a respirar. Então percebo que o pai de Demi está prestes a se arremessar contra o bloqueio da polícia, apesar dos protestos do jovem policial que está tentando detê-lo.

"Você não pode passar deste ponto, senhor!"

Meu olhar voa para o rosto do policial. *Conheço* esse cara. Qual é o nome dele mesmo? Alberts? Albertson!

"É a filha dele", explico, me posicionando entre os dois homens. Albertson arregala os olhos quando me reconhece. "E é a minha namorada. Você conheceu ela, Albertson, a que estava na cela comigo."

O dr. Davis se vira para mim, com raiva. "Que cela?"

Ignoro a pergunta com um aceno de mão. "Por favor, Albertson." De alguma forma, minha voz soa calma.

O homem uniformizado lança um olhar discreto por cima do ombro, depois abaixa a cabeça em um pequeno aceno e nos permite passar.

Paramos a cerca de vinte metros da entrada do alojamento. Perto da porta da frente, vários policiais estão conversando atentamente com um homem de terno. O reitor, percebo. Outros membros do corpo docente também estão lá, junto com uma pequena multidão de observadores que os policiais estão tentando manter restritos a uma determinada área.

O dr. Davis agarra meu braço de repente. Estremeço, porque seu aperto definitivamente vai deixar um hematoma. "Você sabe como chegar lá em cima?", pergunta ele.

Hesito. Porque sei, *sim*. Não é um segredo bem guardado que a Bristol é o lugar para se ir se você quiser subir no terraço pra fumar um baseado. Mas o olhar enlouquecido em seus olhos me diz que não é uma boa ideia ele estar em qualquer lugar perto de Demi agora. Merda, mal consigo manter a calma, e ela é minha namorada. Não consigo imaginar como me sentiria se estivesse olhando para minha *filha*.

Medo e desespero formam um coquetel letal na corrente sanguínea. Minhas mãos não param de tremer. Mal posso ficar de pé sem fraquejar, e meus braços nus estão completamente arrepiados.

"Mesmo que soubesse, duvido que os policiais nos deixem entrar naquele prédio. Acho que vamos ter que ficar aqui fora."

A raiva queima em seus olhos escuros. "E você ainda diz que se importa com a minha filha?"

"E me importo." Expiro, fracamente. "Dr. Davis. Marcus. Olhe para ela... olhe para eles."

Sua raiva se dissolve em agonia quando ele inclina a cabeça para trás. Seu couro cabeludo brilha sob a luz do poste na calçada.

"Confie nela", peço.

Ele pisca. "O quê?"

"Simplesmente confie nela. Eu sei que você quer correr até lá e invadir o terraço, mas só vai assustar TJ. Confie em mim, se eu estivesse naquele parapeito e *você* aparecesse...?" Balanço minha cabeça, num aviso. "Você só vai piorar as coisas, pode acreditar. Sei o quanto ama a sua filha... quer dizer, veio dirigindo lá de Boston só pra me mandar ficar longe dela. O que ainda não entendo, aliás, porque não fiz nada além de amar aquela garota do fundo do meu coração. E, por causa desse amor, tenho fé nela."

Ele engole em seco visivelmente. Seu gogó imenso balança como se houvesse uma outra entidade em sua garganta.

"Ela é muito inteligente", digo a ele. "E sabe o que está fazendo... nós passamos o semestre inteiro trabalhando num projeto que exigia que ela fingisse ser a minha terapeuta. Se alguém pode convencer TJ a não pular, é ela. Confie nela."

Toda a resistência dele parece se esvair. Seus ombros enormes desabam.

Depois de um segundo de hesitação, estendo a mão e toco seu braço num gesto tranquilizador.

Seus olhos se estreitam no começo, mas depois sua expressão se suaviza. "Então você a ama", diz ele, bruscamente.

"Amo."

Nós dois voltamos nossa atenção para Demi. O tempo deixa de existir. Está congelado como o ar. Como o chão sob meus pés. Como o medo em meu coração. Os minutos passam, ou talvez sejam horas. Dias. Não sei.

O que sei é que não respiro com tranquilidade até Demi finalmente pegar a mão de TJ e o ajudar a sair do parapeito em segurança.

41

DEMI

Estou em choque. Meu corpo inteiro está gelado e tremendo como uma folha de árvore numa tempestade de vento. Meus olhos estão piscando e focados, mas não vejo nada. Meus ouvidos estão funcionando, mas não registro som nenhum. Quando saio pela porta da frente da Bristol House e vejo Hunter e meu pai num canto, presumo que não são de verdade. Uma invenção da minha imaginação, um produto do meu trauma. Então continuo andando com o braço em volta de TJ.

"Demi."

Detenho o passo. Porque isso *pareceu* real. Pareceu o meu pai.

Mas a polícia agora está se aproximando de nós, me distraindo de meu pai. TJ parece tão em choque quanto eu, com pânico nos olhos quando um dos policiais tenta levá-lo em direção à ambulância.

"Não preciso ir pro hospital", protesta ele. "*Demi.*"

"Precisa, sim", digo baixinho, apertando-o com força. "Você precisa conversar com alguém sobre o que aconteceu hoje."

"Conversei com você."

Conversou, mas fiz o máximo que posso. O fato de ele ter pensado seriamente em suicídio e ter tentado concretizar essa ideia está além das minhas capacidades. Além do mais, ele não tem escolha a não ser ir para o hospital. Provavelmente vai ser internado na ala psiquiátrica e mantido sob observação por setenta e duas horas, para garantir que não faça mal a si mesmo ou a outras pessoas.

"Vou te ver assim que puder", asseguro a ele. "Prometo."

Isso me rende um aceno fraco como resposta. Ele está atordoado enquanto segue o policial em direção à ambulância que o espera.

Eu me viro e, quando me dou conta, os braços enormes de meu pai estão me envolvendo por completo. Eu já estava com dificuldade para respirar. Agora estou sufocando.

"Pai, por favor", peço, arfando desesperadamente. "Não consigo respirar."

Ele me solta e põe meus pés no chão de novo com muita relutância. Pisco algumas vezes e então estou sendo abraçada de novo, não tão violentamente quanto antes, mas com uma quantidade similar de emoção.

"Você não tem ideia de como ficamos preocupados", diz Hunter, com a voz rouca.

Papai faz um barulho gutural e assente, bem sério.

"Não estou entendendo", digo, devagar. "O que você tá fazendo aqui?"

"Alguém tirou uma foto sua no telhado, e várias pessoas estão twittando sobre isso", explica Hunter.

"Não, você não." Olho para meu pai. "O que *você* tá fazendo aqui? Por que não está em Boston?"

"Eu vim pra..." Ele para por um instante, e Hunter termina sua frase suavemente.

"Pra te ver."

Meu pai sorri com ironia. "Não, garoto, não precisa aliviar a minha barra." Ele dá de ombros. "Vim aqui para dizer a ele para se afastar de você."

"*Pai!*" Fico boquiaberta.

"Eu sei, querida. Desculpa. Eu só..." Ele passa a mão sobre o crânio careca. "Você é a minha garotinha. Acabou de ter o coração partido, e eu não queria que isso acontecesse de novo. Nico te machucou, e você vai e escolhe quem?" Ele aponta com a cabeça para Hunter. "Garoto rico, atleta bonito? Na minha experiência, essas duas características não são típicas de gente séria. Parecia a receita certa para outro coração despedaçado", ele rosna, protetoramente, "e eu não ia deixar isso acontecer com você."

"Tenho certeza de que você teve as melhores intenções, mas Hunter é uma pessoa séria. E, como eu disse antes, estamos juntos agora, e você vai ter que lidar com isso. Pode dificultar isso pra todo mundo, ou pode aceitar que ele é o meu novo namorado. E sim, ele é um jogador de hóquei rico, mas... *puta que pariu!*", grito, de repente.

"Demi, olha essa boca."

Meu olhar irritado se volta para Hunter e, pela primeira vez nos últimos cinco minutos, percebo que ele está com a metade de baixo do uniforme. "O que você tá fazendo aqui? Que horas são?" Me esforço para tirar o telefone do bolso. "São oito e meia! Seu jogo começou às oito!"

"É, eu sei."

O jeito descuidado como ele dá de ombros desencadeia outra onda de pânico em mim. "Então por que você não está jogando? Que *merda* você tá fazendo aqui?"

"Olha a boca."

"Pai, é sério!"

Os lábios de Hunter se contraem quando ele pega a minha mão. "Gata, você acha mesmo que eu ia terminar de me vestir e jogar hóquei enquanto você tava de pé num parapeito a trinta metros do chão..."

"Quinze metros..."

"A *mil* metros do chão, com um cara ameaçando pular? Em primeiro lugar, isso diz muito sobre a opinião que você tem de mim. E além disso... bem, não tenho um segundo argumento, tá legal? Um só já basta. Porra, Demi!"

"Olha a boca", meu pai o repreende.

Hunter abre um sorriso tímido. "Desculpa, senhor."

"Você precisa voltar para a arena", ordeno. "A gente precisa te levar para a arena." E então estou passando por eles, correndo. "Cadê seu carro, pai?"

Ele caminha na frente em direção ao BMW prateado, e fico surpresa ao ver que o motor ainda está ligado, as portas do motorista e do carona estão abertas e o carro está embicado com a traseira no meio da rua. Uau. Eles deviam estar *realmente* preocupados.

Papai senta atrás do volante, com Hunter ao seu lado, e eu no meio do banco traseiro.

"Não acredito que você não está no gelo agora", digo, consternada.

"Você é mais importante para mim do que o hóquei", ele diz apenas, e isso faz meu coração se encher de carinho. "Coloca isso nessa sua cabecinha."

Inclino-me para a frente e pego sua mão. Ele aperta a minha com força, e sei que deve estar sentindo como meus dedos estão gelados.

"Você não tem ideia de como fiquei assustado", diz, bruscamente.

"Não tanto quanto eu", admito.

Papai se vira de repente para mim. "Tem certeza de que não quer ir pro hospital, ver se tá tudo bem?"

"Estou bem. Estou só em choque." Mordo com força o lábio inferior. "Estava com muito medo de ele fazer aquilo. Vocês não têm ideia."

A arena de hóquei da Briar surge à nossa frente. Papai ignora o estacionamento e para bem na frente. Para minha consternação, Hunter não sai imediatamente do carro.

Em vez disso, ele se vira para encontrar meus olhos. "Sabia que você seria capaz de ajudar."

"Ajudar?" A angústia entope minha garganta. "Nem percebi que ele precisava de ajuda, Hunter. Como é que eu pude deixar passar todos os sinais? E que tipo de psicóloga eu vou ser se não consigo ver os sinais de alerta nem nos meus próprios amigos?"

"Uma psicóloga brilhante", meu pai responde, com seu tom severo. "Seres humanos não são infalíveis, querida. Às vezes, cometemos erros. Às vezes, falhamos. Perdi mais pacientes na mesa de cirurgia do que minha consciência é capaz de suportar. Mas você? Você não perdeu seu amigo hoje. Você o salvou." Meu pai gesticula na direção de Hunter. "E ele está certo... e sabia que você ia conseguir. Eu estava a segundos de escalar o prédio feito o Homem-Aranha para te resgatar, mas seu namorado aqui me convenceu a ter fé."

"Em quê?"

"Em você", responde Hunter, e ele e meu pai trocam um sorriso constrangedor.

Fico emocionada com isso. "Mamãe disse que quer sair comigo e com Hunter na próxima vez em que a gente estiver na cidade", digo, depois de um momento de hesitação. "Que tal você se juntar a nós, para a gente tentar uma segunda edição do *brunch*?"

Meu pai assente. "Pode contar comigo."

"Obrigada." E me viro para Hunter. "E obrigada por ter vindo me salvar. Agora, fora do carro, monge. Agora. Se você se apressar, provavelmente consegue se arrumar em tempo de entrar no segundo período." Meus dentes se cravam no meu lábio de novo. "Você vai ficar muito chateado se eu não assistir ao jogo? Preciso de um tempo para processar o que aconteceu hoje. Só... descomprimir, sabe? E quero ligar para minha mãe."

Hunter põe a mão na minha bochecha. "Claro que não. E que tal você e seu pai tomarem um café para se esquentar? Suas mãos estão congelando." Ele olha para o meu pai, na expectativa.

Papai responde com um firme aceno de cabeça. "Vou cuidar dela. Vá para o seu jogo, garoto."

"Te vejo depois", prometo a Hunter.

Ele se inclina para deixar um beijo casto nos meus lábios, depois pula para fora do carro. Eu o vejo disparar em direção à entrada da arena, e as lágrimas enchem meus olhos.

"Está tudo bem", diz meu pai, um tanto ríspido. "Tenho certeza de que a ausência dele não prejudicou o time tanto assim..."

"Não estou chorando por causa disso", interrompo, entre fungadas. "Nem sei por que estou chorando. As lágrimas estão saindo do nada."

"Não é do nada. O choque está passando e você está finalmente entendendo a gravidade do que aconteceu hoje." O sorriso do meu pai está tingido de tristeza. "Vem aqui pra frente, querida, vamos conversar em algum lugar, tá bom?"

Esfrego as bochechas manchadas de lágrimas, depois faço que sim com a cabeça e seguro a maçaneta da porta. "Obrigada por estar aqui, pai."

"Sempre."

42

DEMI

Parece que corri duas maratonas e fui para a guerra, tudo numa noite só, quando Hunter e eu passamos pela porta da frente da casa dele, mais tarde.

O time da Briar venceu o jogo, então está todo mundo comemorando hoje. Mas decidimos abrir mão da festa, junto com Summer e Fitz. E Brenna, que disse que prefere falar pelo Skype com o namorado a "lidar com um bando de garotos bêbados e cheios de tesão, babando em cima dela".

A casa está completamente escura e silenciosa quando o grupo inteiro chega.

"Cara, isso é muito assustador", comenta Brenna.

"É como se tivesse alguma coisa errada quando eles não estão aqui", concorda Summer.

"Quem?", pergunto. "Hollis e Rupi?"

"É." Summer acena vagamente com a mão para o corredor sombrio. "Escuta só isto."

Torço o nariz. "Escutar o quê?"

"Exatamente!"

Quando entramos na sala, as notas arrepiantes, ainda que agudas, de uma música familiar saem do telefone de Brenna. "The Sound of Silence", de Simon e Garfunkel. Caio na gargalhada, quando ela levanta o celular solenemente para que todos ouçam.

Mas ela tem razão. Nunca vi esta casa tão silenciosa. "Para onde eles foram, afinal?", pergunto.

"Não faço ideia", responde Hunter. "Hollis disse que era uma surpresa."

"Uma surpresa para quem?"

"Para Rupi."

"Então por que não contou para vocês?"

"Porque era uma surpresa."

Solto um suspiro. "Não entendo esse cara."

"Ninguém entende", diz Brenna, com franqueza. "Não gaste seus neurônios tentando."

"Enfim, se vocês nos dão licença", anuncia Hunter, "Semi e eu vamos dormir. Ela teve uma noite difícil."

"Sinto muito que você tenha passado por isso", diz Summer, condoída. Não somos tão próximas assim, mas ela me surpreende com um abraço forte o suficiente para tirar o ar dos meus pulmões.

"Obrigada. Foi aterrorizante, não vou mentir."

"Espero que seu amigo fique bem", diz Fitz, sem jeito.

"Eu também." Eu me pergunto qual a avaliação que os psicólogos do hospital vão fazer do estado mental de TJ. Acho que ele está deprimido, e sem dúvida com a autoestima perigosamente baixa. Espero que quem fale com ele ofereça a ajuda e a orientação de que precisa.

Tenho certeza de que ou a universidade ou a polícia já entraram em contato com a família dele, e pretendo visitá-lo quando puder receber visitas. TJ sempre esteve ao meu lado quando eu precisava conversar, quando precisava de alguém para me ouvir, e pretendo fazer o mesmo por ele.

Mas nesta noite não quero passar mais um segundo revivendo o que aconteceu naquele telhado. Meu pai e eu conversamos longamente diante de uma xícara de café na minha cozinha, e o orgulho que brilhava em seus olhos quando descrevi a conversa com TJ no parapeito fez meu coração palpitar de emoção. Espero que ele um dia aceite minha decisão de não cursar medicina. Talvez um dia se orgulhe disso também.

Confiro o telefone quando entramos no quarto de Hunter. Um milhão de mensagens me aguardam. Pippa, Corinne, Darius, Pax, minha mãe e até uma de Nico, que desbloqueei depois do Natal. Ele disse que ouviu falar de TJ, que está feliz porque nós dois estamos bem, e que eu sou uma ótima amiga. É uma mensagem fofa, e pretendo responder a todos os outros amanhã.

"Parabéns pela vitória", digo a Hunter.

"Parabéns por salvar a vida de alguém."

"Estou me sentindo péssima por ele", admito. "Sempre foi tímido, reservado. Mas não achei que fosse um suicida, Hunter. Não mesmo."

"Eu sei, gata."

"Queria que ele tivesse falado comigo sobre isso e compartilhado seus sentimentos, em vez de deixar as coisas ficarem tão ruins a ponto de sentir que a única opção era se matar." Engulo o nó de tristeza na garganta. "Eu só... Sabe de uma coisa, não posso mais falar disso hoje. Apenas me distraia. Por favor."

"Claro." Ele levanta uma sobrancelha. "Quer que eu conte sobre a ligação que recebi do agente de Garrett hoje?"

O pânico me invade. "Ai, meu Deus! Não!"

"Como assim, não?"

"Garrett disse que você não pode ter um agente. É contra as regras da Associação Nacional..."

"Não se preocupe, tá tudo bem", Hunter me interrompe, sorrindo. "Ele só ligou para dizer oi. Um oi muito não oficial. E, bem, talvez tenha havido também uma manifestação não oficial de interesse de ambos os lados."

"*Ambos?* Você tá interessado?" Tento corajosamente não abrir um sorriso satisfeito. Eu sabia que ligar para Garrett seria o empurrão de que Hunter precisava.

Ele concorda. "Quer dizer, a gente nem sabe se algum time vai me querer depois que eu me formar..."

"Eles vão."

"... mas se alguém quiser, e se for um bom negócio..." Ele se interrompe.

"Você vai assinar?"

"Vou assinar. Mas..." Ele passa o braço em volta da minha cintura e me puxa na sua direção. "Isso significa que você precisa arrumar uma pós-graduação na cidade em que eu for parar. Ou", ele reflete um pouco, "acho que a gente pode ver onde *você* arruma uma pós-graduação e depois eu peço ao agente do G para conseguir um lugar para mim no time de lá."

"Vamos dar um jeito." Adoro o fato de estarmos fazendo planos para o futuro. E por que não? Estou empolgada. Tudo que quero é trabalhar no meu mestrado e abrir um consultório de psicoterapia, enquanto o homem que eu amo joga...

"Ai, merda", deixo escapar. "Esqueci de dizer que te amo!"

O olhar assustado de Hunter se fixa no meu. Então ele começa a rir. "Desculpa, o quê?"

"Esqueci de dizer que te amo. Eu queria dizer na noite em que você falou, mas..."

"Você não estava pronta, eu entendi." A voz dele soa rouca.

"Não era a hora certa, dadas as circunstâncias. Mas amo você." Sinto minhas bochechas esquentando. Nunca pensei que me apaixonaria pelo sr. Hóquei, com seus sorrisos arrogantes e cheio de covinhas e um estranho senso de humor. Mas a vida é cheia de surpresas. "Te amo, Hunter Davenport."

"Te amo, Demi Davis." Ele se abaixa para me beijar. Enquanto isso, suas mãos quentes deslizam sob a parte de trás da minha camisa para acariciar minhas costas — e então ele grita de horror. "Puta merda, você tá um bloco de gelo, gata. Vem cá."

Sorrio quando ele começa a tirar minhas roupas com habilidade. "Se era pra me esquentar, você deveria estar colocando *mais* roupas em mim."

"Não... eu deveria estar *me* colocando em você." Ele mexe as sobrancelhas de um jeito brincalhão e me guia em direção à sua cama. Então levanta o canto do edredom, e entramos debaixo das cobertas, emaranhando nossos corpos nus.

Ele desliza uma mão entre as minhas pernas, sondando, acariciando de leve. "Como você pode já estar tão molhada?"

"É o que acontece quando você está por perto", murmuro, e então meus dedos encontram seu pau. Grande, grosso, tão quente.

Só que ele me impede esse prazer, empurrando minha mão com um grito indignado. "Ai, meu Deus, Demi! Nunca mais toque o meu pau de novo."

Dou uma gargalhada. "Minha mão tá gelada?"

"*Gelada* é eufemismo. Não. Não, não, não, não. Você não tem permissão para me tocar hoje." Hunter me deita de costas, segura meus dois pulsos com a mão esquerda e coloca meus braços acima da minha cabeça. "Não se mexa", avisa ele.

"Ou o quê?"

"Ou não vou te comer."

Faço beicinho. "Que maldade."

"Não, maldade foi esse crime de guerra que você acabou de cometer contra o meu pênis."

O riso sacode o meu corpo. Amo esse cara. Nos divertimos muito juntos, não importam as circunstâncias. Podemos estar estudando, sentados na cela de uma prisão ou deitados nus na cama, e ele sempre consegue arrancar uma risada de mim.

Ele aperta meus pulsos com mais força. "Estou avisando..."

"Ah, tá bom. Vai em frente e faz o que quiser."

Sorrindo, ele abaixa a cabeça para me beijar, e eu o deixo me seduzir com a boca, a língua, as pontas dos dedos calejados. Por fim, ele me solta, mas mantenho as mãos sobre a cabeça, e o deixo fazer o que bem entende comigo. Sua boca está quente e molhada quando se fecha ao redor do meu mamilo. Ele chupa de leve, gira a língua em torno da pontinha dolorida, e meus quadris se movem inquietos, buscando alívio.

Hunter leva a mão entre nossos corpos, com os nós dos dedos roçando meu clitóris antes de um dedo longo deslizar dentro de mim. "Ah, porra", ele geme. Sua boca quente permanece grudada ao meu peito, enquanto ele enfia o dedo em mim. "Puta que pariu, gata, preciso entrar em você." Ele está se esfregando descaradamente contra a minha perna nua, o pau deixando o primeiro sinal do seu prazer em minha carne.

Ele sai da cama para pegar uma camisinha, e eu resmungo, impaciente. "Você deveria ter feito isso primeiro!", repreendo-o.

Ele responde, satisfeito. "Por favor, não me dê sermões quando estou prestes a proporcionar um orgasmo pra você."

"Quem disse que você vai me proporcionar um orgasmo?"

Ele segura o pau e o balança para mim. "Esse cara aqui."

Outra risada me sacode, mas logo se transforma num gemido gutural, pois Hunter sobe em cima de mim e entra na minha boceta com um movimento suave. Ele me preenche completamente, meu corpo se esticando para acomodá-lo, e acaricio os músculos fortes de suas costas enquanto ele me fode em golpes lentos e doces.

"Te amo muito", sussurro.

"Também te amo." Seus quadris recuam, depois se flexionam para frente num impulso profundo que me faz ver estrelas.

O prazer dá um nó apertado no meu ventre e depois o desfaz lentamente, com ondas de calor viajando por meu corpo. Não estou mais com frio. Estou em chamas. O corpo de Hunter é uma fornalha. Sua língua é quente e ansiosa. Seu pau provoca as sensações mais incríveis dentro de mim, alimentando minha excitação.

Quando o orgasmo chega, grito e me agarro a ele. Hunter engole meus gemidos com beijos gananciosos e desesperados, e depois grunhe com uma voz rouca enquanto cede ao próprio prazer.

"Nunca vou me cansar disso", resmunga ele. Então rolamos na cama, e fico deitada em seu peito quente.

"Ainda bem que você nunca vai precisar", provoco, ainda trêmula de prazer.

Seus braços fortes me apertam. "Ah, é? O que você quer dizer com isso? Que vamos ficar juntos para sempre?"

Sorrindo, observo seu rosto lindo. Então dou um beijo leve em seus lábios. "É exatamente isso que estou dizendo."

Epílogo

DEMI

São onze da noite de domingo, e estamos no sofá de Hunter assistindo ao meu programa preferido. Episódio de hoje: *Mágicos que matam*. Summer está num sono profundo do outro lado do sofá. Brenna está encolhida numa poltrona, olhando para a tela, fascinada, enquanto Fitz está na outra, ainda em dúvida quanto ao episódio. Faz dez minutos que o programa começou, e ele já disse as palavras "isso é doente" meia dúzia de vezes.

"Juro por Deus, se a cabeça decepada dela aparecer na cartola do mágico, vou levantar e sair", adverte Fitz.

Hunter se inclina para a frente quando seu telefone vibra na mesa de centro. "É o Hollis."

"Atende", ordena Brenna. "Pergunta quando eles voltam pra casa."

"Mas é uma ligação do FaceTime", reclama Hunter.

"E daí? Tá precisando retocar a maquiagem?", zomba ela.

Eu dou risada.

"Então tá." Ele aperta um botão, e, um momento depois, uma explosão de barulho sacode a sala de estar.

"OOOOIIIII, GEEENTE!"

Summer senta num salto, completamente acordada, de repente. "Cacete! O que aconteceu?", pergunta ela, esfregando os olhos, assustada.

"Gente! Vocês estão ouvindo?!" É Rupi, estridente e preocupada. "Mike! Acho que eles não estão ouvindo!"

"Eles estão ouvindo, linda!"

"Estamos ouvindo!", diz Hunter, incomodado. "Que merda é essa? *Onde* vocês estão? Por que tá tão claro aí?"

Olho para o telefone dele, mas também não consigo entender onde eles estão. Está de dia, isso é certo. Em que fuso horário eles estão?

Brenna pula e senta no braço do sofá para ver melhor, enquanto Summer espreita por cima do meu ombro. Fitz não levanta da poltrona, embora dê para perceber que seu interesse se concentra solidamente na conversa.

"Estamos no Nepal", revela Hollis.

Todos nós ficamos sem reação.

"Como assim, no Nepal?", pergunta Brenna.

"No Nepal! Cara, estamos no lugar mais alucinante do mundo! É no topo de uma montanha e tem um *mosteiro budista* e, ah, Davenport! Tem monges de verdade aqui, e os caras não transam! Muitos deles fizeram voto de silêncio, então não posso perguntar mais detalhes pra você, mas..."

"Hollis", interrompe Summer. "Por que vocês estão no Nepal?"

Rupi aparece de novo na tela, com os dentes brancos perfeitos brilhando ao sol das montanhas nepalesas, ou seja lá onde eles estão.

"Estamos em lua de mel!", grita ela.

Summer solta um suspiro de surpresa. O restante de nós olha boquiaberto o telefone.

"Isso é uma piada?", pergunta Brenna, estreitando os olhos escuros.

"Não!", responde Hollis. Os dois enfiam a cara no telefone, e não posso negar que nunca vi duas pessoas tão felizes. "Casamos na sexta-feira! Foi mal, eu sei que vocês gostariam de ter vindo. E Fitz... eu sei, você sempre sonhou em ser meu padrinho..."

"Sempre", diz Fitz, secamente.

"Desculpa, cara, vou compensar essa mancada. Vamos fazer um casamento de verdade no verão. Vai ser na Índia, e está todo mundo convidado."

"O que está acontecendo?" Summer parece completamente confusa.

"Vocês casaram mesmo?", pergunta Hunter, incrédulo.

"Casamos, foi num tribunal em Boston. A testemunha foi um cara que tava tentando se livrar de uma multa de trânsito."

Dou uma risada.

"E agora vocês estão em lua de mel no Nepal", diz Brenna, dizendo cada palavra bem devagar, claramente perplexa. "Mas vão fazer um casamento oficial no verão. Na Índia."

"Isso!", diz Rupi, com orgulho. "Não é *incrível*?"

Ninguém responde.

O breve silêncio evoca um grito agudo de sua garganta. "Ninguém vai dar parabéns?", exige, com os olhos pegando fogo.

Isso nos tira do estupor, e logo estamos todos desejando parabéns.

"Estamos muito felizes por vocês! Eu juro!", Summer assegura a eles, e não há nada de falso nisso. "Só ficamos meio atordoados. Ninguém esperava que vocês se casassem em segredo."

"Essa é a graça de fazer em segredo! Ninguém está esperando!" Rupi ri, alegremente.

"Há quanto tempo vocês estão no Nepal?", pergunta Fitz na direção do telefone. "Quando vocês voltam?"

"Daqui a um ano", diz Hollis.

"Um ano?", repete Sumer, espantada. "Mas..."

"E o trabalho?", Hunter pergunta a Hollis.

"Rupi, e a faculdade?", acrescento.

"Pedi demissão." Hollis.

"Larguei." Rupi.

Encaro os dois, boquiaberta.

"Não tinha nem escolhido um curso", diz Rupi, gesticulando, com indiferença. "Não estou nem aí para a faculdade."

"E não estou nem aí para o trabalho", complementa Hollis. "Davenport disse que a gente deveria viajar, e é isso que a gente tá fazendo."

Olho para Hunter como quem diz: *como assim?*

"Eu falei para eles fazerem uma escapada de fim de semana ou uma viagem de férias", retruca Hunter. "E não pra se casarem e fugirem para a Índia!"

"Nepal", corrige Hollis. "Pô, cara, presta atenção."

"Bem." Summer limpa a garganta. "Estamos todos muito felizes por vocês. Não acredito que vocês casaram."

Nem eu, mas Rupi e Hollis parecem muito felizes, e quem sou eu para julgar?

"Tá legal, gente, são oito da manhã aqui e temos muita coisa planejada para hoje", anuncia Rupi, em sua voz estridente e mandona.

"Daqui a alguns dias a gente liga de novo", garante Hollis. "Ou no mês que vem. Que seja. Amo vocês, pessoal! Daqui a um ano estamos de volta!"

Ele desliga.

E nós trocamos olhares espantados.

"Ela abandonou a faculdade", diz Brenna, parecendo impressionada.

"Eles se casaram", comenta Fitz, parecendo horrorizado.

"Ela tem só dezenove anos", comento.

"Sim, mas, em defesa de Rupi, ela sabia que ia casar com Michael Hollis no instante em que o conheceu", ressalta Summer.

"Verdade", concorda Brenna.

"Ou eles vão se divorciar numa semana ou vão ficar juntos para sempre", prevê Hunter, com um suspiro. "Com eles, não tem meio-termo."

Summer passa os cabelos dourados atrás das orelhas. "Estou feliz por eles, de verdade. Mas, puta merda, isso foi inusitado."

Hunter balança a cabeça algumas vezes, como se tentasse despertar do choque. "Certo. Isso foi... fascinante." Ele pega o controle remoto. "Querem continuar vendo? A gente estava prestes a descobrir se a cabeça decepada vai aparecer na cartola do mágico."

"Vou subir para jogar *Fortnite*", resmunga Fitz.

"Vou dormir", diz Summer.

Brenna se levanta. "Vou ver se Jake ainda está acordado pra contar o babado pra ele."

"Seus fracos", acuso.

Os amigos de Hunter se dispersam pela casa, e ele me puxa para junto de seu corpo quente e musculoso. "E você, gata? Quer continuar vendo?"

Deito a cabeça e sorrio para ele. "Isso, isso."

Peça ajuda

Se você ou alguém que você conhece tem pensamentos suicidas ou está considerando automutilação, por favor, peça a ajuda de uma pessoa querida ou entre em contato com um dos serviços de apoio a seguir. Sempre tem alguém disposto a ouvir. Você é importante.

No Brasil
ONG CVV — Como vai você?
Ligue: 188
Ou converse por chat, e-mail ou pessoalmente, no posto mais próximo — cvv.org.br/quero-conversar/

Estados Unidos
Serviço Nacional de Prevenção ao Suicídio
1.800.273.8255

Internacional
International Association for Suicide Prevention (IASP)
www.iasp.info

Agradecimentos

Foi uma alegria escrever este livro! A amizade de Hunter e Demi, suas piadas e faíscas me mantiveram ligada durante todo o processo de escrita, e eu não poderia ficar mais satisfeita com a forma como a história deles se desenvolveu. Dito isso, por favor, notem que tomei algumas liberdades com o calendário do hóquei universitário e os semestres letivos, aumentando os dois um pouquinho para se encaixarem com o enredo.

Já disse isso antes e vou dizer de novo, mas este livro (e a vida, em geral) não teria a menor graça sem o amor e o apoio de algumas pessoas incríveis:

Minha editora Lindsey Faber — enfim juntas de novo, e isso é tão bom! E minha agente Kimberly Brower, por garantir que estou sempre no controle das coisas e servir ocasionalmente como terapeuta de relacionamentos.

As maravilhosas leitoras beta Nikki Sloane ("chupa o $#& dele! Por que não?"), K.A. Tucker (campeã das adegas e uma gostosa), Robin Covington (OBRIGADA!) e Sarah J. Maas (fã nº 1 de Garrett Graham, e — enfim! — alguém tão boba quanto eu!).

Sarina Bowen, só porque a amo. Ela é tãããão fofa!

Vi Keeland, minha "inimiga", que vive através da minha vida amorosa. De nada.

Monica James, minha alma gêmea australiana. Você é tão genuína e maravilhosa, e sei que o seu pai era muito orgulhoso da mulher que você é. Tenho sorte de conhecê-la.

Nina, minha assessora de imprensa e esposa, que me adora tanto que nem pediria o divórcio depois de descobrir que nunca li Harry Potter.

Aquila Editing, pela revisão (desculpem os erros de digitação!).

Nicole, extraordinária salva-vidas.

Ei, Natasha. *Set it free!*

Damonza.com, por dar vida à Demi com a capa impressionante!

Todos os meus amigos autores, que compartilharam este lançamento e ofereceram seu amor e apoio — é realmente incrível como essa comunidade pode ser solidária. Tantos corações enormes e escritores talentosos!

E, como sempre, os bloggers, revisores e leitores que continuam a divulgar meus livros. Sou muito grata por seu amor e gentileza. Vocês são a razão para eu continuar escrevendo essas histórias loucas!

Com amor,
Elle

Sobre a autora

Best-seller do *New York Times*, *USA Today* e *Wall Street Journal*, Elle Kennedy cresceu nos arredores de Toronto, em Ontário, e é bacharel em inglês pela Universidade de York. Desde cedo, sabia que queria ser escritora e começou a perseguir seu sonho ativamente na adolescência. Adora heroínas fortes e heróis sensuais, além da combinação certa de calor e perigo para manter as coisas interessantes!

Elle gosta de ouvir a opinião de seus leitores. Visite sua página em www.ellekennedy.com ou inscreva-se em sua newsletter (http://eepurl.com/OR9cr) para atualizações sobre os próximos livros e trechos exclusivos. Você também pode encontrá-la no Facebook (https://www.facebook.com/AuthorElleKennedy) ou segui-la no Twitter (@ElleKennedy) ou no Instagram (@ElleKennedy33).

TIPOGRAFIA Adriane por Marconi Lima
DIAGRAMAÇÃO Verba Editorial
PAPEL Pólen Natural, Suzano S.A.
IMPRESSÃO Gráfica Bartira, outubro de 2022

A marca FSC® é a garantia de que a madeira utilizada na fabricação do papel deste livro provém de florestas que foram gerenciadas de maneira ambientalmente correta, socialmente justa e economicamente viável, além de outras fontes de origem controlada.